[日] 吉川英治 著
田建国 译

第一部
桃园结义

《SANGOKUSHI（1）、（2）》
copyright @ Hideaki Yoshikawa 2011
All rights reserved.
Original Japanese edition published by KODANSHA LTD.
Publication rights for Simplified Chinese character edition arranged with
KODANSHA LTD. through KODANSHA BEIJING CULTURE LTD. Beijing,China.

版贸核渝字（2010）第 110 号、第 111 号
图书在版编目（CIP）数据

三国.第1部,桃园结义/（日）吉川英治 著；田建国 译.－重庆：
重庆出版社，2011.7
ISBN 978-7-229-04219-6

Ⅰ.①三… Ⅱ.①吉… ②田… Ⅲ.①长篇小说－日本－现代 Ⅳ.①I313.45

中国版本图书馆 CIP 数据核字（2011）第 116118 号

三国:桃园结义
SANGUO TAOYUAN JIEYI

[日]吉川英治 著
田建国 译

出 版 人：罗小卫
策　　划：华章同人
责任编辑：陈　丽
特约编辑：王春霞
责任印制：杨　宁
装帧设计：主语设计

重庆出版集团
重庆出版社　出版
（重庆长江二路205号）

北京中印联印务有限公司　印刷
重庆出版集团图书发行公司　发行
邮购电话：010-85869375/76/77 转 810
E－MAIL：bjhztr@vip.163.com
全国新华书店经销

开本：787mm×1092mm　1/16　印张：22　字数：450千
2011年11月第1版　2011年11月第1次印刷
定价：32.00元

如有印装质量问题，请致电023-68706683

版权所有，侵权必究

中文版序

吉川英治长子　吉川英明

先君吉川英治所著的《三国》终于在中国翻译出版了。

当我最初听到这个选题策划时，脑际不由得闪过一团大大的惑疑：中国读者究竟会不会接受日本人写的三国故事？

毋庸置疑，《三国演义》是比肩《水浒传》、《西游记》等经典文学作品的名著，堪称中国的文化瑰宝。即便没有读过《三国演义》的人，也不会对其故事以及人物一无所知，因为它早已渗透到中国人的骨血之中了。

令我留下这一深刻印象的，是十几年前从四川成都经重庆舟行三峡的那段水上旅行经历。在成都附近沿长江两岸，在可以寻见的三国遗迹，所到之处，人们对于那段历史和幸存的遗迹异乎寻常的思怀，让人不得不折服。在德阳市郊外的落凤坡，庞统祠的僧人仿佛就在昨日亲眼目睹一般向人们介绍："庞统就是在那儿被流箭射中，落马而死的。"听着他挚热的述说，我深切体会到中国人对于《三国演义》的热爱，并且深深为之感动。

而此次在中国出版的《三国》，是以日本江户时代刊行的《通俗三国志》等数种翻译自罗贯中《三国志通俗演义》的作品为底本，加上英治的再创作，并对人物进行了重新塑造，是名副其实的"吉川版'三国演义'"。因此，书中的景物风致等都是根据得自书本的知识想象出来的，包括各种武器、铠甲以及古代城池的构造等，对于英治来说，完全是陌生的、异域的。更不消说，在这部规模浩大的历史作品中，所有交错着爱与恨、结下生死之缘的出场人物，小到他们的爱憎情仇，大至其宇宙观、生死观，以中国人的角度视

1

之，或许不免带上了日本人的印记罢。坦率地讲，面对《三国》的故乡本土的众多读者，难免不叫模仿者心生敬畏。

吉川的《三国》在日本深受广大读者喜爱，我想这一方面是因为作品本身波澜壮阔的宏大场景，更主要的恐怕是因为日本的读者喜爱书中人物栩栩如生的性格，对英雄豪杰各各不同的人生态度深有同感，而这种人生态度显然被浓重地投下了英治心目中的日本武士的影子。

对此，中国读者会有怎样的理解？是心生同感还是乖隔疏离？这一点，既令人惶惶不安，同时又反而激起浓厚的兴趣。

英治创作的《三国》一九三九年八月至一九四三年九月在日本四家报纸以及台湾的《日日新闻》上同时连载。英治在序文中这样写道："《三国志》[①]中有不少篇首词和篇尾诗。这些诗，不惟记述了庞驳错纷的治乱兴亡的战记、故事，更具有一种令东方人血脉贲张、罡气贯虹的谐畅、音乐以及色彩。"而后他还写道："回想写作这部作品时的情景，笔者一边奋笔疾书，一边脑海中情不自禁地闪现少年时代狂读久保天随先生的《新译演义三国志》，半夜三更犹猫在灯下不忍释手，被父亲责骂并逼着上床睡觉的情景。"有关三国的作品是英治少年时代起就手不释卷的书。

如果追溯《三国》在英治所有作品中的位置，我们会注意到一个令人感兴趣的事实：在《三国》开始连载前的一个月，他的代表作《宫本武藏》刚刚结束了在《朝日新闻》上长达四年的连载。执笔《宫本武藏》之前，英治是以传奇作家的身份受人瞩目的，关注的只是故事情节的奇谲。然而正是《宫本武藏》，刻画了一个试图通过剑道的修行求得精神升华的求道者的形象，展现出一个真实的人，从而实现了转型。换句话说，《三国》是作家藉由《宫本武藏》从传奇作家成功蜕变为新生的吉川英治之后的第二部作品，之后他便专注于长篇历史小说的创作，佳作不断，从《丰臣秀吉：新书太阁记》一直到战后发表的《新平家物语》、《私本太平记》等。从这个意义上讲，此次《三国》连同之前的《宫本武藏》一起被介绍给中国的读者，其意义非常重大。

最后，对于将在英治作品中占有极其重要地位的《三国》介绍给中国读者，使之有机会读到这部作品的重庆出版社诸位，以及劳心劳力参与翻译的各位译者，一并表示衷心的感谢。

[①] 这里的《三国志》指的是罗贯中的《三国志通俗演义》。——译者注

推荐序：历史中的智慧

松下电器产业创始人　松下幸之助

听说吉川先生十二岁时遭遇家道没落，小学辍学，之后饱尝社会下层生活的辛酸，却珍惜每寸光阴，阅读文学书籍。大概就是那个时候的体验，培养了他观察人生真相、人心机微的眼光。多年以后，他陆续问世的历史小说受到众多读者喜爱，他也作为国民作家在文坛上建立了不可撼动的地位，这也是理所当然的。

我九岁时小学辍学，在大阪船场做学徒。当时，我一边在店里值班，一边经常阅读《丰臣秀吉：新书太阁记》、《猿飞佐助》等的讲谈本。这些著作中，许多都是我在了解人心、人情世故方面非常好的参考。

历史人物的思想和生活方式中，有取之不尽的真理、教训，能给我们今日的生存以重要启迪。听凭这些埋没于历史之中是可惜的。吉川先生取材于这些历史人物所编织的逸闻，将存在于古典之中的真实，复活成了通用于今日的故事。

吉川先生留下了《三国》、《宫本武藏》、《丰臣秀吉：新书太阁记》、《新平家物语》等优秀作品。这对我们而言实在是幸事。以动乱的时代为背景，描写日本人所熟知的历史人物的生活情形的众多作品，此次重新装帧，作为文库本出版了。在迎来巨大转换的今天，这个策划委实是得天时的，愿广为当今年轻人所阅读。

（原文刊于吉川英治历史时代文库 34 卷《三国志》（二），原题为《顺应转换期的文学》，日本讲谈社 1989 年刊）

再版自序

吉川英治

无须赘言,《三国志》①讲述的是距今大约一千八百年前的事,然而活跃在那个遥远时代的书中登场人物,时至今日似乎仍然活生生地在中国的各个角落——只要亲身去到中国,与那里上至政要下至庶民形形色色的众生有所接触,尤其是关系拉近了之后,便会时不时地让人感觉到其宛若三国故事中出现的某个人物,抑或至少身上有某些相通的东西。

由此可以说,三国时代的治乱兴亡依旧在现代的中国上演着,尽管社会形态和文化形态发生了翻天覆地的变化,但作品中的人物今日一仍旧贯还鲜活地健在于世。这么说,一点也不过分。

《三国志》中有不少篇首词和篇尾诗。

这些诗,不惟记述了庞驳错纷的治乱兴亡的战记、故事,更具有一种令东方人血脉贲张、罡气贯虹的谐畅、音乐以及色彩。

倘使从中将这些诗赞抽掉,则这部被誉为世界级杰作的规模宏壮的作品非但读起来索然寡味,其文学价值也势将大打折扣。

正因为如此,对于《三国志》这部作品,倘使生硬地进行改写或是节译,不仅会让原作的诗味荡然无存,更加堪忧的则是会怅然痛失其中最打动人心的东西。

为此,我没有选择改写或是节译,而是斗胆尝试采用最适合长篇巨制的报纸连载小说的体例来对这部作品进行再创作,并且在刘备、曹操、关羽、

---

① 这里的《三国志》指的是罗贯中的《三国志通俗演义》。——译者注

张飞以及其他一些主要人物身上都加入了自己的理解和创意。书中随处可见的原著中所没有的词句和对白等,便是我的点彩之笔。

众所周知,《三国志》虽然取材自中国的历史,却并不是正史。作者运笔自如地让历史人物栩栩如生地活跃起来,走进作品中。这部作品描写了自后汉第十二代皇帝灵帝时期(公元168年前后,相当于日本成务天皇在位年代)至晋武帝灭吴的太康元年约一百一十二年间的治乱兴亡,构思之宏大,舞台之辽阔,堪称在全世界的古典小说中也是无与类比的。细细数来,书中登场人物何止成百上千。加上作品中无处不在、扑面而来的旷放雄卓之豪气、凄婉哀切之情愫、慷慨悲歌之辞句、夸张幽约之谐趣、拍案三叹之激烈,娓娓道来,魅力无穷,令读者的思绪情不自禁地闪回至百年间发生在这片大地之上的种种人间浮沉与文化兴亡,转而掩卷深思,感慨不绝。

如果换一个欣赏角度来看,《三国志》又可以说是一部民俗小说。作品中所反映出的人间爱欲、道德、宗教、生活,还有作为小说主线贯穿首尾的战争这一主题以及群雄割据等等,无疑就是一幅浓墨重彩的民俗画卷,那充满朝气、奋励不止的众生相,便可以看做是以天地为舞台、伴以雄壮的音乐而上演的一出人间大戏。

由于时代变迁,原著中出现的地名与现在使用的地名当然有所差异,凡能查证而知的地名我在书中都加了注释,不过仍然有不少旧地名不甚了了。至于登场人物的爵位官职等,根据字面能够推知的一仍其旧,照搬照抄。因为如果用词太过现代,则文字所具有的特殊的色彩和感觉恐会丧失殆尽。

原著现存《通俗三国志》和《三国志演义》以及其他数种不同流变版本。笔者没有完全依据这些版本进行简单的直译,而是各取所长,从而形成了自成一格的《三国》。回想写作这部作品时的情景,笔者一边奋笔疾书,一边脑海中情不自禁地闪现少年时代狂读久保天随先生的《新译演义三国志》,半夜三更犹猫在灯下不忍释手,被父亲责骂并逼着上床睡觉的情景。

说起来,要想咀嚼和品味到《三国志》的醍醐真味,莫过于阅读原著。然而如今的读者恐多会畏惮和止步于其艰涩难懂,同时考虑到一般大众所追求的阅读乐趣也是千态万状、不一而足的,故而斗胆承奉书肆之嘱,将旧作加以修订,付梓再版。

目录

中文版序　　　　　　　　　　吉川英明
推荐序：历史中的智慧　　　　松下幸之助
再版自序　　　　　　　　　　吉川英治

一 黄巾贼	1
二 童谣兴	10
三 白芙蓉	19
四 小卒张飞	26
五 桑下人家	32
六 桥畔风谈	44
七 童学草舍	51
八 三花一瓶	58
九 桃园结义	67
十 南征北讨	77
十一 卢植遭囚	86
十二 秋风阵	96
十三 十常侍	108
十四 打风乱柳	115
十五 岳南佳人	119
十六 故园探母	127
十七 大乱之兆	132
十八 舞刀飞首	137
十九 流萤彷徨	144
二十 吕布	150

二十一	赤兔马	154
二十二	春园走兽	162
二十三	"白面郎"曹操	168
二十四	伪忠狼心	174
二十五	南风竞吹	181
二十六	江东之虎	188
二十七	关羽一杯酒	192
二十八	大战虎牢关	200
二十九	洛阳落日赋	207
三十	生死一河	216
三十一	玉玺	222
三十二	白马将军	229
三十三	溯江	237
三十四	岩石	246
三十五	牡丹亭	250
三十六	倾国	256
三十七	痴蝶镜	263
三十八	绝缨会	269
三十九	天飙	276
四十	人灯	282
四十一	大权轮转	291
四十二	秋雨时节	296
四十三	死里逃生	302
四十四	牛与"蝗虫"	315
四十五	愚兄与贤弟	323
四十六	以毒攻毒	330

吉川英治作品
汉末十三州与黄巾起义示意图

一　黄巾贼

后汉末年。

距今约一千七百八十年前。

有一位行者。

除腰佩一剑外衣衫褴褛至极，但却眉秀唇红，双眸尤慧，两颊饱满，面隐微笑，毫无卑贱之相。

此人年方二十四五，紧盘双腿，独坐草丛之中。

河水悠悠流逝，微风轻柔拂鬓。

此时正当凉秋八月。

这里是黄河的岸边，低矮的黄土层断崖。

"喂——"有人在河上呼喊。

"那边儿的年轻人，看什么呢？在那儿等啥呀？又不是停靠渡船的地方！"渔夫在小渔舟上道。

青年露出酒窝，点点头道："谢谢啦！"

渔舟向下游漂流而去。青年仍在原地，纹丝不动。他盘膝而坐，出神凝视的目光不曾动摇。

"哎，哎，出门儿的人！"

这次是有人从背后路过招呼他。大概是近处村里的农民，一人手抓鸡腿拎着鸡，一人肩扛农具。

"打早儿就在那儿等啥的吧。近来可有叫黄巾贼的歹人乱窜哪。你会被官府怀疑的。"

青年回过脸道："知道了，谢谢！"他老实巴交地还礼，却没有起身的意思。

青年眺望着千万年来流淌不息的黄河水，总也看不够。

"为什么河水这般黄？"

仔细看着河边的水，原来不是水黄，而是像被砥石研碎了一样的黄沙微粒混在水里，满河翻腾，才显浑黄。

"啊，这土也是……"

青年用手掬起一把大地的泥土，目光定定地投向遥远的西北天际。

造就中国大地的，让黄河水变黄的，都是这细微的沙粒。这沙，是从中亚沙漠刮过来的。人类历史尚未开始的几万年前，这沙就被不断地刮来，堆积成大地，造就了这广袤的黄土地和黄河。

"我的祖先也是沿河而下……"

如今在自己身体里流动的血液是从哪里来的？他想象着遥远的根。开拓了中原的汉民族，也是越过刮来那些沙的亚细亚崇山峻岭来到这里的。他们在黄河流域逐渐繁衍，赶走了尚未开化的苗人，开垦农业，振兴产业，在这里种下了几千年的文化。

"列祖列宗在上，看着我吧！不！鞭策我吧！我刘备一定要振兴汉族人民，捍卫汉族的血脉与和平！"

青年刘备仰天长拜，仿佛对天起誓。

这时，有人伫立在他背后，劈头喝道："形迹可疑的家伙！可是黄巾贼一伙儿?!"

什么人？刘备一惊，回头望去。

呵斥他的人说了句"你从哪儿来?!"就不由分说一把揪住他的后颈。

"……"

刘备定睛一看，大概是官差，胸前戴着县衙的吏章。近来社会动荡，就连地方小吏平时也都武装起来。两名官差一个拿着铁弓，一个绰着半月枪。

"涿县的。"

青年刘备刚回答，那人就接着问道："涿县哪里？"

"啊，我是涿县楼桑村人，现在还跟家母一起住在楼桑村。"

"干什么的?"

"编席子打帘子卖。"

"哦，原来是小贩哪。"

"是的。"

"可你……"

官差像躲脏东西一样突然放开刘备后颈，紧盯着他腰间的那口剑。

"这把剑还有黄金佩环和琅玕珠子装饰呢！卖席子的怎么配有这样的宝剑?！在哪儿偷的?"

"这是家父的遗物，不是偷的。"

回答得诚实，却大义凛然。官差一触到刘备的目光，马上把眼睛挪开，道："可是，你在这里一坐就是半天，到底在看什么？没法儿不让人怀疑。碰巧昨天晚上又有一群黄巾贼袭击附近的村子，抢了东西逃走。你看上去挺老实，不像歹人，可我们不能不怀疑啊。"

"您说得也是……其实我是在等洛阳船，听说今天下来。"

"噢，莫非有什么亲戚搭船过来？"

"不，我是想买点茶叶才等的。"

"茶叶?！"

官差瞪大眼睛。

官差还不知道茶的滋味。因为茶是给濒死的病人喝的，或是给相当尊贵的贵人喝的。人们觉得茶叶是那么的昂贵和贵重。

"给谁喝啊？家里有重病人？"

"没有病人。家母一辈子就喜欢喝茶。但家里穷，难得买给她。这不，做了一两年的买卖攒了点碎钱，想给她买点儿，算是这次出门儿的礼物。"

"嗯嗯，让人佩服啊！我也有儿子，可他哪里会让爹娘喝上茶呀！就看他那样儿……"

两位官差对视一眼，像是打消了对刘备的怀疑，一边聊着什么，一边走开。

太阳西斜。

傍晚的天空变成暗红色，刘备面对红色的黄河沉思。

"啊，看见船上的旗子啦！肯定是洛阳船。"不大会儿，刘备自言自语道。刘备这才从草丛里站起身来，手搭凉棚，眺望上游。

船缓缓地沿河而下，映着落日，黑黢黢的船影徐徐地向眼前靠近。洛阳船跟一般的客船和货船不同，一眼就认得出来。无数通红的龙舌旗在桅杆上翻卷，船楼涂得五彩缤纷。

"喂——"刘备挥手喊道。

可是船没有理睬他，慢慢扳舵，刷刷落帆，在河面上随波逐流，漂到很远的地方靠岸。

这里有个百来户人家的临河村。

今天等洛阳船的不止刘备一人。岸上熙熙攘攘，人头攒动。牵着马的掮客、在鸡车上装着当地纺线和棉花的农民、把兽肉和水果盛在篮子里等待买主的小贩……接洛阳船，小村子快要变成市场了。

黄河上游，洛阳都城，现在有后汉第十二代帝王灵帝的宫殿，奇珍异物、文化精粹几乎都产自那里，行销全国。

洛阳船每几个月就会满载琳琅满目的商品沿黄河来此地一趟，而且在沿岸的小城、村庄、部落等有市场的地方停靠交易。

洛阳船也在临河村停靠。

极其嘈杂忙碌的交易开始了，一直持续到夜幕降临。

刘备混在人声鼎沸的人群中徘徊。他担心自己要买的茶叶落入掮客之手。因为一旦落到商人手中，价码儿就会抬得极高。自己囊中羞涩，无论如何是买不起的。

眨眼工夫交易结束。掮客、农民、小贩们也都三三两两地消失在昏暗之中。

刘备看到船上一个商人模样的人，急忙凑到跟前。

"有茶叶卖给我吗？我想要茶叶。"

"哦，你说茶叶？！"

洛阳商人大气地朝他转过身来。

"真不巧，我们没有带便宜茶叶。船上只有按片论价的佳品。"

"可以可以，我不要很多。"

"你喝过茶吗？地方上的人拿树叶煮着喝，那可不是茶叶啊。"

"对的。就请你卖给我真正的茶叶。"

刘备的声音充满了急切。

他也十分清楚茶叶有多么贵重，多么昂贵，而且这东西在地方上还不曾有过。

听说，茶叶的种子是从遥远的热带来的，为数极少，到了周代才成为宫廷里的秘用饮品。到了汉代，也只在后宫茶园里采摘，产量极少；在民间，只有显贵们的领地里有少量栽培，极为稀有。

还有一个说法。相传神农日尝百草，把食物传授给人间，但他却经常尝到毒草。自从得到茶叶以后,只要一嚼茶叶便可立刻解毒,所以他宠爱茶叶。

总之,刘备很明白以自己的身份求购茶叶是多么荒唐。

但是,看着刘备充满急切的表情和认真解释为什么要买茶叶的态度,洛阳商人看上去也有点动心,问道:"既然如此,可以卖给你一点儿。不过,失敬了,你带钱了吗?"

"带着呢。"

刘备从怀里取出皮囊,把银子和碎金抓在一起,毫不吝惜地全部放到商人手上。

"哦哦……"商人一边估摸着手上的分量一边说,"还真有啊!不过差不多全是银子啊。这点儿钱可买不到多少好茶叶啊。"

"多少都行!"

"你就那么想要茶叶吗?"

"我想看到家母的笑脸。"

"你做啥买卖?"

"编席子打帘子。"

"这么说,你攒这点钱不容易咯。"

"攒了两年,自己节衣缩食的……"

"听起来没法拒绝你啊。不过,就换这点钱我可不划算哪。你还有别的什么东西吗?"

"我再添上这个。"

刘备把挂在剑穗上的琅玕珠子解下来递过去。洛阳商人看了一眼,露出琅玕没什么稀罕的神情,嘴上却说:"好吧。看在你一片孝心的分上,茶叶成交。"

片刻,他从船舱里拿出一个小锡罐儿递给刘备。

黄河昏暗下来。西南方星星闪烁,就像妖猫的眼睛一样。仔细看那星星的光芒,朦胧地罩着彩虹色的光晕。

这是世间将要大乱的凶兆。

这是近来人们害怕看到的星宿。

"谢谢你啦!"

青年刘备双手捧着小锡罐儿,朝着马上就要离岸远去的船影拜了拜。母亲喜悦的面庞闪现在他的眼帘。

可是，从这里到故乡涿县楼桑村还有一百多里地，路上得住几宿。

"今晚就歇下吧。"他思忖着。

向对面临河村望去，闪亮着两三点灯火。他去村里小客栈投宿。

半夜时分。

客栈主人慌慌张张地跑来把他叫醒。睁眼一看，门外火红一片。在闷烫蒸笼般的热浪中，有东西在燃烧，噼啪作响。

"啊！失火啦？"

"小伙子，是黄巾贼来啦！那些跟洛阳船做交易的捐客今晚都住在村里，歹人就瞄上了……"

"哦……贼呀？"

"小伙子，你也和他们做过交易吧。那伙人最先瞄上的就是今天留宿的捐客，接下来就该轮到咱啦。快从后门跑吧。"

刘备迅速佩带好剑。

到后门一看，附近已经烧毁。牲口发出异样的呻吟，女人们在火焰下哀号，四下逃窜。

大地明亮得宛如白昼。

再一看，像夜叉一样的人影挥舞着长矛、长枪和铁杖，见旅客和村民便杀，描绘出一幅惨不忍睹的地狱图。

如是白天就能看到，那帮恶鬼人人都在发髻后边戴着一方黄色头巾——黄巾贼的叫法由此而来。原本中国最尊贵的国色——黄土的颜色，现在变成了让善良百姓一见就毛骨悚然的恶鬼象征。

"啊，太惨了……"刘备自言自语道，"让我住下赶上这事儿，也许就是天意，让我替天拯救这可怜的百姓……你们这帮畜生！"

说着一手扶剑，踹开房门，正欲一跃而出。但转而一想：且慢！

家有老母，靠着儿子活在世上的孤寡老母。

黄巾乱贼不光这里有。他们就像蝗虫一样在天下四处成群结伙，跳梁作乱。

单凭一剑之勇，要斩杀一百贼人都难。就算砍了一百贼人，也救不了天下。

一旦让母亲悲伤，就算用一己之命换得一百贼人的性命便又怎样?!

"是啊，我今天不是还在黄河岸边对天起誓了吗？"

刘备遮住眼睛，从后门逃遁而去。

他在夜幕下连续奔行，终于来到远离村子的山路上。

"该没事儿了吧。"

擦着汗，回头望去，被烧掉的临河村看上去只是一点比旷野尽头的篝火还要小的火点。

仰望苍穹，跟浮着白虹般星云的宇宙相比，这世间的山岳之大、黄河之长、中原大地之广，毋宁说只是小得可怜的存在。

更何况人类的渺小——若微不足道之我者……刘备慨叹自己微不足道，无能为力。

"不！不！有了人才有了宇宙！没有人，宇宙只是一片空虚。人比宇宙更伟大！"他忘我地朝苍天怒吼。

然也。然也。

他觉得好像有人在说话，回头看去却杳无人影。

只是在树木的阴影底下有一座古老的孔庙。

刘备上前，对着庙宇磕头。

"是啊，早在七百多年前，孔子生于鲁国，戡正乱世，至今活在人们心中，拯救人们灵魂。他证明了人类的伟大。孔子以文立世，我要以武救民。当今世道黑暗，任由黄魔鬼魅跳梁作乱，只有在广布文功之前，以武道在大地上建立和平！"

善感的青年刘备只道四下无人，不由自主地朝孔庙立誓般充满激情地说道。

就在这时，庙里有人大声笑起来。

"哇哈哈哈哈……"

"啊哈哈哈哈……"

刘备吃了一惊，刚要站起，一个汉子踹开庙门，像豹子一样突然扑来。

"嗨嗨，慢着！"

一把摁住了刘备的后颈。

同时，另一个大汉从庙里把孔子的木雕像朝刘备踢了过来，骂道："混账，这玩意儿你也稀罕?! 哪儿就伟大啦?!"

孔子的木像头颈折断，身首异处，在地上翻滚。

刘备异常惊恐，暗想这下遇到了歹人。

眼前两个巨汉，发髻裹黄巾，身披铁铠甲，脚蹬兽皮鞋，腰际横巨剑。

不用问，就是黄巾贼一伙儿。而且那个当头儿的从面相和穿戴上一眼就能看出。

"大方，这家伙咋办？"

揪着刘备后颈的汉子问另一个。踢孔子木像的汉子回答道："放开他。要是逃跑立马斩了就是。在我眼皮子底下，还跑得了他？！"

说完，悠然坐在庙前汉白玉上。

大方、中方、小方，是方师（术师、祈祷师）的称号，还表示位阶。在黄巾贼的同伙中指的是部将。

不过主将张角可不这么叫。单对张角和他的两个胞弟，要特别尊称为"大贤良师、天公将军张角""地公将军张宝""人公将军张梁"。

在他们之下设所谓大方、中方等部将，把部队组织起来。现在坐在刘备面前的汉子就是张角手下的一个黄巾贼头目，名叫马元义。

"喂，甘洪。"马元义看手下甘洪担心的样子，便颐指气使地道，"把那家伙押到前面来。对，到我面前来。"

刘备被揪着后颈拉到马元义跟前。

"哎，乡巴佬！"马元义怒视刘备道，"你小子刚才对着孔庙立了大誓，到底是动真格儿的还是疯啦？！"

"是。"

"一声'是'可蒙混不过去。你刚才诌什么讨伐黄魔畜生来着。黄魔是谁？畜生又指啥？"

"并无特别意思。"

"哪有一个人乱诌的？！"

"走山路太寂寞，为了赶走恐惧才信口胡说，边说边走的。"

"你说的是实话？"

"是的。"

"你要上哪儿去，深更半夜的？"

"回涿县。"

"还有老远的路咧。天一亮,我们也要去北边儿的镇子,被你小子闹醒了,怕是再也睡不着了。正好我们有行李没法儿弄,你挑着我的行李,跟我们一起走吧。喂,甘洪!"

"哎。"

"行李让这家伙挑着,你拿上我的半月枪。"

"这就上路吗?"

"过了岭子天就该亮了。到那会儿,那帮人也一准儿干完了今晚的活计,从后面追上咱了。"

"那就边走边留下些记号吧。"甘洪在庙墙上写下了点儿什么,每走半里地就在路边的树枝上绑上黄巾……

大方马元义悠悠然地骑在马上,走在前头。

二　童谣兴

马向北走着。

鞍上的马元义不时回首南望，嘴里嘟哝着："那帮家伙还没赶上来，咋的啦？"

帮他扛着半月枪跟在马后的手下甘洪道："没准儿在哪儿搞错了路吧。反正到了冀州（治所在今河北柏乡北）会碰面的。"

刘备猜想他们大概在说贼人同伙的事儿。

"无论如何，假装顺从方为上策。总会有机会逃脱的。"

刘备背着贼人的行李，被夹在马和半月枪中间，默默走着。一连走了四天，翻过丘陵，渡过河流，穿过平原。

所幸连日无雨。秋天，万里碧空，没有一丝云彩。黍子细长的穗儿有时甚至遮没了马和人的肩背。

"哈——"

旅途疲倦，马元义打了一个大哈欠。甘洪也倦怠地半睡半醒，挪动着双脚。

就在这时，刘备突然被一种冲动攫住：现在就跑！

他几次意欲出手拔剑，但又想起了母亲，万一失败……考虑到身怀大志，每次都默默隐忍下来。

"喂，甘洪！"

"哎。"

"能吃上饭啦！有凉水啦！看哪，那边有座庙呢！"

"庙？"甘洪伸长脖子，"谢天谢地！大方，肯定还有酒呢。和尚都爱酒咧。"

这时节，夜晚天凉，白天却炎热得要把人烤焦。所以一听到水，刘备也不由自主踮起脚尖。

远处现出低矮的丘陵。

丘陵环抱着一丛树木和沼泽。沼泽里开满红莲和白莲。

走过庙前石桥,马元义在破败的寺门前下马。两扇门坏了一扇,另一扇徒有其形。门上贴着一张黄纸,上面写着这样的文字:

苍 天 已 死
黄 天 当 立
岁 在 甲 子
天 下 大 吉

大贤良师张角

"大方,快看!这儿也贴着咱的盟符呢。这座庙也入了咱黄巾的伙儿啦!"

"有人吗?"

"这么叫都没个人出来呢。"

"再喊喊!"

"喂——有人吗?!"

甘洪喊着,朝微暗的堂房里张望。里面空空如也,一位皮包骨头的老僧坐在堂房正中的佛椅上。可是,不知老僧是睡是死,像具干尸,空洞洞的眼睛冲着房梁,寂然不答。

"哎,老头儿!"

甘洪用半月枪柄去打老僧的小腿。

老僧好容易睁开呆滞的眼睛,挨个儿扫视一下眼前的甘洪、马元义和青年刘备。

"有吃的吧。我们要在这儿填饱肚子。赶紧准备!"

"没有……"

老僧有气无力地摇摇那张蜡一样苍白的脸。

"没有?!这么大的庙怎么会没吃的?!你以为我们是谁!看看我们头上的黄巾!我是大贤良师张角的方将马元义。我们要搜啦,要是搜到吃的,砍下你的脑袋!"

"搜吧……"

老僧点点头。

马元义回头看了看甘洪,道:"没准儿真的没有。老家伙挺镇静的。"

老僧举起搭在椅子上的骨瘦如柴的臂肘,转圈儿指了指身后的祭坛、墙壁和四周,道:"没有!没有!没有!……连佛像都没有了!这里什么都没有了!"

声音中带着哭腔,呆滞的双眼充满仇恨的光芒。

"所有东西都被你们的同伙抢走了。这里,就像大群的蝗虫糟蹋过的庄稼地啊……"

"可是,总得有点什么吃的吧?"

"没有!"

"那,打点儿凉水来!"

"井里已经投了毒,喝了就死。"

"谁干的?"

"那也是你们戴着黄巾的同伙干的。跟前面的庄子打仗时,为了不让残兵藏身,在所有的井里都投了毒。"

"那,总还有泉水吧?池塘里开着那么漂亮的荷花呢,肯定有地方有凉泉。"

"那些莲花儿,多么美丽啊!我看哪,红莲、白莲都是无数老百姓的幽魂。每一朵花儿都在诅咒、仇恨、哭泣、颤抖……"

"老家伙胡说八道……"

"你要认为我是胡说,可以去池塘里看看。红莲的下面、白莲的底下全是腐烂的死人尸体,都是被你们同伙杀死的善良百姓和妇女的死尸。还有不愿意入伙黄巾被吊死的庄主、庄主夫人和战死的官差。有好几百人的尸体啊……"

"……"

"得得,废话少说!没吃没喝的,你是吃啥活下来的?!"

"老衲吃的嘛……"老僧指了指自己鞋子周围。

马元义若无其事地环视一下地面。咬掉根的野草、虫子的腿、老鼠的骨头什么的散落一地。

"这家伙,真拿他没办法!喂,刘备、甘洪,咱们走!"他说着走了出去。

这时,老僧才注意到跟着贼人的刘备的存在。他直勾勾地注视着青年刘备的脸，仿佛要盯出一个洞来。"啊！"他突然大叫，声音里带着被人重击似的惊愕，从佛椅上站起身来。

老僧大睁塌陷的眼睛，目光惊异地凝视着刘备的脸庞，一眨不眨。

不一会儿，老僧独自哼了一声，好像想起了什么，道："啊，啊！就是你！"

说着，老僧屈膝跪在地上，好像见到了文殊菩萨一般膜拜不已。

刘备莫名其妙，道："老师傅，您这是做什么？"说着去拉老僧的手。

老僧触摸到刘备的手，更是激动得热泪盈眶，浑身颤动。他把刘备的手放在额头上，道："年轻人，我已恭候多时啦。我要等的人就是你啊！你就是那位打退鬼魅跳梁，辟乐土于黑暗国度，指明路于如麻乱世，救大众于涂炭深渊的人哪。"

"瞧您说的！我就是一个从涿县糊里糊涂跑到这儿来的卖席子的穷小子。老师傅，放开我吧。"

"不不，你的面相骨相已经显露啦。年轻人，告诉我，你的祖先是皇帝一脉，还是王侯血脉？"

"不是。"刘备摇摇头，说，"父亲、祖父都是楼桑村的百姓。"

"再往前……"

"不知道了。"

"你若不知，就听我的。你佩带的剑是谁给的？"

"是亡父的遗物。"

"很久以前就在你家了，是吗？虽然旧了看不出痕迹，但那决非凡人所佩之剑哪。原来还该挂着琅玕珠子，而且剑带还该配有皮或锦的腰帛呢，人称帝王之佩。总之，剑身肯定是举世无双的宝剑！你试过这把剑吗？"

"……"

贼人马元义和甘洪已先走到外面，见刘备迟迟不出，便收住脚步，一边竖起耳朵偷听老僧的喃喃话语，一边回过头去，不耐烦地呵斥道："喂，刘备！干啥呢，要拖到啥时候啊？赶快拿着行李出来！"

老僧继续说着什么，被马元义的大嗓门儿吓得哆嗦了一下，突然闭口不语。刘备趁这当口，走出堂房。

刚刚跨出拴马的旧门，马元义就叫正在给马解缰绳的甘洪停下手来，一边指着一个树根，道："刘备，你坐下！"

说着，自己也坐在石阶上，摆出一副大模大样的派头。

"刚才听说你小子有出人头地的面相啊。怕是当不上王侯、将军吧。不过说实话，我也看你小子有前途。怎么样啊，入了黄巾，做我的部下吧。"

"哦，太谢谢您啦！"刘备彻底装老实，"我在老家有老母，虽然蒙您好意，但我不能入你们的伙啊。"

"有老妈也没关系啊，给她饭钱不就得了？"

"可是，就我出门的这些日子，她挂念儿子，人都瘦了，太爱替孩子操心啦。"

"那倒是啊，一直让她过穷日子嘛。你要是入了黄巾军，让她吃饱了饭，她还会担心你吗？你又不是小孩子了。"

接着，马元义开始大谈黄巾一伙的势力、世间的未来，想要吸引容易为功名而冲动的那颗年轻人的心。

"眼光短浅的人会觉得我们光欺负良民了，但也有相当多的地方像神一样崇拜我们的主将张角。"

他定了前提，便先从黄巾军的发祥开始讲起。

十多年前。有个无名之士，名叫张角，巨鹿郡（治所在今河北平乡西南）人氏。

传说张角在乡里乃稀世秀才。一次，他进山采药，路遇一个长相奇异的道士。道士手拄藜杖，向张角招手，道："我已候你多时。"邀他同行，把他引进白云深处的一处洞窟之中，授书三卷于他，道："此书乃《太平要术》。你可体味此书，救天下涂炭，兴道施善。如若醉心于一己之荣耀而生歹心，将立遭天罚而亡。"

张角再拜，问老翁名号。道士答道："我乃南华老仙。"语毕，化作一缕白云飘然飞去。

张角下山，亲口将此事告诉乡里的乡亲。

乡人们诚实，信以为真，纷纷道："咱乡的秀才神仙附体啦！"他们立刻奔走相告，尊崇张角为救世方师。

张角闭门谢客，身着道衣，斋戒沐浴，常带南华老仙所授之书，静心修行。一年，恶疫流行，村里每天死人甚多。张角道："今天乃神命我出山之日！"

他庄严地推开草门，出去拯救病人。此时，他的门前已经猬集了五百之众，磕头请张角收为弟子。

五百弟子遵他之命，携金仙丹、银仙丹、赤仙丹等秘药，去往各地巡治恶疫。他们讲述张角方师的功德，给男人金仙丹，给女人银仙丹，给孩子赤仙丹。神药功效显著，不出数日众皆痊愈。

如此仍不能痊愈的人，张角便亲自前往，大声唱咒，口称把病魔赶出家门，施以符水之法。受法的病人没有下不了床的。

不仅是身体患病的人，接着连那些心里患病的人也云集而来，在张角面前忏悔。穷人也来了。富人也来了。美女也来了。大力士和武师也来了。这些人或拜在张角的帐下，或下厨干活儿，或侍候在张角左右，或在众多弟子中夸耀自己成为张角弟子。

转眼之间，张角的势力遍布各州。

张角让弟子设三十六方，划出级别，分成大小，称领头的为军师，并授"方师"称号。

大方领万余人，小方领六七千人。各方内部有部将，有方兵。张角还让人们称自己的两个胞弟张宝、张梁为地公将军、人公将军，让他们拥有最大权威。自己则君临他们之上，称"大贤良师张角"。

这就是黄巾军的起源。起初是张角经常用黄巾扎发髻，后来风靡全军，逐渐成为同伙成员的徽章。

此处插叙几句，交代一下黄巾军起义时的世间现状——

黄巾军用黄色做成全军旗帜，大旗上书有宣传文字：

苍　天　已　死
黄　天　当　立
岁　在　甲　子
天　下　大　吉

黄巾军乐谣部给这段文字配上柔和的曲调，让党徒士卒唱，唱得这支歌谣像热病一样从村庄到县、郡都流行起来。

大贤良师张角！

大贤良师张角！

连三岁孺子都没有不知道这个名字的。

"苍天已死，黄天当立……"

唱过之后，让民众交相称颂张角之名，至今还会使人产生天上乐园就要在地上实现的感觉。

可事实是，黄巾军越是跋扈，老百姓就越是没有一天安稳，更何谈乐土。

张角向顺从自己势力的愚民鼓吹"享受太平"，许以逸乐，要他们"讴歌现世"，暗里鼓励他们抢掠。

相反，对逆之者则严惩不贷。杀人、掠夺财宝是党徒们的家常便饭。

连庄主和地方官吏都防不胜防，频频向洛阳告急。可眼下，汉帝内宫颓废不堪，内争不止，混乱一片，根本无力向地方派兵。

光武帝完成统一大业振兴后汉王朝，至今已近二百年，宫府内外已经渐渐现出腐败和崩溃的征兆。

第十代帝王桓帝驾崩，继位的第十一代帝王灵帝还是个十二三岁的孩子。辅佐重臣竞相侮辱幼帝，猥亵朝纲，奸佞之人得势，有真才实学之人被悉数放逐山野。

有心者窃自忧患"这世道欲将何往"!？在各地起义的黄巾军中口口流传的童谣"苍天已死"又流行起来，诅咒后汉末日的声音甚至充斥洛阳城下。

就在这时，又有一事搅得人心惶惶不安。

有一年，幼帝驾临温德殿。突然狂风大作，一条长二丈有余的青蛇从梁上落到皇帝龙椅旁边。皇帝"哇"的一声扑倒在地，不省人事。殿内骚动自不待言，禁门武士手持弓箭和凤尾枪冲将进来，要刺青蛇。就在此时，大风夹着冰雹打得皇城地动山摇，青蛇化作云雾升腾而去。此后三日三夜，天像漏底的锅一般，大雨倾泻不止。洛阳二万户民宅受淹，数千户房屋倒塌，无数百姓溺死受伤。

近几年，凶兆年年发生。

红色彗星现身；细风全无的白昼竟会突起黑色旋风，刮倒皇宫望楼；五原山山崩地裂，一夜间数十部落被埋入地底。

每次出现如此凶兆，人们都会盲目传唱黄巾贼"苍天已死……"的歌谣，纷纷入伙贼党。希冀享受随心所欲、横行霸道、杀戮抢掠的"黄巾太平"之人暴增。

思想恶化，组织混乱，道德颓废。后汉末期朝廷对此却无能为力。

黄巾贼张开魔掌，势力如燎原之火，如今已遍及青州、幽州、徐州、冀州、荆州、扬州、兖州、豫州各地。

各州诸侯及郡、县、都的长官、官吏，四处逃散者有之，投降为贼者有之。尸体堆积成山，被烧死的不计其数。

富豪纷纷献出财宝，乞得活命。寺庙、民宅则家家户户在门上贴着写有"大贤良师张角"的黄符。人人都得起誓绝对顺从，简直像祭鬼神一样敬畏。这就是当时的状况。

话题回到当下。

大方马元义自鸣得意地谈论着黄巾贼的兴起和世间现状，边说边从落座的石阶上用下巴指了指庙门。

"看见了吧，那儿也贴着黄盟符呢。你也看了上面写的字了吧。这个地方也一直是我们黄巾军的势力范围。"

"……"

刘备只是听着，自始至终沉默不语。

"不！岂止这个地方，当今天下都是黄巾党的。后汉朝就要灭亡了，要改朝换代了。"

听到这里，刘备才第一次开口问道："那么，张角良师灭了后汉以后打算自己登帝位吗？"

"不不，张角良师没有那样的想法。"

"那谁来当下一个皇帝呢？"

"这可说不好。不过刘备，你要是答应当我的部下，我就讲给你听。"

"好吧，我当。"

"一言为定？"

"如果我母亲同意的话。"

"那就跟你明说了吧。帝王的问题等灭掉现在的皇帝以后会变成一个重大议题。还得跟匈奴商量商量。"

"哦?！……为什么？为什么决定汉人的皇帝还需要跟匈奴商量？他们可是自古侵犯秦、赵、燕等国边境，威胁我大汉的外族呀！"

"那种事情是多得很！"马元义说得很是理所当然，"就算我们再四处暴乱，如果背后没有黑幕源源不断地送来军费和兵器，这么短的时间怎么可能搅乱后汉的天下呢！"

"哦?！这么说，黄巾军的背后有外族匈奴?"

"所以，我的部下是绝对打不败的。怎么样，刘备？我劝你可是为了你出人头地哦。当我的部下吧，就在这儿加入黄巾军吧。"

"好事啊，母亲听了大概也会高兴的……不过，母子之间也有礼数，我还是禀告母亲之后再给您回话吧……"

刘备还在说着话，马元义却突然站起身来，道："哎呀，来啦！"

说着，手搭凉棚，朝远处平原望去。

三　白芙蓉

　　那是一支有五十来个贼人的小队伍，里面有两三个贼将骑着马。他们拿着铁鞭，看上去好像在聊着什么。不一会儿，看见马元义的身影，一窝蜂地朝寺庙靠过来。

　　"哎呀呀，李朱范，真够慢的啊！"这边的马元义伸长脖子道。

　　"哎呀，大方，原来你在这儿哪！"姓李的汉子一边跟在其他同伙后边从马鞍上下来，一边擦着汗，反向马元义抱怨道，"不是说好在山上的孔庙等嘛。可到了那儿没见你们的影子，我们六神无主啦。哪里是走得慢哪。"看上去像是同伙的半开玩笑，被责备的马元义也只是呵呵地笑。

　　"昨晚的收获怎么样？为了洛阳船，不少商人都住下了吧？"

　　"没什么大不了的收获，不过烧了一个村子，东西还是有一点儿的。财物都打成驮子，按例送到咱们的寨中仓库去了。"

　　"近来，百姓们也都学会把钱埋起来，商人们也成群结队，赶在我们袭击之前溜之大吉，我们越来越不能像以前那样得心应手啦。"

　　"噉，说起来，昨天夜里还让一个家伙逃掉了，可惜啊。"

　　"可惜？他有啥值钱的东西吗？"

　　"哪里，没有沙金宝石，不过他跟洛阳船做了茶叶交易。你知道，说起茶，那可是盟主张角的最爱啊。我打算无论如何也要抢过来献给大贤良师，都在那小子住的旅店做了记号。可是从旁边点火烧起来后闯进去一看，那小子不知啥时候已经逃得没影儿了，找都没找着。这可是这些日子以来最大的失误啦。"贼人李朱范就在刘备身旁大声说着。

　　刘备大惊，不由得悄悄地摸了摸藏在怀里的小锡茶罐儿。

　　于是马元义"哼"了一声，郑重地把头转向身后的青年刘备，再转向李朱范，道："那家伙多大岁数？"

　　"是啊，我也没见到，但听探到他的部下说，是一个年轻人，穿得破破烂烂的，但有凛然之气，所以部下说，那小子八成儿是一个不能大意的人哪。"

"看看，是不是这个人？"马元义指着身边的刘备问道。

"啥?!"

李朱范现出很意外的神情，但听马元义仔细一说，立马感到奇怪，心生疑窦，冲着奉命屯集在池塘边上的那群部下大喊："没准儿就是他！喂，丁峰，丁峰！"

手下丁峰听到叫声，从人群中跑过来。李朱范指着刘备的脸问在黄河边买茶的年轻人是不是这个人？

丁峰看了一眼青年刘备，毫不犹豫地答道："啊，就是他！就是这个年轻人，没错！"

"好啊！"

李朱范说着，让丁峰退下，跟马元义一起冷不防把刘备的双手左右反剪起来。

"咳，你小子藏着茶叶吧。快把茶叶罐儿交给我！"马元义斥道。

李朱范也一起拧着刘备那只好使的手威胁道："不交出来就砍了你！刚才我可说了，茶叶是张角良师的最爱，就是以良师之威也很难弄到手。你这样的贱民，就算弄到茶叶又能怎样?！赶快交给我们献给良师！"

刘备知道搪塞不过去，早已断念。但想到老家的母亲还在盼着，就比要了自己的命还难受。

"有没有办法逃离这里？"

刘备忍着双臂的疼痛暗暗思忖。但还没想好，李朱范的鞋子就迫不及待地踢到他的腰上，骂道："你小子是哑巴还是聋子?!"

刘备还在踉跄，李朱范就又是一把，再次抓住他的后颈，气势汹汹地道："没看见啊，那边可有五十多个杀气腾腾的手下看着这边儿呢，个个儿都会猛虎扑食的。快回答！"

刘备跪在两人的双脚前，心里真不情愿用母亲的欢欣跟他们做交易。忽然，他一抬眼看见刚才那位老僧站在寺门后面，朝这边窥视，一个劲儿地打手势催他妥善处理，好像在说："不要吝惜身外之物。他们要什么就给他们什么，快给他们！"

刘备也立刻想到："是啊，弄伤身体，才是对母亲的大不孝。"于是下定决心，但还是没有交出怀里的茶叶罐儿。他解下腰间佩剑的皮挂带，哀求道："这是家父的遗物，除了这条命就数它了。我把它献出来。你们放过茶叶吧！"

于是马元义道："噢，我刚才就盯上这把剑啦，收下了！"说着一把夺过剑去，佯装不知地说，"茶叶的事儿，老子不知道！"

李朱范愈加生气，斥责刘备把剑给了别人，为什么不把茶叶罐儿交给自己。

刘备万般无奈，交出了贴身紧藏的小锡罐儿。李朱范如获至宝，双手捧着，道："就是这个！就是这个！肯定是洛阳的名茶。"

贼人小队原计划就要开拔前行，但来了一个望风的报告："前边十来里，有五百来官军在河边扎营，好像在搜捕我们。"于是行动立马发生了变化，改成"今晚在此过夜"。五十来个黄巾贼直接把寺庙当成宿舍，动手解下随身携带的干粮袋。

瞅准傍晚做饭混乱，刘备想趁现在的好机会逃走，薄暮中悄悄跨出门去。

"喂，上哪儿去？"

贼人哨兵发现了他。很快，过来一大群贼人把他围住，飞快禀报庙里的马元义和李朱范。

刘备被五花大绑捆在斋堂圆柱上。

这是一间石头砌的屋子，地上铺着砖，除了粗大的圆柱和窄小的窗户外一无所有。

"喂，姓刘的，听说你想背着我逃跑啊！我看，你是官府的探子吧。肯定是的！肯定是县里官军的密探！听说今晚县军在前边十里的地方下了寨，你想溜出去给他们报信吗？！"

马元义和李朱范轮番审问刘备。

"难怪你长相奇特。不是县军的探子，就是直属洛阳的奸细。怎么说都是官家的人吧。赶快从实招来！不招，有你苦头吃的！"马、李二人猛踢刘备，骂道。

刘备什么也不说，一副决心事到如今听天由命的样子。

"不动真格的你还不开口了！"

李朱范觉得不好对付，就对马元义建议道："反正我打算明天一大早开拔，去张角良师的总督府，献上那个茶叶罐儿，给良师请安。到时把这小子押去，交到大方军本部，送上军法会怎么样？说不定还能发笔意外之财呢。"

马元义说"可以"，同意了。

斋堂门扉紧闭。夜阑人寂，从唯一的高窗望去，今晚银河下的秋天还是那么的清澈，带着凉意。可是终究无法逃脱此地。

外面传来一阵马的嘶鸣。要是官府的县军打过来就好了。刘备抱着一线希望。但好像是两三个望风回来的贼兵走过。然后万籁寂静，大地无声。

"拼命想给母亲尽孝，却落了个大不孝。我死不足惜，可让老母悲度余生，不孝之身横尸荒野，太可悲了！"

刘备仰望星汉，嗟叹不已。他觉得后悔：就算尽孝道，想法与身份不符也是不对。

他想，与其被拉进贼窝，受尽人生耻辱，再被杀死，不如干脆在这里一咬牙死掉。

想死，可身上没剑。用头撞柱愤愤而死吧。要么咬掉舌头怒视星空诅咒而死。

刘备闷闷地举棋不定。

这时，一根绳索在他的眼前放下。绳子从高高的窗口沿着石墙嗖嗖垂下，有如神遣。

"咦……"

不见人影，只有一方星空。

刘备站起身来，但马上明白过来，这样毫无用处。身子被五花大绑着，解不掉身上的绳子，就算援手伸到跟前，也脱逃无术。

"哎，是谁呢……"

有人到窗下救自己。有人在外面等自己。刘备挣扎得更厉害。

外面的人大概会嫌他动作太慢而焦急，好像在催他快点。高高的窗口垂下的绳索左右晃动，下端系着一把匕首，咚咚地打在地上，像白鱼翻跳。

刘备用脚尖把匕首拨过来，好不容易把它拿在手上。他割断捆绑自己的绳子，迅速来到窗下。

"快！快！"绳索无言地晃动，传递着窗外的意思。

刘备抓住绳子，脚蹬石墙，隔着窗户朝外张望。

"哎，哎……"

站在外面的是白天孤独一人坐在佛椅上的老僧。是他那皮包骨头的细细身影。

"现在跑吧！"

老僧向他招手。

刘备迅速跳到地面上。等候他的老僧一声不吭，拥着他就跑。

寺庙后边有片疏林。秋天的银河把林间小道照得微亮。

"老师傅，老师傅，这是要往哪儿逃啊？"

"还不能逃。"

"那这是干什么？"

"请到那座塔下。"老僧边跑边指。

定睛一看，疏林深处果然耸立着一座古塔，比林子的树梢要高。老僧急急地打开古塔门扉，身影消失在门里。

"怎么回事？"

刘备惴惴不安起来，又担心贼兵追来，四下张望。

"年轻人，年轻人！"

不一会儿，老僧一边小声叫刘备，一边从塔中牵出一样东西。

"曜！"

刘备瞪大眼睛。

老僧牵的是一匹马的缰绳。一匹白马被牵出来，毛色美得似银针一般。

啊呀呀，白马毛色美丽，马鞍华贵，任何语言形容它都会逊色。白马后面跟着一位步态婀娜、身姿楚楚的美丽女子，流露出害怕世间风雨的神情。女子眉清目秀，皮肤白皙，眼里饱含忧愁与烦恼……在这种出人意料的场合，在这星夜的光照之下，这女子看上去宛若天仙。

"年轻人，如果我救你还算是对你有恩，就请带上这位姑娘一起逃吧。从这里向北十多里，河边就有县军的营寨。你把她交给他们。就十里地，这白马抽两鞭就……"

老僧的话刘备本该二话不说就答应下来。但他却不禁犹豫起来，与其说是因为这个任务，倒不如说是要送的人太美。

老僧又如何理解他的犹豫呢？

"是啊，你是在疑虑这位素不相识的女子吧。别担心！她是此地长官的

23

女儿。她父亲直到前不久还在掌管县城。黄巾贼作乱闯了进来，县城被烧，长官被杀，家丁四散，连这寺院都成了这个样子。姑娘在乱军中迷了路，我就把她悄悄藏在塔里。"

老僧说着，眼睛忽地朝塔尖望去。这时，除了吹过林子的秋风，突然又响起人的脚步声和马的嘶鸣声。

刘备刚要去看，老僧一把拽住他的袖子，道："不，还是不动为好。暂时在这里待着不动，反倒……"

危急关头，老僧继续说了下去。

县城长官之女姓鸿名芙蓉。而且，今晚在附近河边扎寨的县军，定是长官先前四散的家丁集合残兵，想来找黄巾贼报仇的。

所以，只要把芙蓉送到那里，以前的家丁们就会保护她。你们二人骑上马，一口气抄近道逃走吧。

老僧说得像祈祷一般。

刘备勇敢地答应了。

"可是，老师傅，您怎么办哪？"

"你说我啊……"

"是的。要是贼人知道是你让我们逃走的，师傅，他们可不会放过您的啊。"

"不用担心。就算活着，以后还能活几年！？何况这十几天是吃草根、虫子勉强活下来的。那是靠着一心想救鸿家小姐的心愿才活下来的。现在，鸿家小姐已经托付给可靠之人，而且我还为这世间发现了你，没有牵挂啦！"

说完，老僧的身影风一样消失在塔里。

芙蓉"啊"的一声，依依不舍地紧紧追去，塔口的门却从里面突然关上。

"师傅！师傅！"

芙蓉像失去慈父一样哭泣着捶打塔门。这时，高高的塔顶再次传来老僧的声音：

"年轻人，看着我的手！看着我手指的方向！这片树林的西北方向啊！北斗星在闪耀。你们可以朝着这颗星的方向一直走。南面、东面、荷花池旁、寺庙附近、路上，统统挤满了贼兵的身影。只有西北面可以逃。而且要趁现在就逃。赶快骑上白马，快马加鞭吧。"

"哎！"

刘备一边答应，一边抬头仰望，老僧的身影站立在塔顶石栏上，一直用手指着一个方向。

"小姐，赶快上马，现在不是哭的时候！"

刘备抱着她的细腰，把她放到白马鞍上。

芙蓉身体轻盈，散发着柔和高贵的馨香。她的胳膊环在刘备的肩上，黑发触到刘备的面颊。

刘备不是草木。不曾有过的心跳让他热血沸腾。然而，那只是在把她从地上抱到马鞍上的那一瞬间。

"对不起！"说着，刘备也骑上马来，跨坐在一个鞍上。然后一只手护着芙蓉，一只手拽住白马缰绳，把马头拨向老僧指引的方向。

塔顶上，老僧俯视着这一切，觉得自己的事已了，便突然发出欣喜的声音：

"看啊！看啊！凶云没，明星出。白马翔，黄尘灭。用不了几年啦！年轻人，快去吧！再见啦——"

说完，老僧咬着舌头，纵身一跃，从塔顶石栏之上跳到百尺之下的大地上，摔得粉身碎骨。

25

四 小乑张飞

　　白马沿林间小道朝西北方向飞奔，树叶在秋风中飞舞，像箭一样掠过鞍上刘备和芙蓉的身影。
　　很快他们便来到广阔的平原。
　　这里，也有箭嗖嗖地从两人身旁掠过。这回可不是树叶，而是铁弓射出的装着锋利箭头的箭。
　　"喂，朝那边跑啦！"
　　"还载着个女人……"
　　"那就不是刘备咯。"
　　"不不，就是刘备！"
　　"管他是谁，别让他跑了！也别让那女的跑了！"
　　是贼兵的声音。
　　刘备他们刚出树林，就被一队黄巾贼发现。
　　这群兽类呐喊着朝白马影子追来。
　　刘备回头一看，不由得脱口而出："糟了！"
　　骑在马上，把刘备和白马当做唯一依靠的芙蓉也禁不住害怕起来，道："啊，已经……"
　　她的声音颤抖，微弱得几乎听不到。
　　刘备心想万一不行就真没救了，但还是鼓励她，道："没事儿！没事儿！不过你一定要死死抓住马鬃和我的腰带，千万别掉下去了。"
　　说着用鞭子猛抽白马。
　　芙蓉再也不答，无力地把脸埋在马鬃里。那张惨白的面庞活脱脱就是一朵战栗的白芙蓉花。
　　"只要跑到河边！只要跑到河边，那里有县军！……"
　　刘备用刚折的树枝编的鞭子不断抽打白马，现在树枝的皮已经剥落，露出白色的木质。

越过起伏的低矮土坡,远处出现一条白练般的河流。太好啦!刘备重又鼓足勇气。可是来到河边,人影全无。夜里囤集于此的县军,大概惧怕贼兵势力,已经拔寨,不知去向。

"慢着!"

这时,一个精悍的身影跟五六个人,骑在马上,已经前后左右把他们包围起来。不消说,是黄巾贼的小方(小头目)们。

没有马的徒步兵卒跟不上四条腿的马,还在半道拼命赶路。以李朱范为首的七八个骑马的小方很快追上刘备。他们喊道:

"站住!"

"放箭啦!"

一支铁弓射出的利箭刺进白马的颈项。

白马喉咙扎着一支箭,纵身一跃,身子直立,一声嘶鸣,轰然倒地。芙蓉和刘备的身体都被抛在地上。

芙蓉的身体一动不动。刘备站起身,大吼一声:"来吧!"

他不曾知道,自己的声音竟如此洪亮。这声大吼,下意识地从嘴里喊出,穿透旷野,百兽畏惧。

贼兵一愣,被刘备巨眼的光芒所震慑,马也被吼声惊吓,迈不动四蹄,止步不前。

可那只是一瞬间。

"想造反吗,黄毛小儿!?"

"想抵抗吗?!"

贼兵跳下马来,有的扔开铁弓拔出长剑,有的挥舞长枪,一齐向刘备刺来。

如此险恶的日子和凶险的路途,刘备是怎样过来的啊?!

从黄河岸边到这里,刘备不知多少次在生死线上徘徊。就是这样,考验他的千难万险好像还是一次又一次变着法儿地等着他。

"到头了!"

刘备已经断念。他无法逃脱贼兵的包围,准备自刎而死。

可是手无寸铁。父亲遗留下来的宝剑孩提时代就一刻不离地带在身上。可宝剑刚才已被贼将马元义抢走。

27

尽管如此，刘备忖道："不能白死！"

他猛地抓起石块，向靠近前来的贼兵脸上砸去。一个对刘备不屑一顾的贼兵冷不防挨了一击，"啊"的一声捂住鼻梁。

刘备扑上去夺过他的长枪，大声道："祸害百姓的害人虫！我已经忍无可忍啦！让你们看看涿县刘玄德的本事！"说着便抵死相拼。

贼兵小方李朱范笑道："这个乡巴佬！"说着舞着半月枪冲过来。

刘备原来就不是习武之人。在乡下楼桑村多少练过一点武，但功夫有限。与其说习武立身，不如说编席子赡养老母才是他的当务之急。

由于跟七个贼兵拼死搏斗，这条命一下子还丢不了。但打了一会儿，长枪被打落，一个趔趄摔倒在地，被李朱范骑在身上，摁在地上，长剑抵在胸口。

"喂——"

这时……不，刚才这个声音就大老远地传来，但剑戟铿锵，没人听见。

"喂——等等——"原野尽头传来呼喊声，由远及近。

洪亮的声音让贼兵们不由得回过头去。

一个人影边挥手边朝这里飞奔而来，那速度，简直就像疾风中飞舞的一片树叶。

"哎，不是小卒张飞吗？"

"是的，就是最近入伙儿的张飞小卒。"

贼兵莫名其妙，你看看我我看看你，议论起来。因为来人是他们自己部下里一个叫张飞的小卒。其他众多步卒跟不上马跑，中途纷纷掉队，偏偏这个小卒，慢是慢了，却只差这么一点点就赶了上来。如此脚力令贼将惊愕不已。

"这不是张飞小卒吗？"李朱范把刘备的身体压在膝下，右手拿长剑抵在刘备胸口上，回头道。

"小方，小方！不能杀呀！把这个人交给我吧！"

"说啥？……你这么说，有谁的命令？"

"小卒张飞的命令！"

"混蛋！张飞不就是你自己吗？一个小卒……"

话音未落，破口大骂的李朱范身子就飞到两丈多高的空中去了。

"啊呀呀，这家伙……"因为小卒张飞一把抓起李朱范扔到天上，贼兵的小方们丢下刘备，冲他就来。

"喂，张飞，你为什么要摔自己人小方李首领，跟我们捣乱?!"

"你胡闹，决饶不了你！"

"军法从事！给我拿下！"

他们一窝蜂地扑向张飞。

"哈哈哈哈……叫吧，叫吧！一群吓破胆的野狗！"张飞道。

"什么，你敢骂我们是野狗?!"

"骂了。你们就没有一个像人样儿的！"

"哼哼，一个新来的小卒……"

有人号叫着，挺着长枪扑过来。张飞用蒲扇样的大手一巴掌扇在他的脸上，旋即一把拽过长枪，照着他踉踉跄跄的屁股使劲打去。

枪柄折断，挨打的贼人腰骨粉碎，"哇"的一声，栽倒在地。

冷不丁冒出个叛徒，贼人很狼狈。但是，平日里他们把张飞当成一个傻大汉，没有放在眼里，这时就是亲眼见了这般神力，也无法相信他的真正价值。

张飞挺了挺石壁一样的胸膛，道："还上吗？白白送命不如乖乖逃回去，老老实实地报告。就说鸿家小姐和刘备交给了一个叫张飞的小卒了，这小子是县城被烧、鸿家被灭时诈降黄巾军的。"

"啊?! 这么说你是鸿家旧臣咯？"

"现在知道了？我乃鸿家武士，县城南门卫少督，名叫张飞，字翼德。让人恨哪！我到外县公干不在时，黄巾贼鼠辈烧了县城，杀了主公，害苦百姓，城池一夜之间变成焦土。让人恨哪，这个仇一定要报！我伪装自己，假扮败兵，一时混入你们贼兵之中，隐藏下来。告诉大方马元义，告诉主帅凶贼张角：总有一天会让他们知道我张翼德的厉害！"

张飞声如炸雷，豹头圆眼，怒视贼兵。小方们吓得两腿直哆嗦，但还仗着人多，道："这么说你是鸿家残兵了？那就更不能让你活了！"

说着，再次冲了上来。

张飞没有去拔腰里的剑，而是上来一个摔一个。被摔的个个儿脑骨迸裂，眼球飞溅，眨眼工夫，血流满地，惨不忍睹，没有一个人能再爬起来。

刘备茫然地望着张飞的一举一动。正所谓燕飞龙鬈，脚下生云，呼号生风。

"好一个真豪杰！"

剩下的两三个人跳上马一溜烟逃得不见踪影。张飞大笑，并不追赶。他返回身，朝刘备大步走来，一脸若无其事的表情，招呼道："哎呀，出门在外，难为你啦。"

然后从腰间挂着的两把剑中解下一把，又从怀里取出一个眼熟的小茶叶罐儿，递到刘备手上，道："都是你的吧，是你被贼人抢走的剑和茶叶罐儿。快拿着。"

"对，是我的。"

刘备像得到失而复得的珠宝一样，从张飞手中接过剑和茶叶两样东西，感激再三，道："生命不保时承蒙相救，又找回这两样重要物件，心里感觉做梦一样。刚才已经听说大人名讳，我会铭记在心，终生不忘。"

张飞摇摇头，解释道："不不，德不孤嘛。公子救出在下旧主鸿家的小姐。在下只是以义报答了公子的这份仁义之心。巧得很，刚才听哨兵说，古塔附近有人骑着白马逃走了。就踩好点儿，趁今晚黄巾贼投宿的寺庙突然陷入混乱，在马元义和李朱范睡觉的正殿佛坛上夺回了公子的两样东西。实在是上天看到了公子的孝心，让东西自然回到公子手上的。"

张飞谈吐之中并不夸耀自己的骁勇，让刘备大为感动。他拿出两样东西中的宝剑，再次递到张飞手上，道："大人，失敬！这是谢礼，送给你吧。茶叶，是送给家乡老母的，不能分享。但这口宝剑，只有拿在你这样侠肝义胆的豪杰手上，才是它的最好去处。"

张飞瞪圆双眼，道："什么？你是说要把这把宝剑送给我吗？"

"是刘备的一点心意。请笑纳！"

"在下压根儿就是个武人，说实话，知道这把宝剑是稀世名剑，很想要的。可是，听公子说了这把剑的来历，在下不能有非分之想啊。"

"不，就算是这口剑，也不足以报答恩人的救命之恩。而且，恩人既然如此了解这口宝剑的真正价值，那送给恩人就很值得，在下也就心满意足了。"

"是吗？既然如此，这件宝贝，我就收下了。"

张飞马上解下自己身上佩带的剑，扔在一旁，佩上渴望已久的名剑，喜形于色。

"快，贼兵一定还会返回来的。在下想拥立鸿家小姐，召集旧主残兵谋事。公子也是一刻都不要耽搁，赶快回老家去吧。"

听了张飞的话，刘备道："噢，那就赶紧的……"

说着扶起芙蓉的身子，托付给张飞，自己捡了匹贼兵丢弃的马，翻身上马。

张飞把刚才自己解下的剑挂在刘备腰上，道："就这剑也得带上。去涿县还有好几百里地呢。"

然后，张飞自己抱起芙蓉，移身上马，依依惜别道："后会有期，保重！"

"好，盼着再见的那一天。祝你武运齐天，重振鸿家！"

"谢了！再会！"

"再见！"

刘备骑在马上，张飞抱着芙蓉骑着白马。两人一步一回头，各奔东西。

五　桑下人家

　　涿县的楼桑村是一个两三百户的小驿。春秋两季南来北往的旅客很多都在这里的客栈拴马，所以既有卖酒的旗亭，又有颇具乡土气息的妓女拉胡琴，相当热闹。

　　这个地界还是太守刘焉的辖地，由校尉邹靖设衙代治。近年来，楼桑村也不例外，受到扰世害民的黄匪作乱的威胁，一到傍晚，天还没黑就紧闭村头的城门，客人、居民都会停止所有走动。

　　西边红彤彤的太阳开始西沉时，城门的铁门扇就会关闭。这时，望楼上的衙役就会擂响六声大鼓，提醒人们。

　　所以这一带居民称这座城门为六鼓门。今天也是，火红的夕阳开始照在铁门上，望楼的鼓正在擂响，两声、三声、四声……

　　"等等——等等——"

　　远处一位旅人，策马奔来。再晚一步，他就得在城门外过夜。他挥着手飞驰而来。

　　最后一声鼓就要擂响时，他终于来到城门前。

　　"拜托了！让我过去吧！"

　　来人下马，接受例行检查。衙役看着来人的脸，道："哎呀，这不是刘备吗？"

　　刘备是楼桑村居民，跟谁都很熟。

　　"是啊。这不，刚刚出门回来。"

　　"你啊，这张脸就是通行证，不需要检查啦。你到底去哪儿啦？这次出门时间挺长的咧。"

　　"是啊。跟往常一样跑买卖去啦。可是，最近不管到哪里，都有黄匪横行，生意不理想啊！"

　　"可不是嘛。过城门的客人每天减少。来，赶快过去吧。"

　　"谢谢啦！"

刘备再次上马，衙役道："对了，你母亲吧，一到傍晚就会上城门这边儿来问，我儿子今天回来没有？刘备今天进城门没有？不过，好些日子没见她来啦。准是病倒了。赶快回去让她看看你吧。"

"啊？我不在时母亲病倒了？"

刘备顿时感到胸口发慌，催马猛跑，从城门向城里一路飞奔。窄窄短短的客栈一条街很快到了尽头，道路再次悠长地伸向田园。

一条舒缓的小河。一片水田。秋天了，村里的人们已经开始收割。田里，人和水牛的身影纷纷朝着散落在四处的农家归去。

"啊，看见家了！"

刘备在马背上手搭凉棚。西斜的太阳里，出现了一处黑黑的屋脊和一株远看像一只巨大车盖的桑树。那就是刘备生长于斯的家。

"等我等苦啦！心里想要尽孝，却尽干了些不孝之事。母亲大人在上，孩儿对不住你啊！"

马也像懂得刘备的心思似的加快步伐，很快就到日思夜想的大桑树下。

这株大桑树究竟长了几百年，连村里的老人都说不清。

站在村里任何地方，都能看到这棵桑树。以至打听编草鞋草席的刘备家，人人都会指给你：噢，那棵桑树下面的房子就是。

老人们说："楼桑村，也许是因为村里这棵桑树茂盛的时候看上去像个绿色的楼台才得名的。"

言归正传。刘备现在终于到家，在后院拴好马，立刻朝宽敞的家中跑去，边跑边叫："母亲！我回来了。我是阿备！我是阿备啊！"

这是旧宅，很宽敞，可里面空无一物。院子已经变成编织草鞋和草席的作坊。刘备离家期间也没有工匠来过，一片荒芜。

"咦，怎么回事儿？灯都没点。"

刘备喊老妈子和下人的名字。

两人都没答应。

他咂咂嘴，叫道："母亲！"

他敲敲母亲的房门。

他原以为母亲一定会喊着"阿备呀"迎出来，不料连母亲的人影儿都没见到。而且，就连母亲房间里仅有的柜子和床也不见了踪影。

33

"哎……出什么事儿了？"

他一片茫然，内心不安，呆立良久。这时，院子里传来咚咚的织席声。

"咦……"

到廊下一看，作坊点着一盏昏暗的灯，灯下坐着白发苍苍的母亲。她背对着这边，孤独一人在星星下面编织草席。

母亲好像没有注意到儿子的归来。刘备快步朝母亲跑去。

"我回来了！"

他把脸凑近母亲。母亲一惊，站起身来，踉跄着道："啊，是阿备吗？是阿备吗？"

说着，一把抱住刘备，就像抱着吃奶的孩子一样，什么都还没问，高兴的热泪就噙满双眼。他们紧紧拥抱，母亲温暖着儿子的肌肤，儿子温暖着母亲的心怀，许久许久。

"听说母亲您好像病了，儿子一路上可担心了。母亲，夜里露水凉，怎么这会儿了还在外面编席子啊？"

"生病了？哦，八成儿是城门口当班儿的说的。我天天去城门口看你回来了没有。这不，十来天没去了。"

"那您没生病咯。"

"怎么能生病呢，孩子！"母亲道。

"床、柜子都没了……"刘备问。

"税官来拿走的。说是要讨伐黄匪，军费年年增加，所以今年税赋暴涨，就你留下的那点儿钱早不够了。"

"没看见老妈子，她怎么了？"

"怀疑她儿子加入了黄匪一伙儿，被绑走了。"

"年轻的下人呢？"

"被拉了壮丁。"

"啊……母亲，儿子对不住你啊！"

刘备伏在母亲脚下，歉疚不已。

刘备对母亲满怀歉疚，溢于言表。母亲也对出门多日的儿子如此自责、悲泣感到可怜，十分伤心，道："阿备呀，别哭啦！有什么歉疚的呢。不怪你，都是世道不好啊！……找点小米煮了，咱娘儿俩好久没在一块儿啦，一块儿吃顿晚饭吧。路上一定累了，娘这就给你烧热水去，擦把汗。"

说着，母亲从织机前站起身来。

母亲安抚儿子，没有责备儿子的不是。那份慈祥感动着刘备，他面对母亲充满大爱的身影叩首道："母亲且歇！儿子既然回来了，这些事儿就由儿子来做。儿子再也不让母亲受穷了。"

"不，明天你又得干活儿。你是顶梁柱。老妈子、下人都不在了，伙房的活儿，我来吧。"

"我出门在外，家里发生的这些事儿一点儿也不知道，所以在路上耽搁了，让母亲受苦了。母亲，您有这么大个儿子，就进屋去，躺在床上好好歇会儿吧。"说着，刘备拉住母亲的手。可再一想，床已经被税官拿去抵税，母亲的房间里竟然无处可躺。

不，不光是床和柜子。刘备掌着灯到伙房一看，连锅都没有。原来还有四五只鸡和一头牛，现在这些家禽家畜也都被征走，充当太守的军需和税赋，值点钱的东西一无所剩。

"太守的军费已经拮据到如此地步了吗？"

刘备与其说在考虑眼下生活，毋宁说在更大意义上感到暗淡。

于是，他马上想到了世道前途："这也是黄匪祸害的。唉，如何是好啊！？"他的心渐渐被黑暗紧锁。

打开货架，刘备看了一圈装晚饭用的小米和豆子的口袋，惊讶地发现，储存的粮食和肉干，连房梁上吊着的干菜，全都荡然无存。无需再问母亲。他茫然若失，呆立屋中。

这时，愣被拉进屋里歇息的母亲在屋子里发出了一点细微的响动。进去一看，母亲揭开地板，从泥土中的罐子里取出仅有的一点小米。

"啊，那里……"

听到刘备的声音，母亲回过头，自嘲道："藏了点儿呢。要活下去，没这点儿东西怎么成啊？"

"……"

世道急转直下，已经非同小可。几千万人活着，却正在一点点变成饿死鬼。相反，一小撮黄巾贼，在吸他们的血，吃他们的肉，随心所欲地聚敛不义之财，享受罪恶的荣华富贵。

没多大一会儿，老母在穷窘的饭桌旁喊道："阿备呀……把灯拿来。小米熟啦！没啥好东西，两个人凑合着吃吧。好吃吗？"

虽然一贫如洗，但久违之后母子共进晚餐，真是莫大享受。

"母亲，明儿早一定让您高兴。这次出门，我给您带了最好的礼物。"

"礼物？"

"是的。是母亲最喜欢的。"

"呃，是啥呢？"

"有一次，母亲说过，想在有生之年再尝一次的。就是那东西。"

为了让母亲高兴，刘备暂时没有说出洛阳名茶。

儿子的这点心意，已经让母亲高兴得眯缝起眼了。她知道儿子在逗她，便问道："是编织的东西吗？"

"不是。刚才说了，是品尝的东西哦。"

"那，就是吃的咯？"

"有点近了。"

"是啥呀？！不知道。阿备呀，我喜欢那东西吗？"

"想要都难得弄到的东西。您自个儿都忘了，大概不再指望了吧。好几年前，您说过，这辈子想再尝一次。直到今天，我也还在想，这辈子一定要让母亲满足一次心愿。"

"啊，那么多年，你还一直放在心上哪……忘记咯，阿备！……究竟是个啥呀？"

"母亲，就——是——它！"

刘备拿出小锡罐儿，放在桌上，道："是洛阳的名茶呢。明儿我早点起。母亲在桃园里铺上草席。我就骑马到四里外的鸡村去，那里有很清很清的泉水，我让当班的帮着打一桶回来。"

"……"

母亲瞪圆了眼睛盯着小锡罐儿，半晌说不出一句话来。过了好一会儿，才像触摸恐怖物件儿似的把小锡罐儿轻轻捧在手上，观赏小罐儿侧壁上贴着的诗笺一样的文字。然后大叹一口气，抬眼望着儿子的脸，收住声音问道："阿备啊，你葫芦里卖的究竟是什么药啊？"

刘备觉得别让母亲疑虑太深，就把自己的心情和买茶的经过向母亲娓娓道来。最后还补上一句，说茶叶在民间很难弄到，但他是通过正当途径买来的，一点不用担心。

"啊，你呀！……心地多么善良的孩子啊！"

母亲放下茶叶罐儿，对着自己的儿子刘备双手合十。

刘备慌忙去拉母亲的手，道："母亲，孩儿承受不起！快别这样！只要母亲高兴……"

母子俩就这样相拥着。刘备哭了，为自己的心意得到回报而高兴；母亲落泪了，为儿子的孝心而感动。

翌晨。天没亮刘备就起来，把水桶绑在马背上，自己也骑上去，到鸡村去打水。

刘备出门时，母亲早已起来，在灶台下烧着干豆荚，做好早饭。过了一会儿她转到房子后边。

她绕过大桑树，走到屋后。那里有间牛棚，但里面没有牛；那里有个鸡舍，但里面没有鸡。满眼荒芜，秋草丛生。

从那里再走百步有一大片果树，树姿低垂，比肩接踵，总共有十来亩，全是桃树。秋天叶落，颇为寂寞。但春来桃花盛开时，落花就会把前面的蟠桃河染成红色。桃子拿到集市上卖掉，把钱分给村里几户人家。这可是他们全年生计的重要来源。

"喔——喔……"

她喊出声来。那声音自然发出。

桃园尽头，太阳初升。金色的日轮咬破密云，露出顶端。她感动了，觉得世上就要有贵人诞生。

"……"

她跪在地上施三拜礼，为儿子祈祷。然后拿起扫帚。

落叶满地。桃园为村里共有，平日无人打扫。她也只扫出一隅。

她把新席子铺好。搬来一只陶炉和茶碗。她原是世家之女，刘家也是正统门第。但这些东西已经几十年不用，连放在哪里都快忘记了。

她在桃园里扫过的地方坐下，静心等待去鸡村打水的儿子快快回来。

桃园的树梢像一片湖泊，秋天的小禽来这里翻弄着千般音色。朗朗日头越过云朵，朝雾沉降大地，变成紫色。

"我真是幸福之人哪！"

37

她觉得，有这个早晨的满足，死而无憾。不，不，她又觉得不该这样。
"我得看到这孩子的将来……"
她倏地向远处望去，刘备打水归来，身影由远及近。他骑在马上，鞍上绑着水桶。
"哎，母亲！"
穿过桃园小径，刘备转眼来到母亲跟前，卸下水桶。
"鸡村的水可清啦，煮出的茶一定香。"
"哎，累了吧！鸡村的水倒是常听人说，可就是在山沟沟里，可吓人了。你一走，我就担心。"
"没事儿！路再险也不打紧。清泉边儿有人看守，怎么也不肯白给，塞了点儿钱才打到水。"
"黄金水，洛阳茶，还有儿子的孝心！就是王侯的母亲也遇不上这样的好事儿啊！"
"母亲，茶叶放在哪儿啦？"
"噢，噢，我不能自己一个人喝，在佛坛上给祖宗供上了！"
"是吗？被偷走可不得了。我去取来。"
刘备跑回家，把茶叶罐儿像宝珠一样捧过来。
母亲给陶炉生上火。刘备跪在炉前，把茶叶罐儿递过去。这时，母亲的眼睛看到了什么，她根本没有伸手来接，眼神严肃地盯着刘备身上看。

见母亲突然严肃地打量自己的穿戴，刘备诧异地问道："怎么啦，母亲？"
忽然之间，母亲表情变得严厉起来，道："阿备！"
连声音都跟平常迥异。
"哎，什么事儿？"
"你佩的剑是谁的剑？"
"是我的呀……"
"胡说！跟出门前的不一样。你的剑是父亲留下的遗物……那可是祖宗传下来的剑哪！你把它弄到哪儿去了！？"
"呃……"
"呃什么！？我不是千叮咛万嘱咐，一刻也不能离身的吗！？你把那命根子一样的剑怎么了！？"

38

"其实，呃……"刘备低下头去。

母亲的脸越来越严峻，看刘备结结巴巴，更是追问："不会真的弄丢了吧？"

"对不起！其实，是在回来的路上当礼物送人了……"

话音刚落，母亲脸色大变，道："什么？送人了？！……天哪！剑啊！"

刘备见状，就把自己被一伙黄巾贼抓住当成人质的事情、茶叶罐儿和剑都被抢的事情一一告诉母亲，并说：后来虽然终于被救，得以脱身，却又陷入黄匪重围，眼看要被斩杀时，小卒张飞救下一命，感激之余，想赠礼为谢，但身上只有剑和茶叶罐儿，无奈才以剑相赠。

"不论是被贼兵抓住的时候，还是被张飞解救的时候，我都觉得什么都可以豁出去……只有这茶叶，就是拼上这条命也要带回来，献给母亲。把剑送了人，是孩儿不对。但孩儿历尽千辛万苦，总算把贵如生命的名茶带了回来。"

"……"

"剑，是祖宗传下来的东西，肯定是宝贝。但编草鞋草席谋生，张飞给孩儿的这把剑也足够抵挡了……"刘备道，想安抚一下母亲惋惜的心情。

可母亲却另有所思，恸哭道："啊——我对不住你的父亲啊，无颜面对亡夫！我教子无方啊……"

"说什么呢，母亲？为什么这样说啊？"刘备参不透母亲的心，战战兢兢地说道。

母亲突然抓起眼前的小锡罐儿，道："阿备，走！"

说着一把拉起刘备的一只手，一脸严峻。

"去哪儿啊，母亲？……您这是要去哪儿啊？"

"……"

母亲不答，紧紧拉着刘备的手腕，向桃园尽头快步走去。来到蟠桃河边，母亲把手里拿着的锡罐儿朝河里扔去。

"啊！干什么？"

刘备大惊，下意识地去抓母亲的手腕。母亲亲手扔出去的茶叶罐儿溅起一小朵浪花，沉到河底。

"母亲！……母亲！……您到底为什么生气啊？为什么要把好不容易弄

39

来的茶叶扔到河里啊?"

刘备的声音在颤抖。那可是他一心想让母亲高兴,历尽百难,拼了性命才带回来的茶叶啊!

母亲是不是高兴过头疯了?

"你说什么?!别胡闹!"

母亲甩开刘备的手。表情酷似亡父。

"……"

刘备看到母亲眉眼严厉,不由得后退一步。有生以来他第一次看到母亲也有令他恐惧的时候。

"阿备,坐下!"

"是……"

"你一心想让母亲高兴,千里迢迢辛辛苦苦带回来的茶叶,母亲却扔到了河里。你能明白母亲的心吗?"

"不明白……母亲,玄德愚钝。孩儿哪里不好,惹您生气了,请您训斥。"

"不。"母亲使劲摇头,"你错了。母亲不是任性训你。而是因为母亲把你养大,你却把传家宝剑给了别人。作为母亲,我对不住祖宗,对不住你死去的父亲啊!"

"是孩儿的不是。"

"住口!说得那么简单,你还没明白母亲为什么训斥你。母亲生气的是,你的心气不知道啥时候已经枯萎,莫非已经彻底变成了楼桑村的百姓?!……我在替你惋惜!遗憾啊!"

母亲鼓足气力训斥儿子,声泪俱下,用衣袍袖子揩拭老眼。

"你忘了吗……阿备?你的父亲、祖父都跟你一样是编草鞋草席的,一辈子埋没在黎民之中。但要追溯起更早的祖先,那可是大汉中山靖王刘胜的正宗血统啊!你是景帝的玄孙。你身体里流淌的是一度统一中国的帝王之血。那把宝剑,可以说就是印绶。"

"……"

"自打把你放进摇篮,唱摇篮曲给你听的时候起,把你抱在腿上睡觉的时候起,母亲就把祖宗的心从你的耳朵灌进了你的血液……时候未到,不可强逼,但时候一到,就要为了世间,为了振兴汉室正统,起身草庐,拔剑奋起!"

"是……"

"阿备……你把剑给了别人,是要一辈子编草席吗?!你认为茶叶比剑更重要吗?!……你觉得喝了这样孬种儿子弄来的茶叶,母亲会高兴吗?!……母亲生气,因而悲伤!"

刘备一动不动,听凭母亲训斥。

母亲不停地打他,每打一下,强大的母爱就随之沁入骨髓,让他泪如泉涌。

"孩儿错了!"

许久,刘备抓住母亲的手,心疼地贴在自己的额上。

"是孩儿想错了。都是玄德愚昧所致。母亲教诲得对,玄德身在黎民中受穷,不知不觉开始变得胸无大志了。"

"明白了吗?你注意到了吗?"

"母亲的责打,从孩儿的骨子里唤醒了幼时母亲的训诫……放心吧,母亲……玄德的魂还在!"

这时,母亲突然用打儿子打得发麻的手紧紧搂住阿备身体,道:"哎,阿备呀……你有不愿一辈子当黎民的心吗?千万别忘了,要把母亲的话铭记在灵魂里。"

"怎么会忘!就算我忘了,这景帝玄孙的血液也不会忘!"

"说得好!……阿备呀,听你这么说,母亲就放心啦。原谅母亲吧……原谅母亲吧!"

"别这样!您是责打自己的孩子,不值得这样!"

"不,不。母亲的心都碎了,又悲又气,才打了你……"

"那是大恩!那是大爱!这顿打,对孩儿来说,是真正鼓起勇气的神军之鼓!是佛陀之杖!……如果今天母亲不生气,那么,不管玄德心中想什么,只要母亲在世,玄德也许都会假装怯懦的黎民。不,也许随着岁月流逝,会真的变成黎民,结束一生。"

"……这么说,不管你心里想什么,都会因为害怕我这个做母亲的担心,而让母亲有生之年平安度日了?……啊,听你这么一说,母亲更觉着对不住你了!"

"我,下决心了……尽管决心还没有下定。我这次出门已经看到各州的混乱、黄匪的祸害、民众的苦难,看得眼睛发痛!母亲,玄德感到之所以生

41

于今世，是因为接受了列祖列宗各位帝王在天之灵所授的使命。"

他吐露真心，母亲默祷天地，把额头久久地埋在两腕中间。

然而，这天早上的事毕竟只是母子二人的秘密。

刘备的家里还是像往常一样，每天传出织机的声音，仿佛什么事情都没有发生过。

家里雇了一个粗手粗脚的村民来当工匠，平日在院子里的作坊打草鞋、织席子，攒多了就拿进城里换些粮食、布匹和母亲经常服用的药。

要说有什么改变，其实也不多，就是宅子东南面五丈多高的大桑树，春天鸟儿鸣唱，秋天叶儿飘落，斗转星移，不知不觉已经过去三四个春秋冬夏。

早春一日。有位老行者牵着一只白山羊，把两只酒罐担在羊背上，站在桑树下独自叹息。

有人慢腾腾地从房子旁边擅自进院。

刘备正跟母亲一道编织草席。话虽说人家是擅自进来，可这宅子，土墙坍塌，没有门扉，就算人家穿过院子也不好责备人家什么。

"咦？"

母子俩回过头来，一下子瞪圆眼睛，与其说是被站在那里的老者，不如说是被背上担着酒罐的山羊雪白漂亮的毛色所吸引。

"活儿干得真带劲儿啊！"老者不拘礼节地道。

他在织机旁坐下，脸上露出想聊一聊的表情。

"老大爷，您打哪儿来？这山羊的毛真好啊。"

一片沉寂后，倒是刘备首先开口。老者若有所感，独自摇头，道："这位是公子吧？"

"是的。"母亲答道。

"您可生了个好儿子啊！我的山羊也可炫耀，但不及这个孩子。"

"老大爷，您是要把这只山羊牵到城里集市上去卖吗？"

"哪里，这只山羊卖不得。谁要都不能卖。那可是我的儿子！要卖的是酒啊。可是路上受到恶汉威胁，酒被他们喝光了。所以两个酒罐全都是空的。里面啥也没有。哈哈哈哈……"

"那你好容易大老远来一趟，还没换到钱就要回去啊？"

"我想回家，可走到这里，看到了一样了不起的东西啊。"

"什么东西？"

"就是你们家的桑树啊！"

"啊，是桑树啊。"

"以前，成千上万的过路人都看到过这棵树吧？有人说过什么没有啊？"

"没有啊。"

"是吗？"

"都说桑树能长这么大，难得。"

"那我来告诉你们吧。这可是棵灵树。这座房子里定有贵人降生。像车盖一样的层层枝叶都在耳边低声告诉我。……不会很久，就在来春。桑叶茂密的时节，将有嘉友来访。以后，这里的主人就会发生人生巨变，宛如蛟龙入云。"

"老大爷是占卦的？"

"我是鲁国李定。一年到头四处漂泊，从来没有回过故乡。整日牵着山羊，饮酒自醉。有时也去集市，人称羊仙。"

"羊仙，这么说世间的人都把你当成仙人咯？"

"哈哈哈哈。说来讨人嫌啊。总之，今天跟令我高兴的人说上了话，看到了珍奇的灵树。孩子他娘！"

"哎。"

"这头山羊送给你们啦，算是贺礼吧。"

"啊？！"

"你儿子大概从来没有过过自己的生日吧。这次要给他过。在这个罐子里打满酒，把这山羊宰了，用血祭祀神坛，把肉做成羹……"

起先当是戏言，半笑半听，后来羊仙真的放下山羊，径自去了。

刘备大惊，追到桑树下面，四处张望，老者已然不见踪影。

六　桥畔闲谈

蟠桃河水红了。两岸桃园红霞一片幽香微发。夜里，月似弯眉。

水上没有载人咏诗的船，也没有策杖逍遥的雅士身影。

"母亲，我出去一趟。"

"哦，去吧。"

"要不要从城里买点好吃的东西回来呀？"

刘备出得家门。

今天是去城里收钱的日子。那些店铺已经收了很多鞋子和席子。

晌午出门，办完事太阳还没落山，可以轻松回家，所以刘备没有骑马。

老者留下的山羊已经驯服，跟在刘备身后，被母亲叫回。

城里尘土飞扬。

久未下雨，鞋底笃笃有声。刘备向批发店收完钱，一路走一路看着集市鳞次栉比、油光锃亮的门脸。

有藕做的点心，刘备买了一点儿。可没走几步就想："藕对母亲的病不好吧？"于是又想回去换，犹豫彷徨。

很多人聚集十字路口，人声鼎沸。那里经常卖炸整野鸭和年糕，刘备以为因此嘈杂。定睛一看，在攒动的人头上边，高高立着一榜。

"那是什么？"

他也受好奇心驱使，从人缝中仰望榜文。上面是"遍募天下义勇之士"的布告：

　　黄巾贼在各州作乱，年年为害，毒如鬼畜，苍生惨无青田。今欲诛鬼贼，特告天下：太守刘焉感子民之泣哭而奋起，擂响讨贼之天鼓。故召隐于草庐之君子，潜于山野之义士，咸聚于旗下。依各位之骁勇，欣然迎于府中。

　　　　　　　　　　　　　　　　　　　　涿郡校尉邹靖

"这是干啥？"

"招募军队呀。"

"招兵啊。"

"去报名，干他一场怎么样？"

"我这种人不行。不够骁勇，又没一技之长。"

"谁会只招有一技之长的人。不这么写，不威风呗。"

"倒也是。"

"一定要讨伐可恶的黄匪！不会使枪，就去割马草，也能帮助打仗。我去！"

有人嘟囔着离开。那声嘟囔好似下定了人们的决心，大家接二连三，纷纷迈开有力的步伐，朝城门那边官府赶去。

"……"

刘备听到了时势的脚步声，看到了民心所向的大潮。

他手里拿着藕做的点心，陷入长长的思考之中。人群散尽，他看着榜文，心里一直在思索。

"啊……"

回过神儿来，他不好意思起来，准备离开。就在这时，杨柳树后有人喊他："年轻人，等等！"

刘备也知道，刚才就有一个人坐在杨柳树下，跟路边卖酒的高声说话。

他觉得那个人在用眼角余光打量自己，便抬起脚，从榜下退了两三步。

"公子，你看了布告了？"

那人一只手端着酒杯，一只手握着剑把，突然站起身，朝这边走来。

刚才只是从背后看到此人比杨柳树干还阔的肩膀，等他站起来一看，真是一个大丈夫，仿佛突然立起的一座山，足以使人仰视。

"您是在问我吗……"

刘备再次认真观察此人。

"啊。除了公子，还有别人吗？"

那人胡须漆黑，口若牡丹，爽然而笑。

听大丈夫声音，似乎年龄跟刘备不差几岁，但从发际到下颌蓄满了密不透风的黑亮胡须。

"看了……"刘备的回答很简练。

"公子怎么看哪?"他问话深刻,目光锐利,炯炯有神。

"这个……"

"还在想啊?你都盯着榜文看了那么久了……"

"我不喜欢在这里说话。"

"有意思。"

大丈夫过去把酒钱和杯子递给卖酒的,快步走回刘备身边,然后学着刘备的口吻道:"我不喜欢在这里说话……哎呀,爽快!我从你的话里听出了真诚。好吧,去哪儿?"

刘备尴尬,道:"先走吧,这里是集市,人多。"

"好,走!"

大丈夫大步流星向前走。刘备跟得很吃力。

"那座虹桥边上怎么样?"

"好吧。"

大丈夫所指的地方是村口种着很多杨柳的池边。池上架着彩虹一样的石桥。再往里去是一座废园子。一位不知姓名的学究挖了这个池子,办了一所圣贤学校。但因时势与圣贤之道背道而驰,没有学生正经上学。

尽管如此,学究还是坚定地造桥,讲经说道。但集市上的居民、儿童却根本不听,说他"是疯子"。不仅如此,还有人说他欺世盗名,向他投掷石块。

学究不知何时真的疯了,最后嘴里莫名其妙地喊叫,在学苑中游荡。终于有一天,他漂在莲花池里,变成尸体。可怜!

就是这样的一所遗迹。

"这里挺好。坐吧。"

大丈夫坐在虹桥石栏杆上,让刘备也坐下。

来此途中,刘备大致观察了一遍大丈夫,觉得"此人并非伪诈之徒",所以到这里时,他也表现得相当沉着和诚恳。

"失敬失敬,敢问尊姓大名。我是不太远的楼桑村人,叫刘备,字玄德。"

于是,大丈夫突然捶着刘备的肩膀说:"好汉!久仰久仰!在下的名号,想必你也听说过……"

"什么？……你说我以前就认识你？"

"你忘啦。哈哈……"

大丈夫晃着肩膀，捋了捋腮边黑亮的胡须。

"难怪难怪。在下面颊有刀伤，相貌有点儿改变。而且，三四年来饱尝流浪汉的辛酸啊。跟公子相见的时候，我还没留这一脸的黑胡子哪。"

都说到这个份儿上，刘备还是想不起来。忽然，刘备看到大丈夫腰间佩带的宝剑，禁不住"啊"地叫出声来。

"啊，恩人哪！想起来了。你不是鸿家的武士张翼德吗?！几年前，我从黄河回涿县，路遇黄匪包围，陷入险境，是你出手相救的呀！"

"正是。"

张飞突然张开手，紧紧握住刘备的手。铁打一般的手掌握住刘备的手之后，还富余出五指。

"你还记得在下。在下还是当时的张飞。留胡子，改相貌，是因为后来不得志，要隐于世间。其实，刚才是在试探公子是否认得出我。失礼之处，还请原谅啊。"

礼数太多，与大丈夫不太相称。

于是，刘备更加殷勤地道："豪杰！应该责备失礼的是我。不管你与当时相比有多大变化，我认不出你这位恩人，都对不起。请恕刘备之罪！"

"哎呀，言重啦，不敢当。就算两抵了。"

"豪杰！你现在住在这个县城里吗？"

"不不，说来话长。我不是说嘛，想要夺回被黄巾贼抢去的县城，于是藏身民间，兴兵讨伐，兵败之后，再藏回民间。就这样，多次举事。无奈黄匪势力逐渐强大起来，最近我已经箭尽刀折啦……前不久，流浪到涿县，在山野打野猪，宰掉以后把肉拉到集市上卖。活命而已，见笑见笑！这段时间，张飞可是一副落魄相啊……"

"原来如此啊。我一点儿也不知道。既然这样，怎么不到楼桑村我家来啊？"

"不不。我是有心去见你一次的。不过，见面时有一事要请公子答应，我还没准备好呢。"

"有事托我刘备？什么事？"

"刘君。"

张飞睁着圆镜一样的眼睛。刘备从他闪闪发亮的眼睛里看到了他胸中燃烧的烈火。

"你今天在集市上看到县城的布告了吧?"

"嗯。那个榜吗?"

"看了布告,你怎么想?看了招募军队讨伐黄匪的布告后……"

"没有啊。没有什么特别的想法。"

"没有?!"张飞用逼问的口气说。

"是的。没什么想法。因为我有一个孤独的母亲,所以不想当兵。"回答得静如止水。

凉风吹过桥下。翠鸟飞离水面,发出啪嗒啪嗒的声音,就像彩色羽毛的飞矢流过。

"瞎说!"张飞突然朝着安静的对方怒吼,从落座的石头栏杆上跃起,道:"刘君,你隐藏真心,对我张飞也深藏不露啊。噢,是了,你不信任我张飞!"

"真心?……我的真心刚才已经说啦。对你有什么可隐瞒的?"

"这么说,你看着当今天下,就没有任何感觉?"

"黄匪之害我看到了。可我穷困潦倒,家徒四壁,连母亲都养不活……"

"别人不知道,跟我张飞说这些,我张飞也不可能把你当做一介黎民。请你说吧。我张飞也是个武勇之士,决无二话。"

"真不好办。"

"无论如何都得说。"

"没法儿回答你。"

"啊……"张飞茫然若失。凉风吹着他漆黑的胡须。突然,他想起了什么似的解下了佩带的剑,道:"你还记得吗?"

张飞握着剑柄,把剑横在刘备面前。

"这是上次你当做谢礼赐给在下的宝剑,也是我渴望的宝剑。可是,在下不才,一直想有机会再见时还给你。匹夫张飞不配佩带这把宝剑。"

"……"

"在血光四溅的战场,在落败逃散露宿醒来的时候,在下不知多少次挥舞过这把宝剑。每次,在下都能听到宝剑的声音。"

"……"

"刘君，你听到过吗，这把宝剑的声音？"

"……"

"一挥断风，啾啾剑泣。一剑刺星，俯仰剑柄到锋芒，错把剑光当成朦胧月夜里的云。在下看，那都是宝剑的泪。"

"……"

"不。剑在向主人诉说：你要藏我于室中到几时，无所作为?！刘备君，你若觉得我胡诌，就让你亲耳听听剑的声音，让你看看剑的泪光吧！"

"啊……"

刘备也情不自禁地从石头栏杆上站起身来。说时迟那时快，张飞嗖的一声挥剑斩风。真真切切，宝剑的声音传来。那声音打动了刘备的心，让他断肠。

"你没听见吗?！"

张飞说着，第二次、第三次挥舞宝剑，剑光在空中划过。

"什么声音，你听呀?！"张飞吼叫。

看着刘备还是一言不发，张飞感到恼怒，一只脚踏在虹桥的石头栏杆上，望着桥下，自言自语道："可惜啊！治国爱民的宝剑，身处末世，无人敢佩，也是无奈啊！剑若有灵，就请饶恕我吧。与其挂在一个卖野猪肉的腰里，不如葬身池中……"

啊呀呀，眼看宝剑就要被扔到虹桥下面。刘备大惊失色，一个箭步抢到张飞面前，一把托住他的胳膊，叫道："豪杰！且慢！"

张飞本意并不是要把难得的宝剑扔进污泥。刘备上前制止，正中他的下怀。可他嘴里却说："有何话可说？"

说着，故意把身子向后撤了撤，看着刘备，等他说话。

"你先等等。"刘备平心静气道，安抚张飞悲壮的神情。"人说'真勇士不慷慨'。又有'大事漏于蚁穴'的比喻。有话慢慢说吧。不过，可以肯定，足下不是虚伪之徒。我一度对大丈夫的心事抱有怀疑，恕罪恕罪！"

"哦……这么说……"

"风有耳，水有眼，大事不在路边谈。没什么可隐瞒的。我乃大汉中山靖王刘胜之后，景帝玄孙……怎么会打草鞋编席子，看着黄荒末世而无动于衷呢?!"

声音很小，语韵宛如耳语，但话里藏着凛然大义。说完，刘备莞尔一笑。

"豪杰。已经没有必要多吐言语。找机会再见吧。今天是到集市上去，晚了家母该担心了……"

张飞探出狮子脑袋，圆睁双眼，眼神深邃，半晌无话。这是他感慨至极时的习惯。过了一会儿，沉吟似的吐了口气，胸脯起伏，道："原来如此啊！张飞没看错！现在我想起跳塔而死的老僧所言……嗯，原来你是景帝后裔。在治乱兴亡的漫长岁月里，名门望族都像泡沫一样纷纷消失了，只要还留着一滴血脉，肯定会在天下某地传承下来。啊，难得啊！我活得有意义！今月今日，我张飞遇到了该遇之人啦！"

他独自低吟，突然跪在石桥的石头上，手捧宝剑，对刘备道："谨将宝剑归还于你。这原本就不是在下这等人所佩之物。不过，只要您接受了这把剑，佩带了这把剑，就要把这把宝剑的使命一起承担起来。"

刘备伸出手去。一身庄严。

"我接受了。"

宝剑回到了他的手中。

张飞礼拜再三，道："我会很快造访楼桑村。"

"好啊，随时欢迎。"

刘备用这口宝剑换下一直佩带的那把剑，还给张飞。因为那把剑是几年前张飞救他时交换而来的。

"太阳下山啦。就此别过！"

黄昏中，刘备先行告别，快步离去。虽然被风吹动的淡蓝色衣服有点脏，但黄昏里满眼所见的万物当中，那口宝剑独放异彩。

"他身上的品位无可争辩，有贵公子的风采。"

张飞目送着刘备，独自伫立桥上，许久才回过神儿来，道："对了，赶快说给云长听听，让他也高兴高兴。"

说着，他一路小跑，飞也似的离去，就像一阵风化作一团黑色，不知去向，全然不似刘备。

七　童学草舍

　　城墙上的鼓方才已经响过。市镇上开始灯火闪亮。
　　张飞回了趟集市的十字路口，收起白天摆的野猪肉摊儿，把野猪臀尖和屠刀放进蒲包扎好，拎起来就跑。
　　"哎呀，晚啦。"
　　城里通城外的城门已经关闭。
　　"喂——开门！"
　　张飞仰望望楼大叫，像个任性的孩子。
　　城门边的小兵舍里陆续出来五六个人，好像看着来了个莫名其妙的傻瓜似的，半戏弄地斥责道："咳，咳！喊什么喊！城门已经关啦，雷打也开不了啦。你到底是谁呀？"
　　"卖野猪肉的，每天都到城里的集市上去。"
　　"没错儿，这家伙是卖肉的。怎么现在才迷迷糊糊地到城门这儿来啊？"
　　"办事晚了，关门的时候没赶上。开开门吧。"
　　"说的可是真的？"
　　"我可没醉。"
　　"哈哈……这家伙一定是醉了。转三圈鞠个躬。"
　　"什么？！"
　　"转三个圈儿，再拜我们三拜，就放你过去。"
　　"那可不行。不过可以这样给你们行礼。好啦，开门吧。"
　　"回去回去！鞠几百个躬也不能让你过去。在集市的屋檐底下睡上一宿，明天再出城吧。"
　　"如果可以明天再出城，就不来求你们了。如果不让我过去，我就把你们踩扁，从城墙上跳出去。"
　　"这小子……"一帮人听傻了。
　　"甭管你喝了多少酒，差不多就得了。不然，砍掉你的脑袋！"

51

"这么说你们到底是不让我过去啰？那还让我行礼做甚？！"

张飞环视了一下周围。虽然感到醉意，但他一个顶天立地的大汉，面对令人毛骨悚然的目光毫不畏惧，噔噔噔走上前去，站在城墙下，一只脚踏在禁止官府以外人等攀登的铁梯子上。

"咳，哪里去？！"

一个人抓住张飞的腰带。其他城门守兵挺着枪对着他。

张飞从胡须中龇出白齿，亲昵一笑，道："别说咱不会办事，这样可好……"他把带来的野猪臀尖肉和切肉的刀推到他们面前。

"这些都给你们。就你们这身份，很少吃到肉吧。睡觉前拿这些肉下下酒，远比被我打杀要强得多咧。"

"这小子，叫我说就……"

又上来一个人揪住张飞。

张飞挥起野猪臀尖，把挺过来的枪搅成一束打落在地。然后，把抱着自己的腰和脖子的两个兵卒，当成苍蝇一样，甩都没甩就登上了两丈有余的铁梯子。

"这，这家伙……"

"野蛮人！"

"有人闯关啦！"

"上啊！上啊！"

官兵们狼狈不堪，喊声一片，城墙上又冲他们飞下来两个人。当然，被扔下来的人血浆四溅、粉身碎骨，垫底的人也被砸成肉饼。

望楼里的守兵和官府的人被这动静惊扰，跑出来看。这时，张飞已经从两丈多高的城墙上跳到城门外的大地上。

"黄匪！"

"奸细！"

门楼上擂鼓报警，城门上下一片混乱。张飞头也不回，疾风般飞奔而去。

跑过五六里，来到一条河边。是蟠桃河的支流。河对面有一个大约五百户人家的村子，沉浸在墨汁一样的夜霭中。进得村子，夜尚未深，家家灯碟上都摇曳着微暗的灯火。

有一座杨柳围绕的寺院。张飞沿着墙大步流星地拐过弯来。这里有一座闲寂的庭院，里面种着五六棵枣树，看上去像是隐士住所。门柱尚在，门扇全无。入口处悬挂着一块牌子，上书四个大字：

童学草舍

"哎——睡了吗，云长？云长！"

张飞猛敲里头的房门。旁边的窗户亮起了淡淡的灯光。帐幔掀起，有人把头探出窗外，问道："谁呀？"

"我。"

"张飞啊。"

"哎，云长。"

窗户里的灯光和人影一起消失。不一会儿，张飞面前的门打开了。

"都这时候了，有什么事儿啊？"

在手上烛光的照耀下，那人的脸比白天看得还清楚。首先令人惊讶的是一点不亚于张飞的个头和宽阔的胸脯。他的胸前也垂着茂密的胡须，比张飞的还长。几乎所有人都认为毛发太硬的人性格粗鲁，行为莽撞。云长这个人的胡须比张飞的柔软且直。此人比张飞更加睿智，更加卓越。

说他睿智，额头还宽。一双丹凤眼，耳朵丰满，整体看去，体格巨大，但却皮肤细腻，声音也沉稳。

"啊呀，我是觉得都夜里了，但还是想尽早告诉你。我给你带来了惊喜哟。"

听了张飞的话，云长道："不会是拿这话当下酒菜来喝酒的吧。"

"瞎说啥呢！你老认为我是个酒鬼，真叫我难受。平常喝酒，是为了发泄心中块垒。今晚我带来了好消息，郁结早已散得精光啦。没有酒也能聊得开。当然，有酒更好啦。"

"哈哈哈哈……好吧，进来！"

走过昏暗的过道，两个人的身影消失在一间屋子里。

屋里墙上挂着孔子和弟子们的圣贤图，还摆放着许多课桌。就像在门柱上看到的那样，这里是童学草舍，是村里的私塾，主人是村童的先生。

"云长。我们总说梦想很快就会不再是梦。而现在，梦想好像就要成为现实啦。那个叫刘备的汉子，就是以前注意到的，也跟你说过的那个人，说实话，我跟他，今天在集市上碰到了。聊深了才知道，他果然不是一般百姓，而是汉室宗族，景帝后裔，而且是一位英俊豪迈的年轻人。走吧，这就去楼桑村到他家拜访拜访吧。云长，要准备嘛，就这样行不？"

"你还是老样子啊。"
云长只笑不答。张飞催他，他也没有起身的意思。张飞便有点顶撞地反问道："什么老样子啊？"
"你看，"云长又笑，"现在就去楼桑村，午夜都过了。第一次造访人家，这样就太失礼啦。怎么说，也得明天或后天去啊。你的性格就是风风火火的。可你一个大丈夫，希望更加沉稳一些才好啊。"
张飞一心想着早一刻让云长高兴，没想到云长回答冷漠，便道："噢，云长。你是不是听了我的话半信半疑，才给我冷脸的吧。你老说我急躁，我看你才是个性格优柔寡断的人呢。希望你遇事果断一点。"
"哈哈哈哈。报复我啊。不过我可得考虑考虑啊。不管怎么说，不深思熟虑我是不会贸然去见那个自称景帝玄孙的人的。世上这种人太多了。"
"看看，果不其然吧，你在怀疑我说的话呢。"
"怀疑是常识。你生性愚直，才不怀疑。"
"这话说得叫人堵心。怎么就愚直啦?!"
"平日生活里你不也是一次次被人骗吗？"
"我怎么不记得老被人骗啊?!"
"你人好啊，都好到被人骗了自己还不知道。那么骁勇，却总是苦于生计，穷困潦倒，浪迹天涯，都是你疏于思考所致。而且你还急躁，一生气就暴躁，不可理喻。所以才会招来误会，说张飞是个坏蛋。你不稍加反省怎么行？"
"喂，云长。我今晚这么晚来，不是想来听你教训的。"
"可是，你和我曾经互相表明大志，相约结拜成兄弟，我是兄，你是弟，心已经牢牢连在一起。所以看到弟弟的短处，作为兄长我不能不担忧。而且，在外边，对只见过两三面的人轻率谈论本该保密保密再保密的大事。这可不是什么好现象。何况还要立刻相信人家的话，不顾三更半夜，马上就要去拜访……如此欠考虑，实在让人不能不担心啊。"
云长是想说深夜造访刘备家很荒唐。他对张飞而言是结拜兄弟中的兄，又善明事理，所以每次讲到理上，张飞总是抬不起头。

棱角被挫，张飞垂头丧气。云长可怜起他来，拿出他喜欢的酒递给他。

"不了，今晚不喝酒了。"

张飞不再吱声，当晚就在云长家住下。

天亮了，到学舍上学的村童闹哄哄地汇集而来。云长跟孩子们很融洽，很亲。他把孔孟的书读给孩子们听，教孩子们识字，已经成了一个彻头彻尾的村夫子，心无他念。

"我回头再来。"

张飞隔着学舍的窗子对云长道，默默走了。

张飞带着一肚子火离开云长家。一出门就回头冲门骂道："呸！优柔寡断！"

骂是骂了，还不解气。他来到村里的酒店，好像昨晚就开始口渴似的，一进门就喊道："喂，拿酒来！"

一大早空着肚子灌了一斗酒，张飞的眼眶微微染上一层红黑色。

他脸色好多了，跟酒店掌柜开起玩笑。

"老头儿，你这只鸡是想被我吃掉呢，老在我脚下转悠。可以吃吗？"

"老爷，您要吃，就把毛薅了，炸整鸡吧。"

"哦。那就更好啦。我还想，这鸡老跟着我，生吃了算了。"

"吃生肉肚子里会长虫的，老爷。"

"胡扯。鸡肉和马肉不长寄生虫。"

"哦？是吗？"

"体温高嘛。所有低温动物都是寄生虫的老窝。国家不也是这样吗？"

"哦？"

"啊呀，鸡不见了。老头儿，已经下锅了是吧？"

"没有。如果您再要酒，就把炸好的给您奉上。"

"我可没钱。"

"别开玩笑了。"

"真的。"

"那酒您还要吗？"

"拐过前面寺庙那条街，有个叫童学草舍的私塾。你到那里找云长要钱。"

"真麻烦哪。"

"有何麻烦！云长一个武人，可不缺钱。他是我哥哥。就说他弟弟张飞喝了酒，他不会不付钱的。喂，再来一杯！"

掌柜周到应酬，先稳住他，再把老婆从后门支出去。看来是要到云长家对质。不一会儿老婆回来，在掌柜耳边叨叨几句。

"这么说让他喝没错喽。"

老头儿突然改变态度，给张飞斟酒，想喝多少就让他喝多少，还给他上了炸整鸡。

"这干巴巴的鸡，不合我的口味。我要吃活的。"

说着就去抓旁边的鸡，一直追到街上。鸡扑扇着翅膀四处逃窜，一会儿飞过他的肩头，一会儿钻过他要命的裆下。

这时，挨家挨户搜查村子的捕吏看准了就是张飞的身影，突然命令自己带来的十多个兵卒："就是他！昨天晚上闯城关，还打死卫兵逃走的贼人。大家小心着点儿，给我上！"

听到这个声音，张飞很诧异："怎么回事？"

他用醉眼四下望望。

一只鸡仔被他的手抓住了腿，拼命地叫，扑腾翅膀。

"贼人！"

"别让他跑了！"

"老老实实过来受绑！"

被捕吏和兵卒围了起来，张飞这才注意到他们是在说自己。

"有什么事儿吗？"

环视了一下周围的长枪，张飞撕下鸡仔的腿，横着叼在嘴里。

张飞一喝醉，酒品很差。加上打打杀杀的嗜好，就是两大缺点。云长也经常说他。

撕鸡吃腿之类的酒后行为，对他来说，倒是更稳当的表演。

可是，捕吏和兵卒吓坏了。张飞的嘴被鸡血染得鲜红，目光炯炯，恐怖可怕。

"什么!?……是来抓我的？……哈哈哈哈。鸡倒着拎才弄成这样的。"

张飞戏弄包围他的捕吏和兵卒，把撕碎的鸡举到齐眼高让他们看。

捕吏大怒，咆哮道："咳，别让这个醉鬼啰唆了！刺死他都不要紧。给我上！"

可是，兵卒们无法靠近他，只是挺着长枪围着他转圈。

张飞做了奇怪的猫腰动作，像狗一样趴在地上。这让捕吏和兵卒更加恐惧。因为他们以为这是在为朝他目光所投的方向扑过去做准备。

"好啦，你们这群大鸡！我要一只一只地拧死你们，可不许逃啊！"张飞道。

似乎他的脑子里还在继续追鸡的游戏。在他眼里，捕吏、兵卒的头上统统长着鸡冠。

大鸡们目瞪口呆，怒火中烧。其中一人号叫着"混蛋"，举枪就向张飞打去。长枪准确击中张飞的肩膀，却如同摸了猛虎的胡须，让张飞勃然大怒，趁着醉意把游戏变成杀戮。

"你敢动手！"

说着，张飞一把拽过长枪，用枪去打周围的人，就像敲打席子上的豆荚一样。

挨打的捕吏和兵卒也开始疯狂起来。张飞嫌麻烦，把长枪向空中扔去。朝天空飞去的长枪呼呼作响，不知飞向何处。

哀号乍起，甚于鸡的悲鸣，瞬间停息。酒店掌柜、店里客人、过路行人、附近居民，纷纷躲在屋里、树后，屏住呼吸，要看究竟。这里却迅速寂静下来，像坟场一样。一切发生得太快，等大家伸出头向街上张望时，都"啊"的一声惨叫，再也说不出话。

头被拧掉的尸体、口吐鲜血的尸体、眼珠迸出的尸体……暴尸太阳之下，惨不忍睹。

大概有一半逃走了。街道上捕吏、兵卒空无一人。

张飞呢？大家看时，只见他悠悠然朝村头走去，留下款款背影。

春风吹拂他的衣袖，微微摆动。酒的气味远远地飘来……

"不得了啦！喂，赶快到云长家告诉他这里发生的事。那汉子真是先生的兄弟，那先生也轻易过不了关哪。"

酒店掌柜喊自己老婆。可他老婆颤抖不已，已不中用。最后，他自己慌里慌张朝童学草舍那条巷子跌跌撞撞地跑去。

八　三花一瓶

母子在院子里劳作。今天他们也是心无别念，在织机前编草席。

哐当。

咔嗒。

哐当。

咔嗒。

……

声音单调，像水车转动一样，一遍遍重复。

可是，这声音今天总让人觉得有活力，带着欣喜的节奏。

两人默默地辛勤劳作。今天，母亲的胸中，刘备的心里，就像这几天的大地一样，希望的嫩芽生机盎然。

昨晚。刘备从城里一回来，就先把两件好事告诉母亲。

一是遇到良友；二是曾经送出手的传家宝剑意外地物归原主。

听到这两个喜讯，母亲反倒冷静地低声问道："否极泰来。好像你的时运来咯。刘备啊……你准备好了吗？"像是确认刘备的思想准备。

时运……是啊。

经过漫长的冬天，桃园的花儿终于破蕾绽放。泥土长出嫩草，枝头发出新绿，一切有生命的东西都在萌芽。

哐当。

咔嗒。

……

织机重复着单调的声音，但刘备的胸中却不单调。在他的记忆里，还从来没有过如此的春天。

我是青年——

他想对天说。哎呀，不知哪里飘来桃花一瓣，飞舞到老母肩头，落下一点桃红。

这时外面有人唱歌。一个十二三岁少女的声音。

妾发初覆额,
折花门前剧。
郎骑竹马来,
绕床弄青梅。

刘备竖起耳朵。
少女甜美的声音越来越近。

……
十四为君妇,
羞颜未尝开。
低头向暗壁,
千唤不一回。
十五始展眉,
愿共尘与灰。
常存抱柱信,
岂上望夫台。
十六君远行,
……

是家住附近的少女。早熟的她小得还像一棵青枣，却恋上刘家邻居的儿子。繁星下的夜晚，静无人迹的白天，她都会来。每次走到墙外，她都要唱歌。
"……"
刘备在眼睛里描绘出戴着木莲花和黄金耳环的少女容貌，莫名其妙地羡慕起邻家的儿子。
忽地，他也在心底里想起一位丽人。她就是三四年前旅行中在古塔下那位老僧拉来相见的鸿家小姐鸿芙蓉。后来她杳无音信。
"她怎样了？"
问张飞，他一定知道。

下次见到张飞……刘备暗忖。

这时，墙外一直在唱歌的姑娘好像被狗咬了，突然"哇"地哀号一声，逃得不知去向。

少女没有被狗咬。

她的身后不知什么时候来了一个佩剑蓄须的大汉，在这一带从来没有见过。

"喂，小姑娘，刘备家在哪里啊？"来人问道。

小姑娘一回头，仰脸看到大汉。就这一眼，大汉的样子就让她魂飞天外，"哇"的一声逃之夭夭。

"哈哈哈哈，哇哈哈哈……"

许是蓄须大汉觉得小姑娘的惊恐挺滑稽，独自大笑。

笑声刚停，后面墙里的织机声也"咔嗒"一下，同时停下。

说到墙，为了防备贼匪，这一带，就连百姓家的墙都是用土垒石砌的。只有刘家，还是按太平时期建造的旧宅习惯，用细竹在大树和灌木之间搭编起篱笆。

所以，个子很高的张飞从脖子往上都在篱笆上边，从刘备的院子里也看得见。

两个人打了一个照面。

"嘿。"

"呀。"

互相招呼，如同十年知己。

"啊呀，就是这儿啊。"

张飞从外面找到木门口，进到院里。地面嘎吱嘎吱直响。刘家有史以来，这么大的脚步声踏进院子还是头一遭。

"昨天失礼啦！我把见到你的事儿和宝剑的事儿，都跟母亲说了。母亲昨晚也很高兴，一整夜都沉浸在希望里，一直聊到天亮。"

"噢，这位就是母亲大人咯？"

"是啊。母亲，就是他。我昨天见到的那位豪杰，叫张飞，字翼德。"

"噢。"

刘母麻利地从织机前站起身来，接受张飞行礼。不知怎的，张飞从这位母亲的做派中感受到更甚于刘备的高贵的威严。

实际上，刘母身上具有自然天成的名门气质，不似世间平凡的嗲母亲那样，因为是儿子的朋友，就胡乱行礼奉承。

"听刘备说了。失礼啦，一看就知道，你是位靠得住的大丈夫。今后请多多呵斥我柔弱的儿子，相互鞭策，共成大事。"

"呃！……"

无论如何，张飞自然不能不佩服。这不仅仅出于对长辈的礼仪。

"母亲大人，请放心！我们一定实现男儿的志向。不过，有件事挺遗憾，所以来跟公子商量商量。"

"那么是男人之间的事儿啦，我去屋里，你们慢慢儿聊。"

母亲进到屋内。

张飞在身后马扎上坐下，说起了自己的盟友，不，是仰为兄长的云长。

云长也是张飞看好的汉子，凡事都不瞒他。昨晚拜访他，详细叙说刘备之事。不曾想，他一点都不高兴。

非但如此，他还训斥张飞，说：景帝后裔之类的话值得怀疑；跟路边的骗子之流谈论大事非常荒唐。

"遗憾得不得了。这个云长，他在疑心……劳驾，请你这就跟我一起去趟他家，让他见到你，恐怕他就会相信我张飞的话了。"

张飞不喜欢怀疑别人，也讨厌被别人怀疑。他万万没想到，云长会不相信自己的话。

所以要领着刘备，让云长亲眼看看刘备其人。这种想法倒也符合张飞的个性。

但是，刘备"这个……"了一声，陷入沉思。

人家不相信自己，就来把自己生拉硬拽拖到人家面前让人家相信，刘备觉得不大合适。

这时，过道传来母亲的声音："刘备，去吧。"

母亲在那头听到张飞说话，看来有点担心。

当然，张飞的声音本来就大，在这所房子里，哪儿都听得见。

"噢，母亲大人允许啊。既然母亲大人都允许，刘君，还有什么可犹豫的呢！"

张飞一催，母亲也跟着道："机不可失，时不再来。我总觉得，天机已经到来。不要被微不足道的心思困扰，接受邀请，听张飞君的安排，去吧。"

刘备听从母亲的话，道："那就走吧。"

两人并肩向过道走去。

"我们去了。"

打完招呼，他们走到墙外。

就在这时，远处路上一支约百人的军队飞驰而来。他们中既有骑马的，也有徒步的。尘土中，青龙刀在簇拥的人群中闪着白光。

"啊……又来了。"

刘备对张飞的自言自语感到纳闷儿。

"他们，什么人？"

"城里的兵呗。"

"好像是守城门的兵啊。大概出事了。"

"没准儿是来抓我张飞的。"

"什么？！"

刘备吃了一惊，道："就是朝廷这边来的军队吗？"

"是啊。已经毫无疑问。刘君，我去收拾他们。你就找个地儿休息一会儿，看看热闹。"

"这下麻烦了。"

"哪里，没什么大不了的。"

"可你要是杀了州郡官军，在此就无法立足啦。"

说话间，百余名州郡兵卒就把张飞和刘备包围起来，喊声一片。

可是，他们并未轻易下手。大概是因为不想再次领教张飞的厉害。

不过，张、刘二人也无法挪动一步。

"谁敢挡路，我踹死他！"

张飞吼叫着，朝一个方向走去。兵卒们一齐后退，但背后却飞来箭和铁枪。

"真烦人！"

张飞天生性急暴躁，立马抓住剑柄。

这时，远处一人骑着骏马飞奔而来，口中喊道："且慢——等等！"

州郡兵、张飞下意识地回头望去。只见一个大丈夫，胸前黑髯在春风中飘动，腰间长刀佩环哗哗。他挥舞着缀有绯红缨子的鲸鞭，越来越近。

来人正是云长。

童学草舍的村夫子，武装起来竟也如此威风凛凛。云长的风貌令人刮目。

"等等，诸位！"

云长滚鞍下马，扒开兵卒走到中间，把被包围的张飞和刘备护在身后，展开大手道：

"我看你们是太守派来守备城门的兵吧。不过，就凭这区区百八十号人，究竟想做什么？要抓捕这个人。"他用下巴指了指张飞，接着道："得有心理准备。先得来上个五百、千把人的，一多半儿还得变成尸体留下。否则抓不住他。诸位，这个人叫张飞，字翼德，你们大概还不知道他有多大力气。他可是条颇有骁勇之名的汉子。在幽州鸿家做家将时，舞一杆九十斤重的丈八蛇矛，冲进黄巾贼的大军中间，打得尸垒成山，血流成河，令黄匪闻风丧胆。就你们这几个人，几乎是赤手空拳，想来绑他，简直就是入笼斗虎。如果你们个个都愿意拼死来对付这条汉子，我也不管闲事。别干这种不要命的勾当行吗？还想要命的就趁大难临头之前，赶紧回去吧。这里就交给我云长，你们先撤吧。"

云长委实雄辩。一口气讲到这儿，让对方听得胆战心惊。他接着道：

"我这么说，各位可能会怀疑我是何许人也，疑心我耍花招放跑张飞。其实不然。不才乃关羽，字云长，开办童学草舍，以熏陶子弟为己任，常以圣贤之道为本，尊敬国主，遵守法令，以身作则，教诲子弟。而且，这里的翼德张飞是我无话不谈的结拜兄弟。但是，听说张飞从昨晚到今晨，杀了官府的官吏和兵卒，大闹城关，酒后撒野。我想，这是不可饶恕的。但与其让你们做出更多牺牲，不如通过结拜兄弟我的手抓住他，绑去报官。这才快马加鞭，飞奔到此。张飞让我云长来抓，回头送到城里交给太守。各位，拜托你们看清这里的情况，先回去报个信儿吧。"

云长掉转方向，严厉地面向张飞，大喝一声："你这个鲁莽的家伙！"

边骂边用鲸鞭抽打张飞的肩膀。

张飞眼睛里流露出气愤。云长继续道："快快受绑！"

说着，扑上去将张飞双手反剪。

张飞怀疑了一下云长的用心，但内心对云长人品的信任更占上风。

于是他若有所思，老老实实地让他绑起，坐在地上。

"看到了吧，各位？"

云长再次环视目瞪口呆的捕吏和兵卒的脸，道："回头我把张飞直接押到县城交人，请各位先从这里撤了吧。如果你们还是怀疑我云长，不相信我的话，那就没办法了，只好把绳子解了，把这只猛虎放到你们那边去，怎么样啊？"

这么一说，捕吏、兵卒一句话没说，一溜烟退走了。

人全走光，云长立马解开张飞的绳子，道："真够相信我的，表现得挺老实。这可是救你们又不节外生枝的谋略，但还是对你动了手，恕罪恕罪啊！"

听到云长道歉，张飞也道："不必不必。差点又要大开无益杀戒，幸得兄长相救。"

他已然忘记早上那一肚子气，坦率认错，然后奇怪地问道："不过云长啊，你那一身打扮是咋回事儿啊？要是为了来救我，那身装束可太过啦。"

"张飞，你又装糊涂。昨晚你还热情洋溢地说时运来了，得了良友。还说来吧，实现约定吧。难道都是吹牛不成？"

"不是吹牛！反正你老兄是不赞成的。我说的话你一句都不信！"

"此一时彼一时嘛。昨晚下人也在，女佣也在。你这家伙，说是秘密秘密，声音还是那么大。我想不能泄露秘密啊，所以你说话时我才故作冷淡的。"

"噢，原来老兄你也相信我的话，决心要照以前的计划干啰？"

"不是听了你的话，而是听到你说那位就是楼桑村的刘备，所以才当场下的决心。刘备是个孝子，这在我们村儿都流传了很久啦。我还暗查了刘备的出身和平常的为人处世呢。"

"你这人真坏！老是玩弄智谋，不好相处咧。"

"哈哈哈哈。没想到你会说我不好相处。你这个粗暴的家伙，杀人、到酒店喝酒不给钱，还叫人家把账拿到童学草舍来结。你还说我不好相处，真受不了！"

"已经去要钱啦？"

"光是酒店付账倒好了。知道杀官府捕吏的是云长的弟弟，还有哪个家长会送孩子来上学？早晚有一天，官府一定会命我云长去报到的。"

"说的是啊。"

"你还当别人的事听哪！"

"没有，对不起！"

"不过，这倒是个好机会啊。是老天的命令。这么一想，今天早上就给下人、女佣都放了假。又把学堂孩子们的家长叫来，告诉他们学舍因故关了。这样，我就单身一人，心无牵挂，追在你们后面就来了。走吧，到刘备家去，正式见他去。"

"哦，刘备啊，就在那儿。"

"哦？……"

云长把目光转向张飞所指的地方。

刘备一开始就站在稍远的地方，看着张飞、云长二人亲睦的关系和信义笃厚的情形，一脸感慨。

"您就是刘备吗？"

云长走上前来，跪在刘备脚下，行最高礼，殷勤地道："初次见面。我乃河东解良（今山西解县）人氏，名关羽字云长，长期浪迹江湖。四五年前起住在附近村里当村夫子，在草野虚度光阴。久仰大名，暗记于心，不料今日有幸拜见尊容，欣喜之至。愿结识足下。"

刘备不卑不亢，理所应当地向关羽还礼，道："您过谦啦……我还没自我介绍呢。我是常住楼桑村的百姓，叫刘玄德。曾听说蟠桃河上游有个村子，里面有一处民风淳厚的桃源，想必就是先生的高风亮节教化出来的。路边不便，请到茅舍一叙。"

刘备相邀。

"好好，愿意奉陪！"

关羽开步，张飞并肩，一同来到不远处的刘备家。

刘母看到添了新的客人，有点诧异，经张飞介绍，再观察关羽其人，面露喜色，道："欢迎光临茅舍。"随后用心款待。

当晚，母亲也在一起，深夜长谈。刘母尽自己所知讲述了刘家旧史。里面许多故事刘备也从未听说过。

"肯定是汉室血脉景帝子孙无疑。"

张飞、关羽现在深信不疑。

65

同时内心已经决定，义举盟主当推此人。

但是，关羽知道刘玄德对母亲的孝心，万一母亲决断说"不能把那么危险的图谋强加给我儿子"，事情可就完了。想到这儿，便想一点点打探刘母的心思。

大家还没开口问，刘母就对大家道："哎，阿备啊，今天已经晚了，你也睡吧。去给客人铺床吧。明天你们三人总得商量一下未来，还要出门干大事，母亲这辈子也做一顿饭请请你们吧。"

听母亲这么说，关羽知道，想打探她内心想法是多么愚蠢。张飞也一起鞠躬，心中佩服，道："谢谢！"

刘备道："那就承母亲吉言，明天请母亲设席祝福我们。不过，饭菜不能我们独享，还要设祭坛，祭先祖。"

"恰好现在桃园里桃花盛开，就在园里设席吧。"

张飞拍手叫好，道："那敢情好。我们明天早晨来清扫桃园，再帮着设祭坛吧。"

给两位客人铺好床，劝他们睡下，刘备和母亲二人在黑暗的厨房一隅，盖着稻草睡下。

等刘备醒来一看，母亲已经出去。天已大亮。不知何处，传来阵阵山羊叫声。

厨房灶下，劈柴不断添进灶膛。刘备从孩提时代起就没有见过柴火在灶膛里烧得这么旺。春天不仅来到了桃园，也来到了贫穷的刘家厨房。

九　桃园结义

　　走进桃园一看，关羽和张飞二人已经雇了附近的人在园子中央设好祭坛。
　　祭坛四面竖起竹子，绕上净绳，拴上金箔银箔折叠的花，用泥捏的白马当活供品祭天，宰杀黑牛祭祀地神。
　　"啊，早上好！"刘备招呼道。
　　"噢，你醒啦。"张飞、关羽回过头来。
　　"祭坛设得真好啊！没有睡觉吧。"
　　"啊呀，张飞很兴奋，睡下还要说话，没时间睡啊。"关羽笑道。
　　张飞走到刘备身旁，担心地问道："祭坛倒是很棒，不过，有酒吗？"
　　"噢，听母亲说她会设法弄些。她说，今天是一生一世的祝福。"
　　"这样啊，那就放心了。不过刘兄，你母亲真好啊。昨天晚上我就在一边看着，羡慕得不得了啊。"
　　"是啊。自己夸自己的母亲显得有点怪，但母亲真是一个好强爱子的母亲。"
　　"她身上有一种品味，气质上的。"
　　"抱歉，刘兄好像还没娶媳妇吧？"
　　"没有。"
　　"母亲大人好像什么活儿都得干，年纪大了，挺可怜的。你也该娶个媳妇啦。"
　　"……"
　　被人这么一问，刘备忽又想起已经淡忘的鸿芙蓉美丽的样子来。
　　于是忘记回答，不知不觉地抬起眼睛。白色桃花的花瓣在眼前袅袅飘落，情意绵绵。
　　"刘备啊，大家都准备好了吗？"
　　身在厨房不见身影的母亲，不知何时来到三人身后。
　　三人回答随时可以开始，母亲便兴冲冲地朝厨房走去。

可能是请了邻居帮忙，昨天见到张飞"哇"地魂飞魄散逃跑的小姑娘和她的恋人——邻居的儿子，还有其他人家，来了一大帮人帮忙。

不久，一坛一个人搬不动的酒缸被搬来放到祭坛席子上。

然后油炸全乳猪、山羊高汤、牛酪炖干菜、陈年腌菜……每上一道，三个人都会被那些大钵大盘的豪华珍馐弄得瞠目结舌。

连刘备都在心里佩服母亲好手艺："这到底是怎么回事儿？！"

不一会儿，人们从村长家扛来漂亮的花梨木桌椅。

"大宴会啊！"张飞欢喜得像个孩子。

准备就绪，帮忙的人退进堂屋。

"来吧！"三个人眼睛对视一下，在祭坛前的席子上坐下。然后，开始对天地之神祈祷。

关羽道："成就我们的宏愿吧！"

说着，他变得郑重其事："二位，请稍等。"

"在这个祭坛前落座的同时，我忽然产生了一个想法，不知二位意下如何。"

关羽与刘备和张飞计议着，打开了话匣子。

"任何事物，体为根基。体形不整，不能成功。"

"机缘巧合，我等三人基于这个精神达成共识，今欲出发，共成大事。但仅仅三人凑合，不能成体。

"三人今日虽小，但却理想远大。我等当成三体一心。

"举事半途伙伴分裂的例子很多。我等绝不能变成如此结果。仅仅祈神祭神而不尽人事，不可能成就宏愿。"

关羽说的是道理，但说到成什么体，张飞、刘备眼下也都没有什么想法。

关羽继续道：

"兵卒且不说，就连一件兵器、一两黄金、一匹战马都没有。但三个人在这里结义，即刻就是一支军队。军队必须有将军，武士必须有主君。行动的中心是奉行正义和报国，个人的中心是忠于君主。否则将以党群之乱而告终，化作乌合之众。张飞、我关羽之所以隐于草莽等待时机，其实就是因为那位中心人物不易出现。事有巧合，与汉室正统的刘玄德的际遇，迅速变成今天的结义。所以,今日此刻,我就想拜刘玄德为自己的主公。张飞,你有何想法?"

"啊,我也正想此事。如果能像兄长说的那样定下来,就在此时此地,在祈神之前,向神起誓,岂不更好!"

"玄德,这可是我二人的热切期望啊。你就同意了吧。"

左右受到压力,刘备默默思考。

"等等。"

刘备压了压二人的热情,又考虑了一会儿,然后挺了挺身,道:"的确,我有大汉宗室的血统,从这种家谱而言,可能应该坐主位。但我生来愚钝,隐身田野时日已久,还没有积得任何成为主君君临你们之上的修养和德行。请再等等吧。"

"你说等等……"

"让我在实际中积德修身,看看我是否果真是当主君的料,然后约定,也不晚哪。"

"不!我们已经看到了。"

"就算这样,我还是有所忌惮。要么这样吧。君臣盟誓等我们有了一国一城时再说。这里,我们三人就结拜成兄弟吧。我倒宁愿相约,即使三人成为君臣之后仍然永远是兄弟。"

"噢……"

关羽拽着长长的胡须,好像拉着自己的脑袋一样重重地点了点头。

"可以。张飞,你呢?"

"没有异议。"

三个人面对祭坛,斟上牛血和酒,叩首,向天地神祇默祷。

从年龄上讲,顺序是关羽最大,刘备其次,张飞再次。但因为是结义兄弟,不必拘泥于年龄。关羽便对刘备道:"大哥就请你当。不然,张飞的任性制不住。"

张飞也跟着一起说道:"那是一定,希望如此。就算你不同意,我们两个也会大哥大哥地拜你,没事儿。"

刘备没有生硬拒绝。于是三人坐在坛上,畅谈未来理想,发刎颈之誓。少顷走下祭坛,围着桃树下的桌子坐下。

"好，永远！"

"绝不变心！"

"永远不变！"

兄弟交杯，相约三人同心，合力报国，救万民于涂炭之中，并以此度过大丈夫之一生。

张飞似乎渐已微醉，声音响亮，高举酒盅，道："喝啊。今天痛快地喝吧……啊。"

边说边给刘备的杯子里拼命倒酒。一转眼，又独自敲打自己的脑袋，像孩子一样叫道："痛快！真痛快！"

看他喝得太兴奋，关羽责备道："喂喂，张飞。今天你就这般高兴，那以后该如何高兴呢？今天只是我们三人结义，大事成功与否，还要看以后呢。得意忘形早了点吧。"

可是，一旦兴奋起来，张飞的好心情就是凉水也泼不走。他击掌笑话关羽古板，毫不拘礼地对刘备道："哈哈哈哈……今天村夫子失业啦！大家都是武夫啦。从今往后大家交往，就要海阔天空、豪放磊落，像个武人啦。是吧，大哥？"

说着，还去抱了抱刘备的肩膀。

"是啊。是啊。"刘玄德莞尔一笑，任凭张飞畅饮。

张飞暴饮暴食了一阵，突然道："对了。筵席上没有刘家母亲大人在，不成礼法。既然我们三人已经喝了兄弟酒，对我来说，她就是我尊敬的母亲。把母亲请来，再干一杯吧。"

说完，张飞踉踉跄跄朝堂屋走去。不久，硬把刘母背在背上，晃晃荡荡地折回来。

"好啦，我把母亲大人带来啦。我的孝行怎么样啊？……来吧，母亲大人，好好祝贺吧。我们三个孝子都聚齐啦。……不不，我们不光对一位母亲来说是值得祝贺的孝子。对当今天下来说也是值得庆贺的。难道我们三人不是难得的忠诚儿子吗？……来呀！母亲大人的孝子万岁！大汉的忠诚儿子万岁！"

就这样，不久三人当中最嗜酒的儿子张飞最先喝得酩酊大醉，倒在桃花下鼾声大作，直到夜里露水下来都没醒来。

大丈夫盟誓结义。但他们三人的现状，完全就是所谓赤手空拳。而他们又志在天下。

"下一步怎么办？"

翌日已经不是喝酒喊快哉的日子，而是从理想到实行迈出第一步的日子。吃早饭时，桌上早早就提出如何实行的问题。

"车到山前必有路嘛。男儿，而且是三个人，只要想干。"

张飞不是理论家，也不是策划者，而是一个执行力旺盛的盲目的勇往直前者。

"你说车到山前必有路，可就像你那样徒有蛮力，什么事都成不了。首先，要拥有一郡之土，就得有一旗之兵；要拥有一旗之兵，至少需要军费、兵器和马匹啊。"

关羽是个知识丰富的人。综合两人的话，就能酝酿出恰到好处的热情，发挥出符合常理的推动力。

刘备对他们两个人都予以首肯，道："是啊，只要三人抱定一个信念干，眼看这大事必成。不过，眼下就是军队……招募一支吧。"

"没有马匹、兵器、钱，会有人应征吗？"

刘备微微一笑，打消关羽的忧虑，道："这还有点自信。其实楼桑村有几个青年，平日我们就经常见面。他们也有同样的忧心和志向。另外，向邻近的几个乡发出檄文，估计会有不少人对当今时局感到忧虑，三四十个兵马上就能招到。"

"原来如此。"

"所以，不好意思，还要借你关羽的笔起草一个檄文。我让村里熟识的青年去发。"

"不，在下生来文章不好，还是请刘大哥起草吧。"

"不不，你开办私塾多年，一直教育子弟。打动子弟的心，你可是得心应手啊。就请你写吧。"

这时张飞也从旁说道："嘿，关羽，太岂有此理啦。"

"哪里岂有此理啊？"

"大哥刘玄德的话就像主命，不可违抗哦。昨天不是刚刚发过誓吗？"

"啊呀，这下可被张飞治了一回。好吧，马上就写。"

檄文写成。行文极美。

忧国文字庄重慷慨，一字一句无不打动读者的心。

檄文发到紧邻各乡，很快，每天都有七至十人汇聚到刘玄德家破房子门前，个个都是热血壮士，人人堪称天下豪杰。

张飞来到门前，道："你们是看了我们的檄文想来当兵的吗？"

他成了用人考官，一一点名，询问出生地，澄清志向。

"是的，我们久仰大人们的名声，赞同义举宗旨，所以来投奔麾下。"壮士们异口同声。

"是吗？看你们个个面相可靠，可尽速准许你们加入我们的义举。不过，我们的志向可不像黄巾贼之辈，以强抢掠夺为宗旨啊。我们的志向在于救天下于水火，讨伐为害贼寇，在全国建立统一政权，进而谋求永久和平与百姓幸福。你们都听明白了吗？"

张飞垂训一通，接着又让大家起誓。

"既然加入我们的旗下，就得服从我们奉行的军纪。现在我来宣读，你们好好听着！"

张飞对前来报名的壮士们说着，毕恭毕敬地从怀里掏出一个帖子，高声宣读起来：

一、兵卒绝对服从将军，坚守礼节；

二、不为眼前之利诱惑，树立远大志向；

三、看轻自身利益，深思一生一世；

四、掠夺者斩；

五、虐民者极刑；

六、扰乱军纪之行为统统死罪。

"听明白了吗？"

气氛严肃，壮士们沉默良久，异口同声道："明白了！"

"好！既然如此，从现在起就录取你们做我的部下。不过，眼下这段时间可没有兵饷给你们用啊。而且，东西要分着吃，不许有任何怨言啊！"

尽管如此，应招而来的年轻人还是精神抖擞地当兵，听从刘备、关羽等人号令。

四五天之内，大约召集了七八十人。关羽说，这是意外的成功。

但粮食立刻陷入困境。所以，打仗刻不容缓。

很多地方深受黄匪之害。首先就要到这些地方去，把黄巾贼赶走，然后收取正当的税赋和食物。

一天。"张将军，张将军！有很多马匹过路呢，马呀。"一个部下驰来寨中急报。

报告说，不知何人像念珠一样拴着几十匹马，要翻过前边的岭子。

一听是马，张飞坦白地沉吟："要设法把这些马弄到手啊。"

实际上，现在急需战马、金钱和兵器，甚至是望眼欲穿。但是，义举军纪既立，且已训示部下，不能下"抢过来"的命令。

张飞走到里屋与关羽商量道："关羽，既有探哨来报，可否设法弄到手？我觉得实在是天赐。"

关羽闻听，道："好！那我就去谈谈。"说完带着几个部下急奔岭子而去。在山麓一带碰上那一行人。探哨报告无误，果然有一队人牵着四五十匹马下山而来。走近一看，都是商人打扮。关羽想，果若如此，就有可能设法谈成。于是打算发挥拿手的雄辩口才，等候商人到来。

来到此地的这队马商，为首的是中山豪商，一个叫苏双，一个叫张世平。

他们一到，关羽就把三人结义兴义军的经过叙述一遍，充满爱国情怀，情真意切。他还说：当今之世，如无一人建立霸业，以正人天，世道将会暗无天日。他感叹道：大汉天下，终将会被北胡武民所征服。

张世平和苏双两人小声商量片刻，道："明白了。如果这五十匹马能用上，我们就满足了。送给你们啦，牵走吧。"

他说得很干脆，令人意外。

关羽以为对方不肯轻易同意，甚至仔细考虑过最坏情形。但对方的回答大出意料。

"呃……不敢当。你们都爽快答应了，我说这些很失礼。不过请问，商人敏于利，你们为什么凭我一席话就说要把这么多马匹白送给我呢？"

关羽在想，交涉目的已然达到，再叮问对方不必要的问题反倒奇怪。只是觉得太不可思议，所以才问。

于是张世平道:"哈哈哈哈。看来给得太爽快,反倒让你起疑了。啊,情有可原。首先,在下看出大人不是坏人。第二,在下觉得你们计划举义军,颇得时宜。第三,在下想借你们的力雪自己的恨。"

"什么恨?"

"就是对黄巾贼大将张角一族暴政的恨。在下以前是中山首屈一指的豪商。可是,你知道的,中山也遭到黄匪蹂躏,秩序被破坏,财产遭掠夺,街道上看不到少女身影,园子里听不见小鸟鸣叫……在下的店铺也空无一物,东西全被没收,最后连妻子女儿也被暴兵掳走。"

"噢,原来是这样。"

"后来,跟外甥苏双二人沦为马商,从市场上买进马匹,拉到北边去卖掉。可是走到半路,听说北边山岳也是黄匪塞道,抢劫行人物品,随意杀人。无奈牵着马群,空手而归。去南边也是黄巾贼,去北边也是黄巾贼。我们很清楚,如此漂泊下去,早晚有一天会被贼人夺走马群,还要搭上性命。与其把马交到可恨的贼兵手上成为他们的帮凶,远不如送给你这样胸怀大志的人来得有意义。在下高兴地送给你,就是这个原因。"

"哦,是这么回事啊。"关羽的疑惑尽释。

"那就请你牵着马一起到楼桑村来一趟吧,请你见见我们拜为盟主的人吧,他叫刘玄德。"

"拜托拜托。我从根儿上就是个商人,白送马匹给你的理由刚才已经讲过。坦白地说,还是考虑到利益的。"

"不可。就算见到玄德,现在也给不出钱啊。"

"不是眼前的利益。可以在遥远的将来再付嘛……如果你们的计划顺利,真成了大事,取得一国,平定十州二十州,果然号令天下,就请加利付我今天的马钱。在下听了你的计划,觉得这不是你们的梦,而是我等民众的期待。由此,我坚信你们一定会成功。所以,今天让你们使用我们难以处理的马匹,就是我们作为商人也算找到了长远的获利方法。没有比这更好的美事儿了。"

张世平说完,便和外甥苏双一起跟关羽走。半路上,他向关羽提出一条建议:"要谋事,人大概已经齐了,马匹这下也备上了。那你们的计划里,有没有擅长经济,在粮草军费方面能起到参谋作用的算术高手参与管理呢?是不是也充分考虑到了算盘在具体工作中的作用呢?"

经张世平这么一说，关羽发现自己的同人存在不足。那就是经营。

自己不必说，张飞、刘玄德亦无经济观念。武人不爱钱。这个思想已在头脑中根深蒂固。大家都认为，清廉之士鄙视经济、不屑金钱。只有这样，风骨才高。在个人人格中，这样也许可以视此为高风亮节，但在国家大计上，这样就意味着欠缺。

拥有一支军队，势必要考虑经营。只靠武力扩张的军队，容易变成暴力的军队。自古以来，历史上不乏有理想却因经营不善而堕为暴力军队，最终成为乱贼的例子。

"没有。你讲得好啊！请把这番话对刘玄德再讲一遍。"

关羽真诚地感到自己长了见识。他认为，此话虽然出自商人之口，但将来必定成为重大问题。

转眼来到楼桑村。

关羽立即带张世平和苏双来到刘玄德面前。当然，玄德、张飞听到张世平的好意，都非常高兴。

张世平不仅无偿提供五十匹马，见到玄德以后更加看好玄德，又加上骏马驮来的铁一千斤、兽皮织物一百担、金银五百两，一并献上，道："就请充作军费吧。"

这时，张世平又道："我在路上曾说过，在下毕竟是以利为道的商人。就像武人有武道，圣贤有文道一样，商人也有利道。虽然在下作了奉献，但并不以此夸耀义心。相反，在下指望今日献上的马匹金银，十年后，三十年后能产生巨大利益。不过，这利在下绝不想私吞。请把这些利分给生活在困苦渊底的万民。这才是在下的愿望，也是在下所谓的商魂。"

玄德和关羽闻言大为感动，欲将此人留在军中。张世平道："不不，在下实在是个胆小鬼，哪有勇气跟你们行武之人在一起。如果还有什么用得着的地方，在下可以再来。"

说完，匆匆而去，不知去向。

意外得到一千斤铁、一百担兽皮织物、五百两金银的军费，玄德三人心情格外振奋，道："此乃天赐之援！"

他们迅速叫来邻乡铁匠。张飞打了一杆一丈好几尺长的蛇矛，关羽打了一把好几十斤重的偃月刀。还一并打了杂兵的铁甲、头盔、枪、刀等什物，不日完成。

日月旗帜。飞龙幡。马鞍、铁箭。军容齐整。

这时，人数已达到二百人左右。

这本来就是一支急募而来的小军队，还不足以争霸天下。但张飞的教练、关羽的军纪、刘玄德的德望已经渗入兵卒内心深处，二百兵士举手投足整齐划一，宛如一体。

"时候到了……母亲！我们走了！"

刘玄德全副武装，告别母亲。

兵马肃穆，从刘玄德的故乡整装出发。刘玄德的母亲站在桑树下，久久目送，决意不流泪的眼睛宛若热泉。

十　南征北讨

此前，关羽携刘备手书前往幽州涿郡（治所在今河北涿州）太守刘焉处。太守刘焉把关羽让进城馆，厅堂接见，问是何事。

关羽施礼，然后问道："听说太守如今正在四方求士，是吗？"

关羽仪表堂堂，刘焉一见，顿觉非寻常人，便没有责备他的不逊，道："是啊。已在各处驿道张榜，紧急募士。足下也是响应檄文前来应征的大丈夫吗？"

关羽道："正是。在下知道，天下久被黄贼大军攻蚀，太守的军队连年疲败，各地民仓咸遭贼人毒手，各地百姓皆感国主无力，无不因贼人暴行而痛哭。"

关羽不媚不惧，坦诚直言，进而道："我等在太守治下受恩已久，不屑于做飘逸之人偷闲于草庐，空度今生。便团结同人张飞等二百余欲有为之人，仰刘玄德为盟主，希望参加太守的军队，略尽报国之心。太守宽大，不知能否让我等义军加入？"

说完，拿出刘备手书，请求过目。

刘焉一听，非常高兴，道："今秋卿等赤心豪杰来访，愿助刘焉之微力，真乃天祐，岂有拒绝之理。当扫城门之尘土，插彩旗于客馆，待参会之日。"

"那么，何月何日可率兵来到城下？"关羽约定时间，起身归去。临行顺便打招呼道：义弟张飞先前在楼桑村附近和城关等地，阴差阳错地杀伤太守部下的捕吏、差人等，今诚请宽恕其罪。

许是这个原因，从此以后城关再也没有派捕吏前来。不仅如此，好像太守已经下令，刘玄德等三位豪杰和二百余名乡兵突然离开楼桑村向涿郡进发时，城门上还插上小旗，守兵和差役甚至井然列队，郑重送行。

这时，集市上认识玄德、张飞的百姓也都瞠目结舌，议论纷纷：

"哎，走在前边的不是卖席子的刘家小子吗？"

"旁边那个骑马抖威风的不是那个老来卖野猪肉的酒鬼流浪汉吗？"

"果然不错。就是姓张的，就是姓张的！"

"那个卖肉的还欠着我的酒钱呢？这下糟啦！"

人群中传出叹息声，里面也有卖酒的前来送行。

义军不久到达涿郡府。路上又有人闻风加入到日月旗下，抵达府城时，总人数已达五百人。

太守立即迎接三将，当夜即在馆内设宴欢迎。

太守刘焉接见大将刘备，见他还是一位二十多岁的青年，却在沉默寡言、沉着敦厚之中显出大器风范，于是竭力优待。

再问出身门第，得知刘玄德乃汉室宗亲，中山靖王嫡孙，刘焉频频点头，道："难怪难怪！"于是更加亲切，连对左右关、张二将也都由衷尊敬。

正当此时。黄巾贼号称五万余众在青州（治所在今山东淄博市临淄区北）大兴山左近一带跳梁作乱。太守刘焉以校尉邹靖为将，拨付大军，出其不意，奔袭该股势力。

关羽、张飞得知此事，马上向玄德进言，道："款待易冷，欢宴不可久留。愿主动请缨，加入攻势，首次上阵。"

玄德道："我也想到这一点。当速速向太守进言。"见到刘焉，说明此意，刘焉大悦，准其参战，为校尉邹靖的先锋。

玄德军队五百余骑，初次出阵，气吞天地，不日压到大兴山下。贼兵五万，据守险要，谋划利战，像虱子一样在山褶、峡谷布满长期阵地。

当时，此地雨季已过，初夏绿草繁茂。贼兵有意拖延会战时间，得地之利，纵横奇袭，联络各州黄匪，企图一齐切断官军退路。征战途中的官军难免遭到在重围中被歼的厄运。

玄德想到这里，便向关、张二人谋划道："如何，张飞、关羽？太守刘焉、校尉邹靖肯定都在考验我们的手段如何，观察我们的实力。既然成了先锋，就不能一味对峙，给我方造成长期对阵的不利。我想杀入敌阵，寻求决战，你们意下如何？"

"同意！"话音刚落，五百余骑就布成乌云阵，逼近山麓，突然擂鼓，山呼海啸，挑起决战。

贼兵在半山腰上用铁弓放箭，用弩齐射，未被轻易撼动。

"来人只是小股势力,不像朝廷的正规军,不知是从哪儿拉来的乌合之众。把他们统统消灭掉!"

贼兵副将邓茂一声号令,打开栅门,骑马从山上倒冲下来,大声喝道:

"喂,可怜吃稗糠的乡军村兵!惑于官军之名,前来用尸体筑堤吗?不要再被愚蠢的权力后盾利用啦!如果你们缴枪献马,举手投降,我会向将军大方程远志求情,赐给你们黄巾,让你们吃肉,享人世之福,把你们的瘦体养肥。如若不然,立刻包围消灭你们。有耳朵的听着,有嘴巴的回话!看是如何?"

这时,来军阵头有人"喂"地应声而出。刘玄德拍白马来到绿地中央,左右关羽、张飞随从。

"无礼之徒,野鼠之将!"

玄德在贼将程远志面前勒住马,也对着他身后拥挤嘈杂的黄巾贼大军震天吼道:"开天辟地以来,还没有兽类长久兴盛的先例!就算一时乱政,暴力夺权,末路也会变成野鼠骷髅!觉醒吧!我乃高举日月幡旗,给黑暗世界带来光明,退邪明正之义军。尔等不要盲目对阵,白丢了性命!"

听到此话,程远志放声大笑,道:"大白天说梦话!近来实在有趣。倒是你们觉醒吧!来吧!"

说罢,提着号称八十斤重的青龙刀,拉起马头向玄德冲来。

玄德本不是骁勇猛将,便拍马扬尘,退避而去。此时,等在一旁的张飞大喊一声,"这个贱人!"挥舞刚刚锻造的蛇矛长柄冲上前去。蛇矛顶端装有牙形大矛,把贼将程远志从头盔到马背劈将下来。

"呀呀呀,给我上!"

贼兵副将邓茂一边鼓励阵脚已乱的兵卒,一边朝躲闪退避的玄德追来。这时,关羽早已拍马赶到,冲天大吼一声:"竖子!何急来送死!"

吼罢,偃月刀一挥,一片血雾。贼将连人带马死于关羽刀下。

贼兵二将被斩,残余鼠兵慌乱一团,向山谷逃窜。玄德率军且追且打,包围多少消灭多少,砍贼首一万有余。收容降者,收编部队,首级堆在村中路口,以示武威:"天诛如斯!"

"吉祥之兆!"张飞对关羽道,"我说,照这样下去,五十州、一百州的贼军,半年就可以荡平。天下很快就能插上咱的旗帜,日月昭昭啦。安民乐土的世道必定能成。太痛快啦！不过，仗打得这么快，挺没劲的。"

"瞎扯什么呢！"关羽摇头道，"世上的事没那么简单啊。要是觉得打仗老是这个样子，可就大错特错啦。"

一行人把大兴山甩在身后，一路朝幽州并驾凯旋。

太守刘焉让五百乐工吹奏胜利乐章，在城门上遍插彩旗，亲自出迎凯旋之师。

然而，军队和马匹还没来得及休整，青州城下发来快马报告说："事关重大，请求立即派出援军！"

"怎么回事儿？"刘焉展开使者带来的牒文一看，上面写道：

此地黄巾贼徒于县郡云集作乱，青州城被围，终将陷落，遭受烧城之命运，情况紧急，唯待友军来援。

青州太守龚景

玄德又主动请战道："愿往救援。"

太守刘焉大喜，加拨校尉邹靖的五千余骑，嘱玄德义军充当先锋。

已是夏季时节。

就青州看来，贼军累万，遍插黄旗，幡子上画着八卦文标记，势压天日。

"到底有多少人啊？"玄德凭先前初次上阵时大获全胜的经验，用五百余骑做先锋对了一阵，结果大败。

一败涂地，险被全歼，退三十里。

"倒是很强。"玄德向关羽谋道。

关羽献策道："以寡敌众，只能依靠兵法。"

玄德善用他人之言。于是派人往大将邹靖寨中计议，重新制定作战方案。

首先，在大军中，关羽领兵约千人为右翼，张飞领相同兵力藏于山坡之后。

邹靖、玄德为中军，正面挺进，对敌人主力形成总攻态势，把好时机，故意潮水般逃跑，示以混乱之象。

"追呀！"

"杀呀！"

黄贼大军中计追击，阵形全无。

"冲啊！"

玄德充分引出敌军，回马迎敌。此时，关羽、张飞两军人马从山坡后边、旷野黍子地里疾风骤雨般涌出，将敌人主力悉数装进口袋，统统斩杀。

鲜血蔽日。草、马尾……万物染血。

"到啦！马上出击！"

官军追击贼军逃兵，直逼青州城下。

"援军来啦！"

青州城守兵得知，打开城门，冲将出来。

贼军逃来，蜂拥而至，在城下放火，结果是纵火自焚，全军覆没，形同自杀。

青州太守龚景道："卿等若不来救，此城今日就要变成贼徒享乐的宴会场啦。"

他重重犒赏三军。三天三夜，欢呼的鼓乐和万岁的呼声昼夜洋溢。

邹靖收兵，道："该告辞了！"撤往幽州。

这时，玄德向邹靖吐露心中真情，道：

"很久以前，在我孩提时代，有一位叫卢植的人来到我老家楼桑村暂避。他教我初学文字，给我讲解兵法。此后常念先生。最近传闻卢植先生做了官，封中郎将，现奉敕令在遥远的广宗（今河北邢台）平原作战。可是，听说那边的贼徒是黄匪首领张角将军直属的精锐部队，想必定是苦战。所以我想这就过去，叙师徒旧情，给他助威。"

由于要转战广宗，驰援恩师，玄德遂拜托邹靖回到幽州城下将此事好言转告太守。

本来就是义军，邹靖也未阻止，道："既是如此，你可率领手下人马前去。军粮、补给任你取用。"

此话干脆，像个武人。说完，辞别而去。

中郎将卢植携讨贼将军印绶，率五万官军，从遥远的洛阳来到黄河口的广宗原野，领办军务。

"什么?！你说刘玄德来访？……呃，刘……玄德……何许人也？"

他频频摇头，左思右想，一副想不起来的表情。

虽说是战地，不愧是打着汉朝征旗的军营大寨，将军室占据了一所大寺院的中央，从院内到四门外围一带，驻扎着兵马，威风凛凛，戒备森严。

"啊！确实叫刘备，字玄德，说想见将军。"一个从外门来的传令兵站在将军面前道。

"就一个人吗？"

"不，带来了五百来号人。"

"五百人？！"

卢植表情哑然，道："这么说，那个叫玄德的带来了那么多手下咯？"

"是的。有关羽、张飞二将随从，好像很年轻，但人很出色。"

"到底是谁呢？"

卢植仍未想起。传令兵道："忘记说了。那位仁兄说，他是涿县楼桑村的，将军在那里隐遁时，教过他读书写字。"

"噢！——这么说可能是卖席子的少年刘备。不，说起来，已经过去十多年了，论年龄，该是个像样的青年啦。"

卢植突然显出怀念的神情，立即命令请人。当然，带来的兵留在外门，二位部将允许进到院内厢房。

片刻，刘备进来。

卢植只看一眼，便惊讶道："哎呀，果然是你！变样儿啦。"

"先生后来在洛阳威名赫赫，我暗自为您高兴。"

玄德说着，在卢植的脚下行师徒礼，跟从前一样。

然后，他叙述了自己的素志，并说愿意加入恩师的远征军，在朝廷的旗下尽报国之心。

"来得正好。你心念孩提时代的微薄师恩，专程率军前来增援，令我高兴。你已具有朝臣之心，怀有爱国之志。加入我军，建功立业吧。"

玄德被允参战，支援卢植的军队两月有余。在实战中，他发现贼军大军三倍于官军，贼军之强非官军可比，优势明显。

因此，官军反成守势，一味滞阵，徒延时日。

"洛阳的官兵武器精良，服装宝剑也都华丽，但就是没有斗志，好像都在想着留在都城里的老婆孩子和美酒。"

张飞常鸣不平，对玄德道："大哥，混在这样的军队里，连我们都会松懈的。离开这里，另找值得大丈夫去打仗的有意义的战场吧。"

玄德不听，说不能一边说要让恩师高兴，一边师恩未报就离去。

此后，刘备从卢植那诚恳地咨询关于军机方面的事。

卢植道：此地险阻本来就多，对贼军守兵有利，要想一口气攻破，会大量损兵折将。所以，尽管心里不情愿，但还是这样摆出长期作战的态势，扎下长期营寨。贼军大将张角的胞弟张宝、张梁二人眼下正在颍川（治所在今河南禹州）作威作福。

皇甫嵩、朱儁二将军也奉洛阳朝廷之命，正率官军前去讨伐。

"那里胜负未决，官军仍在苦战，比我广宗之地更益于参战。"

"就拜托你率手下驰援颍川。"

如果听说黄贼张梁、张宝二军战败，广宗的贼军自然也会丧失斗志，害怕后路被断而溃逃。

"玄德，你能前往吗？"卢植商量道。

"遵命。"

玄德原本就是义字当先，增援恩师的，所以对恩师此托不愿意无情拒绝。

他即刻准备军旅，率手下五百兵卒加上卢植拨来的千余兵卒共一千五百人，向颍川疾驰而去。

抵达大寨，立即拜见官兵将军朱儁，递上卢植牒文，行见面礼，道："我等前来助阵。"

"哼哼。不知从哪里雇来的杂牌军！"

朱儁对玄德道："好吧，好好干吧。只要立了军功，就有可能编入正规军，你们战后也能混个地方小吏干干。"

张飞怒道："小看人！"

玄德和关羽劝他息怒，随后奔赴前线阵地。

粮食、军务、待遇均遭冷遇，指派的战场却是最强的敌人正面，是官军最棘手的地方。

看地势，这里与广宗地方不同，是一大片原野和湖沼。

夏草和野黍子长到一人多高，敌人就像虫子一样躲在里面，时不时发起猛烈的奇袭。

"有了，我有一计。"玄德把自己的想法告诉了关羽和张飞。

"高明！大哥什么时候学会孙吴用兵之法啦？"

二人都很佩服。

当晚二更时分。张飞、关羽让一部分兵力迂回到敌人后方，匍匐在黑暗的野地，接近敌阵。

然后把准备好的东西一齐点燃。

"杀——"

兵卒们呐喊着，像火焰一样攻进敌寨。

每个兵卒都背着十支火把，点燃后涌进敌寨。

敌人还在熟睡，被打了个出其不意，左冲右突，一片慌乱。刘备义军把火把掷向敌寨，火光好似焰火飞舞。

野草在燃烧，兵舍在燃烧，溃逃贼兵的军衣也在燃烧，无一漏网。

这时，远处一彪人马，踏着熊熊燃烧的草地飞奔而来。一眼看去，全军打着红色的旗子，在最前面的一名英雄也是红头盔、红铠甲、红剑鞘、红马鞍，一身装束比火还红。

"喂，敢问豪杰，贵军是敌还是友？"关羽在玄德身旁向对方大声喊道。

"敢问是官军还是贼军？"对方也怀疑地问道。部队停止前进。

有人喊道："我等乃洛阳南下的五千骑官军。你们莫不是黄匪？"

听到回话，玄德只让左将军关羽、右将军张飞随在两侧，把兵卒留在后方，自己驱马上前数百步，道："身在战场，失礼了。我乃义军之将刘备，字玄德，起于涿县楼桑村草莽，略有奉公之志，来到讨贼战场参战。对面豪杰，原是何人？愿闻大名！"

于是，红旗子、红铠甲、跨在红马鞍上的人在马上受玄德礼，面露微笑，道："谢谢你郑重其事的介绍，我可过去说话。"说着，像红夜叉一样，在一身红装的七骑旗手簇拥下拍马朝玄德而来。

近观此人。只见他年纪尚轻，皮白肉薄，眼细髯长，胆量过人，眸子里不知藏有多少智谋。

他静静地自报家门：

"我乃曹操，字孟德，小字阿瞒，又叫吉利，生于沛国谯县（今安徽亳县），是大汉相国曹参二十四代后裔，大鸿胪曹嵩嫡子，在洛阳官拜骑都尉。今日奉朝廷之命，率五千骑驰来，幸借贵军火攻之计，讨伐逃贼，斩贼徒之首不计其数。何不合两军之声，为天下太平早日降临人间高唱凯歌。"

"甚好。就请曹操阁下举矛，指挥两军欢呼吧。"

"不，不妥。今晚胜仗专仰贵军谋略和战斗，理应由玄德先生领头。"曹操也相让。

"既如此，就一同举矛指挥吧。"

"说得也是。请吧。"

曹操也跟过来。两位将军并辔立于两军之间，三呼万岁，声震荒野。

野火越烧越大，没给贼徒留下一寸落脚之地。贼兵大军四散而去，就像秋风扫落叶一般。

"痛快！"曹操回首道。

把兵收拢，两军准备撤离。玄德站在部队前头，跟曹操并驾，亲切交谈多时。

曹操方才所报家门并非虚张声势。玄德对他表现出诚恳敬意。言谈中，曹操笑晋文公全无匡扶之才，嘲赵高、王莽一无谋略计策，虽然时有夸耀自己才学的做派，但却兵法能背吴起孙子，学识自诩孔孟晚近弟子，越聊越让人感到他思想深刻，知识渊博。

与他相比，本军大将朱儁非但不悦于玄德的军功，玄德回来之后他还立刻下令道："汝等将盘踞颍川的贼军打得四散。他们必定会跟大兴山的友军和广宗的张角军会合，到卢植将军那里大找麻烦。汝等当速回广宗，增援卢植军队。今晚稍歇人马，即刻出发。"

十一　卢植遭囚

　　有义，却无官爵；有勇，却无官旗。玄德的军队走到哪里都被当做私兵对待。

　　原以为能听到"打得好"之类的褒奖或犒劳的话，不料朱儁连休息的时间都不给就下令"这里不用你们了，转战广宗地方，支援卢将军去吧"。刘备生性老实，受命而归。但关羽、张飞听到此话，露出愠色，道："什么？命令我们马上就走吗？"

　　尤其是张飞，手握剑把，道："岂有此理！就算是官军大将，这样的命令我们也不能接受！昨天夜里为我们恶战苦斗的部下太可怜啦！怎么能下这样的命令呢！？"张飞激动起来，"大哥太老实啦，在洛阳城里人的眼里好欺负。我找他去！"

　　说完他就要去朱儁营寨，被忍着同样不快的关羽极力拦下。

　　"等等！"关羽道，"在这里使性子，配合官军的意义、军功都会化成泡影。城里这帮家伙本来就任性自负。我们默默地尽力于国事，诚意总有一天会上达天听。为眼前之利动怒，那是小人做派。我们应当朝着更高的理想奋斗。"

　　"可是心里生气！"

　　"别感情用事啦。"

　　"无礼的家伙！"

　　"知道了，知道了。就这样算了吧，算了吧。"

　　总算安慰张飞息了怒，关羽顺便又安慰忧虑的玄德，道："大哥，你也生气了吧。战场也是世道的一部分。大千世界里，这是常有的事。我们马上撤出此地吧。"

　　玄德并没有那么生气。也许因为他天性温和，尽管两位义弟在那里一口一个忍字，自己实际上却不认为朱儁的命令多么失礼、多么无理，所以也没有发怒，坏了气色。

　　刘备让兵卒们睡了一觉，又尽量让他们好好吃了顿饱饭，然后半夜拔寨而去。

昨天还在西线作战。今天就已来到东线。

天天带着五百手下行军，玄德痛感私兵的卑贱。

这支军队的宗旨，是要把农民从黄巾贼的压迫和暴政下解救出来。而路过村庄，却连农民都看不起他们。看到杂军寒酸的装备，农民们说："什么军队呀！路过村子的既不是官军，也不是黄巾贼。"

农民们在阳光下手搭凉棚，观看这支队伍，眼睛里满是嘲弄的神情。

不过，前面的玄德、张飞、关羽三人却引人注目，一路威风。农民中甚至有人磕头膜拜。

受人膜拜也好，被人嘲弄也好，玄德都不放在心上。因为他是在用自己劳作田亩时的心情去理解农民内心的。

关羽和张飞并驾而来，看上去还在对朱儁的无礼耿耿于怀，气不打一处来，大声叫骂官军的风纪和洛阳城里人的轻狂。

"大凡卑贱之人，都是些夸耀官爵，把朝廷威严荣光看做自己荣耀之徒。都说天下大乱非天下之乱，而是官僚颓废所致。洛阳出身的官僚和将军里，这种人多着呢。"关羽道。

张飞接话道："是啊。我当时真想朝朱儁脸上啐他一口唾沫。"

"哈哈哈哈。被你啐一口，朱儁肯定也会受惊。但有官僚气的人又不是他一个。汉室的庙堂本身已经腐败了。他不过是栖身其中的一个，染有那种恶弊罢了。"

"这我知道。我就是特别憎恶眼下的事实。"

"不管再怎么讨伐黄巾贼，只要不肃清朝廷的恶劣风气，就不会有真正的好时代。"

"讨伐黄巾容易，赶走庙堂鼠臣难哪。"

"你说得对。"

"越想越觉得我们的理想遥远……"

眺望路途，仰观星辰，两位英雄，相向嗟叹。

驱马在前的玄德刚才就听到后面二人的高声议论，这时回过头来，道："不不，二位可不能一概而论。洛阳的将军里也不乏出色人物啊。"他接着赞赏道："比如刚才，在野火熊熊的战场，巧遇那位红色军队的大将曹孟德，还打了招呼。他是个人物，虽然年轻，但论人品，论言谈举止，实在值得景仰。他把睿智之才磨炼成洛阳文化和骁勇，融化在人格里。这样的人才真的无愧于官军将军的称呼。这样的武将，我想是乡军和地方草莽里找不到的吧。"

张飞、关羽对此也有同感。只是他们具有浪迹天涯的通性，说到官军、官僚之类，首先就是厌恶他们的脸色和气味，而不是去看他们的真正价值。所以直到玄德说出这番话之前，他们对曹操并无佩服之感。

"咦，有旗子！"

这时，一个部下说着用手一指。玄德勒住马，回头对关羽道："来者何人？"

关羽手搭凉棚，朝道路前方数里处望去。那边是山背后。山与山之间，道路蜿蜒曲折，加上阳光也暗了下来，虽然能看出一团人影和旗子朝这边来，却看不清是官军还是黄巾贼，或是浪迹地方的杂牌军。

那队伍渐行渐近，慢慢可以看清旗帜。当关羽回答说是官军时，随从的兵卒们也在交头接耳。

"打着朝廷的旗帜。"

"啊，是官军。"

"是三百来人的官军队伍。"

"不过挺怪的！他们是拉着槛车来的，莫不是抓到熊瞎子啦？"

马车上装着一个巨大的铁栅囚笼。四周有官兵拿着枪、棍押解，目光可怖。槛车前边约有百余人。

槛车在中间，七旒朝旗在山风中漫卷。槛车里晃晃颠颠的不是熊也不是豹，而是一个可怜人，双手抱膝，垂首伏面，背对天日。

对方前队有一部将带着一队兵卒跑过来，冲玄德一行劈头责道："嘿，停下！"

张飞呼地拍马挡在玄德前面，以防万一，回道："干什么的？蝼蚁！"

此话本可不说，但自颍川以来，张飞总是对官兵的虚张声势感到怒不可遏，所以才脱口而出。

石头打石头，迸出火花。

"什么！？你敢冲官旗说'蝼蚁'！"

"常言道，知礼乃人伦之始。不知礼仪的家伙如同蝼蚁一般。"

"住口！我等乃洛阳敕使左丰的属军。看看旗帜！没看到朝旗吗？！"

"既是王城直属军队，更要知礼。我们也是骁勇奉公的军人。虽说是私军，但你冲我们的旗帜说'嘿，停下'，是何道理？如果你们以礼相问，我们也当以礼相答。重新来过！"

说着，张飞斜挺丈八蛇矛，怒目而视。

官兵畏惧，但既已虚张声势，又不能退缩，直咽唾沫。玄德使了个眼色，敦促关羽圆场。

"啊呀呀，我们是涿县刘玄德的手下，刚刚随颍川朱儁、皇甫嵩两军作战，马上就要撤回广宗。误会误会，还请原谅他的急躁。顺便问问，贵军这是往何处去啊？那槛车里关的人，是不是活捉的贼将张角啊？"

该道歉的地方道歉，该纠正的地方纠正，问得有条有理。

官兵部将的表情看上去好像松了一口气，这才放尊重了，道："不不，那槛车押解的罪人是原先在广宗征讨的官军将军，洛阳派来的中郎将卢植。"

"什么！？是卢植将军？"玄德不禁惊讶道。

"是这样，详情我们也不清楚。左丰奉敕令去各地视察军情，向朝廷上奏卢植治理军务不力。所以卢植突然被褫夺官职，成了囚犯。这不，正在押往都城途中。"部将说道。

"简直难以置信……"玄德、关羽、张飞面面相觑，茫然忘言。

过了一会儿，玄德恳求道："卢植将军是我的恩师，无论如何也想跟他告别一声。能请设法允准吗？"

"哈哈，这么说罪人卢植是你的恩师咯。想必你是想见他一面。"

押解的部将听了玄德恳切的请求，模棱两可、口气暧昧地说："允准你也可以，不过我可是公务在身啊。"

关羽拽拽玄德的衣袖，说："他一定是在索取贿赂。虽然军费匮乏，也只能拿出一点儿给他。"

张飞一旁闻言大怒："岂有此理！这样只会助长他们。如果他们不听话，就诉诸武力，杀到卢将军的槛车前。交给我，决不让押解的小子们靠近。"

"不不，万万不可对奉朝廷旗帜的兵卒和官吏动武。可是，师徒之情啊，不能与卢将军相见告别，于心不忍。"

玄德说着，让关羽从军费里拿出些许银子，通过他悄悄递给押解的部将，恳切地道："高抬贵手啦……"

贿赂奏效。部将态度一百八十度大转弯，回去让槛车停下，号令自己带来的官兵道："稍事休息！"

于是，他们佯装不见，把枪架在路边，开始休息。

玄德滚鞍下马，趁官兵小憩，快步跑到槛车旁边，抓住坚固的铁栅，道："先生！先生！我是玄德啊。这到底是怎么回事儿啊？！"

他感慨万千。

卢植在槛车里躬着腰身，屈膝埋头，神情黯淡，抬起惊讶的双眼，寻声望去。

"噢！"

卢植困兽般地扑到铁栅边上，一声"玄德吗……"就舌头发僵，浑身颤抖。

"还能有幸见到你！玄德，你听我说。"

卢植万念俱空，泪流满面，眼睛、面颊阴云密布。

"事情是这样的。你们刚刚离开我军营寨去颍川不久，敕使左丰作为监军前来检查战况。我昧于世故，又身在营寨，就公事公办地接待了这位天子使臣，没有像其他将军那样给他送东西……于是，左丰无耻，亲口向我索贿。部队里的金银都是官家公银，是兵器战备之资，此外并无私人财产。我便拒绝了他，说在军中，没有什么东西可以送给官吏。"

"原来是这样……"

"听说左丰觉得我让他蒙耻，痛恨而归。不久，我就被以莫须有的罪名褫夺军职，变成这副惨相，要被押解到都城去……现在想起来，我也太死板，但洛阳的达官显贵们只是争私利，肥私囊，不思君，不顾民，营营于一己荣辱得失。他们的丑态超乎想象，委实可叹。长此以往，当今皇帝的天下怕不会长久了……啊，世道欲将何往啊！？"

卢植与其说是在为自己的不幸而悲叹，不如说是在为世间上下大乱的最终结局而痛哭。

玄德很想安慰卢植，却找不到安慰他的语言。他唯有隔着铁栅握着卢植的手，一起悲叹落泪。良久，他鼓励卢植道："不，先生。我知道您的心。就算到了世界末日，也不会无罪之人受罚，恶人奸吏任享荣耀。日月也有被云遮住的时候，大山也有被烟雾笼罩而不露真容的时候。总会有洗清冤罪，共祝盛世的一天。请等待时运。您要保重身体，忍辱负重啊。"

"谢谢！"卢植也清醒过来道，"在意想不到的地方见到意想不到的人，心情也松弛下来，不知不觉流出眼泪……我已是老朽之身，希望就交给你们前程远大的青年啦……为了亿万黎民，拜托啦，刘备！"

"我一定去做，先生！"

"啊。不过……"

"什么？"

"像我这样上了年纪的人都会失策陷入佞人的阴谋，关在槛车里蒙辱。你们年纪还轻，处世经验不深，千万要小心，平时处世要细心，否则就会有危险啊。心情松懈的平时，不知道要比做好战斗准备的战场危险多少啊。"

"您的训诫我铭刻在心。"

"待得太久又会给你惹麻烦……"

卢植说着，用眼神催促玄德赶紧离开。这时，一直站在槛车旁边的张飞突然大声道："咳，大哥！你怎么能眼看着恩师无罪却被送进牢狱呢？听到刚才这番话，原来就很烦闷的心情更是火上浇油。张飞已经忍无可忍啦！把押解的官兵统统杀掉，抢了槛车，救了卢植恩师吧！"

说着，回头去看一旁的关羽，商量道："二哥，如何？"

这可不是咬耳朵使眼色，而是向天地怒吼。

就算官兵背对他们佯装不见，听到这话也不得不站起身，紧张起来。但在张飞眼里，他们连苍蝇都不如。

"怎么不吭气！？大哥，你们害怕官兵吗？！见义不为无勇也。好吧，我一个人干！这个虫子笼一样的槛车，算个啥！"

张飞突然伸手抓住槛车铁栅，猛虎一般摇晃起来。

"张飞！你要干什么！？"一向不大声说话，极少改变脸色的玄德见状大喝，"你一个野夫，想对朝廷犯人做什么！？师徒之情不忍于心，但那不过是私情。遇到天子之命，当俯首伏地。所谓世代之道不可违，乃我军纪第一条。你若胆敢胡乱使用暴力，我刘玄德就替天子之臣，依照军纪，砍了你的脑袋！张飞，怎敢再闹！"

玄德手握剑把，红眼裂眦，厉声叱道，直让人怀疑他这个人怎么会有这样的血性。

槛车远去。

张飞挨了训，死了心，把脸扭向后面的山峦，不再去看。

玄德呆立。

"……"

他默然凝视，潸然泪下，目送恩师的槛车远去。

"那……走吧。"关羽把马凑近催促道。

玄德默默上马，卢植命运的骤变似乎使他的精神受到了震动。

"唉……"玄德一叹一回头。

张飞一脸无趣。他出于义愤的正义行为不料却招来了玄德的愤怒，饮血结义以来头一次遭到如此训斥。

官兵见状，幸灾乐祸，纷纷嘲笑，更让张飞心灰意冷。

"不行啊，咱家大将好像受了孔子的影响。"

张飞咂咂舌头，便沉默不语，垂头丧气，信马由缰。

走过山峡小道，来到两州岔路口。

"大哥。"关羽勒马招呼道，"从这里往南到广宗，往北是去老家涿县方向。选哪边？"

"既然卢植先生被囚，押往洛阳，我们以义增援也失去了意义。先回涿县吧。"

"就这样吧。"

"嗯。"

"刚才我也想了很多。很遗憾，我想只能暂时回老家了。"

"转战，转战，再转战。没有带回来任何功名，心里觉得无颜面对家乡的母亲大人，可是……回去吧，回涿县。"

"好！我这就……"

关羽掉转马头，用手指路，朝后边跟过来的五百余骑手下兵卒发号施令："朝北走！朝北走！"然后，沉默前行。

"哈——哈——"

张飞打了个大哈欠，道："我们究竟为什么打的仗啊？一点儿都闹不明白。事到如今，真的想赶紧回涿县城，到久违的集市酒店，啃野猪肘子喝美酒去。"

关羽苦着脸道："喂喂，别跟兵卒一样说话。你可是一方将军啊！"

"可我说的是真话，不是瞎说。"

"你要是这么说的话，军纪会松懈的。"

"军纪松懈可不怪我。就怪那些官军。遇事一提到官军就怕，这人真没出息。"张飞满腹牢骚。

玄德理解这种不平的心情，因为他自己也愤愤不平。曾经一度高涨的雄心壮志松懈下来，毫无办法。没人知道，他正深情地思念家中老母，还不由得在内心深处描绘着鸿芙蓉美丽的眉毛和眼睛。士气沮丧，旅途空虚，心中不平，借此多少可以得到一些抚慰。

就在这时，一方山岳突然传来呐喊声，宛若山崩。

"发生了什么事？"

玄德侧耳细听。四面山岳回荡着铜锣、军鼓的声音。玄德命道："张飞，前去打探！"

"得令！"

张飞策马向山岳飞驰而去。不一会儿回来报告，道："广宗方面的官军溃逃而来，黄巾主帅张角的军队正举着写有大贤良师的旗子乘势追击。"

玄德大惊，叹道："这么说，广宗的官军被打败啦？……一定是卢植将军无罪却被关进槛车押去洛阳，官军群龙无首，让贼兵乘虚而入了。"

张飞却幸灾乐祸地对关羽道："不，不止这些。官军风气已经习惯长期和平，流于懦弱，人人自大。"

关羽不答，跟玄德计议道："大哥，怎么办？"

玄德毫不犹豫道："尊崇皇室，讨伐乱贼，保黎民安宁，这是我们一开始就定下的铁律。尽管督察官兵风气和军纪的有些人物不地道，我们也不能对官军的溃灭袖手旁观。"

他当机立断，驰以援军，在山路上切断贼兵的追击。然后大举困扰敌人，设妙计打乱张角大方师的本部军队，跟挽回颓势的官军兵合一处，追击贼军五十里方才撤兵。

从广宗败走的官军大将是一个叫董卓的将军。

好容易挽回大败局面，刚松口气，董卓就问幕僚："山势如此险峻，却有军队突然增援我军，扰乱贼兵，肯定是自己人。不过，究竟是哪个部队的将士啊？"

"呃，是哪个部队呢？"

"你们也不知道吗？"

"好像没人知道。"

"如此，我就见见那位部将，自己问吧。把他叫到这里来。"

幕僚立即向玄德他们传达了董卓的意思。

玄德带着左将关羽、右将张飞，来到董卓面前。

"我孤陋寡闻，不曾听说洛阳的王军里有卿等这样的勇将。诸位究竟官居何职啊？"董卓确认身份。

玄德答道："我们不是正规的官军，而是一支地方义军，为天下万民而立下大志，揭竿而起。"不用说，话语中为无爵无官而自豪。

"噢……这么说，你们是涿县楼桑村出来的私兵啰？也就是杂牌军啰。"

董卓的应对在措辞上就与前不同，连鼻尖都露骨地表现出轻蔑。

他又道："哦，是这样啊。那你们可以跟随我军，大干一场啊。军饷和补贴我命人安排。"

董卓说完，马上消失在帷幕后边，好像连与玄德他们同席而坐，都有损他的体面。

对官军而言是建了大功，对董卓而言可以说是救命恩人。

然而，这是什么待遇？无礼！

不懂遇士之道也该有个限度。

"……"

玄德、张飞和关羽，望着董卓的背影，茫然而立。

"哼！"

张飞愤然，跃身就要闯入董卓隐身的帷幕里边。

怒发直立。手握宝剑。

"啊！你要去哪儿?！"玄德大惊，从身后抱住张飞，阻止道。

"你看你，又使性子！"玄德斥责道。

"可……可……"张飞火冒三丈。

"畜……畜生！官位算个鸟！他以为没有官职就不是人啦！混蛋！有民力才有官位！连贼军都能把他打得四散、满地乱逃的家伙！"

"嘿，冷静！"

"放开我!"

"不放!关羽,关羽!怎么还看着!一起拦住张飞啊!"

"别,关羽!不要拦我!我再也不能忍了!立了功没有赏赐我就忍了,可那轻蔑的接见算个啥!?说人家是杂牌军就撂在一边,说人家是私兵就摆大架子……放开我!看我用这杆蛇矛一下砍飞董卓的脑袋!"

"且慢!……且慢!……生气的不是你一个人。可是,每天为小人发怒,可成不了大事啊。这个时候,天下满是小人!"玄德抱着张飞低声说教。

"但不论怎样,董卓是皇室的武臣。杀死朝臣,不但不在理,还得被说成叛逆贼子。而且,董卓拥有如此大军,我们都得在这里被斩杀。听我的,张飞!我们可不是为了像狗一样去死才起兵的呀!"

"畜……畜……畜生!"

张飞用鞋把地面跺得山响,偌大汉子,放声大哭。

"我不服!"

他跌坐在地,哭泣不止。不忍此辱,就不能为天下而战了吗?为义而战终不能成事吗?想到这里,愈加悲愤。

"好啦,出去吧。"

玄德、关羽二人像哄婴孩一样一左一右把他抱起。

"在这里待久了,保不齐张飞什么时候又会耍小孩子脾气。"

当晚,他们率军离开董卓大寨,跟五百手下一道,顶着瑟瑟秋风,行军在月下的旷野。

寂寞的杂牌军。没有官职的将僚。

全军的漂泊就这样再次开始。每天夜里,月小光白,旷野无垠,露水重重。

候鸟飞过大陆。已是秋天。

三人一度打算回涿县老家,却又感到遗憾而毫无意义。张飞同意关羽的意见,表示将来遇事一定忍耐。于是玄德领头的这支候鸟一样的军队,又志愿朝着原先位于颍川的讨伐黄匪军本部开去。

十二　秋风阵

到颍川方知，官军只有一支部队尚留在此。据说大将军朱儁、皇甫嵩追击贼军，远远移驻河南曲阳和宛城方向去了。

"黄巾贼的势力那么猖獗，逐渐在各地遭到洛阳派遣的大军讨伐，也开始一点一点地瓦解啦。"关羽道。

"真无趣也。"张飞心里阵阵发急，担心不趁现在建功，待到风云际会，难以乘势而起。

"义军不思小功，义胆不借风云。"刘玄德独自道。

雁阵一样漂泊的小军队继续向南行军。

渡过黄河。兵卒饮马。

玄德把目光投向黄色的大河，深深地回忆，自言自语道："啊，大河悠悠！"

四五年前所见的黄河如此，恐怕百年、千年后的黄河水仍是如此吧。

念天地之悠久，感人生之无常。虽说不思小功，但人生在世的生存意义和留下有意义事业的愿望却频频涌上心头。

"曾经在这河畔待过半天，沉溺于年轻的空想……想向洛阳船买茶叶……"

想起茶叶，同时思念起母亲。

今年秋天过得如何？脚冷的老毛病可会再犯？可会感到不便？

不不，母亲倒忘了这些，正在等待儿子成就大业的那一天呢。再聪明的母亲，也不会知道战场上的实际情形，不会了解战场上军人之间也有跟平常社会一样难解的感情和争斗，很难理解仅凭武力和正义的信条很难有出头之日。所有这些恐怕母亲是想象不到的。

离家以来好消息全无，母亲一想到儿子空度日月，就会说："阿备在干啥呢？"

肯定会觉得儿子没出息，心中焦急。

"是啊。至少去封信，报个平安吧。"

主意已定，玄德卸下马鞍，从绑在鞍上的行军用品中取出翰墨和毛笔，给母亲写信。

饮好马，正在休息的兵卒们见玄德在笺纸上动笔，纷纷道：

"我也写。"

"我也写。"

他们也写起信来。

人都有故乡，有兄弟姐妹。玄德体贴兵卒，道："想给老家去信的，把信交到我手上。双亲健在的，可以报个平安啊！"

兵卒们分别在纸片、树皮上写上点什么送过来。玄德把这些信装到一只囊中，选一忠诚老实的兵卒，道："你当邮差，带上这只信囊，把信送到每个人的老家。"

说完，给他路费，命他即刻出发。

落日映染黄河，坐骑、兵卒、货垛都变成黑黢黢的坨儿，浅滩涉水，深处上筏撑篙，向对岸渡去。

不久前，大将军朱儁在河南开始与屯集在此的数十万贼兵大军作战。未曾想，两军势均力敌，官军伤亡巨大，忖道："如何是好？！"

苦战连绵，使他内心烦闷，满脸忧虑。

这时，幕僚告诉他："从颖川去广宗的玄德部队，由于形势变化，途中返回，现在已经到达。"

朱儁一听，道："啊，来得正好！快快有请，不可失礼。"

客气接待，态度与前大不相同。虽在寨中，却也打开洛阳美酒，让厨子宰牛款待，道："路途遥远，一路受累了。"

诚实的张飞完全感动，忘却往日不快，醉醺醺地道："士为知己者死嘛。"

可是，款待索要的代价几乎是全体义军的性命。

翌日。

"豪杰刚到，就有一个关隘想请豪杰去破。"

朱儁命玄德他们部队去突破距此三十里外山地的顽敌强阵。

"领命。"

拒绝无由，义军加上朱儁部下三千人马，前去攻取那块高地。

不久，队伍刚刚靠近山麓，天气骤变。雨倒没下，但却密云低垂，狂风卷起野草，沼泽湖水化成雾气，兵马前进的方向一片昏暗。

"哎呀，看来贼军大将张宝又发妖气，要把我们统统杀掉咧。注意！抓住树根野草，当心别让狂风刮飞了。"

加拨的朱儁军中有人说道。话音刚落，恐惧立刻弥漫全军。

"胡扯！"关羽怒道。接着，他大声鼓舞兵卒道："世上哪有毫无道理的妖术！武人害怕幻妖之术，抱着树根，趴在地上，丧失斗志，成何体统！前进！我关羽所到之处，妖气也得退避。"

"打不过妖术的。会白白断送性命的。"

朱儁的兵卒说什么都畏惧不前。

一打听才知道，这个高地官军已经攻打多次，进攻部队次次全军覆没。因为黄巾贼大方师张角的胞弟张宝在高地的山谷扎寨，而他是有名的妖术师。

闻听此话，张飞道："妖术是外道魔物耍的伎俩。开天辟地以来，还没有方术师得天下的先例。妖术就是迷惑恐怖之心、畏惧之眼、发抖之魂的技法。不要害怕！不要迷惑！依照军纪，不前进者斩！"

说着，他绕到大军后边，手持蛇矛，拼命督战。

朱儁的兵害怕敌人的妖术，但更害怕张飞的蛇矛，不得已顶着黑风前进。

那日天气固然不好，战场地势尤为恶劣。高地天然形成，地势对进攻方甚为不利。

高山巍峨耸立于道路两旁，铁门一般。一旦突破此处，便可从高地沼泽向山地一带的敌人展开肉搏。然而，此处却无法靠近。

"我们的人总是还没到铁门峡，就被杀光了。豪杰，请不要盲目行事，撤吧。"

朱儁军中，连部将都胆战心惊如是说，难怪兵卒们早已吓得动弹不得。

但张飞还在声嘶力竭地督战："那是因为每次进攻的人都不行。今天，我们义军在前边开路，武人死于战场岂非本愿？！死何惧哉！"

先锋伏在石子松散的山丘上，已经攻到铁门峡跟前。朱儁的军队害怕被张飞的蛇矛斩杀，也跟在后面像虫子一样爬上来。

突然，一阵风雷震天动地，直把树木、石子和人卷到天上。此时，山峡一侧的山顶上，阵鼓擂，铜锣敲，响声隆隆。

"杀呀！杀呀！"

喊声压倒狂风。进攻部队人人伏地，捂眼忘耳。顺着声音回头仰望，山峡绝顶有一如盘平地，那里有一群贼兵，举着写有"地公将军"的大旗，打着印有八卦文的黄色旗幡。

"死神附体的小军，又急着要去黄泉啦！黄泉路上的大门给你们打开咯。"他们齐声笑道。

其中一人，老远看去就是一个长相奇异的巨汉。只见他口咬魔符，披头散发，结印念咒。随着咒语，狂风愈烈，天地晦暝，一片片人形鬼形的纸片纷纷飘落，赤橙黄蓝，仿佛五彩火焰。

"啊呀，魔军来啦！"

"贼将张宝念咒，从天上招来罗刹援军啦！"

朱儁兵卒口中叫唤，胡逃乱窜，迷失方向，惊慌失措，左冲右撞。

张飞督战，已不奏效。朱儁兵卒太过恐惧，义军兵卒亦受传染，再被风魔、石块一打，全军进退不得。此时，红纸片蓝纸片做的魔物和武士个个像是活夜叉、罗刹军，使官军斗志丧失殆尽。

事实上。就在这时，无数箭矢、石块、火器呼啸着，喷着火，降临到官军头上。转瞬之间，全军半数以上已经再也动弹不得。

"快撤！败啦！"玄德叫道。

率兵以来，他第一次尝到惨败的滋味。

"关羽！张飞！速速退兵！退兵！"

然后自己也掉转马头，与飞石竞速一般径直朝山下奔去。

收拢败军，退兵二十里。当晚，玄德与关羽、张飞二人一道商议军情。

"遗憾，到今天为止还没有如此败过。"张飞道。

关羽拱着手，嘟囔道："看到朱儁的兵还没打就怕成那样，里头一定有什么蹊跷。也许真不能小觑张宝的幻术。"

"幻术的蹊跷我已解了，就在于那铁门峡的地形。那个峡谷经常生云起雾，气流总是变成狂风，从峡门向山下刮。"

这是玄德的说法。

"说得是。"二人露出恍然大悟的神情。

"所以只要天气有点不好，这里就会刮起比别处强烈数十倍的大风。这一带，即使在大晴天，峡门也会乌云密布，飞沙走石，烟雨暴降。"

"哦，原来如此！"

"我们是随意进攻的，所以只要接近那里，还没有跟贼兵交手，就得先跟老天爷斗。看起来，张宝是个诡计多端的人，巧妙利用这种自然气象，把它变成自己的妖术，降下稻草人形状的武士和纸做的魔鬼，玩弄无知恐惧的朱儁军。"

"真是火眼金睛！就是这么回事儿。不过，要进攻山上的贼军，只能从峡门攻击，大概别无他路。"

"没有。……所以朱儁才故意派我们来攻打这个隘口。"

玄德心情沉痛。

关羽、张飞二人也无良策，紧咬双唇，把目光投向旷野阵地。

时值中秋，旷野无垠，满目露珠，在月光下闪烁。二十里外，远处山岳看上去像黑黢黢的卧牛。困扰他们的恶劣天气，在大气和月光中，令人难以置信地宁静而安详。

"不，有了，有了！"突然，张飞自问自答道。"不能说就没有别的进攻手段了。大哥，我有一计。"

"怎么办？"

"爬上那个绝壁，从贼兵预料不到的地方出其不意地攻上去，有何难哉。"

"爬得上去吗，那个悬崖峭壁？"

"从一看就能爬上去的地方爬，还成什么偷袭啊。从谁看上去都爬不上去的地方爬上去，那才叫用兵之策呢。"

"张飞难得语出惊人啊。说得正是。能否爬上去不能靠观念确定，要超越单靠眼睛观察的观念，实际拼一拼。也许，爬上去比想象的容易。这种例子多得是。"

三人进一步密议，准备来日作战。

次日，令大约一半朱儁兵卒打着无数大旗小帜，鸣锣击鼓，从昨天的峡门正面作出强攻态势迷惑敌人。

玄德率张飞、关羽二将和手下强兵及朱儁兵一部从离峡门十里左右的北面绝壁悄然攀崖前进。他们坚苦卓绝，终于成功地攀上大山一角。

为了鼓舞士气，所有兵卒全部登上山顶后，玄德、关羽举行庄严仪式，向天地祈祷破邪禳魔。

大敌当前，特地在这种地方举行庄严的祈祷仪式，是因为在玄德义军之中也出现了许多内心害怕张宝妖术的兵卒。

"看哪！"仪式结束，玄德以手指天道，"今日天上一个妖魔也没有，一声响雷也没有。张宝的妖术已经被破邪的祈祷消去法力啦！"

兵卒响应，喊声如雷霆万钧。

关羽和张飞一起道："拿出劲头来，踏平魔军堡垒！"

遂分两路，沿山脊向张宝营寨攻去。

像往常一样，贼将张宝打着地公将军大旗到铁门峡吓唬来军。

这时，山里出乎意料地突然响起一片喊杀声。他回头问手下："出叛徒了？"

实际上，这么想的不止他一个。"叛徒、叛徒"的声音曾几何时早已传开。

张宝道："可恶的东西，究竟何人?！看我斩来。"

他交代一个贼将好生把守，自己带少量兵卒，快马加鞭，回到位于山谷深处恰似螺穴的溪谷。

就在这时，飞来一支箭，射进张宝太阳穴。张宝用手捂住喷涌的黑血，"哇"的一声张嘴拔箭。可是只拔出箭杆，箭头留在头盖骨上。巨汉咕咚一声，一个倒栽葱跌下马来。

"贼将张宝已经中箭啦！刘玄德在此讨伐黄贼大方张角之弟地公将军！"玄德洪亮的声音紧接着传来。

于是四方山丘沼泽战鼓齐擂，溪流湍急轰鸣，草木皆兵。玄德的兵一齐冲出，杀得张宝手下片甲不留。

与此同时，张飞或关羽的手下在贼军寨中放起火来，山谷深处升起蒙蒙黑烟。

眼看着上游流下来的溪水变成红色激流。山呼谷啸，大火变成山火，连烧三天三夜。

斩首万余，烧焦的贼兵尸体不知几千几万。歼灭战持续七日有余。玄德带着赫赫战功撤回朱儁寨中。

朱儁一见玄德，道："哎呀，足下运气实在好啊！打仗是有运气一说啊。"

玄德不动声色，轻轻一笑。

朱儁接着道："我负责的平原作战还没有定出胜负。山谷里的贼兵容易变成口袋里的老鼠，可平原阵地上的敌兵你压他跑，真是一筹莫展啊。"

"说得是。"

对此，玄德也只是一笑应之。

然而，前方营寨有传令兵来，报告战场变化。

传令兵报告道："先已战死的贼将张宝之弟张梁，号称人公将军，在旷野阵后督战已久。他听说张宝被讨没，突然纠集大军，屯集阳城，高筑城墙，看上去要用守城越冬之计。"

朱儁闻言，下达总攻命令："冬天来临，冰雪冻结，运粮困难。如若攻城不下，传到都城，尤为不利。现在就给我拿下！"

大军包围阳城，急攻不下。贼城要害极坚，城内有多年积蓄，食物丰富，耗时一月有余，尚不能夺得城墙一角。

"咳，如何是好！？"

朱儁常在寨中叹息。玄德只作没有听见。

不说也罢，可偏偏就在这时张飞对朱儁道："将军，平原作战你压敌退，仗很难打。可此次敌军在城里，也就像口袋里的老鼠一样啦。"

朱儁表情尴尬。

这时，远方差人前来，带来新的情报。可这个情报并不能让朱儁心情好转。

董卓、皇甫嵩跟朱儁同任讨伐大将军之职，在曲阳方面与贼军魁首张角作战。

据来人报告，董卓、皇甫嵩正如朱儁所说，武运亨通，七战七捷。黄贼主帅张角恰好病死军中。于是二军发起总攻，一举歼灭贼军，收编降兵十五万，路边枭首贼兵数千，并掘张角坟墓，斩其首级送往洛阳。来人道："战果如斯。"

号称"大贤良师"的魁首张角正是满天下乱贼之首。就算张宝已被先行讨没，他也只是胞弟；就算还有一个张梁，那也只是张角的手脚。

朝廷圣心大悦。

以"征贼第一功"任皇甫嵩为车骑将军,封冀州牧。此外受赏赐令者甚多。尤其是常披一身红甲上阵的武骑校尉曹操也因功封济南相。身处逆境,听到别人荣达而心生同喜之感,朱儁的心胸还没有宽广到这个程度。他内心焦急,激励幕僚道:"攻陷此城,刻不容缓。汝等当蒙朝廷恩赏,回到封地,享受荣华。"

当然,玄德他们也不惜相助。一次接着一次发起攻击,一直打到城下,让顽贼疲于防御,无法睡眠。

城内贼中有一男子,名叫严政,悟到此时正是改弦易辙的时候,遂与朱儁密通,将贼将张梁斩首,降于军门:"愿皇恩浩荡,降于悔悟兵士!"

乘着攻陷阳城的威势,朱儁道:"宜将余党一网打尽!"

遂命大军六万,压往宛城(今河南南阳)。黄巾残党孙仲、韩忠、赵弘盘踞城中。

"贼兵已无援军,城内收容败兵甚多,军粮转眼之间就会用尽。"

朱儁立于阵前,占卜贼兵宛城的命运。

他率兵六万,包围宛城四周,把阵布得滴水不漏。

贼军选择"自暴自弃"的策略,连日开城挑战,官军贼兵每天都有巨大伤亡。

但不管怎样,城内军粮已经告罄,贼兵将士面临饥渴。于是,贼将韩忠终于派出降使,请求投降:"望垂仁慈!"

朱儁怒道:"穷则乞怜,得势则发暴魔之威。时至今日,仁慈尽矣。"

遂斩降使,进攻愈烈。

玄德谏道:"请将军贤虑。昔日汉高祖统一天下,有赖多多收用投降之人。"

将军嘲笑道:"休得胡言!纳降取决于时代。当时秦朝已乱,项羽等蛮横之人的私议暴论横行,没有君主可定天下。所以高祖才殚精竭虑,只要投降,即便仇人,也收编留用。跟秦朝乱世相比,今日黄贼性质不同。如果怜悯生存无路、日暮途穷而乞降的贼人,施以援手,岂不是助长贼寇,在世道人心中鼓励作恶吗?此时须断然斩绝贼根。"

"啊,所言甚是有理。"玄德感服他的说法,"既如此,可发起进攻,务歼城内贼兵。不过，如此围攻四门，不留一门做敌军逃跑之路，恐怕城里贼兵只有战死一途，肯定会拿出最后的力量奋起反击。我军损失也将惨重。当从三个方向加以进攻，留出一门让贼兵出逃。"

"对，说得对啊。"

朱儁立即改变命令，发起激烈攻势。

留东南门，从三面擂鼓放火。

城内贼兵果然大乱，朝东南门溃逃。

朱儁驰马乱军当中，发现贼将韩忠，引铁弓射杀。

他令人把韩忠首级挑于枪尖，让随从们高高仰望，得意地喊道："征贼大将军朱儁已杀贼将韩忠，还有何人胆敢来再战!?"

此时，残将赵弘、孙仲二人在火中自报家门，拍马扑来："朱儁休走！"

朱儁不敌，遁入自家军中。贼兵因头目韩忠之仇而怒火中烧，追击朱儁，突到朱儁大军中央，朱军大乱。

对付这对贼将，官军已丧十人。官军跟随朱儁，争先恐后，退兵十里。

贼军恢复元气，扑灭城墙大火，加固四面城门，重新布阵："来吧！随时恭候！"

是日黄昏，月光微明。官军寨中，伤兵颇多，横卧野地，惨景一片。这时，不知从哪里驰来一彪人马。

"什么人？"

玄德等人站在中军大帐旁观望。那队人马就要进入寨门。

总共约有一千五百人。队伍整齐，阵形堂堂。

"统帅这支精锐的是何许人也？"只凭这一点就足以让人想象。

再一看。旗手、鼓手站立队前。紧随其后，一人跨坐青骊马上，威风逼人。

此人当为领军大将。宽额，润面，唇丹，眉如峨眉山月牙，高挑如剑，熊腰虎态，所谓威而不猛，看上去有大将之风。

"谁啊？"

"什么人？"

关羽、张飞也都看着。不一会儿，寨门卫将问过姓名，答话声远远传来。

"我乃吴郡（治所在今浙江苏州）人氏，名孙坚，字文台，是古人孙子的后裔，官拜下邳丞。此次听说王师在各州讨伐黄巾贼寇，特率所养之兵一千五百，欲加入官军，以报多年以来所受恩泽。请通报朱儁将军。"

态度堂堂。话音朗朗。

"……"

关羽和张飞对视一下。

先前已在颍川邂逅曹操，如今又在此地遇见孙坚，使人若有所感："世界之大，不无优秀人物。只是世道平静时显现不出罢了。"

同样，世间"不可小觑"的心情油然而生。总之，孙坚来到寨中，连他的兵卒都很出色。听说孙坚来援，朱儁甚喜，欢迎道："啊呀呀，久闻吴郡富春有豪杰，来得正好！"

今天是惨然败兵之日，却获得巨大兵力。翌日，孙坚加上淮泗精锐一千五百，直逼宛城，以求"一举"破城。

朱儁让新来的孙坚攻南门，玄德攻北门，自己攻西门。东门与昨日一样，故意留作通道。

"莫要被洛阳将士笑话！"

孙坚虽是新手，转眼之间冲破南门。他翻身下马，越过护城河，只身登上城墙，道："不知吴郡孙坚吗！？"

说着，一跃冲入敌中。

孙坚抡刀斩贼二十余人，遇者无不喷血。

贼将赵弘勃然大怒，道："孬种！竖子何能之有！？"

他自报家门，扑向孙坚，激战二十余合，锵锵迸火。孙坚终无疲色，立斩赵弘。

另一贼将孙仲见状，暗忖敌他不过，早已混入败兵当中，逃出东门。

这时。"嗖"的一声，天空一支离弦之箭呼啸而过。

箭从东门望楼下斜里划出一条线，朝怒潮一样争先恐后溃逃的贼兵中间飞去，不偏不倚，一箭射穿眼看就要逃出金兰桥外门的贼将孙仲颈项。孙仲栽下马来。贼兵哪里看见，乱脚踏扁。

"取他首级来！"玄德命令部下。

于望楼旁城墙之上引铁弓射杀贼首的，正是玄德。

另一边，官军朱儁、孙坚也都攻入城中，斩首级数万，扑灭各处大火，将孙仲、赵弘、韩忠三贼将的头颅悬在城门之外，布告百姓，让大汉旗帜在余烬蒙蒙的城头上空高高飘扬。

"汉室万岁！"

"洛阳军万岁！"

"朱儁大将军万岁！"

南阳诸郡也已全部平定。

那个大贤良师张角令家家户户张贴在门板上的黄色咒符被悉数揭去，黄巾暴徒销声匿迹，千家万户歌颂太平。

然而，天下之乱并非无缘无故起于天下草民。祸根与其说在于草民之低，不如说在于庙堂之高；与其说在于河川下游，不如说在于河川上游的水源；与其说在于执行政策的人，不如说在制定政策的人；与其说在于地方，不如说在于中央。

可是，越是腐败之人，越是注意不到自己的腐臭。而且，看不到时代潮流的涌动。

此且按下不表。总之官军大胜。征贼大将军大功告成，凯旋洛阳。

洛阳举城欢迎远征兵马。街市挂满五彩旗，夜晚万灯披彩装，全城上下，七天七夜，酒筵乐狂，醉歌沸腾。

号称千万户的洛阳，不愧为都城，传统悠久，物资丰富，文化绚烂。佳人显贵来来往往，华丽夺目。帝城金壁四围，琉璃瓦铺顶。百官马车在翡翠门呈现出一派热闹景象，宛若百花争艳。天下哪里还有一个饥民?！当今时代哪里还有一个人在为乱世之兆而悲哀!？身处如此繁华之中，耳听夜晚喧闹的骚曲，眼望万斛灯油一夜点尽的灯火，毋宁说忧世悲叹之人反倒令人不可思议。

可是。二十里外，只要跨出外城城墙一步，人们就能看到：秋天已深，草木枯萎；城墙高耸，蔓草离离，枯叶透红；日头落下，黑茫茫一片；拂晓时分，唯有秋风飒飒哭号；四处水边，牛仔啼寒；偶尔可以仰见孤鸿身影，掠过灰色天空。

就在这里。虽有兵卒驻屯，却人人缄默不语。他们堆起枯木野草，点着篝火，聊驱早晚霜寒。

是玄德等人的义军。

义军受命驻扎在外城的一处城门口，担当守门人的角色。

这样说还算有体面。其实，他们既不是正规官军，也无人担任官职，三军凯旋洛阳当天，将士们就被留在这里，不能入城。

鸿雁飞过。野芙蓉在秋风中摇曳。

"……"

玄德、关羽此时也都沉默寡言。

可怜的队伍，像鼹鼠一样蜷在铁门背后，连洛阳热菜的味道都不曾尝过。

张飞默默抽着鼻涕，空虚已极，不时仰望飞鸿掠过天际的身影。

十三　十常侍

"刘氏，哎，你不是刘氏吗？"有谁招呼道。

这天，刘玄德有事拜访朱儁官邸，路过王城禁门附近。

回头一看，是郎中张钧。张钧正要入宫觐见，让随从抬着轿子，自己坐在上面。看到玄德身影，便命随从道："拿鞋来！"说完，走下轿来。

"噢，还以为是哪位呢，原来是张钧阁下！"玄德施礼。

此人跟曾经陷害卢植的黄门左丰一道当敕使，来巡察过征讨战场。那时便与玄德相识，还曾共谈世事，互诉抱负。玄德略叙久违之意，道："不曾想在此相见。看到您健康顺达，甚好甚好！"

玄德未带随从，还穿着原来那身征衣，孤影悄然地走在秋寒中。郎中张钧望着玄德的样子心中纳闷，反问玄德境遇："你现在在哪里？做什么？看上去可有点瘦啦。"

玄德如实道来：自己没有官职，部下被当成私兵对待，凯旋后不准入内城，忠诚的兵卒们没有一件暖和的军衣过冬，分不到一丁点犒赏。今天是带着请愿书到朱儁官邸去，乞求开恩拨给暖衣和粮食的。就算站在外城当门卫，起码也得挨过霜寒。

"哦……"张钧一脸惊讶，不禁问道，"这么说，你还没有得到官职，也没有享受到赏赐咯。"

"是的。说是让我们等消息，驻屯在外城门。可是冬天就要到了，我可怜部下，特来申诉。"

"这还是头一回听说。皇甫嵩将军因功封冀州牧，朱儁刚刚凯旋回都，马上当上车骑将军，封河南尹。就连那位孙坚，都因为有内部关系，封别部司马。……就算再无功劳，你的功劳也不在孙坚之下。不，从某种意义上讲，可以说在此次扫匪征贼之战中，作战最苦最为尽忠的军队，就是你的义军了。可却……"

"……"

玄德面色忧郁。看上去，他不愿因听从朝廷之命而变成这样。他紧咬双唇，心中怜惜部下的遭遇更甚于可怜自己的不遇。

"嗯，好吧！"过了片刻，张钧加重语气道，"这等事总能想象得出来。就算荡平了地方乱贼，但只要社稷害鼠不除，就难保四海长治久安。不仅区区赏罚不公，可叹之事实在太多。你的情况我会专门奏明圣上。也许不久你就会得到浩荡圣恩。再等等，别灰心！"

郎中张钧如此安慰一番，与玄德别过，速速入宫觐见皇帝去了。

难得皇帝身边无人。

皇帝坐在御座上，道："张郎中。今天你有事要与朕深谈，朕已让近臣退下。你可以畅所欲言啦。"

张钧跪拜阶下，道："相信皇上圣明，臣张钧今日斗胆申诉令圣心不悦之事。愿皇上圣心昭昭，不耻赐闻。"

"什么事啊？"

"不是别的，正是君侧十常侍之事。"

一听到十常侍，皇帝立即把目光转向一旁。

圣上脸色不好……

张钧明明知道，但他相信敢于冒死进真言才是忠君之道。

"不用臣多说，贤明的皇上也早已有所注意。眼下天下就要恢复平静，地方乱贼就要消灭。此时，愿仰请皇上考虑清扫君侧，以示自上整肃之意，消除人民天下黑暗之忧，使他们安居乐业，称颂德政。"

"张郎中。你为什么要在今天突然讲这些啊？"

"噢。十常侍乱朝政，晦辱皇上圣德，已非今日之事。忧虑者也非我一人。天下万民皆有怨恨！"

"怨恨？"

"是的。比如，听说此次黄巾之乱，十常侍也多有私心行事之处。行贿之人无功也得加官晋爵，不行贿者无罪也遭贬官。已经满城风雨。"

皇帝的脸色愈发阴沉，但却缄默不语。

所谓十常侍，就是十个宦官。民间称他们为阉官。他们把持君侧之权，在后宫也有势力。

议郎张让、议郎赵忠、议郎段珪、议郎夏恽等十人自为中心，对枢密形成约束。所谓议郎，意思就是参议的角色。任何枢密政事都要经过他们的手。皇帝尚幼，十常侍又个个老奸巨猾，阴险毒辣。所以，只要他们想做，什么样的恶政都能得到推行。

灵帝尚在弱年，即使注意到恶弊，也治理乏术。所以，就算被张钧的苦谏所感动，也无法做出任何答复，只是把目光移到宫苑中去。

"恭请断然行事。现在正是时候。伏请陛下决断。"

张钧满怀激情，饱含热泪，忠诚进谏，嘴都讲酸了。

终于，他跪行到御座之前，拉住皇帝的龙袍哭诉起来。皇帝为难地问道："张郎中，那你要朕怎么办呢？"

张钧看时机已到，便说："把十常侍关进监狱，枭首南郊，与罪文一同公之于世，人心自然平安，天下……"

话未说完，帐后就传来暴怒的声音："住口！……先把你的头砍了悬挂在狱门上边！"

声音未落，十常侍悉数跳将出来。他们个个怒发倒竖，裂眦瞪眼，向张钧逼将过来。

张钧大惊失色，"啊"的一声昏倒在地。

典医抢救，开出药汤。张钧喝下之后，直接一觉睡死过去。

由于向皇帝所进忠谏被十常侍听到，张钧即使当时不是那样死法，以后也必难活命。

十常侍后来也有所小心，互相提醒道："一旦大意，就会莫名其妙地冒出假忠假义之人。"

皇帝周围自不必说，他们对内政外交都大加警惕。

经过这些，皇帝好像也注意到不少有功之臣未获封赏，他们心怀不满，愤愤不平。于是，皇帝特意再次调查立功情况，实施第二次封赏。

由于发生了张钧的事，十常侍也没有反对，反倒略施表面辞令，把封赏说成自己的善政。

受到封赏的人中也有刘备。

根据封赏，玄德赴中山国任安喜县尉（今河北定州东南）之职。

说到县尉，不过是偏僻乡下一个警察署长一样的官职，但由于是奉皇帝之命所叙，玄德深谢圣恩，携关羽、张飞当即出发上任去了。

做官当然不允许把很多豢养的兵丁带到任上，而且也无必要，玄德就把手下五百余兵卒托付给王城的军府，请求编入军队，自己只带随从二十人。

当年冬天在任所度过。

玄德任职仅四个月，县里的政治就大有改观。

强盗恶逆之徒销声匿迹，良民诚服德政，日日安享太平。

"比起自己的器量，张飞、关羽恐怕对眼下干的这种小吏差事都不会服气。不过，权且忠于职守吧。时机是急求不得的啊。"

玄德常常这样安慰二人。这也是安慰他自己的话。

倒是上任县尉一职以来，玄德不曾把他们二人当部下使用。他们一起受穷，夜里同眠一榻。

不久，春到河北，原野嫩芽初发。这时有消息传来："天子的使者要来此地。"

敕使的使命是奉诏下来。诏曰：

闻此番平定黄巾贼后，谎报军功，疏通朝廷关节，妄领官爵者，或谎称军功、在州郡大耍淫威者，甚众。此邪必纠。钦此。

消息前脚传到县衙，督邮后脚就下到安喜县来。

玄德等吏急带关羽、张飞等随从，到路上迎接督邮的队伍。

不管怎样，使者是奉敕令巡视地方的大官，玄德等人跪地施以最高礼节。

督邮骑在马上，道："这里就是安喜县吗？真是穷乡僻壤！怎么，连个县城都没有吗？县衙在哪里？！把县尉叫来！今晚的旅馆在哪里？让他带路。先去旅馆歇息。"

说着，傲慢地环视周围。

望着督邮目中无人的傲慢劲儿，关羽、张飞隐忍着，心想："这家伙是个拿公事压人的主儿，不好对付。"

他们压着火，跟着队伍来到县衙馆舍。

很快，玄德正衣来到督邮面前施礼。

督邮令随员侍立左右，摆出一副自己就是皇帝的面孔，坐在高座之上。

"你是何人?"督邮明知故问,从座上俯视玄德。

"我是县尉玄德。您远道下乡督察,辛苦了!"玄德拜道。

"噢,你就是这里的县尉啊。我等敕使一行到此,一路上肮脏褴褛的小民前来看热闹,接近车骑,指指戳戳,形容猥琐。如此迎接敕使,成何体统?一看便知,平常管束不力。得让他们感知皇威。"

"是。"

"旅馆准备好了吗?"

"地方上,诸事招待不周……"

"我等喜欢干净,饮食奢侈。乡下嘛没办法,但汝等接待敕使,用什么样的心来款待呢?我是要看看你们的这份孝心的。"

话说得言外有意,玄德却未能理解。但督邮是奉了帝王之命下来的敕使,玄德接待他怀的是一片真心的。

玄德想暂且退下。这时,督邮又问:"县尉玄德,你是本地出身,还是其他县来此地上任的?"

"回督邮的话。在下老家在涿县,家世是中山靖王的后裔,匿迹黎民间已久。此番平定黄巾之乱,略有小功,被叙为本县县尉。"

"住嘴!"玄德话音未落,督邮突然在高座上叱道,"你竟敢自称中山靖王的后裔!?岂有此理!皇上命我等臣下巡察各地,就是因为听说弄虚作假,谎报军功,自称豪杰,自封官职之辈横行。像你这样的卑贱之人谎称天子宗族,君临百姓,真乃大不敬也!我要立即上奏天子,再做发落。退下!"

"是!"

"退下!"

"……"

玄德嘴唇嗫嚅一下,好像想说点什么。转而一想,说也无益,便默默施礼退下。

"怪哉此人。"

玄德悄悄地把督邮随员请到一个房间里见面,想打听敕使为何不悦。

随员小吏道:"这你该清楚啊。今天面见督邮,为什么不献上金银绸缎做贿赂呢?对我们随员,也得赶紧往袖子里塞点儿啊。这很重要啊。这可是最好的欢迎啊。刚才督邮不是说了嘛,如何款待就看你的心啦。"

玄德哑然,回私馆去。

回到私馆，玄德也是一脸怏怏不乐的样子。

"县里黎民百姓尽是穷人，还要向中央缴纳相当的税金，哪里还有富余贿赂巡察敕使和大队随从让他们满意啊。贿赂也得从百姓的民脂民膏中挤啊。其他县的县吏还真能办得到！"玄德叹息。

翌日，玄德还是没有送来任何礼物。

"把县吏叫来！"督邮叫来县里小吏道，"县尉玄德是个无礼的家伙！不仅僭称天子宗族，还听到此地百姓也有种种嗟怨之声。我要立即奏明皇帝，待旨发落。你代表县吏，起草诉状。"

县里小吏心服玄德之德，从未想过玄德有什么过错，吓得一个劲儿发抖，不知如何回答。

督邮又加了一句，威胁道："不写诉状吗？不写你也与他同罪。"

不得已，县里的小吏按督邮所说列了莫须有的罪状，写了诉状。督邮把诉状急送都城，称皇帝旨意一到，定将严惩玄德。

"实在太没劲啦！"张飞一个劲儿地喝酒。

天天饮酒，要是被玄德和关羽知道，定会责备于他。而且，就是玄德、关羽，脸色也都很忧郁。"太没劲了……"他嘴里反复唠叨，独自一人躲起来喝酒，不见人影。

这个张飞，脸喝得跟熟透的柿子一样，骑在马上溜达。毕竟是县上的小吏，老百姓对面走过，都会客气地行礼。张飞却在马上打盹儿，那姿势好像就要从马背上掉下来一样。

"咳，你想去哪儿？"

张飞睁开眼，问胯下的马。马儿只是"嘚嘚嘚嘚"轻快地迈着蹄子。

"咦，怎么回事？"

朝县衙门前望去，七八十个农民和城里百姓跪在那里，嘴里嚷嚷着，往地上磕头。

张飞下马，大声道："大家这是怎么啦？！你们在向县衙哭诉个啥呢？"

"老爷，你还啥都不知道啊？敕使让县里小吏写诉状，都送到都城去啦。"

"什么诉状？"

"听说列了我等平日所仰慕的县尉玄德大人二十多条罪状呢。什么欺压百姓啦,榨取苛税中饱私囊啦,太多啦!诉状已经送往都城,等皇帝意旨一到,就要处罚玄德大人。……我等百姓视玄德大人为父母,所以大家聚到这里,向敕使求情,结果被小吏们打了出来,县衙大门也关上了。无奈才在这里长跪。"

张飞听罢,竖起毛虫一样的眉毛,怒睁双目,瞪着紧闭的馆舍大门。

十四　打风乱柳

"喂！"张飞对跪坐在地的众多农民和县城百姓道，"大家都散了吧！下面由我来办，不能连累你们！"

大家离开，却不放心烂醉的张飞会干出何等事来，都在近处张望。

张飞打门，吼道："看门的，开门！不开我可就撞啦！"

"什么人？！"

馆舍当班小卒从里向外窥视。只见一个面如红枣、虎髯倒立、一脸怒相的巨汉在那里砸门。

"谁啊？！谁啊？！"

督邮的家丁吵吵嚷嚷，一听是县尉玄德的部下，马上厉声命道："不许开门！"

然后加强人数，在门里建起几道人墙，挤挤嚷嚷。

张飞见状，终于怒生心头，道："好啊！既如此……"

他手搭门柱，大门当即摇晃起来，嘎吱作响，宛如地震。众人惊魂未定，大门便哐当一声巨响，朝里倒下。

里面当班的小卒和督邮的家丁，有好几个未及逃开，就被压在门扇下面。张飞像豹子一样跳过门板，咆哮道："督邮在哪里！？我要见督邮！"

小卒见状，上前阻拦，道：

"别胡来！"

"抓住他！"

"嗨，碍事的家伙……"

张飞摔的摔，踩的踩，搡的搡，一路朝馆舍里面奔去，好似一阵旋风。

说来也巧，大白天的，敕使督邮就垂着帐幔，跟乡下土气的歌女喝酒取乐。

听到淫荡的胡琴声，张飞朝房间里一看，果然正面榻上有一高官喝醉了酒，正拥着美人。一点不错，那人正是督邮。

张飞撩开帐幔，道："咳，佞吏！赃官！竟敢诬陷我大哥，伪造诉状，送去都城！你的傲慢和身为敕使的丑态，我已经忍无可忍啦！看好啰，我要替天惩罚你！"

张飞胡须倒竖，张开血盆大口，眼睛像千锤百炼的明镜一般。

"哇——"歌女们扔掉胡琴、古琴，逃到卧榻底下。

督邮也吓得缩成一团，道："什么人？且慢，别乱来！"

他声音颤抖，拔腿便逃。张飞冲上前去，道："哪里跑！？"

只轻轻一打，督邮便咕咚一声摔了个仰八叉，下巴好像脱臼一样，露出白牙。

"叫你还动！"

张飞不费吹灰之力，横着拎起督邮的身体，风驰电掣般朝大门外奔去。

"喂狗去吧！"来到大门外，张飞把拎出来的督邮往地上一扔，骂道。"有尔等奸佞官吏，天下才会大乱。有人讨伐乱贼，却无人惩治佞官。今天，我伸张正义，不畏强权。不认识高举这面旗帜的义军张飞吗？！咳——"张飞踩着督邮的面孔道。

督邮手脚扑腾，用悲鸣一样的声音叫唤："来人！把这个蛮人……这个暴徒绑了！有人吗？"

"好不烦人！"张飞拽着督邮的发髻把他拖了一圈，又朝门前巨柳拖去，道："对，拿他示众。"

说着，用手边绳索捆住督邮双手，把绳子一端拴到柳树上，将督邮吊起。

督邮双脚悬空，随柳枝晃动。张飞把绳子在树干上系牢，任督邮如何挣扎，也掉不下来。然后问道："怎么样，啊？"

说完，折下一根柳条，啪地先抽督邮一鞭。

"哎哟！好痛！"

"活该！"

又抽一鞭。

"人民为恶官虐政所苦，伤痛更加厉害。你这只庙鼠，是佞臣十常侍的爪牙。我要揭露你们的丑恶！哭泣吧！我要让你肮脏的鼻孔朝天。这样，这样，就这样。"

柳枝很快断成几截。

张飞又折下一根柳条，继续抽打。三十、四十、五十，一直打到二百多下。

督邮不顾体面，"哎哟哎哟"直叫唤。

"饶了我吧！"督邮用哭腔求饶。

"别打了！别打了！一切照你说的办！"督邮终于流出眼泪，可怜地叫道。

"不行！谁吃你那一套！"

张飞乱打不停手。

这天，玄德憋在私宅，整整一天，快快不乐。有人慌里慌张地敲门，玄德出来看时，四五个百姓告诉他："不得了啦！张将军喝醉了酒，推倒县衙大门，把敕使高官吊在柳树上，还在打呢。"

玄德大惊，直奔现场。

关羽碰巧就在一旁，咂舌道："咳，张飞小子，屡教不改！"

说完，跟着玄德向现场奔去。

到现场一看，督邮被吊在柳树上，衣裳也破了，小腿流着血，面孔肿得发紫。晚一步来，定被打死。

玄德大惊失色，抓住张飞的手腕，斥责道："你这是干什么!？"

张飞喘着粗气，道："不，别拦着我！这家伙是个残害百姓的逆贼。不打死他不解我心头之恨！"

说着，根本不把玄德的劝阻当回事，柳条舞得呼呼作响，朝着督邮浑身乱打。

督邮哀号，在张飞鞭下挣扎。他透过柳梢看到玄德身影，大叫："喂，来人可是县尉玄德？你的部下张飞喝醉了酒，正要杀我！快请阻止！如果你救了我，我也不问张飞的罪。我还会赶紧差人，截回先前诉状，用足够的皇恩爵禄报答你。"

督邮一遍遍哀号："快快救我！"

听了这番令人作呕的话，正要制止张飞暴行的玄德反倒迟疑了。

可是，此人再丑恶，也是奉了救命的天子使者。玄德叱道："还不住手，张飞！"

说着，从张飞手中夺过柳枝，在张飞肩上抽了一记。

挨玄德的打还是头一次。天不怕地不怕的张飞也不禁警醒，呆若木鸡。

当然，脸上表现出愤愤不平的神情。

玄德解开柳树树干上的绳子，把督邮的身体放到地上。这时，不置可否默默旁观的关羽突然跑上前来，道："大哥，且慢。"

"为何？"

"此等人不救也罢。"

"何出此言！我救此人并非为了从他身上得到好处。我只是畏于天子名分。"

"我知道。可又有谁理解你的心情？以前，你豁出身家性命建立功勋，却只受封小小县尉。如今还要受督邮这等腐败大吏的莫大侮辱。你若沉默，立刻就会被他用莫须有罪状陷害。"

"无奈……"

"何言'无奈'！？此等不法分子就当一脚踢开。方才我已细细思考，自古道，枳棘丛中非栖鸾凤之所……我是说，好凤凰自然不会居于枳、棘这般刺丛之中。我等找错了栖身之所。不如退身而去，另谋大计。"

经常能跟关羽学到很多。在学问上，关羽确有过人之处。

玄德是善于纳谏的人，闻听关羽之言深自点头，道："是啊……说得好！我们找错了栖身之所。"

说着，玄德解下挂在脖子上的县尉印绶，对督邮道："你是个残害百姓的贼官，就此把你枭首示众，易如反掌。不过，听到你刚才不知羞耻的哀求，就是对畜生我也生出了怜悯。可怜虫！就把你当做猫狗救了。这枚印绶就托付给你了。我等现在弃官而去。你回去把此意转告朝廷吧。"

说完，回头看着张飞、关羽二人，道："好，我们走！"

说罢，风驰般离去。

督邮躺在柳叶纷落的地上，痛苦呻吟。因为有了前车之鉴，没有人敢前来救他，直到玄德他们身影远去。

十五　岳南佳人

　　一溜烟离去的玄德等人先回私宅，把私信、文书等当废纸统统烧掉，匆忙收拾，准备当夜离开此地。

　　弃官出走，张飞也是大加赞成。他召集起仅有的手下兵卒和仆人，道："主公这次突然有点想法，准备辞了县尉官职，暂时过过悠闲自适的日子。其实，这些都是因为我毒打敕使督邮之故。你们有地方落脚的人就回家去吧。没地方落脚的，就跟着主公吧，就是病人也不能扔下，苦乐与共嘛。"

　　有人带着本该得到的东西，自由离去；也有人留下来，不管天涯海角都跟随玄德。

　　夜幕降临，一行二十来人，把手头家当装上马车，把任职之地安喜县甩在身后，消失在暗夜之中。

　　再说督邮。挨打后不久，手下小吏上前，把他抱进县衙馆舍，帮他疗伤。他浑身鞭伤火辣辣地痛，发起高烧，许久不省人事。

　　待到稍稍好转，他便像说梦话一样大叫："县尉玄德何在?!"

　　一旁的人告诉他：玄德解下官印挂在你的脖子上，撂下几句话就离开了。听说今晚他已带着自己人逃之夭夭。

　　督邮一听，道："什么!? 逃掉了？这么说那个叫张飞的家伙也……"

　　"是的。"

　　"你，如此磨蹭，还不把他们给平安无事地放跑啦……赶……赶快派人，紧急差人！"

　　"派去都城吗？"

　　"混账！派人去都城，还来得及吗!? 派人去找中山（河北省保定、正定之间）太守。"

　　"噢。派人去说些什么？"

　　"就说玄德经常虐民，此次敕使巡察，玄德害怕东窗事发，反而向敕使施暴，企图煽动良民谋乱，但事情早早就被官家发觉，便带手下混入暗夜，肆意弃官出逃……"

"是，明白了。"

"慢！不能就这样。要催他们速派快兵，追捕玄德等人，押送都城。"

"领命！"

快马飞奔中山府。

"哎呀，大事！"

中山太守畏惧敕使之名，巧妙迎合督邮的诡辩，派出探子四处行走，寻找玄德落脚之处。

数日之后。有报告说："不知何人，用马车载着家财，带着随从十多人，自安喜县朝代州（今山西代县）方向北去了。其中三人骑在马上，看似流浪武士。"

"正是玄德。给我绑了，押送都城！"

中山太守接到命令，立即派出铁甲快兵约二百人，分两路向玄德一行追去。

向北，向北，逃亡人的身影跟着车马急急赶路。

多少次各州兵马袭击，多少次陷入追兵诡计，历尽千难万险，总算来到代州五台山下。

"张飞，跟着你的指引到了这里，有什么落脚的地方吗？已经到五台山下了。"

关羽问。玄德好像也在考虑，一起问道："到底想到哪里落脚？"

"大可放心！"张飞满怀希望道。走到山下一个平静的村庄时，他说："大家在这儿等一下，歇歇车马吧。"

说完，一个人离去，不久回来，告诉大家："刘大人同意啦。大家放心，就当坐上大船啦。"

"刘大人？哪里人，干什么的？"

"是这个地方的大地主。呃，把他当做大乡绅不会有错。在宅子里豢养百八十个食客，是家常便饭。所以，照顾我们二十来人，他不会介意的。而且，他在当地德高望重，他家是我们暂时藏身的最好地方。"

"那可真是求之不得。你跟他是什么关系？"

"别看刘大人现在隐居乡间，以岳南隐士自居，以前他跟我的旧主鸿家可有血缘关系，给鸿家当军粮兵马顾问，一直跟旧主鸿家有来往。当时我给鸿家当家臣时，也承领过他的好意。鸿家灭亡后，我的酒钱、遗臣的安置等，实际上也都是麻烦他的。"

"原来如此。那我们二十个人要是再带食客来，刘大人恐怕就会皱眉头了吧。"

"不会的。他这个人非常喜欢浪迹天涯，我把大哥的家世和我们义军弃官而去的事情细细一讲，他很通世故，非常理解我们，说住上两三年都行。"

听张飞此言，玄德也放下心来，道："这样的人家可以栖身。"

说完，按着张飞的指引出发。

不久，山下疏林边上出现了一堵宏伟的土墙。张飞一边陪着玄德等人，一边像夸耀自家住宅一样自豪地说："就是那座宅邸。怎么样，简直就是豪门宅第。"

玄德忽然勒住马，看到宅邸旁边有条路，路旁栽着杏树，一位在僻壤难得见到的丽人骑着白马在路上走过。白马后面，跟着一个书童，似睡非睡，肩扛古琴，伺候美人。

"咦，好像在哪儿见过……"玄德忽然感到。

距离虽远，却奇妙地留下了深刻印象。

当然，自己一直过着战场杀伐的生活，又从僻壤漂泊而来，因而越发觉得远处的女性美丽。

丽人很快进入围墙里巨大豪宅的大门。

张飞刚刚说过："那儿就是刘大人的宅邸。"

莫非她是刘家的女儿？刘备独自一人想象着。

片刻，玄德一行也来到这座大门前。停车，下马，看了看一身旅尘。

听说主人喜欢浪迹天涯之人，经常豢养众多食客。他究竟是个什么样的人呢？见面之前，玄德、关羽不禁做着种种想象。

跟着张飞的指引来到南苑客馆。这里悠闲得像世外桃源。与其说主人喜欢浪迹天涯之人，不如说他给人的感觉是一位飘逸之人，心里喜爱风流更甚。

不一会儿，主人刘恢出来招呼："啊，在下就是这里的主人刘恢。欢迎各位远道而来。各位的情况刚才已经听张飞讲过。请不要拘束，随便住吧，一年两年都行。只是穷乡僻壤，没有什么好招待的啊。不过，酒可有的是啊。"

张飞道："谢啦！只要有酒，住多少年都行啊。"

他已经觉得奢侈。

刘备拜托暂留，恭敬道："承蒙照应！"

关羽也自报姓名和故乡，仰承将来的高谊。

刘大人沉稳寡言，唤来用人，腾出南苑客馆，权当三人住房，吩咐一番，便自回去。

"怎么样，还踏实吧？"张飞问道，一脸居功自傲的样子。

"太踏实啦。"关羽笑道，又点张飞嗜酒的毛病，"可别现眼啊！"

翌年。春上。

五台山下，村落和平。土豪刘恢兼任村长。因此，这里既无恶吏栖身，也无匪贼之患。

可是，过于安全反使张飞、关羽痛苦不堪。他们对安逸的日子感到厌倦。与他们迥异，玄德近来异常寡言少语，经常显得想入非非。

"大哥近来是不是也开始想再去打仗了？风云人物，一下子没了精神头儿。"有一次关羽问道。

"不是不是，他可不是想去打仗啊。"张飞摇头。

"那他是想老家的母亲啦？"

"可能也有点吧。不过，另有原因。我是悟到这一点，才故意不跟他照面的。"

"噢，另有原因啊。"

"是的。"张飞不悦道。

看着张飞的神情，关羽想起：最近南苑梨花盛开，夜晚春月辉映，宛若彩霞，美丽绝伦。一位比月亮还美的佳人常在梨花下徘徊。这时，玄德的身影就会神不知鬼不觉地在客馆里消失。

听了张飞的话，关羽也猜到几分。此后关羽更加关注玄德的行踪。

数日后的一个夜晚。朦胧的月亮分外妖娆。夜雾笼罩着五台山，把原野刷成银白，朦朦胧胧。

"哎呀，啥时候……"关羽发现了什么，自言自语道。

三个人正围着饭桌。张飞照例不停地喝酒，关羽也拿着酒杯陪他喝酒。过了一会儿，玄德走出屋去，只留下器皿和酒盏。

对！今晚我要跟踪他。关羽暗忖，并不告诉张飞，疾步走出屋去。

122

他蹑手蹑脚，走在南苑白色梨花下的小径上，四处张望。

已经接近内苑深处。林泉映照，看得见对面主人刘恢及其家属居室的灯火。

"唉，不会再往前去了吧……"

关羽伫立片刻，发现近处林间有人楚楚走过。定睛一看，正是这家的妙龄丽人，刘恢的什么侄女。

"哈哈……"

关羽证实了自己的预感，心里反倒感到一阵寒冷。他一向对什么事情的内幕、他人的隐私之类，避而不视，漠不关心。但这次却终于悄然跟踪别人。

片刻，所谓刘恢的侄女，那个美人伫立月下，楚楚动人。周围没有树荫，没有物影，宽广的草坪上，只有夜露闪闪发亮，仿佛洒落的宝石。

梨花小径突然站起一个人影。一个躲在花丛中的年轻男子。

"哦，是玄德！"

"芙蓉！"

两人见面，相互一笑。

随即相互依偎，玄德道："你出来啦！"

"哎。"芙蓉答道，低下头去。

两人肩背相依偎，朝梨树林走去。

"刘恢在这方面可是个非常严格的人呢……对食客、豪杰们温情一片，但对家里的人严厉得怕人……所以……就连这样到苑子里来，都要煞费苦心。"

"是啊。反正我们这样的食客有好几十人的嘛。我也一样，跟关羽、张飞他们几个心腹住在一个屋里，他们眼睛亮着呢。要背着他们出来，也不容易。"

"为什么？"

"嗯？"

"你们都那么辛劳，为什么一到晚上，你就非想到这儿来啊？"

"我也在问。我对自己的心情也感到不可思议。"

"月亮真美啊！"

"夏天、秋天月光明媚，但这个时刻更好啊！就像在做梦一样。"

梨花下，两人徘徊在小径上，毫无倦意。知道是在做梦，却又在追梦。

关羽亲眼目睹这家的深闺佳人跟玄德成了共享春宵私语的伙伴，感到非常震惊与狼狈。

"啊，太平销蚀大志！"他慨叹。

关羽看到不愿意看到的事情，慌忙从后苑梨树林跑回来。朝客馆摆放饭桌的房间看了一眼，张飞还在那里自斟自饮。

"喂！"

"噢，你去哪儿啦？"

"还在喝呢？"

"不喝酒，还有什么可干的？空有髀肉之叹，不得时利，不唤风云，蛟龙也只能潜在渊底。你也潜在酒里如何？"

"来一杯吧。其实，酒刚才全醒啦。"

"怎么事儿？"

"张飞……"

"啊。"

"我跟你一样，对现在的世态和时机不遇并不那么悲观。可是，今天晚上彻底失望啦。……我原来一直相信，隐于野潜于渊，终有一日蛟龙定会抓住风云，可是……"

"你的样子很失望啊！"

"再来一杯！"

"难得你这么喝啊。"

"喝了再说吧。"

"什么？"

"其实，我今天看到别人的秘密了。"

"秘密？"

"是啊。刚才你把话说得像谜一样，今晚玄德出去，我就悄悄地跟上了他。于是怎样？……啊，我不忍道也。我没想到，他竟是那么个柔弱之人！"

"你到底看到什么啦？"

"不知是真是假。他竟然在跟这家养于深闺的那个叫芙蓉姑娘的美人幽会！两个人不知道什么时候坠入情网了。还是我们义军的盟主呢，心却被一个女人抢走，成何体统？！"

"你是说这个啊。"

"你以前就知道？"

"隐隐约约。"

"为什么不告诉我！"

"都相好了，还能怎样！？"张飞一脸失望地喃喃自语。他用手撑着脸，一只手独自斟酒，道："英雄豪杰，在和平的温床上放久了也会发霉，变成他那个样子啊。"

"不得志的抑郁一旦发泄到这个方面，人可就毁啦……还有，那个女人不就是个女人吗！？又不是刘恢的亲女儿，到底是什么人？"

"你问起来，我觉得很没有面子。"

"哦，你怎么就没面子啦？"

"……其实呢，那个，那个芙蓉小姐是我旧主鸿家的女儿。刘恢也跟鸿家关系不浅。所以，旧主鸿家没落后，我就把芙蓉小姐带到刘家，拜托他帮我藏起来。"

"什么？那她是你旧主的女儿啊？"

"那还是我们结义前几年的事啦。这个芙蓉小姐跟玄德被黄匪追杀，都遭遇到危难。一个偶然的机会，两人在某地古塔之下邂逅。他们早就认识啦。"

"哦，原来早就……"

关羽瞠目结舌。这时，屋外传来脚步声。

是主人刘恢。

刘恢看了看屋内情形，道："打搅打搅。"

得到两人同意，刘恢进得屋来，商量道："有件事很麻烦。几天之内，洛阳的巡察使和中山太守要来巡视此地。我的宅邸要给他们当下榻之所。当然，会发现你们藏匿在此。你们得转移到别的藏身之处暂避，否则会有危险。"

说巧也巧。关羽、张飞都感到一时束手无策，认为这是上苍对他们懒惰的惩戒，道："哦，我等已在府上逗留多时。即使不出这事，我等此时也需要转转机运了。总之，我们三人商量之后给您回话。"

125

"太为难你们啦……如果想不出落脚的地方，我所信赖的人那里有放心安居的地方，我介绍你们去。"

刘恢说完退出。

他走后，两人面面相觑。

"主人肯定也发现了玄德跟芙蓉小姐的关系，觉得不可，这才拿这个借口来说事儿。"

"哎，谁知道啊。"

"不过，倒是好机会。"

"是啊。对玄德再好不过。"

第二天早晨。二位早早将主人之意"如斯云云"地转达给玄德，以谋善后之策。

玄德一时现出莫名其妙的神色，随后立即毅然抬起低伏的目光，道："马上离开。不能给恩人刘大人再添麻烦。我也没有心思总是待在这里享受安闲。"

玄德脸上的神情，看上去在深深反省自己。

于是关羽一不做二不休地道："话虽如此，你不留恋吗，这里的深闺佳人？"

玄德微笑里带着几分羞耻之色，答道："不。恋爱乃路旁之花。"

只听此一语，关羽就觉得"真不愧……"遂打消自己的杞人之忧，眉头舒展。

"你有如此心情，自然叫人放心。其实，我和张飞正暗自担心，你既是我们的盟主，又是肩负着远大希望的豪杰，为了一个女人而壮志销蚀，岂不遗憾至极?!……那你和芙蓉姑娘并非真心谈情说爱啰。"

"不能这样讲。"玄德坦诚道。

"恋爱时，说出来害臊，我确实是真心恋爱的。不能欺骗女人，也不能欺骗自己。只是有恋情。"

"呃……"

"不过二位，求你们放心。这不能成为玄德的全部。恋爱也只是一时的。我会马上找回自我，找回中山靖王后裔刘备的自我。从一寒村田夫起事，高举义军大旗已经两三年，至今故乡仍有老母，盼儿归来，不知儿子已成尸骨还是流落洛阳。我怎能丧失大志呢!……二位也可放心! 请相信玄德。"

十六　故园探母

翌日。玄德等三人突然暂离五台山麓刘恢宅邸。

临别，主人刘恢为落魄豪杰玄德等人举行离别小宴，道："请看好时机回到此地。你们带来的二十名兵卒和用人，就先留在我的宅子里吧。等下次回来，再准备东山再起。虽然黄巾之乱已得平息，而都城洛阳却已露出自溃之兆。请自重自爱，为国家尽力。"

"谢过！"

四人起身干杯。

就按刘恢所言，来这里时带来的二十来位同人都托付给刘家，关羽、张飞、玄德别过，各自暂时藏身去了。

可是……出刘家大门时，是三人同行的。人多眼杂，刘恢故意不来送行。而宅邸里楼台之上，却有美人独自目送三人远去。不消说，是芙蓉小姐。

张飞知道，却故意不吱声。玄德默默走着。

五台山影已经甩在身后，远看模糊一片。张飞对玄德道："昨天听了你说的话，我等已经不再对你的心思抱有怀疑。而且很理解你那颗多情多恨的大丈夫之心。就像我爱酒一样嘛。"

他以为酒与恋是一回事。

就这个程度，与其说是在同情玄德的心，莫若说离玄德的感伤相去甚远。

"……不过大哥，"张飞又觑了觑玄德的脸道，"没有豪杰不近色之理。你也不会一辈子独身一人。你要是真的喜欢芙蓉姑娘，我张飞替你说媒，保准成功。在我来看，她既是旧主的女儿，又无依无靠，还不如托付给你照顾一辈子呢。不过现在不行啊。不是时候啊。得志以后再说吧。"

"我知道。"玄德点头道。

来到州道路标下，玄德道："好吧，我就在这里别过，一个人先回老家涿县啦。反正还要回一次五台山下的。"

张飞、关羽也都在这里告别，打算各走各的。一向形影不离的三兄弟，此时备感落寞。

"下次什么时候在这里相见？"

"今年秋上。"玄德道。

二人颔首。

"那你是打算去涿县母亲大人身边啰。"

"嗯。只要见到老母的面，知她老人家健康，马上回来。时代风云不等人。凉秋八月，三人再赏五台山的月亮吧。"

"再见！"

"路上小心！"

"大家珍重！"

三人朝三个方向而去，回首相望离别的身影。

告别关羽、张飞二人，玄德改变装束，打扮成乡民模样，一个人悄然回故乡涿县楼桑村去了。

"啊，桑树依旧……"

时隔数年，玄德再次看到自己家门。他站在家门口，首先抬头，怀念地望着那棵巨大的桑树。

哐当

咔嗒

哐当

咔嗒

……

这时宅子里传出织机编草席的声音。玄德的心倏地被打动。这两三年骑马握枪，已然忘却自幼赖以获取衣食维持生计的织机，如今还在故乡劳作，不曾歇息。

是谁，今天还在十年如一日地操作这织机？

不用问，是玄德的母亲。一定是儿子出征后孤守的老母。

"多么孤寂啊！又有太多不便……"

家门未进，玄德就已满眼热泪。想起来，南征北战几度春秋，甚至未给家乡老母寄过衣食之资。连写过几封书信都屈指可数。

"对不起……"

面对故园破败的家门，他首先由衷道歉，然后快步向后面传出织机声音的地方跑去。

啊！那里有一位白发老人默默编织草席……玄德一见，就从后面跑到她的脚下。

"母亲……"

他双膝跪下。

"母亲！……是我啊。我回来啦！"

"……"

老母一脸惊讶，停下操作织机的手，目不转睛地看着玄德，道："是阿备啊……"

"这么长时间，连封信都没能好好给您写过。您一定多有不便吧。战场上不能事事遂心，东征西讨，成天就是打仗。"

母亲打断儿子的话，道："阿备。……你回来干啥来了？"

"呃……"玄德伏地，道，"壮志未酬，还不是心情愉快拜见母亲大人的时候。不过，刚刚弃官出走，潜身山野，想避开官家耳目，悄悄地回来见上母亲一面。母亲还好吧？"

老母双眼明显湿润起来。稀疏的头发已经像盛开的梨花一样雪白，眼角显得苍老……搭在织机上的手被稻草渣磨得粗糙不堪。

但是，母亲看儿子的目光却一如既往，不曾稍改，严厉、坚定，充满爱意。老母强忍欲滴的泪珠，静静说道："阿备……"

"哎。"

"你回来就为这吗？"

"呃……是的。"

"就为这？"

"母亲……"

老母推开玄德拉着她的手，掸去衣裳上稻草屑，严厉叱责道："像什么话！跟个孩子似的……就这样，你还是个忧国忧民的大丈夫吗？！既然已经回来，也就无可奈何。但你不可久住。今晚歇一宿，就可离家去了。"

母亲脸色意外不悦。但刘玄德却觉得那是为了激励自己，他在伟大母爱感召下哭成泪人。

母亲看着伏在地上的儿子，继续训斥道："你离家不过两三年而已！想当初你招募乡兵，未及训练，就拿起简陋武器，去广阔天地平定天下骚乱。可才时过三载，你就想着立功扬名，衣锦还乡……母亲可不这么想！母亲盼望的根本就不是这样的梦！……世间哪有这么简单！"

"母亲……玄德错了！儿子要伸张正义，却四处碰壁。最近过于失意，忽生疑窦，越打越搞不清自己为何而战了……"

"是豪强都会打胜仗。但如果你不能战胜正确道路上的障碍，不能战胜经常袭击自己的懦弱之心，势必难成大事。"

"是的……"

"很明白吧……你也是快三十的男儿，这点事儿……"

"是的。"

"乘乱世伐取一州一郡的豪杰们志向短浅。可你不一样。你是大汉宗室的后裔，中山靖王的子孙。为了万民，你要拔剑而起啊！"

"是！"

"母亲年迈，还能活几天？想想亿万人民的幸福，母亲又算什么呢?！你的心——已经奋起的远大志向，如果因为我这个母亲而顿挫，那母亲宁愿为亿万人民而折寿，来激励你啊。"

"啊！母亲！"

母亲不是不会下定这种决心。玄德大惊，拽住母亲衣袖，道："都是儿子不好！儿子绝不再有弱者之心。明天一早天亮前儿子就走。就让儿子在您身边守一宿吧。"

"……"

老母也双膝跪下，瘫坐在地。她轻轻抱住玄德身体，两鬓白发，颤抖不止，道："阿备啊……这话，母亲是替你死去的父亲说的啊。刚才那可是你父亲的声音啊。是他在呵斥你……明天早上趁黑走吧，避开左邻右舍的乡亲们，啊。"

说完，老母快步向堂屋走去。

不久，伙房冒出做晚饭的炊烟。是母亲想为失意的儿子做一顿热饭。

玄德这时走近织机，把刚才母亲织剩下的几张草席织完。

手底下越来越暗。白色的星星爬上天空。

离开织机，他一个人去屋后桃林散心。已是晚春，桃花落尽，树梢上只能看到黑色花蕊。

"啊，故园依旧……"玄德叹道。

桃花逢春还会再开，可母亲的白发却再也没有返黑的一天。春秋对于人生是那样短暂，而自己的愿望又是那样远大。母亲打心底里高兴的那一天何时才能来到啊！？想到这里，玄德不住地发出重重的叹息声。

"阿备啊——阿备啊——"

堂屋里昏暗下来，母亲在喊玄德，告诉他晚饭已经做好。玄德回忆起无忧无虑的孩提时代，像孩子一样老远地答应着，跑回家来。

十七　大乱之兆

时值中平六年夏。

洛阳宫里，灵帝罹患重病。

灵帝大概知道自己病笃，在病榻上道："传何进。"

大将军何进立刻入宫觐见。何进原以宰牛屠猪为业。他的妹妹是洛阳城里罕见的美人，入宫当上贵妃娘娘，幸得龙种，生皇子辩，于是当上皇后，人称何后。

因此，哥哥何进也一跃身居要职，成为手握大权的重臣。

何进安慰病中灵帝，道："请陛下放心！不管发生什么事，都有我何进呢。还有皇子。"

说完退下。

可是灵帝的气色并未稍得慰藉。

灵帝内心复杂，忧虑烦闷。除何后外，灵帝尚有宠姬王美人，生皇子协。

何后得知，大为嫉妒，暗盛鸩毒，杀死王美人。于是，皇子协寄养在非亲生关系的灵帝之母董太后处。

董太后十分喜欢寄养在自己手上的皇子协。灵帝也可怜皇子协，与何后所生的皇子辩相比，更加偏爱皇子协。

于是，十常侍蹇硕等人便时常悄悄来到灵帝病榻之前，嘀嘀咕咕："欲立皇子协为皇太子，必先诛杀何后之兄何进，以绝后患。"

"嗯……"灵帝脸色苍白地点点头。

灵帝自知病笃，命数无几，一旦决意，操之何急。他突然差人去何进宅邸，道："事急，请速速入宫觐见！"

何进觉得奇怪，暗忖："咦，昨日刚刚入宫觐见，今日这是……"

何进以为灵帝病情突然变化，派人打探，结果不然。不仅如此，还隐约探明十常侍蹇硕等人密谋的经过。

"狂徒！何进如何会中尔等奸计！"

他没有进宫，反而把庙堂诸大臣招到私邸开会，道："有这样的事实。一个荒唐的阴谋！天下怨恨十常侍之辈已久，恨不能有机会吃了他们的肉。我也想趁此机会把宦官鼠辈统统杀掉。诸公意下如何？"

"……"

举座沉默，人人眼中充满惊讶。这时，厅堂一隅的坐席上站起一位美丈夫，吐露忠言："极好！但十常侍及其党羽的势力在宫中超乎想象。将军虽说有威严有实力，可一旦不慎失手，将军自己将会招来灭族之祸。"

大家一看，原来是典军校尉曹操。在何进眼里，他不过是一个微不足道的将校。何进脸色难看，呵斥道："闭嘴！汝辈一介少年武人，如何懂得朝廷大事。退下。"

于是彻底冷场。说来也巧，就在这时，有人来报灵帝驾崩。

何进接过讣告，回到会议席上，对列位大臣道："刚才接到重大报告，尚未公布，大家听好。"

他定下前提，用严肃的口吻道："天子龙体染恙已久，今日驾崩。"

"……"

何进说完，满席仍旧寂静良久，无人出声。

各位大臣脸上浮过惊讶的神色。虽在预料之中，却掩藏不住动摇：今后政治动向和自身去留，前景一片暗淡。

"事态将如何变化……"

话分两头说。

何进这边怒气冲天地谋划把十常侍统统杀掉，十常侍那边也在暗地蠢蠢欲动，谋划杀死何进。

如此说法，有何征兆？

大家仿佛一瞬间茫然自失，沉到黑暗的恐惧深渊。

"啊，莫非这就是征兆吗？汉朝四百年天下，从今日起就要崩溃了吗？"

这种预感袭上心头，也绝不奇怪。

片刻，在默祷中，人们心里想起，近年来宫中女人和权臣在已故灵帝身边明争暗斗，贪婪下作，以致恶政横行，宫廷颓废。想到此，众人不禁发出深深的叹息。

灵帝是个不幸之人。

他无知而死，生前只相信十常侍做给他看的"伪饰"，对世上真情一无所知。

对十常侍一派而言，灵帝即"盲帝"，不过是傀儡而已。皇帝宝座就是施暴政、耍妖术的最好舞台和帷幕。

十常侍的恶政罄竹难书。先看近年之事。黄巾之乱后，他们背地派人，设局索贿，对受赏赐将军和建功勋人员道："十常侍为尔等上奏军功，尔等均获得莫大封禄恩典。可尔等却对奏功的十常侍并无任何表示，非礼甚矣。"

于是，有人畏惧，立即送上贿赂。但皇甫嵩、朱儁二将军等人则一口拒绝，道："一派胡言！"

于是，十常侍一齐向天子进谗。灵帝立即剥夺朱儁、皇甫嵩官职，任命赵忠为车骑将军取而代之。又把张让等十三个宦官封为列侯，升司空张温为太尉。乘此机运者对十常侍极尽谄媚之能事，更增加了他们的势力。

偶有进忠谏、讲实情的忠臣都被下狱，不是被斩杀，就是被毒杀。

宫廷之乱不欺不掩地反映在民间。黄巾贼的残余、新出现的谋反之人再次蜂起各地，天下危机传到洛阳城下。

随着动乱和风云的再起，人们的命运也像被波打浪翻一样，变化万端。碰巧走运的是上年被逼入不遇之境，好不容易才在代州刘恢的盛情之下得以藏身的刘备。

黄匪之乱平息后不久，贼人近年来又在各地造反。其中，渔阳（今北京密云西南）张举、张纯的作乱谋反和长沙郡（治所在今湖南长沙）、江夏郡（治所在今湖北云梦）一带的兵匪之乱规模最大。

"天下太平。臣民伏服皇威，国中无事。"十常侍总是这样异口同声地上奏皇帝。

然而。派孙坚极力平定长沙之乱。封刘焉为益州牧，刘虞为幽州牧，命其讨伐四川、渔阳等地乱贼。

这时。玄德已经从故乡涿县重出江湖，寄居在代州刘恢宅邸。主人刘恢道："时机已到。请携书往访幽州刘虞。他是我的好友，见到你定会重用。"

说着，交给玄德介绍信函一封。

玄德谢恩，立即带关羽、张飞一干人等投刘虞而去。

刘虞恰好接到中央命令，正要前往渔阳讨伐蜂起的乱贼，见到玄德大喜，道："来得正好！收下汝等一行。"把他们编入自己的军队，带上战场。

四川、渔阳之乱终于暂时平定。后刘虞上表朝廷，大赞玄德有功。

同时，身在朝廷的公孙瓒也上达天听，道："玄德此人，前黄贼大乱时亦曾建有卓尔大功。"

朝廷不能弃之不顾，便下诏封玄德为平原（今山东平原）县令。

于是，玄德便即刻率手下人马前往平原任职。到平原一看，这里土地丰饶，颇积钱粮，官仓充盈，大家士气大振。真是："天让我养兵马。"

玄德及手下张飞、关羽他们也都终于在这里如愿以偿，占据上好地盘，大张旗鼓，练兵讲武，用燕麦饲养骏马，在平原一隅睨视时代风云的变幻。

"事可成否？"

云去风起，战场上肃清了贼寇，宫中琉璃殿里冠带魔魅和金钗百鬼又上蹿下跳。就在内外多事之时，一夜黑风乍起，灵帝驾崩。

纷乱更见纷乱。汉室四百年的大限终于在此发出土崩瓦解的响动。——世界末日到了！得知灵帝驾崩，人尽失色，一脸呆滞，好像脚下大地陷入九仞深渊。这些人平常毫无准备，真可嗤笑。

会议席上一片寂静，连一个咳嗽的人都没有。这时，外面又有人影匆匆而来，道："将军，借耳一用！"

是暗通何进的司马潘隐。

"噢，是潘隐啊。什么事？"

何进迅速离席，在走廊外听潘隐悄悄耳语。

据潘隐来报：

"灵帝驾崩，十常侍果然密谋，密不发丧，先召您入宫，除去后患，然后发丧，立皇子协继承帝位。……宫中假灵帝之名差来的人马上就到，传将军入宫。"

何进闻言怒道："禽兽！好吧，既如此，我也有想法。"

回到会议席上，何进向诸位大臣和在座文武大官公开潘隐的密报。

这时，宫中差来假传灵帝诏令的人果然来到何宅，毕恭毕敬道："天子现已病入膏肓，说要在枕边召见您，托付汉室后事。请速速入宫。"

"骚狸！"何进命潘隐道，"用他血祭！"

他旋即再次站在与会众臣面前，怒道："是可忍孰不可忍！我将断然行事！"

于是，刚才进忠言被何进斥退的典军校尉曹操再次打破沉默，高声叫道："将军，将军！如果今日决断用计，当先正天子之位，然后讨贼。"

何进这次没有像刚才那样说"闭嘴"，而是深深点头，道："谁能为我正新帝，讨伐宫阙谋贼？"

他目光炯炯，环视在座众臣。这时有人应声而起，自报姓名道："司隶校尉袁绍愿往！"

人们一齐把头转向袁绍。看上去，此人貌相魁伟，胸膛宽阔，双肩威风，是员武艺超群的骁将。

此人乃汉司徒袁安之孙，袁逢之子袁绍，字本初，出自汝南汝阳（今河南商水）名门，门下文官武将辈出。袁绍现官任汉室司隶校尉。

袁绍气宇轩昂，道："请拨精兵五千，直入禁门，拥立新帝，尽数诛灭盘踞宫廷多年的宦官鼠辈！"

何进大喜，一声令下："去吧！"

这一声，让洛阳的王城为之一变，天上战云密布，地上战场惨烈。

袁绍立时身披铁甲，提五千御林军（禁卫军），杀奔大内。他命王城八门和城中卫门统统紧闭，一个不留，发戒严令，不论进出，非自己人断乎不许一人通行。

在此期间。何进也一身车骑将军装束，带何颙、荀攸、郑泰一干人等，在大臣三十余人陪伴下陆续进入宫门，在灵帝柩前，立他所支持的皇子辩为太子，当场宣布新帝即位，自己领头，让百官三呼万岁。

十八　舞刀飞首

百官拜礼毕，"新帝万岁"的呼声撼动丧事中的禁苑。指挥御林军的袁绍拔剑宣布："现在，拿阴谋魁首蹇硕血祭！"

然后亲自在宫中搜遍，发现蹇硕身影，大喊"贼人"，紧追不舍。

蹇硕全身瑟缩，拼着性命，四处逃窜，慌不择路，爬到御花园花坛后边，被人从臀后一枪戳死。

有人说捅死他的是十常侍同伙郭胜，也有人说是胡乱闯进去的兵卒。总之，宫阙内外大乱，人们杀得眼红气急，连这点事儿也搞不清楚。

袁绍一鼓作气，跑到何进面前，道："将军！为何眼看着混乱一言不发？现在正是时候！一定要把宫廷毒瘤、社稷鼠贼十常侍之辈统统杀掉，一个不留！错过这个时候，一定会有后悔的一天啊！"

"嗯……噢……"何进点头。但却脸色苍白，看不到平日的劲头。

原来，一向小心谨慎的何进一时被愤怒冲昏头脑，才敢谋此大事。宫门内外眨眼工夫变成人间地狱。听到企图谋杀自己的蹇硕已被杀掉，一时的怒气已然消去。他那样子，看上去倒像是被自己点燃的大火无边无垠蔓延开去的光景吓呆了，战栗了。

就在这时。十常侍一伙狼狈不堪，大叫"哎呀，不得了"。以张让为首，个个感到在劫难逃，跑进内宫，使出穷途一策，跪在何进妹妹何后裙下，百拜乞怜。

"好吧，好吧。放心吧。"

何后立即派人传何进。

她斥责何进道："我们兄妹出身贫贱，有今天的富贵，起初都是因为有宦官十常侍他们上荐。"

被妹妹一说，何进回想起从前屠宰牛羊时自己一身贫贱的样子来。

"哪里哪里，我只要杀掉谋害我的蹇硕就行。"

出得内宫，何进安抚左追右逐的官兵和宦官们道："蹇硕已经被诛杀。

他要加害于我，所以被斩了。没有害我之意的，我也没有害他之意。放心吧，别害怕！"

"将军，莫说傻话！"闻听此言，袁绍提着血淋淋的刀走到何进面前，责备他的轻忽。"这边在举大事，那边又从将军嘴里说出如此心慈手软的决定，如何是好？！如果现在不干掉宫阙毒瘤，斩草除根，日后将军必定要后悔的呀！"

"不，别这么说！如果宫门的火焰变成洛阳全城的火，洛阳的火变成燎原天下的大火，那可就无法挽回啦。"

何进优柔寡断，最终没有采纳袁绍的进言。

禁门兵乱似乎暂时得到平息。

后来。何后、何进一族认为"董太后碍事"，便使出恶招，把太后迁到一个叫河间（今河北河间）的穷乡僻壤。

已故灵帝的生母董太后，如今也无力抗拒他们的势力。这也是她太宠爱先帝宠妃王美人所生皇子协，遭到何后、何进一族嫉恨的结果。在车辇上，董太后无奈，终日以泪洗面，被送往远离都城的地方。

可就这样，何后、何进仍觉不踏实，随后派出刺客，把董太后杀死。

在短短时间里，董太后再次回到洛阳帝城。不过，她是变成了灵柩中冰冷的尸体后回来的。

京城举行大葬。何进称"病"，既不入宫，也不在外抛头露面。

他易怒。而且谨小慎微。他为了自己和家族的荣华敢为大恶。但谨小慎微的他另一方面却又顾忌社会，自责不已。

总之，何进是一个起于下贱而立于人臣之上，却没有彻底变成大野心家，也没有完全变成恶人，权位过重，左顾右盼，徒患心病的不成大器之人。

何进就像乌龟缩在龟壳里一样足不出户。一天，袁绍造访何进宅邸看望他，道："怎样啦，将军？"

"没什么。"

"你没有精神啊。"

"还好啊。"

"呃……听说了吗？"

"什么呀？……你说说。"

"听说那帮宦官频频散布流言，说是何进要了董太后的命。"

"哦……"

"所以，不是我说。现在也不晚。那帮家伙归根结底就是毒瘤啊。如果不连根切掉，再惩戒他们，日子一久，还会生根发芽，随心所欲地生长，搞阴谋诡计，变得无法收拾。"

"嗯……嗯……"

"请您决断！"

"我考虑考虑。"何进一脸举棋不定的样子。

袁绍失望而归。

奴仆中藏有宦官们的细作，立即跑去密报说"袁绍来过，如此这般"。

"又要出大事啦！"

得到情报，宦官们慌了手脚。不过，每次遇到危险，他们都有像消火栓一样方便的办法。那就是跑到何进妹妹何后脚下哭诉。

"好吧。"

何后是被他们玩弄于股掌之间的高贵人偶，但对何进却具有权威。

"传何进！"

何进又来。

"哥，你不会又被坏手下怂恿，想要大闹太平宫吧。宫里内务由宦官掌管，这是汉朝宫中的传统。你憎恨宦官，要杀掉他们，就是对宗庙的非礼啊。"

"我可没这么想……"

当场搞定。何进只是模棱两可地答了一句，便退出来。

何进刚刚退出宫门，等候在他车辇旁的武将就来询问入宫消息："将军，怎么样？"

"啊……是袁绍啊。"

"听说何太后召见您，我正担心呢。有没有私下谈谈宦官问题？"

"呃……谈是谈了，不过嘛……"

"您把决心告诉她了吗？"

"噢，还没等我开口，太后大发怜悯，出面调解，所以……"

"不可！"袁绍断然道，"这就是将军您的弱点。宦官们一面大搞阴谋，恶意造谣，陷害于你，而一旦败露，又抓住太后衣裳袖子哭诉。……他们瞅准了太后心地软弱和你从不违背太后意愿的软肋，才这么干的啊。"

"说得也是……"

被人一点，何进也有所注意。

"现在！就得趁现在！错过今日，更待何时！请向四方英雄飞传檄文，一举确定万代大计。"

何进也被他热血沸腾的言论说动，认为言之有理，不觉道："好，干吧。其实我也想到这一步了。"

有人在摆放车辇的树后听到二人的密谈。是典军校尉曹操。

曹操独自窃笑道："如此煽动，实在愚蠢。毒瘤不会长满全身，只需拔掉一个元凶即可。把宦官里的首谋抓来投入监狱，用刑吏之手就能解决。但如向各方英雄飞传檄文，各州野心家马上就会察知汉室紊乱。于是争霸各派与各国群雄就会蠢蠢欲动，天下立时就会大乱。"

他跟着何进的车辇，自言自语道："……注定要失败。啊，以后风云如何变幻呢？"

不过，曹操没有把自己的想法向何进直言。在这一点上，他既不像袁绍那样是个直性子演说家，也不像何进那样是个胆小鬼。

他刚才嘟囔说天下有很多野心家，他自己就是其中之一。虽然他皮肤白皙，眉毛清秀，丹唇紧闭，唯唯诺诺地在给何进当护卫，但跟辇中的上司相比，他一个典军校尉，却显得更加深不可测，更加心黑手狠，而且器量更大。

这里，身处西凉（治所在今甘肃张家川）之地的董卓，由于在先前讨伐黄巾贼时指挥不力，平乱后被朝廷问罪。但他巧妙收买宦官十常侍，不仅未被治罪，反而加官晋爵，窃居要职，升任西凉刺史，拥兵二十万。

密使将一片檄文交到董卓手中，道："洛阳来的。"

身在洛阳的何进先给各州英雄飞传檄文，传达如下意思：

天下之府，枢庙之弊于今极矣。愿集公明之旌旗，成正大之云会，于昭昭日月之下与诸公共议万代之革政。

现在，何进正等着看反响如何。不久，各地诸侯接二连三派出使者携"愿赴洛参会"或"愿提兵相助"的复文，日夜快马前来通报，叩响何家大门。

"西凉董卓好像也要提兵而来……"侍御史郑泰来到何进面前道。

"檄文也发给董卓啦?"

"嗯……发了。"

"人们都说，他是虎狼之人。把豺狼引入京师，怕会乱吃人的吧。"郑泰忧虑。

"我也有同感。"室内一隅，一位正在跟幕僚们观看地形图的老将一边移步到何进跟前，一边说。

定睛一看，是中郎将卢植。

他在讨伐黄匪征战中被人进谗言，用槛车押送回都城，一度被军庭判罪。但后来陷害他的左丰倒台，他遂被免罪，官复原职，再次出任中郎将。

"董卓看到檄文一定会欣喜若狂，认为机会来了。但他高兴的不是朝廷革政，而是朝廷之乱，以为可以乘机实现自己的野心了……我也深知董卓其人，如果让他进入禁廷，不知道会发生什么样的祸乱。"

卢植故意转向郑泰道，意在向何进进谏。但何进没有采纳。

"都似诸位这般心存疑虑，如何操纵天下英雄啊?"

"可是……"

郑泰还想进忠言，何进不悦道："汝等尚远不足共谋大事啊。"

"是吗……"

郑泰、卢植都把话咽回肚子里，退了下去。后来，以他们二人为首，有心朝臣听说此事，也都看清何进为人，纷纷离他而去。

"听说董卓的兵马已经到了渑池（今河南洛阳西）。"

何进听了部下的报告，道："怎么来得这么快?派人去迎!"频频差人。

可是，董卓总说"远道而来，让兵马稍作休整"，或称准备军备，催多少次，他总不动。他把何进的催促当做耳旁风，睁着豺狼贼亮的眼睛，虎视眈眈地窥视着洛阳的动静。

另一方面。何进飞檄诸侯，董卓等人响应檄文，在渑池附近屯兵。如此大事，宫城里的十常侍不会不知。

"来得好啊！"

他们虽然惊慌，但也紧急商议对策。张让等人悄作安排，让禁兵持刀斧铁弓密集地埋伏在长乐宫嘉德门，诓骗何太后写就召见何进的亲笔信。

差人出得宫门，跟平时一样，故意美车金鞍，一路炫耀，摆出一副若无其事的面孔，把信送到何进宅邸的大门口。

"不可！"何进的近臣们当即看破这是十常侍的陷阱，谏道，"就是太后的御诏，此时也不可信。太危险！决不迈出大门一步才是明智的。"

何进的毛病就在这里，被人一说，就想拿出自己原本不具备的器量让人看。

"何出此言？！我何进祛除宫中病痫，期望政权光大，不久就将君临天下。十常侍之辈能奈我何？！如听说我何进害怕彼等庙鼠之辈，闭门不出，天下英雄反倒要小觑于我。"

这天何进强悍得怪异。他立即命人准备车骑，让五百精兵森严护卫，出门入宫去了。来到青琐门，门卫道："兵马不可入禁门，在门外等候！"

何进被与兵马隔开，只带几个随从进得宫门。尽管如此，他仍然傲然挺胸，威风凛凛地前行。可是，到了嘉德门前，阴暗处有人大骂："杀猪的，慢着！"

何进"啊"的一声畏缩了一下，就被十常侍一伙的军士前后左右团团围住。

张让跳将出来，当面骂道："何进！你原来不是在洛阳小巷杀猪，勉强活命的穷鬼吗？！能有今天的荣华富贵都是谁的功劳？都是托我们的福，明里暗里把你妹妹上荐给天子，还推荐了你！你这个忘恩负义的东西！"

何进脸色惨白，脱口道："糟了！"

但为时已晚。各处宫门已然关闭。想逃，周围都是刀斧铁枪，没有一尺空隙。

"哇！哒！"何进大叫，平地一跃，身体滴溜溜地转了三圈。

张让跳上来，道："小子！想到会有今天吗！？"

手起刀落，一劈两半。

青琐门外响起"喔——喔——"的嘈杂声。听上去，他们已经感觉到宫门里气氛怪异。

"何将军还没有退出来吗?"

"将军有急事,请告诉他赶快上车。"

精兵叫着,骚动起来。

这时,城门上一个全副武装的官兵探出头来,道:"别吵啦!安静!你们的主人何进因谋反嫌疑被交付查问,刚才已经服罪,处置完毕。把这个放在车上,马上回去吧!"

说罢从城头上扔下一物,黑乎乎若蹴鞠大小。外面人急忙捡起一看,竟是何进紧咬嘴唇面色死白的人头!

十九　流萤彷徨

　　何进幕僚中军校尉袁绍抱着何进首级，瞪着青琐门，道："你们……"
　　同是何进部下，吴匡也道："给我记住咯！"
　　他怒发倒竖，放火烧开宫门，驱着五百精兵蜂拥而入。
　　"把十常侍统统杀光！"
　　"把宦官全部烧死！"
　　华丽宫殿转眼被暴兵占领，旋即刮起一阵旋风，卷着火焰、黑烟、哀号和箭鸣。
　　"你也是！"
　　"还有你！"
　　一旦发现像宦官的人便当场处死。十常侍之辈身居深宫，兵卒不能辨认，就把没有胡子的男人、像俳优一样打扮得女里女气的内官都当做十常侍，不是砍头，就是刺死。
　　十常侍赵忠和郭胜一伙也跌跌撞撞逃到两宫翠花门来，被铁弓射得进退不得，奄奄一息，趴在地上，被咔嚓咔嚓砍成碎片，胳膊和腿被扔给翠花楼大屋脊上的乌鸦，脑袋被踢进西苑的湖中。
　　天日无光，大地燃烧。
　　女人居住的后宫哀号响彻云霄，传入地底。
　　十常侍一伙的张让、段珪二人，把新帝、何太后和新帝的弟弟皇子协（新帝即位后被封为陈留王）三人从黑烟里救出，打算尽快逃出北宫翡翠门。
　　这时。一老将提戈穿甲，骑着嘴里冒泡的悍马奔来。他就是中郎将卢植，听说宫门兵变，看到大火，飞驰而来。
　　"且慢，毒贼！拥着皇帝，拉着太后，哪里去！？"
　　他大喝一声，飞身下马。在此当口，张让他们已经驾着新帝和陈留王的马车逃之夭夭。只有何太后被卢植抢下。
　　这时，曹操正在拼命指挥部下，扑灭宫中各处大火。两人相见，同请何太后道："新帝回来前，请暂时执掌大权。"

另一方面，他们又四处派兵，追寻新帝和陈留王而去。

洛阳街巷也燃起火来。民众担心兵乱迅速波及全城，纷纷身背家财，出门逃难，混乱至极。人群中，张让等人的马和载着新帝、陈留王的车辇轧倒逃难老爹，撞飞幼儿，一路颠簸，窜出城门，远远地逃到郊外。

可是，车辇的轮毂坏了，张让等人的马匹伤了，一行人不得不在泥泞中徒步而行。

"啊！"皇帝不时趔趄，深深叹息。

回头望去，洛阳的天空，入夜仍是一片通红。

"再忍忍。"

张让等人半步也不打算让皇帝离开，因为拥有皇帝是他们的强势。

草原的尽头，可以看到北邙山。夜漆黑。大概已近三更。一队人马追来。张让感到绝望。直觉告诉他，追兵到了。

"没救啦！"

张让万念俱灰，叫喊着投河自尽。

新帝与皇弟陈留王在河岸草丛中互相紧抱，竖起耳朵听着渐行渐近的兵马。

河南中部掾史闵贡率兵马迅速渡河，骤雨般飞驰而去。他们丝毫没有注意到草丛中的新帝和陈留王，转眼消逝在黑暗之中。

"……"

"啊哧……啊哧……"新帝在草丛里发出抽泣的声音。

皇弟陈留王用相对坚强的声音道："啊，觉得饿了吧。我也是，一大早开始就滴水未进，又在不熟悉的路上拼命奔走，一想起来，全身就一个劲儿发抖呢。"

他安慰着哥哥。

"不过，就这样待在河边的草丛中，没法等到天亮。尤其是夜露很要命，会打到你身上的……能走多远就尽量走多远吧。说不定哪儿就有民家。"

"……"皇帝轻轻点头。

二人把袖摆结在一起，道："别走丢了。"说着，摸着黑走起来。

荆棘、野枣，尽是些刺儿，直扎脚。皇帝、陈留王都是平生第一次体验到还有如此世间，连活着的心情也已烟消云散。

"啊，萤火虫……"陈留王叫道。

一大群萤火虫在风中结团，从眼前嗡嗡飞过，萤光让他们坚强起来。

天空泛出鱼肚白。

已经走不动了。新帝一个踉跄摔倒，再也爬不起来。陈留王也"啊"的一声瘫坐在地。

他们昏昏沉沉，好大一阵儿不省人事。这时，有人叫醒他们。

"打哪儿来啊？"有人问道。

环顾四周，附近有一座旧庄院的土墙。可能是那里的主人。

"你们到底是谁的孩子？"那人叮问。

陈留王还能发出点像样的声音，指着皇帝道："他是刚登基的新帝陛下。因为十常侍之乱逃出宫门，侍臣四散，我陪着陛下好不容易才跑到这里。"

主人大惊，圆睁大眼，道："那你呢？"

"我是皇弟陈留王。"

"啊呀，是真的吗？"

主人惊慌地扶起皇帝，迎入庄院。这是一座老旧的乡下宅子。

"自我介绍晚了。我是伺候前朝的司徒崔烈之弟崔毅。因为十常侍之徒太过压贤容邪，暴政让人掩目，我便厌倦做官，隐居山野了。"

主人郑重行礼。

当天黎明时分。段珪扔下投河而死的张让，一个人在野外逃迷了路，途中被闵贡的队伍发现。问他天子行踪，他竟回答不知。闵贡骂道："这个不忠的家伙！"

骑在马上抡起一刀，把他斩了。然后将首级绑在马鞍上，转向兵卒道："不管怎样，皇上到过这里。"他命人分头搜索，自己也一个人骑着马，四处拼命寻找。

崔毅家周围的树林上空升起炊烟。

崔毅拉开藏匿皇帝和陈留王二人的茅屋板门，道："这里是乡下，什么都没有。就先把这粥喝了，充充饥吧。"

说着，奉上餐食。

皇帝、皇弟呼哧呼哧地贪婪啜粥。

崔毅潸然泪下，告退道："请放心睡吧。我在外面守着。"

崔毅在破败歪斜的庄院门口，站了半日。

这时，林间响起哒哒的马蹄声。

"谁？"

崔毅心中大惊，但却表情镇静，手里挥着扫帚。

"喂喂，主人家，有什么吃的吗？给杯水吧。"

寻声望去，原来是骑在马上的闵贡。崔毅见他马鞍上拴着一颗生腥的人头，问道："好说！……不过豪杰，那人头到底是谁的？"

闵贡见问，道："你有所不知啊。这是跟张让等一伙长久盘踞庙堂为害天下的十常侍之一段珪。"

"啊！那你是何人？"

"河南掾史闵贡。昨夜以来，皇帝不知去向，正在四处搜寻。"

"哦，是这样！"

崔毅高举双手，跌跌撞撞地朝院子深处跑。闵贡觉得奇怪，便牵马紧跟其后。

"有自家豪杰前来迎驾啦！"

听到崔毅的声音，睡在稻草上的皇帝和陈留王一阵狂喜，宛若做梦一般。看见闵贡谒见，喜极而泣，相拥大哭。

帝非帝
王非王
千骑万乘走北邙
草野夏茫茫

回想起来，今年夏初时节，这首歌谣就已在洛阳孩童中流行。天无口，童谣无心，却已预言到今天发生的事。

"天下不可一日无帝。请尽早还幸都城。"

听到闵贡的话，崔毅从自家马厩里牵出一匹瘦马献给皇帝。闵贡让陈留王骑上自己的马，抓住两匹马的缰绳，走出门来，招呼散在各处的兵卒集合。

走了两三里光景，校尉袁绍驰马来见："噢，皇上无恙乎？"

还有司徒王允、太尉杨彪、左军校尉淳于琼、右军校尉赵萌、后军校尉鲍信等各领数百骑来会，见到皇帝，众人皆哭。

"还驾要隆重，让洛阳百姓放心！"

大家先用快马把段珪首级送到洛阳，暴于街头，同时布告天下，皇帝无恙还朝。就这样，皇帝御驾来到郊外近处。这时，对面山背面兵气马尘大作，一队旌旗遮天蔽日。

"咦……呃……"

随驾将士百官大惊失色，呆若木鸡。

"敌人？"

"这……啊……何人的军队？"

皇帝及众人一片茫然，惊疑恐惧。

这时袁绍拍马来到卤簿前头，大声喝道："来者何人军队？！皇帝还幸皇城，汝等挡道，实为不敬！"

"噢，是我！"

回答的声音如犬吠一般，从迎面而来的军队正中轰雷般传来。

千翻旗、锦绣幡，队列"刷"的一声两面分开。一匹骏马甩开龙爪，鞍上驮着一个堂堂伟丈夫，飞奔来到袁绍面前。

此人正是屯兵洛阳郊外渑池，任凭何进再三召唤也按兵不动让人疑惑的西凉刺史董卓。

董卓字仲颖，陇西临洮（今甘肃岷县）人。此人号称身高八尺，腰壮十围，肉脂丰重，眼睛细长，智慧如豹，目光似针。

袁绍叱道："你是何人？！"

董卓态度蛮横，目中无人，走到卤簿跟前，道："天子何在？"

皇帝战栗，口不能言。百官皆恐，瑟瑟发抖。就连骁勇有加的袁绍，也被董卓卓尔不群的仪态惊得目瞪口呆，拦阻不得。

这时，皇帝御驾后面有人冷冷叱责道："且慢！"

威风凛凛的声音让董卓不由得退马几步，瞪大眼睛，道："什么？且慢？！谁在说话？！"

"你先报上姓名！"

说着，皇弟陈留王挺马上前。一个比皇帝年少的赤颜少年。

"啊……原来是皇弟啊。"

董卓也注意到，慌了手脚，在马上行礼。

陈留王始终高昂着头，道："正是。你是何人？"

"西凉刺史董卓。"

"董卓，你来干什么？是来迎驾，还是来抢皇上？"

"呃……"

"来干什么？"

"来迎驾的。"

"既来迎驾，天子在此，却不下马，无礼之徒！为何还不下马？"

陈留王身体娇小，声音却实在严峻。董卓许是被那威严打动，二话没有，慌忙下马，退到路旁，恭拜皇帝车驾。

陈留王见状，代皇帝对董卓道："此乃大仪。"

卤簿顺利进入洛阳。董卓心里暗自惊叹。陈留王生就的威风，让他丧胆。

"如此，废掉现在的皇帝，立陈留王为帝……"

这个巨大的野心，早在这时就开始在他心中萌动。

149

二十　吕布

洛阳余烬终于熄灭。皇帝车驾也顺利还幸宫门。

何太后迎驾，"呜……"的一声母子紧紧抱在一起，一阵呜咽。

良久，太后道："玉玺呢……"

太后向皇帝索要玉玺。可是，不知何时，玉玺已经丢失。

遗失传国玉玺，对汉室而言事关重大。正因如此，此事一直绝对保密。可是，不知何时此事泄露，悄闻此事之人眉头紧锁，道："啊，难道又出现了这等亡国之兆吗?!"

董卓后来把渑池驻兵移到城下，每天带铁兵千骑，横行街市和王城，如同出入自家。

百姓惊恐万状，让道回避。

"别靠近!"

"别自找责罚!"

当时，并州刺史丁原、河内太守王匡、东郡太守乔瑁等人偕诸将响应先前诏书来到洛阳，略晚数日，见董卓此状，均不知所措。

一次，后军校尉鲍信悄悄对袁绍道："须设法才是。那帮家伙把街市、内宫都给平趟了。"

"什么事?"

"你很清楚啊。就是董卓和他身边的那帮人啊。"

"别吱声!"

"为什么?! 我感到很不安啊。"

"可是，宫里最近也才刚刚消停下来一点啊。"

鲍信也向王允流露过相同忧虑。可王允一个司徒，也对董卓这样的巨无霸束手无策。

就像渔夫拿着渔网望鲸兴叹一样，王允只是捻着稀疏胡须，拽着尖细下巴，欷歔道："嗯，就是。我亦有同感，又无可奈何。"

"罢了罢了！"

鲍信心灰意冷，带着手下，逃避到泰山闲地去了。

离开的离开，拍马屁的却拍着马屁跟了董卓，他的势力日渐强盛。

董卓的态度和带兵方式，越来越露骨地反映出他的性格。

"李儒！"

"在。"

"我欲断然行事，如何？"

董卓向股肱李儒问计。这是一个巨大的野心，在他腹中谋划已久。他要废掉现在的天子，把他看好的陈留王扶上帝位，据宫廷为己有。

李儒道："可以行事。"并补充说，正逢其时，请速行事。李儒的暴逆不亚于董卓，所以甚讨董卓欢心。

翌日。温明园举行盛宴。不消说，主人正是董卓。畏其淫威，文武百官咸集，几乎无人缺席。

"全都到齐。"

听到侍臣来报，董卓端着架子，在辕门前缓缓下马，佩带镶满宝石的宝剑，悠然入席。

玉杯美酒，饮过数巡，董卓站起身来，慢慢说道："我对今天出席宴会的各位有个提议。"

大家一片寂静，看他要说什么。董卓挺了挺肥硕的身体，道："我想，天子须天禀玉质，堪万民景仰，兼备坚定不移之仁德，受让宗庙社稷而能巩固之。然新帝志薄懦弱，实为不幸。我等臣民，常忧虑汉室。"

事关重大。听得大家颜色骤变。

董卓低头，环视缄默百官，左拳抵住剑带，右手用力一挥，道："在此，我斗胆放言。各位不必担忧。所幸皇弟陈留王聪明好学，天质玲珑，诚可谓天子之器。我念如今天下多事，宜于此时立陈留王以代新帝，断然行帝位废立之事。如何？有异议者，起身道来。"

惊天大事，他说得却像宣布结果一样。偌大宴会场面，却无一人咳嗽。满座吓得呆若木鸡。董卓眼中充满自信，环望一圈，好像在说不可能有人反对。

这时，百官席上突然响起有人站立的声音。人们的脑袋齐刷刷地朝那人看去。

是并州刺史丁原。

"我反对。"

董卓刷的一下瞪着他,道:"我不想看木雕,你若反对,说出意见。"

"天子之位在于天子圣意,非臣下可私议之事。"

"不是私议。所以我拿出来付诸公论。"

"当今皇上乃先帝嫡出,并无任何过错瑕疵,亦无罪责。而你在此妄议帝位之废立,却是为何?!若非图谋篡权之人,何出此议!?"丁原讽道。

董卓道:"住嘴!逆我者亡!"

说着,把手放到剑柄上。

"汝欲何为?!"丁原岿然不动。

这也难怪,他身后俨然站立着一位大丈夫,表情令人生畏,仿佛在说:"敢动丁原一个手指头!"

他双眸炯炯,威风凛凛,似有猛豹之气。

作为股肱,经常像秘书一样跟随董卓左右的李儒慌忙拽拽主公衣袖,道:"今天盛宴难得。国政之类凝重话题改天换个场合再谈如何?带着酒意,论不出结果。"

董卓也有所意识,不情愿地松开剑柄,但对立在丁原身后的人,实在是心有余悸。

可是,董卓的野心决不会因为遭到丁原的反对而有所收敛。

虽然盛宴因此一度冷场,但一阵推杯换盏之后,董卓又站起身来,再次确认道:"我刚才所说,大概就是各位所想,天下公论,然否?"

于是,卢植在席上坦陈己见,道:"休要再提。如董公执意一意孤行,别人反倒怀疑董公假废立天子之名图谋篡权。昔日殷太甲无道,伊尹将其放逐桐宫,汉昌邑王登位……"

卢植引经据典,进谏也像学者一样。

董卓大怒,道:"住口!住口!你也想拿脑袋血祭吗?!"说着,董卓回头去看周围武将,用发抖的手指着卢植,道:"斩了他,给我斩了!还不动手!"

"不可!"李儒拦道,"卢植乃海内学者。作为大儒的名望比中郎将还高。一旦杀卢植的事情传遍天下，将是您的失德。损失的是您。"

"那就把他轰出去！"董卓继续怒吼，"革去他的官职！谁要让卢植当官，谁就在跟我作对！"

已经无人阻止。

卢植被革职。从这天起，卢植看破人世红尘，躲进上谷山野赋闲去了。

撂下不表。

就这样，宴会的散场成了杀伐。帝位废立择日再议，百官勉强干杯散去，逃之唯恐不及。

司徒王允最先悻悻而归。董卓还在耿耿于怀丁原的反对，手按宝剑在辕门等候，要斩杀丁原。

可是，刚才就有一个风貌非凡的年轻人，在辕门外骑着黑马，手提方天画戟，频频朝门里张望，物色回家的客人。

董卓一眼看见，叫来李儒询问。李儒朝外面看了看，道："是他呀，刚才站在丁原后面的人。"

"原来是他。哦，打扮可不一样……"

"大概换了一副装束吧。此人可怖！他乃丁原养子，名吕布，字奉先，武原郡人。听说此人弓马高明，天下无双。惹上他非同小可啊。不如回避，佯装不见。"

董卓闻言，突感恐惧，慌忙躲进园内亭子里。

他屡屡因吕布而讨伐丁原不成，在梦里都会看到吕布高大的身影。

一天。丁原率兵突然袭击董卓大寨。董卓一听，勃然大怒，立时穿上铠甲，来到阵前观看。不错，正是昨日的吕布。只见他上戴黄金头盔，身穿百花战袍，外披唐猊铠甲，腰缠狮蛮宝带，手提方天画戟，驰骋纵横，在马上斩杀无数。虽是敌人，却叫董卓看得入神，内心深深恐惧。

二十一　赤兔马

　　这天的战斗，董卓大败而归。
　　吕布骁勇，无人可挡。丁原也跃马疆场，踢踩董卓军兵，看见大将董卓身影，大叫："篡逆之贼，原来在此！"
　　拍马便追。
　　"大汉天下乱于宦官弊恶，万民陷于涂炭之苦。而汝凉州一刺史，对国家无有寸功，却要趁乱实现野心，妄议帝位废立，真是个不自量力的逆贼！来呀，砍下你的人头，暴于街巷，给洛阳百姓当祭品吧。"
　　说着冲将过来。
　　董卓一言不发，畏于敌人的优势，心虚胆怯，慌忙逃进自家阵中盾墙里去。
　　就这样，董卓的军队当天士气不振，董卓也心情大坏，退阵甚远。
　　夜晚，在大本营里，他叫来众将，叹息道："敌人丁原暂且不说，他的养子吕布上阵一天，我们甭想打赢。只要让吕布归到我的帐下，天下就是我的掌上之物……"
　　这时，众将之中有人道："将军，不值一叹。"
　　众人回头望去，却是虎贲中郎将李肃。
　　"是李肃啊。有何良策？"
　　"有。请将军把爱马赤兔马和一袋金银珠宝交给我。"
　　"干什么？"
　　"碰巧我与吕布同乡。他虽骁勇却非贤才。只要让我带着这两样东西和三寸不烂之舌去访吕布，将军的愿望一定会实现。"
　　"噢，能成功吗？"
　　"先交给我吧。"
　　董卓还是一脸狐疑，问身旁李儒意见。
　　"李肃此说，你看如何？"
　　李儒道："为得天下，何惜一马。"

"有理。"

董卓深深点头，采纳李肃所献计策，把秘藏名马赤兔和一袋金银珠宝交给李肃。

赤兔是稀世名马，号称日行千里。马身通红，迎风奔驰，鬃似流焰。虽说赤兔属于董卓将军，天下却无人不知。

李肃让两个随从牵着马，带上金银珠宝，第二天晚上就悄悄来访吕布营寨。

吕布见他，道："啊呀呀，是你啊！"

他高兴得直拍手。

"你我虽同乡之友，后来却音信全无。你现在究竟怎样啊？"

说着，吕布把李肃迎入帐中。

李肃也叙阔别之情，道："我仕汉朝，如今奉职虎贲中郎将。听说你也在匡扶社稷，尽心国事。其实，今晚我是前来祝贺的。"

就在这时，吕布突然竖起耳朵，问李肃道："刚才在寨边嘶叫的是你的坐骑吗？光听嘶鸣声就知道，你有一匹出色的名马啊。"

"不不，拴在外面的不是我的坐骑，是为了献给足下，专门让随从牵来的。去看看，喜欢不。"李肃相邀。

"真乃稀世逸骏啊！"吕布一见赤兔马就惊叹道。

"受此馈赠，何以相报啊。"

吕布设酒宴于军中，极力款待李肃，表现出发自内心的喜悦。

估摸着已到酒酣时分，李肃道："不过吕布，马可是专程送给你的，但足下的父亲也很了解赤兔马，肯定会从你手上拿走。那就遗憾啦。"

"啊……你说什么？你醉啦。"

"怎么说？"

"家父已经过世，不在人世了。怎么会夺我的马？"

"不不，我说的不是你的生父，而是你的养父丁原。"

"哦，你是说我的养父啊。"

"想来，足下勇武才略兼备，却像绵羊一样被人豢养在高墙之内，实在可惜啊。"

"可是，家父过世后，我寄养在丁原宅邸很久了。现在已经无能为力啦。"

"无能为力？……果然如此吗？"

"我还年轻，也想大展雄才，可……"

"这就是了。吕布。有道是良禽择木而栖。日月易迁，空度青春时光难道不愚蠢吗？"

"嗯，嗯……那李肃，就你所见，当今朝臣中可称得上英雄的人究竟是谁？"

"英雄嘛，就是董卓将军啊。"李肃一语道出，"要说敬贤礼士，宽仁德望兼备的英杰除了董卓别无他人。将来必成大业的人首先就数董将军了吧。"

"是吗？还是……"

"足下认为如何？"

"哦，其实我吕布平日也这么想来着。可是他跟丁原关系不和，而且又没有缘分……"

听到这话，李肃取出带来的金银珠宝，道："这就是董公送给你的礼物。其实我是来当使者的。"

"呃！给我这些……"

"赤兔马也是董公自己的爱马，是他秘藏的宝马，说是给他一座城池都不换的。董公倾慕你的骁勇，对我说，让设法送给你。"

"啊！原来董将军如此厚爱吕布啊。我拿什么回报知己的厚爱呢？"

"不，那很容易的。借耳一用。"

李肃凑过去。

营帐风暗，夜已阑珊。兵卒坠入梦乡，只有不驯的赤兔马拴在马厩里，时不时用蹄子蹬踏地面，声音打破寂静。

"好吧……"吕布用力点头。

在吕布耳边低语片刻后，李儒盯着他闪着怪异光芒的眼睛，离开他的身边，煽动道："有道是好事宜速。如果决心已定，就请从速行事。我在这里斟酒，等你的好消息。"

吕布立即走出门去。来到大寨中军，窥视一下丁原的帐中。

丁原掌着灯，正在读书，感到有人进来，便道："谁？"说着扭头去看。看到吕布面色怪异，拔出宝剑站在那里，愕然起身，道："不是吕布吗？怎么回事，你的脸色？"

"没什么事。我一个大丈夫，怎么能一辈子当你这个平庸老头的养子!？"

"混……混蛋！你再说一遍！"

"说什么呢……"

吕布一跃而起，一刀砍倒丁原，割下首级。

黑血扑灭灯火，夜惨然黯淡。

吕布疯了一样，站在中军，大呼："我斩了丁原！丁原不仁，我把他斩了！有志者跟着我，不服者离开我！"

他跑着，呼喊着。

中军骚乱起来。

离的离，跟的跟，混乱已极。有一半人无奈留下，跟着吕布。

骚乱平息，李肃拍手道："大事成矣！"

未久，即伴着吕布回到董卓营寨，报告事情经过。

"了不起，李肃！"

董卓的欣喜非比平常。

翌日，董卓特地为吕布举行盛宴，亲自迎接，款待有加。

吕布骑着受赠的赤兔马来到现场，滚鞍下马，跪地拜道："人道是士为知己者死。今日是我弃暗投明的一天，得与公相见，无比高兴！"

董卓道："今日，大业途中，得迎足下这样的俊猛之士加入我军，诚如旱地遇到及时雨。"

说完拉着吕布的手，迎他入席。

吕布忘乎所以。

作为见面礼，董卓又赠他黄金甲和锦袍。

可怕的酒劲上来，吕布大醉忘形。惜哉，好汉终为眼前欲望所惑，误践青云大志。

吕布钻进囚笼。

董卓已经不知道还会怕谁。他威势兴旺，旭日一般。

他自己领前将军，任胞弟董旻为左将军，封吕布为都亭侯，任骑都尉、中郎将。

为所欲为，无不成功。

不过，还剩下一个问题。那就是帝位的废立。李儒又在他左右频频劝他实现。

"可矣，此次当断然行事。"

董卓在府中举办盛宴，再次让百官聚于一堂。

洛阳城里人喜欢宴乐。尤其是朝廷百官，赏舞乐，嗜饮酒，不辞长夜，醉客颇多。

"今天比上次宴会时气氛和谐多啦。"董卓环视宴会会场气氛，感觉良好。

他觉得时候已到，道："各位！"从席上站起，试着向全场讲话。

一开始讲的话，作为主人倒极其应景，大家一齐举杯"感谢！感谢！"地应和，经久不息。

董卓觉得这热烈的场面是大家对自己的爱戴，便突然提出废掉现帝，拥立陈留王的话题，道："呃……以前没有得到诸公明智的赞成，终未形成决议。今天，我意卜此盛宴吉日，一定要把以前没有得到解决的大问题一次议决，并举杯庆祝。诸公意下如何啊？"

宴会场面一下子变得鸦雀无声，就像沸水骤冷一样。

"……"

"……"

问题重大，谁都像哑巴一样三缄其口。

这时，有人在席上叫道："不可！不可！"

是中军校尉袁绍。他竟敢点燃反对的导火索。

"借问董将军！您为何喜欢平地掀起波澜？为何要一而再地提出废黜现帝，让陈留王登基的阴谋建议？"

董卓以手扶剑，道："住嘴！什么叫阴谋！？"

"私下谋划废帝之议，不是阴谋是什么？！"袁绍也毫不逊色地吼道。

董卓铁青着脸，道："什么时候密议啦！？我是在百官面前说出自己想法的！"

"这个宴会是私人场合。如果是朝议，为什么不在皇帝的御座前进行？为什么不请众多重臣和太后出席？"

"咄！啰唆！你要是讨厌私人场合，就滚出去！"

"不！我倒要监视一下这场阴谋宴上有谁会努力赞成！"

"这可是你说的啊！你以为我董卓的剑不快吗？！"

"狂言！各位，刚才的声音听上去是什么？"

"天下事在我。有谁不满我的主张，就跟袁绍一起离席出去！"

"啊！妖雷声起，天日晦暗！"

"再有怨言，一刀两断！滚！滚！你这个逆贼！"

"这样的地方，还有谁要留下?!"袁绍全身发抖，踢翻宴席。

当夜，他就提交辞表，远奔冀州之地而去。

袁绍踢翻宴席出去之后，董卓立刻用刀指着客席，命左右武士道："太傅袁隗！把袁隗带上来！"

袁隗面如土色，被拖到董卓跟前。他是袁绍的叔父。

"喂，是你亲眼所见吧！你侄儿辱我而去，无礼之极。我要在此砍你的头。砍头之前，我有话要问。要知道，你已经站在人世和冥界的岔路口上。要三思而后答。"

"是……是。"

"你对我董卓宣布的帝位废立之事感想如何啊？是赞同呢，还是跟你侄儿一个想法啊？"

"如同尊命。"

"何谓如同尊命啊？"

"在下认为您的宣言是正确的。"

董卓举剑，声如响雷道："好！既如此，就让你的头暂且放在你的脖子上。其他人如何啊？我大事已宣。违者军法从事！"

列席百官唯唯慑服，再无一人叫喊反对。

董卓就这样威逼百官宣誓，又一一点了官职名称："侍中周毖！校尉伍琼！议郎何颙……"

董卓看着他们起立，发布严厉命令，道："袁绍叛我，内心必思今晚逃回冀州。他有兵力，不可大意！汝等即刻率精兵前去追讨，取他人头来！"

"是！"

三将中二将奉命，就要出去，只有侍中周毖道："啊呀，在下惶恐，认为尊命欠虑。窃以为并非上策。"

"周毖！你要背叛我吗?!"

"不。为取袁绍一颗人头，却有引发大乱之虞。他平常广布恩德，门下官吏多出，治下聚有财富。如果听说袁绍举起反叛大旗，山东各诸侯将悉数骚动，那可是管得一时之用的啊。"

"我又奈何?！背叛我的人只有讨伐！"

"可是，袁绍本是似有想法却无决断之人，且不识天下大势，只为一时愤怒所左右而离席。彼惧也。如何能为害而妨碍您的霸业呢？不如诱之以利，封他为一郡太守，不动声色，把他放下。"

"此话如何？"董卓回顾坐席右边，喃喃地道。

蔡邕认为大有道理，示意赞同。

"那就暂停追讨袁绍吧。"

"如此甚好，是为上策。"

听到大家口口声声的赞礼之声，董卓突然心情大变，改变成命，道："差人前去传话，任命袁绍为渤海郡太守。"

后来。九月朔日。董卓请皇帝到嘉德殿，当日布告文武百官："今日不出者一律处斩！"然后在殿上拔剑，藐视御座，命股肱之臣道："李儒，念宣文！"

这是预定计划。

李儒清晰应答之后，旋即展开准备好的宣文，高声诵读起来：

策文

　　孝灵皇帝，不穷眉寿之祚，早弃臣子。皇帝承嗣，海内侧望。而帝天资轻佻，威仪不恪，性情慢惰，凶德已显，损辱神器，宗庙蒙尘。太后亦教无母仪，统政荒乱。众论是起，大革之道……

李儒提高声音继续念着。

百官失色，皇帝在御座上瑟瑟发抖，嘉德殿上一片寂静，宛若坟场。

这时，突然响起"呜呜……"的呜咽声。是皇帝身边的何太后。

太后为泪水所噎，终于跌下座来，抓住皇帝衣摆，道："不管任何人说什么，你都是大汉皇帝！你不能动啊！决不能从御座上下来啊！"

董卓一只手抓着剑，道："正如李儒所宣，皇帝昏愚，毫无威仪，太后教诲昏昧，亦无母仪。自今日起，废现帝为弘农王，将何太后打入永安宫，拥立陈留王为帝！"

董卓一边说，一边把皇帝拉下御座，解去玺绶，硬塞进臣子行列，站南面北。

然后，当场剥去哭疯的何太后后服，让她着普通服饰，退至后排。群臣不禁捂住眼睛。

这时。有一个人大声道："且慢！逆臣！谁给你董卓如此大权，欺瞒上天，强行废黜贤明天子?！……不如与你同归于尽！"

说时迟那时快，群臣中一阵骚动，一人用短剑刺向董卓。

是尚书丁管，一个年轻纯真的宫内官员。董卓大惊，一边侧身，一边呼救，声音出奇丑陋。

"哼，干什么?！"

李儒从旁一扑，拔刀就砍，斩下丁管首级。同时，武士们锋利的兵器一齐刺进丁管的身体。殿上被年轻义士的鲜血染红。

尽管如此，董卓终于在这里达到目的，立陈留王，让他即天子位。百官慑于董卓淫威，唱和万岁。

新皇帝后称献帝。可是献帝年纪尚幼。凡事悉听董卓之意。

即位仪式结束，董卓封自己为相国，杨彪为司徒，黄琬为太尉，荀爽为司空，韩馥为冀州牧，张资为南阳太守……不管是地方官的任命还是辇下朝臣的登用，全部安排心腹。自己则作为相国，挺着肥大的身体横行宫中，穿履佩剑，就像出入自己的家。

同时。改年号为初平。

二十二　春园走兽

　　废帝年纪尚轻，何太后整日哭泣。两人一起，被深深地幽闭在冷宫永安宫。春来空虚，花月徒增伤悲。
　　董卓严令冷宫卫兵："监视不怠！"
　　卫兵放哨，犯起春困，打起哈欠。忽听幽楼上传来哀伤的歌声，便有意无意地竖起耳朵。

　　　　嫩草绿凝烟
　　　　袅袅双飞燕
　　　　洛水一条青
　　　　陌上人称羡
　　　　远望碧云深
　　　　是我旧宫殿
　　　　何人仗忠义
　　　　泄我心中怨

　　卫兵听罢，写在纸上，密告相国："相国，废帝弘农王作这样的诗歌吟唱。"
　　董卓看诗，叫道："李儒在否？"给李儒看诗，吩咐道，"你看这个。身在幽宫，还写如此怨诗。让他们活着，必为后患。何太后和废帝都交给你处置吧。把他们杀了。"
　　"领命。"
　　李儒原本就是猛兽爪牙，无情可言。他即刻带十余强悍兵卒，飞奔永安宫而来。
　　"弘农王何在？"
　　他噌噌噌地上楼。弘农王跟何太后正在楼上沉浸于春天的忧伤，兀见李儒身影，大吃一惊。

李儒笑道："不必大惊小怪。相国赠酒，让汝等安享春日，我特来传。此为延寿酒，乃延年百岁之美酒。来，喝上一盏吧。"

说着，李儒取出一壶酒，硬把杯子塞到废帝手中。废帝紧皱眉头，含泪道："这是鸩酒吧。"

太后也直摇头，道："相国怎肯给我们延寿酒!？李儒，如果非鸩酒，汝先饮一杯。"

李儒怒目，道："什么，不喝？是要此二物咯。"

说着递上白练和匕首。

"啊……是叫我们死吗？"

"汝等可任选一样自己所喜之物。"李儒冷漠恶毒地道。

弘农王含泪悲歌：

　　天地易兮日月翻
　　弃万乘兮退守藩
　　为臣逼兮命不久
　　大势去兮空泪潸

歌罢哭倒在地，垂死挣扎。

太后瞪视李儒，道："国贼！匹夫！尔等灭亡指日可待！……啊，我兄何进愚蠢，竟引如此禽兽进入都城！"

太后疯骂。李儒嫌闹，一把抓住她的后颈，从高楼栏杆上扔下楼去。

"如何啊？"

董卓边酌美酒，边等李儒佳音。

不久李儒回来，袍子上血污片片，冷不丁递上两颗人头，道："相国，遵命办妥！"

乃弘农王与何太后头颅。两颗人头，眼睛紧闭。但在董卓看来，那些眼睛，个个怒睁，急欲蹦出，砸向自己。

他皱起眉头，道："那玩意儿不给我看也罢。去城外埋了吧。"

从此以后，董卓日夜狂饮，不管禁中内官还是后宫女官，不顺眼者，当场斩杀。每到夜晚，他就横卧天子榻上，贪享春眠。

一日。他出得阳城，醉醺醺地假扮御者，用驷驾马车，载众多美人，在城外梅花盛开的梅林作逍遥游。

当日乃村社祀日，毫不知情的农民男女盛装而归。

董相国见状，在马车上突然大怒，道："身为农民，大好晴天，却不下地，盛装打扮，到处乱跑，简直是不懂礼仪的懒鬼！"

年轻男女突然被相国兵丁追赶，哀号着四散而逃。逃得慢的，被兵卒抓来。

相国气焰嚣张，命道："牛车裂尸！"

于是，兵卒便用绳索捆住村人手脚，分别绑在两头牛身上，鞭打壮牛，朝东西两个方向狂奔。村人手脚撕脱，鲜血把梅园大地染得片片猩红。

"哈哈，比赏花有趣多啦！"

黄昏时分，马车向阳城归去。

这时，在一个巷子口，突然有人大喝一声："逆贼！"冷不防朝马车扑来。

美女悲鸣，马儿受惊，引起一场意外混乱。

"干什么?！来人！"

相国躯体肥大，动作不敏捷，但力大惊人。

刺客是一个精悍男子。只见他登上马车，拔出短剑，朝相国的便便大腹猛力刺去。董相国打落短剑，紧抱刺客。刺客动弹不得。

"歹人！何人指使！？"

"遗憾啊！"

"报上名来！"

"……"

"必与谋叛之徒一伙。快说，何人指使？！"

此时，刺客痛苦，大叫："叛逆乃臣下背叛主君。我不记得是汝臣下！我乃朝廷之臣，越骑校尉伍孚！"

"斩了他！"

董卓一脚把他踹下马车，武士们无数刀枪，当即刺在伍孚身上，把他捅成马蜂窝。

逃出都城后，袁绍被封为遥远渤海郡的太守。后来，每闻洛阳形势，均感胸中郁闷。终于忍无可忍,暗地传书,言辞激越地敦促身在洛阳的同志、位列三公的王允举事。

可是,王允收到书简,也只日夜内心煎熬,毫无讨伐董相国的良策。

因此,王允虽然天天上朝,处理政务,却无精打采,独自一人,心中郁郁寡欢。

一天,碰巧前朝旧臣同处一室,与董相国鼻息相通的高官并无一人。王允暗自高兴,心中暗忖:"天赐良机!"急忙邀请在座各位,道:"今天是在下生日,请诸位一同枉驾在下别馆竹里馆如何?"

"一定前往,为公贺寿!"

称不便者,竟无一人。人人心中郁闷,不约而同地希望避开董卓爪牙,说说心里话。

王允先赴竹里馆,悄然准备宴会。不久,前朝公卿们便在夜晚悄悄汇集而来。

这是不得时运的失意大臣秘密聚会,宴席气氛显得沉郁。劝酒伊始,王允就望着冰冷酒杯发愣,泪水扑簌簌地掉落。

有位客人看不过去,道:"王公,难得生日宴会,理当高兴才是啊。你又为何落泪?"

王允长叹一声,道:"咳,如今这般,哪里有心祝寿?!不才自前朝以来,忝列三公之位,承办政务,却对董卓势力束手无策。耳听万民嗟怨,眼见汉室衰亡,如何还能醉于寿宴!"

说着,用手指揩拭泪眼。

闻听此言,满座皆叹,道:"啊……生不逢时啊。昔日汉高祖提三尺之剑斩杀白蛇,平定天下。尔来王统四百年。怎料我等却生在如此末世!"

"遇到如此时势,我等命真不好啊。"

"……话虽如此,谁敢出声批评董相国及其同党,人头不保啊……"

大家纷纷落泪抱怨,烛光为之黯淡。这时,末席突然有人击掌大笑:"哈哈哈哈,哇哈哈哈……"

公卿们惊讶,扭脸朝末席望去。那里有一位年轻朝臣,独自举杯,面孔白皙,泛着红潮。从刚才开始,他就一直看着大家啜泣抱怨,甚觉可笑。

王允责他无礼,道:"我想是谁呢,那不是校尉曹操吗?为何发笑?"

"哦,对不起。但实在忍俊不禁。大家都是朝廷大臣,从晚上哭泣到拂晓，从早晨悲伤到黄昏，横竖就是个哭。照这样，天下万民也得哭着过日子啦。何况这还是生日，特意相聚而来，却又是如此比着哭泣……哇哈哈哈……失礼失礼，实在可笑，止也止不住。啊哈哈哈，啊哈哈哈……"

"啰唆！你本是相国曹参的后代，四百年来代代受汉室大恩，对当今朝廷的情形，难道就不悲伤吗？！我们的忧虑就那么可笑吗！？回答！答得不好，决不饶你！"

"这顿火发得意外……"曹操略微认真起来，摆出一副老成样子，接着道："在下笑得并非毫无道理。大家都是时下大臣，却像女孩子家似的白天黑夜只顾悲叹抽泣，说到诛伐董卓，竟无计策。……如此没有出息，莫如休要慨叹时势，去给美人当坐椅，听听胡琴，淌淌感动的泪水，岂不更好？！如此想来，岂不可笑？！"

对曹操的讽刺，以王允为首的一干公卿人等，个个面露愠色，酒席一片冷场。

"你既口吐狂言，有何诛杀董卓的良策？莫不是自信满满说大话吧？"王允再次紧逼，责问道。

人们屏住气，都把眼光集中到曹操白皙的脸上，看曹操如何回答。

"怎可无计！"他扬起眉毛，毅然道，"小生不才，但如交给小生，定斩董卓首级，悬于洛阳城头，请诸位拭日以待！"

说得直白。

王允对他充满自信的话语反倒喜形于色，道："曹校尉，如你刚才所言不假，简直就是天降义士于大地，救万民于苦痛。快快讲来，你有何妙计？我等愿闻。"

"如此我愿道出。在下之所以经常接近董卓，表面上谄媚侍奉，不瞒诸位，是因为内心早已发誓，一旦有机可乘，当下杀死老贼。"

"呃！……如此说，你早有如此决心啦？"

"若非如此，如何敢在诸位面前大笑，口吐狂言呢？"

"啊，天下果有如此义士吗！？"

王允深为感动，大家也放下心来，满脸喜色。

这时，曹操道："在下对王公偶有所求。"

"你有何求，不必客气，但请讲来。"

"不是别的。在下常听人说，王家自古有镶嵌七颗宝石的稀世名刀传家。为了刺杀董卓，小生愿借名刀一用。"

"如果你能达到目的……"

"此事定要办得漂亮。董相国最近宠爱在下，完全把在下当做心腹。所以接近他，一念之下斩杀他，并不费事。"

"噢。只要行动顺利，可谓天下之大幸。一把传家名刀，何足惜哉！"

王允当即命家臣取来秘藏七宝刀，亲手交到曹操手中，道："不过，如果失手，事情败露，非同小可啊。须十分小心从事。"

"请放心！"

曹操收下宝刀，当晚宴会也已结束。他英姿飒爽，踏上归途。七宝利刀宛如夜光珠带，在他腰际灿灿闪亮。

二十三 "白面郎"曹操

曹操年轻。尽管他的形象最近突然高大起来，但归根结底还是个白脸小伙儿。

自二十岁那年首次担任洛阳北部尉以来，几年之间，他的才干得到公认，位列朝廷少壮武官。在宫中纷乱、多事的时局中，他从未失足，地位渐渐得到巩固。他年纪轻轻就与新旧势力的高官为伍，不知不觉间已经成长为朝臣一员，早早地崭露头角，卓尔不群。

正如王允在密会上所说，曹操出自名门，相传为汉初丞相曹参后裔。

他出生于沛国谯县（今安徽亳州），父亲曹嵩辞去宫内官职，早早下野，如今居住在陈留（今河南开封东南），年纪虽老，但仍健在。

其父曹嵩看"此子凤眼"，便在众多孩子中自幼宠爱曹操。

所谓凤眼，就是像凤凰的眼睛一样细而有光。

少年时代，曹操是个皮肤白皙、头发乌黑、丹唇明眸、不胖不瘦的美少年。而且，学舍的老师和乡里人都怵他的鬼才，道："此子可怖！"

曾经发生过这样的事。少年曹操对学问听一知十，从不见他哪一天在啃书本。他喜欢游猎，拿着弓箭追捕野兽。他早熟，招几个不良少年诱拐村中少女。成天不务正业。

"此子并不学好！"叔父担心曹操未来，悄悄忠告其父。"你太溺爱他，不可不可。父亲眼中，只看到孩子好的才能，却看不到孩子的奸才。"

恰好父亲曹嵩也常听到曹操所干坏事，便唤曹操来到身边，严加训斥，通宵教训。

翌日叔父又来。曹操猝倒门前，痛苦得像抽风发作一样。

叔父正直，不知曹操装病，惊慌跑到屋里，告知操父。

父亲曹嵩也因爱子曹操得病，脸色大变，飞奔而来，见曹操在门前玩耍，与平时并无二致。

"曹操！曹操！"

"何事，父亲？"

"你没事吗？你叔父刚才告诉我，说你抽风，样子吓人，这是大事，叫我赶紧出来看看。我吓坏了，跑出看你……"

"哦……叔父怎么喜欢说谎呢？我这不是好好的嘛……"

"此子怪哉。"

"叔父才怪呢。好像你的兴趣就是说谎，喜欢看人家受惊为难。村里的人也说呢，孩子，你是不是有什么地方惹你叔叔恨啦？凡事都说我是浪荡公子啦，调皮鬼啦，还有抽风啦，到处张扬。"曹操一脸无辜地道。

此事之后，曹操的父亲凡事不再相信弟弟的话。

"真是娇惯啊，这个做父亲的！"

曹操得意忘形，越发耍奸，搞恶作剧，每日放浪形骸。

曹操，二十岁前并无正当职业，虽有家产，又是名门之后，却如叔父预言，是个令人头痛的青年。

但是，曹操多招人恨，却同时又有任侠风范，颇聚人气。

"人很聪明。"

"可以跟曹操讲，一旦有事，靠得住。"

时人桥玄、何颙异之，把曹操的纵横策略看做奇才。

"当今天下大乱。有朝一日，变成乱麻，最终总要收拾。到时，一定要有非凡人物不可。说不定，以后就是他这种人能够安天下呢。"

年轻人聚会的场合，甚至有人曾经认真地如是说。

有一次，桥玄对曹操道："你还没有名气，不过我看你是有为的青年。如果有机会，可以跟许子将这个人交往交往。"

"子将，何许人也？"曹操问。

"此人非常善于鉴人，还是个学者。"

"就是看相的咯。"

"不至于如此低下。是更具慧眼的人物批评家。"

"有趣。访他一访。"

一日，曹操造访许子将。有很多弟子和客人在座。曹操报上姓名，想听听他直言不讳的"曹操评"。可是，子将只是冷眼一瞥，鄙视而未认真回答。

"哼哼……"

曹操也把拿手的讽刺本领表现得淋漓尽致，揶揄道："先生每每鉴识池塘里的小鱼，却还不曾在这间屋里鉴识过大海里的巨鲸吧。"

许子将这才从学究一样薄而黑的嘴唇后面露出残缺不全的牙齿，开口答道："竖子！何出此言！汝乃治世之能臣，乱世之奸雄。"

听到回答，曹操道："乱世奸雄！……可以。"

言罢，满意而归。

不久。年方二十，便当上北部尉一职。

这是皇宫的警卫官。他初上任，严守规定，犯者即便是高官，也都严惩不殆。一次，甚至猖獗一时的十常侍蹇硕的一个亲戚破禁，夜晚带刀在禁门附近走动，照样被曹操棒责。

"那个弱冠警吏啊，一旦犯到他手上，可不留情呢。"

曹操反倒声名鹊起。未久，他就晋升为骑都尉，在地方上爆发黄巾贼之乱时，被编入征讨军，转战颍川等地，总是装备着引人注目的红色旗帜、红色马鞍、红色铠甲，驰骋疆场。就连曾在颍川草原火攻张梁、张宝时遇到的刘玄德及其旗下关羽、张飞，都看得瞠目结舌，道："彼何人也？！"

就是这个人。骁骑校尉曹操。

曹操接过王允传家七宝名刀，发誓要刺杀董相国。当夜回到家中，抱着七宝刀躺在床上。

他究竟做了一个怎样的梦呢？

翌日。曹操像往常一样来到丞相府。

"相国在哪里？"他向小吏问道。

"刚刚进小阁，在书院歇息。"

于是他径直朝小阁走去，问安。

董相国躺在床上，喝着茶。吕布侍立一旁。

"迟到啦。"一见曹操的面，董卓就责备道。

实际上已经日上三竿，丞相府各厅的工作都已告一段落，到了午休时分。

"抱歉！我那匹瘦弱的老马，走起路来慢得很……"

"没有好马吗？"

"没有。我的薪水很少，想要好马也买不起。"

"吕布！"董卓回头叫道。

"从我的马厩里选一匹合骑的马给曹操用。"

"是。"吕布走出阁去。

曹操忖道："太好了！"

他心跳起来。董卓骁勇非常，力大无比。

"万一失手……"

他谨慎行事，寻找时机。董卓体肥，在床上正坐稍久就会疲劳。

这时，董卓一骨碌躺到床上，背朝曹操。

"更待何时！此乃天赐！"

曹操心里大叫，抓住七宝刀，嗖地拔出，藏到背后，朝床边靠近。

这时，名刀光芒一闪，阳炎一般映照在董卓旁边壁上镜中。

董卓一个激灵坐起身来，目光犀利，问道："曹操，刚才的闪光是什么？"

曹操没有时间收回宝刀，心中一愣，镇静道："哦，最近在下得到一把稀世名刀，特来献上，您若称心，就请佩带。请您过目前，我悄悄地擦了一下，立即光芒满室。"

一点没有惊慌之色，说着递上宝刀。

"哦……拿来我看。"

董卓正拿在手上看着，吕布回来。

董卓好像很中意，道："果然是把好刀。怎么样，这把刀？"

说着拿给吕布看。

曹操紧接着道："这是刀鞘。七宝嵌饰多漂亮啊！"

说着把剑鞘递给吕布。

吕布沉默不语，收刀入鞘，拿在手上，催促曹操道："去看马吧。"

曹操道："好的。领受了，谢谢！"

说完快步走到院里，抚摸着吕布牵来的骏马马鬃，道："啊！好一匹骏马！真想在相国面前骑上一试啊。"

听了这话，董卓也终于上当，道："好啊，试试吧。"

得到准许，曹操"嗨"的一声飞身上马，手起鞭落，说时迟那时快，朝着丞相府门外飞驰而去，再不回头。

"还不回来啊？"

董卓感到奇怪。

"说是试骑一下，到底跑到哪里去了？曹操这家伙。"

他嘟囔了好几次。

吕布这才开口，道："丞相，他大概再也不会回来了。"

"怎么啦？"

"从他刚才向您献宝刀时的举动看，实在有些可疑。"

"嗯。当时他的举动我也觉得有点不对劲。"

"您赐他马，是他的万幸，也许他已经仓皇出逃了。"

"既然如此，这家伙就不能放任不管。传李儒！先叫李儒来！"

李儒前来，仔细听了事情经过，道："这下可糟了，犹如放豹出笼。他的妻儿都在都城之外，一定是瞄着相国的性命而来的。"

"可恶的家伙！李儒，如何是好？"

"立刻派人去他的住处，就说您召见他。如无二心，他必来见您。不过，他可能已经不在家里了。"

为了慎重起见，当下派出六七骑当值的兵卒，结果果然如李儒所料。

据后来当值的兵卒报告：

"刚才，曹操骑着黄毛骏马飞也似的驰出东门，当值的兵卒去追，终于在通向城外的关口追上他，询问了他。曹操说：'我奉丞相急命突然外出。你们阻拦我，耽误了紧急大事，不知道以后丞相会怎么责罚你们！'既然这样，谁都没有怀疑。曹操便扬鞭出关，没人知道他去哪里。"

"这就是了！"董卓的表情充满怒气，红着脸道，"耍小聪明的家伙！平日里对他施恩关照，宠爱有加。他却傲慢不羁，竟敢背叛我。这个匹夫，碎尸万段也不解恨！李儒！"

"在。"

"把他的长相服装画下来，张贴各地，严令缉捕！"

"领命。"

"就说有生擒曹操者封万户侯，有献曹操首级到丞相府者重赏千金。"

"马上安排。"

"等等！还有，"李儒刚要退下，董卓又补充道，"这个计划想起来绝非白面郎曹操一人所为。定有同谋共同参与。"

"当然。"

"这样事情就更严重了。在通缉追捕曹操的同时，还要在都城里过筛子一样进行甄别，一旦抓到嫌犯，立即拷问。"

"是。绝不松懈，从速着手。"

李儒大步离去，召集捕囚厅衙役，发号施令，布置森严的抓捕行动。

二十四　伪忠狼心

抓捕曹操！布告飞传地方各州各郡。

另一方面。曹操鞭打黄马，日夜兼程，风驰电掣地逃去，把洛阳都城远远甩在身后，仿佛与董卓的抓捕比赛速度。很快，来到中牟县（今河南中牟）附近。

"站住！"

"下马！"

刚来到城门，他就被守城兵卒拉下马来。

"中央刚刚下来命令，看到曹操立即抓捕。你的样子和容貌很像布告上的画像。"

城门小吏说完，不管曹操如何解释，根本不听。

"先把他带到府衙去。"

兵卒把曹操围得铁桶一般，押到审讯处。

中牟县令陈宫一见部下押来的人，当即道："啊，是曹操！不用审。"

他犒劳手下兵卒，道："我在洛阳当差，直到去年，见过曹操一面。此次走运，如果把生擒的这个人押送都城，我就能封万户侯。你们也会得到赏赐啊。今晚痛饮，提前祝贺！"

曹操当场被关进早已准备好的铁槛车，准备明日解往洛阳。守兵和小吏大肆饮酒庆贺。

日落时分，酒宴结束，小吏、守兵关闭城门，各自散去。

曹操万念俱灰，紧闭双眼，靠在槛车里，默默听着黑暗山谷的响声和黑夜里的风声。

夜近阑珊。

"曹操！曹操！"有人走近槛车，低声呼喊。

曹操睁眼一看，正是白天一眼就认出自己的陈宫，便若无其事地道："有何见教？"

"听说你在都城，深受董相国宠爱和重用，如何落到这步田地？"

"废话！燕雀安知鸿鹄之志哉。你不是已经生擒我了吗？就别啰里啰唆的啦，赶紧押解到都城领赏赐去吧。"

"曹操。你真无鉴人之明哪。……正是好汉惜好汉啊……"

"你说什么？"

"请息怒。因为你总是看轻别人，所以我还你一句。我也是胸怀冲天大志之人。苦无志同道合者共论国忧，唯恨虚度光阴。与你巧遇，便来打探你的志向。"

听了言外有意的话语，曹操也改变了一开始的态度，道："既如此，说说无妨。"

说着，重又在槛车里坐下。

曹操开口道："的确如你所言，董卓对我曹操确实宠爱有加。但我是昔日相国曹参后裔，四百年来食汉室之禄。怎可屈于暴发户董卓厉贼！？"

越说语气越重，越说越有激情。

"我想，不如为国刺杀奸贼，以报先祖之恩，于是去取董卓性命。可惜运气不佳，身陷囹圄。而今何悔之有？！"

白脸细眼，一副泰然自若的样子，不愧流淌着名门血脉，有一种不争的镇定。

"……"

沉默……良久，陈宫在槛车外见此举止，道："且慢。"

说着，他迅速打开槛车铁锁，拉开铁门，把一脸惊讶的曹操从车内拽出，道："曹操，你到这个城门来打算去哪里？"

"老家……"曹操表情茫然，答道，对县令的行为感到不解。"我要回到故乡谯县去，号召各地英雄，举义兵再攻洛阳，堂堂正正地讨伐天下之贼。"

"原来如此。"

县令拉着他的手，悄悄请进自己房里，摆上酒菜，再拜曹操。

"果然不出所料，您就是我所寻求的忠义之士。遇到您真高兴！"

"这么说你也怨恨董卓咯。"

"不，不，没有私怨，是巨大公愤，是义愤。我跟万民一起诅咒董贼，怀着一腔忧国之愤，对董贼憎恨不已。"

"真令人意外。"

"就在今晚，我也弃官出走，与你齐心协力，到你要去的地方，召集天下义兵。"

"哦，真的吗？"

"为何撒谎？说这话之前，不是已经把你放出来了吗？！"

"啊！"

起死回生的巨大喜悦这才在曹操的气息和脸上表露出来。

"那你究竟尊姓大名？"曹操问。

"自我介绍晚了。我叫陈宫，字公台。"

"家住何处？"

"家住附近东郡。我们立即去我家，稍作准备，速速离去。"

陈宫牵出马来，出发前行。二人又把这东郡也甩在身后，火急赶路。

三天后。二人日夜兼程，快马加鞭，来到成皋（今河南荥阳附近）附近。

"今天，太阳又要下山啦。"

"到了这里，已经安全啦……不过，今天的夕阳格外黄啊。"

"又要刮蒙古大风啦。"

"噢，是北边西域的沙尘暴吧。"

"到哪儿投宿呢。"

"能看到村子了。这一带叫什么？"

"刚才山路上有块路标，叫成皋路。"

"啊，那今晚可以去一个人家。"

曹操眉头舒展，在马上手指即将前去投宿的林子。

"哦，在如此僻壤还有熟人吗？"

"是家父的朋友，叫吕伯奢，与家父情同手足。"

"那敢情好。"

"今晚就去他家，请他让我们留宿一夜。"

曹操和陈宫二人一边聊，一边骑马进了林子，迅速拴马，敲响吕伯奢家门。

主人吕伯奢惊讶万分，把不速之客往屋里迎，道："我想是谁，这不是曹家公子嘛！"

"我是曹操。好久不见。"

"哦，快快请进。出了什么事？"

"此话怎讲？"

"朝廷给各地发了你的画像。"

"啊，是这么回事。我刺杀丞相董卓失手，逃到此地。朝廷称我为贼，发画像通缉我。但董卓才是大逆暴贼。天下迟早大乱。曹操岂能坐视。"

"与你同行的那位是谁？"

"对了对了，忘了介绍。这位是县令陈宫，真乃英杰。守备中牟县城门，竟认出我是曹操，将我抓捕。相互谈论胸中大志，方知二人乃同忧之士，同为时势而忧虑，于是弃官，打开槛车，与我偕行，逃奔到此。"

"啊，原来如此！"

吕伯奢双腿跪下，拜见陈宫，道："义士！……请助曹操。你若见死不救，曹操一家灭门矣。"

不愧为操父挚友，像个长辈的样子，殷殷拜托曹操的未来。

之后，吕伯奢道："好啦，慢慢歇息吧。我到邻村买酒去。"

说完上马，匆匆出门。

曹操和陈宫解开旅行装束，在屋内休息。主人却久久不归。

很快夜入初更，外边传来一阵异样响动。曹操竖起耳朵一听，一阵尖锐的磨刀声传过墙来。

"咦？"

曹操眼里闪着狐疑的光芒，推开窗扉，又把耳朵竖起。

"是的……就是磨刀的声音。这么说，主人吕伯奢出门时嘴上说是到邻村买酒，也许是想密报县官，绑了我们，领取朝廷赏赐。"

曹操嘟囔着。昏暗的厨房里，四五个男女你一言我一语，一口一个绑了、杀掉之类，声音明明白白地传进曹操耳朵。

"毫无疑问，这是要把我们关在房间里，阴谋加害于我们。既然如此，我们得先把他们斩了。"

情况紧急，曹操把事情告诉陈宫，突然跃出，转眼就把受到惊吓的一家人和用人，总共八口，统统斩杀。

曹操先催促了一句："快，逃吧！"

这时，又传来异样的呻吟，还有活物的扑腾声。

来到厨房外边，一头活猪，脚吊在树上，不住叫唤。

"啊呀，糟啦！"

陈宫后悔已极。他明白了，这一家人买来猪，正要杀猪做菜。

曹操打算快快消失在黑暗中。

"陈宫，快来！"

"噢。"

"磨蹭什么呢？"

"可是……心里太不好受了。不胜惭愧！"

"为什么？"

"这人杀得毫无意义！可怜一家八口啊，为了抚慰我们旅途的劳顿，专门买来了猪，是要款待我们的。"

"你是在后悔这事，朝房里双手合十吗？"

"我想，起码念念佛，请求饶恕斩杀无辜的罪过再走……"

"哈哈哈哈……这可不像武人啊。做都做了，已然无奈。战场上一天要埋葬生灵成千上万。就算自己，不知何时也会被杀。"

曹操有曹操的人生观，陈宫有陈宫的道德观。两人不同。

可现在是一莲托生的伴儿。不能争论。

两人向黑暗中奔去。解开拴在林子里的马，飞身上马，逃出两里多地。

这时，有人在马背上绑着两个酒坛从对面走来。越走越近，熟透的水果香味扑鼻而来。来人胳膊肘上抔着水果篮。

"咦，这不是客人吗？"

来人正是去邻村买酒回来的吕伯奢。

曹操觉得此时遇见他实在难堪，慌忙道："哦，是主人哪。我们白天来此途中路过一家茶馆，落下重要东西。刚才突然想起，这就去取。"

"可以差家里的用人去嘛。"

"不了不了，骑马就是一鞭子的事，不费劲儿。"

"那就快去快回。我已经吩咐家人杀猪做菜啦。还找到美酒，弄到手啦。"

"哦哦，去去就来。"

曹操草草应付几句，别过吕伯奢，挥鞭抽马。

走了一里来地，曹操突然勒马，"喂"的一声，叫住陈宫，道："在此稍候。"

说完想起了什么似的，再次掉转马头，飞驰而回。

"这是去哪儿呢？"

陈宫心中不解，感到奇怪，等在那里。片刻，曹操返回，看上去心结已解，道："这下好了。来，走吧。哎，我把刚才那位也干掉了。一下刺死。"

"什么？你杀了吕伯奢？"

"嗯。"

"已经滥杀无辜，如何还要杀此善人？"

"他若回家，见妻儿用人统统被杀，再善良的人也会仇恨我等。"

"那也是不得已的。"

"如果他去报告县官，便是曹操大患。丢卒保车吧。"

"可是，滥杀无辜，有悖人道啊。"

"否。"曹操像吟诗一样大声道，"这就叫'宁教我负天下人，休教天下人负我'。……好了，赶路吧。"

"此人可怖。"

听曹操一言，陈宫重新深思曹操的为人和行为，心生恐惧。

此人并非拯救天下苦难之人，并非真正忧世之人，而是欲夺天下的野心家。

"我错了……"

事已至此，陈宫懊悔不已。

他意识到，自己赌上男人的一生，跟曹操结伴，为时过早。

可是。已然走上这条路。弃官，抛妻别子，走上这条荆棘丛生的路，心里是有准备的。

"后悔莫及啊……"

夜已阑珊，月已爬高。借着深夜月光，走了十里地。

在不知名的古庙破败的门前，下马小憩。

"陈宫。"

"哎。"

"你也睡一会儿吧。离天亮还有些时间。不睡，明天赶路会累的。"

"睡吧。但这宝贝马可不能被盗。我把马拴到没有人的地方去。"

179

"哦，是吗……唉，真遗憾哪。"

"什么？"

"杀了吕伯奢，却彻底忘了把他带的美酒和水果抢来。还是有点慌啊。"

"……"

陈宫再无勇气回答。

把马藏好，片刻以后回到原处。曹操已经在古庙檐下沐浴着月光，心情爽快地酣睡。

"此人多么胆大妄为啊！"

陈宫盯着曹操的睡脸出神，既憎恨又佩服。

"自己过高评价此人了。此人才不是真正的忧国大忠臣呢。人事难料，他不过是一个心如虎狼的大野心家罢了。"

陈宫心想。但还有佩服的一面。

"可是，不管他是野心家也好奸雄也罢，他的大胆、热情和我不得不高看一眼的雄辩之舌，卓尔不凡。定能成为一方英杰啊……"

他独自一人心里暗想。

想到这两点，陈宫扪心自问，暗自忖道："现在，趁熟睡之机刺杀曹操也是可以的。留着他，这样的奸雄日后必会为祸天下。……是啊，还是现在替天行道为好。"

陈宫拔出剑来。

曹操鼾声大作，浑然不知有人已经瞄上自己酣睡的面孔。那张脸实在端秀。陈宫犹豫起来。

"不，等等！"

杀死酣睡之人不算武人本领。是不义。

而且，当今乱世，诞生出这样一个奸雄，乃是天意亦未可知。在他酣睡之际夺了他的天寿，也许反倒有违天意。

"啊……现在还犹豫什么？我也过于自寻烦恼。月光皎亮，是啊，我也望着月亮睡上一觉吧。"

想到这里，陈宫悄悄收剑回鞘，在同一个屋檐下蜷成一团，很快睡去。

二十五　南风竞吹

话说日子一天天过去。曹操终于来到父亲所在的乡土。

此地乃河南陈留，土地肥沃，广袤丰饶。南方文化富于进取，不同于北方的厚重。人们灵活，勤劳，目光敏锐。

"帮帮我。"

曹操回到家中，向家人一一禀明事情经过，请求家人相助，语调恰似幼儿向母亲要点心一般。

"我决心举起义兵大旗。不管谁说什么，这个决心决不动摇。请父亲助我一臂之力。"

父亲曹嵩表情惊讶，沉吟半晌，道："噢……事情搞大了啊。"

但在儿子当中打小他就最宠曹操，便道："如何帮？"连句责备的话都没有。

"需要军费。"

"军费，就咱家这点财产养不活多少兵。"

"所以，请用父亲的面子介绍富豪给我。曹家虽然没有财产，但远承夏侯氏血脉，是大汉丞相曹参后裔。请利用这个门第，向富豪告贷。"

"那我就向卫弘说说。"

"父亲可否把他请来，设酒宴一天。"

"在你看来，什么事都那么容易！"

"举重若轻，这才是成就大事的秘诀啊。"

父子定下时日，在自家宅邸请来卫弘。

卫弘看着曹操，道："听说你去了都城，不知不觉已经长成一个好青年啦。"

曹操竭尽殷勤地款待他。

打开话匣子后，曹操说出胸中大志，请求援助。

促膝而谈，很是认真。曹操心里打定主意：卫弘不同意，决不让他活着

181

回去。所以拜托时，虽然话语宁静，目光却似刀刃般锐利。

不过卫弘一听，当即允诺，道："好的。我欣赏你的忠义，就帮你一把。近来天下大乱，我也在叹息，却无你那般器量，正在观察时势发展。……你要多少军费，我就给你准备多少。"

曹操大喜。

"呃，这么说您答应啦？既如此，我便速速招兵。"

"好啊。不过打败仗可不饶你哦。你得有充分胜算再举大事。"

"只要军费不用担心，什么事情都能办到。我们的义兵会把河南塞满，您就瞧好吧。"

在父亲曹嵩眼里，曹操再大，也是孩子。他反倒在一旁担心卫弘过于相信曹操的豪言壮语。不过，后来看到曹操做事，渐渐感到无人可敌。

曹操首先广招近乡壮丁，做二旒旗，一旒大书"义"字，一旒大书"忠"字，对外宣称："我乃奉朝廷密诏，来到此地。"

曹家现在已经沦落成地方乡绅，但毕竟是名门。嫡子曹操人才出色，闻名遐迩。

"奉密敕而来。"曹操的这个说法首先打动了附近村中的壮丁和怀才不遇的乡绅。

"陈宫，这样的杂兵不成气候。更有实力的各州刺史、太守会不会来聚呢？"曹操经常向陈宫问计。

陈宫献策。

"只是把忠义写在旗上干等可不成。请更多地吐露忧国情怀。把铁血、打动人心的东西抛出去。"

"怎么做才好呢？"

"发檄文。"

"你写吧。"

"好。"

陈宫写好檄文。

他是真正的忧国志士。他写的发自内心的檄文，让人读了不能不奋起。

"啊，好文章！读了这篇檄文，我都会提兵前来参加。"

曹操佩服，立即把檄文飞传各州各郡。

英雄，仅仅是英雄，照样一事无成。成就霸业者有三样东西不可少：天时，地利，人和！

曹操的檄文正得天时。

不日就有英才俊杰、精兵猛将陆续不断地前来，投奔到他的"忠"、"义"大旗之下。

既有人自报姓名："我乃卫国人氏，名乐进，字文谦，愿投奔麾下，共讨逆贼董卓。"

也有可靠之人现身："我等乃沛国谯郡人，夏侯惇、夏侯渊兄弟，带来手下兵马三千。"

这对兄弟是曹家原来在谯郡时豢养的养子，所以率先来投也是当然。此外每天在军簿上登记到达的人不胜枚举。

如山阳巨野人李典字曼成者、徐州刺史陶谦、西凉太守马腾、北平[①]（治所在今河北丰润东南）太守公孙瓒、北海（治所在今山东昌乐西）太守孔融等大人物，各率数千骑、数万骑之大军前来响应。

曹操的两位堂兄弟曹仁、曹洪也来到他的帐下。

另一方面，面对这些兵马，曹操从卫弘那里拨出足够军费，充实武器粮草。

"就看他军费那么丰足，他的檄文绝非空文。也许真的奉了朝廷密诏。"

就连观望形势的人看到曹操的军备急速增长，规模日渐增大，都在心里暗说："晚去一天就会损失一天。"

于是，争先恐后前来投奔。

"义兵塞满河南。"

曾几何时曹操对卫弘说的话，如今已不再是一句空洞的豪言壮语。

因而富豪卫弘不惜投入家财。不，他以外的富豪也都不请自到，运来金银粮草，道："请义军使用。"

曹操已经拥有众多将星侍奉左右，在三军幕帐里泰然稳坐。传富豪来献钱物，曹操也只说一句："哦，是吗？有东西拿来，就收下吧。"连见都不见。

[①] 北平：这里指右北平郡。——译者注

渤海太守袁绍先一步逃出都城，公开了反对董卓的态度，被朝廷视为祸星。曹操的檄文也送到他的手边。

"曹操举起了大旗。我们如何答复这份檄文？"

袁绍召集心腹，早早开议。

他的帐下有很多充满豪气的壮年大将和年轻将校。田丰、沮授、许攸、颜良。还有审配、郭图、文丑等铮铮人才。

"谁把檄文念一遍？"

颜良应声道："我来吧。"说完大声念起来：

檄文

操等谨以大义布告天下。董卓欺天罔地，灭国弑君，秽乱宫禁，残害生灵，狼戾不仁，罪恶充积。今奉天子密诏，大集义兵，剿戮群凶。望携义师，前来会忠烈之盟，上扶汉室，下救黎民。檄文到日，其速奉行。

"这才是我们盼望的天之声音，地之舆论。太守，还有什么可犹豫的呢？到了跟曹操协力的时候啦。"幕将异口同声。

"可是……"袁绍还是有点踟蹰的样子，"曹操不可能得到密诏啊……"

"无所谓嘛。奉不奉密诏，只要他事情做得对……"

"说得也是。"于是终于下定决心。

一旦议定，袁绍也不愧名门出身，又有多年人望，立马备齐兵马三万有余，夜以继日，驰往河南陈留。

到了地方一看，景况之盛竟令袁绍大吃一惊。他一边提笔在军簿上登记到达，一边仅拣重要的友军来看，阵容真是强大。

首先，第一镇是后将军南阳太守袁术，字公路。

接下去是：第二镇冀州刺史韩馥；第三镇豫州刺史孔伷；第四镇兖州刺史刘岱；第五镇河内郡太守王匡；第六镇陈留太守张邈；第七镇东郡太守乔瑁。

此外还有济北相鲍信，字允城；西凉马腾；北平公孙瓒。宇内名将猛士的名字云集。袁绍兵按到达顺序，被配列为第十七镇。

"幸好自己也来参加了。"

来到这里，看到实情，袁绍也由衷地这样想，对时势骤变感到震惊。

从第一镇到第十七镇的将军，都是从各自领地率手下兵马一万以上前来参加义兵的。

其中，不知还有何等豪强俊杰藏龙卧虎。

尤其是第十四镇的军队里，尚有深渊蛟龙等待时机。

第十四镇的军队是北平太守奋武将军公孙瓒。响应檄文，从北平提一万五千余骑南下，途中来到冀州平原县附近，有人大声叫住公孙瓒道："且慢！且慢！"

"何人？"

旗下武士扭头看见，旁边桑田里有两三旒黄旗哗啦啦地飘扬，朝这边走来。

"咦？哪儿来的武士？"

正狐疑间，出现三个武人，带着家丁杂兵十来人，在公孙瓒马前跪下，道："将军，请将我等三人带入大义之军中。我等不才，愿不惜犬马之劳，打先锋讨贼，在战场上表现尽忠之诚。特在此恭候将军路过。"

公孙瓒看着他们，起初还当是附近的乡士。但觉其中一人在哪里见过，便有心试探，问道："来人莫不是刘玄德？"

回答是："正是。你还记得啊。我就是刘玄德。"

"哦，果然哪……"公孙瓒惊讶不已，"黄巾之乱后，在洛阳外门匆匆见了一面，后来你官居何职啊？"

"惭愧啊。碌碌无功，未得升迁，在这偏僻乡下，当个县令。"

"官职卑微。如此人物，埋没僻壤，实在可惜啊。……呃，你带的两位何许人也？"

"是我的结拜兄弟。"

"哦，是令弟啊。"

"一个叫关羽，另一个叫张飞。"

"有官职吗？"

"关羽是马弓手，张飞是步弓手。……说到官职，两人都不过是兵卒。"

"都是足可信赖的大丈夫，却当田野小卒终其一身，可惜啊。……好，好，如果你们志同道合，可随我军，一同起事。"

"这么说您准了？"

"求之不得。"

"一定杀掉逆臣董卓，扫清朝庙。"

玄德、关羽一起谢恩起誓，再拜起身。

"所以，不是我说嘛。"这时张飞嘟嘟嚷嚷，道，"董卓南下讨伐黄巾贼时，在颍川大寨里，我就说要杀了他。可大哥你们不让，才弄成今天这个样子。……当时如果让我杀了董卓，也不会发生今日之乱。"

玄德听后责道："张飞。尽说些没用的废话！你可速速到大军后面跟着。"

然后，自己也故意进入中军偏后的队列里，一同参加到曹操的巨大计划中去。

就这样。现在可以说，曹操的策划已然巩固。布阵、作战全部形成。

共有十八路诸侯前来会合，兵力数十万。从第一镇到第十七镇，营寨绵延二百余里。

卜吉日，曹操筑坛，杀牛宰马，举行祭祀，主持举旗仪式，道："我等在此起义！"

仪式上，诸将提议道："现在义兵已兴，欲讨逆贼。宜立三军盟主，作为全军首将，我等当受其命。"

"然。"

"当然。"

大家异口同声，一致希望。对此，曹操道："如此，当推举何人为首将？"

于是大家互相谦让，无人厚颜自荐。

"袁绍如何？"最后曹操指名道。

"袁绍本是大汉名将后裔，且父祖四代位列三公要职，四方好官多出门下。论名望地位，袁绍才是当之无愧的盟主。"

听曹操此言，袁绍谦逊道："不不，我终非此器。"

推让再三。但那是他对其他诸将的一片礼仪。终于在众人的推举下，袁绍按惯例应承下来，道："如此我就……"

翌日。在仪式场地筑起三层高坛，五个方位竖立旗帜。诸将列队，手捧白旄、黄钺、兵符、印绶等物。袁绍衣冠齐整，佩剑登坛，道：

"在此结成赤诚之大盟。发誓定要挽回汉室之不幸，拯救天下亿民于水火。不才袁绍，众望所推，受指挥之大任。皇天后土，祖宗神灵啊，愿仰鉴之！"

说完焚香，在祭坛上行拜天之礼。诸将兵卒众皆垂泪，道：

"天下黎明到矣。"

"不日定将一扫洛阳逆军！"

将士个个切齿，摩拳擦掌，慷慨之气，焕然一新。仪式结束，万岁呼声经久不息，天云欲开。

袁绍受诸将礼毕，发出第一道命令：

"我今薄才，被推上盟主之座。既然如此，有功之人必赏，有罪之人必罚。诸公宜示部下，从严行事。谨慎勿怠。"

"万岁！万岁！"三军响应，喊声如雷。

袁绍发布第二道命令：

"我弟袁术略有经营之才。命袁术即日起掌管粮草，谋划给诸将寨中兵站运输补给。"

人们对此也响应支持。

"接下来，我军就要立即踏上征途。谁愿为先锋，攻破汜水关（今河南荥阳西北汜水镇）城门？"

"某愿往。"

有人盔甲上插着旗子，应声而出，自报姓名。是长沙太守孙坚。

二十六　江东之虎

这天拂晓。洛阳丞相府莫名地紧张起来。

快马接二连三，武卫门前，杨柳树上，已拴快马多匹，嘶鸣声声，心事重重。

"丞相，快醒醒！"

李儒面色大变，敲响董卓寝殿大门。

值夜的兵卒道："醒啦，请！"

说着撩开帐幔，把他放进室内。妖艳的美女和天真可爱的女童伺候着，在玉盘里盛上水端着。看见谋士李儒进来，行注目礼，远远退入化妆间里去。

"一大早的，怎么啦？"

董卓照例吃力地晃动着膘肥肉厚的巨大躯体，朝卧榻走去。

"出大事了。"

"是宫里吗？"

"不。这次是在遥远的诸侯国里。"

"是草贼作乱吗？"

"不是。是未曾有过的大规模叛军起义。"

"在哪里？"

"以陈留为中心……"

"这么说，首谋就是曹操或者袁绍啰。"

"正是。曹操矫诏，顷刻之间诓来十八路诸侯，编成大军，连营二百余里。"

"岂可置之不理？！"

"正是。"

"呃……还没有详细报告吗？"

"昨晚半夜起到今天拂晓，快马频来。敌军已经拜袁绍为大将，曹操为参军。吴国孙坚领第一波先锋，已经攻到汜水关附近。"

"孙坚……哦，长沙太守吧。此人打仗如何？"

"不可小觑。他是以兵法闻名的孙子后裔啊。"

"是孙子的后裔？"

"是的。吴郡富春（今浙江富阳）人氏，姓孙，名坚，字文台。此人在南方颇有名气。"

李儒把曾经听说的孙坚为人如此这般地道来。

话说孙坚十七岁时陪伴其父往钱塘地方旅行。当时钱塘地方码头海盗横行，深受其害的旅船游客不计其数。

一天傍晚，孙坚与其父一道正在码头上行走。海边有海盗数十人从海上卸下财货，吵吵闹闹正欲分赃。

孙坚见状却敢突然拔剑，跃入海盗人群，将海盗头目一劈两半，叫道："我乃沿海守卫！"凶神恶煞一般乱砍乱杀。

海盗大惊，尽数逃走。堆成山的盗抢财宝后来尽归受害人之手。里面还有钱塘富豪视为传家宝的宝石匣子。但孙坚却一件谢礼也不曾收。

自此而后，他的名声就响彻南方，他的人望无人可摧。

"噢，噢……看上去这家伙相当了得啊。如此说来，我们也得派一员像样的大将前去讨伐啊……"

董卓谨慎起来，道："是啊，谁合适呢？"

他心中盘算。

这时，帐幔后有一个人不平，道："丞相，丞相，怎么把我忘了呢？！"

"谁在帐后？！"董卓责问。

"我是吕布。"吕布现出身影，施礼道，"犹豫什么呢？曹操、袁绍之辈有何了得，平息他们的谋反并不费事儿。此时不用我，赐我赤兔马又有何用！！"毋宁说是责备的口气。

"让我吕布前去。看我去破草芥之军，斩了孙坚，把追随曹操、袁绍等逆徒的诸侯们的脑袋，一个一个取来，摆在地上排队。"

"哎呀，这下心里踏实啦。"董卓大喜，安慰道，"有你在，我可高枕无忧啦。怎会把你忘得一干二净，像卧房的帐幔或看门狗一样！？"

这时，丞相室帐外闻变赶来的众将已经摩肩接踵。

"吕布将军，且慢。杀鸡焉用牛刀。我愿打先锋，迎战敌军先锋。"

一位将军说着走进来。

众人目光集中过来，看是何人。只见此人虎体狼腰，豹头猿臂，长有一副稀世骨架，真乃骁将。

正是关西人华雄将军。

"哦，是华雄啊。说得好！你先下汜水关，守好险要，保我洛阳安全。"

董卓大喜，立即准他印绶，拨兵五万。

华雄再拜而退，选李肃、胡轸、赵岑三人为副将，威风凛凛，当日向汜水关进发。

飞报早早传到袁绍、曹操的革新军中。

"敌人来啦！"

承担先锋的孙坚寨中，尚未做好精神准备，气氛紧张。

先锋的后寨由济北相鲍信担任。听到飞报，鲍信悄悄唤来其弟鲍忠，道："如何，贤弟，你可否带小股部队从近道迂回，奇袭汜水关敌军？"

"干吧。"

"其实，长沙孙坚早早当了先锋，如此下去，我等只有仰拜其荣誉的份儿。岂不憾哉？"

"我亦如此想来。"

"如此速去。一旦顺利突入关内，马上点火。以烟为号，我将大举进攻。"

"领命。"

鲍忠跟兄长鲍信合谋之后，只引五百骑趁夜翻过无路可走的山岭。

但是，敌军华雄很快得知此次行动。鲍信被小股望风兵卒钓着孤军深入，被敌军很快包围，跟五百兵卒一起，遭全歼于敌军地界。

就在这时。华雄自己挺马上前，一刀斩鲍忠于马下，道："好兆头啊！"

说着取了鲍忠首级，快马送到洛阳。

董卓马上送来表彰和一把宝剑。

先锋将军孙坚命道："出发，压上一阵。"他并不知道鲍忠偷出营寨，早早献首级于敌军，让敌军欢欣鼓舞。

他按既定战术行事，做好充分准备之后，向汜水关正面发起进攻，在城下骂道："辅助逆臣的匹夫！还不早早乞降！我乃革新军先锋。汝等拙眼，看不清时势变革刻不容缓吗？！"

华雄闻言，道："可笑！信口雌黄的家伙。"说着环视自己周围。"谁去取孙坚的首级来，建城下第一功？"

副将胡轸应声而出，道："愿领命前去。"

胡轸当即从华雄处领五千兵马，下得城来。

华雄似乎并不放心，自己又带一万兵马，从侧面出城。

城下激战已然开始。

孙坚挺抢杀来，道："出城的可是胡轸。来吧！"

胡轸道："不知深浅的家伙！"

说着挥舞长矛，夹着悍马肚子，一跃而上。

这时，孙坚旗下程普道："这只狼！不劳主公动手。见鬼去吧！"

说着把矛横刺里掷出。

长矛逆风飞去，咔嚓一声刺穿胡轸喉咙，把胡轸的身子倒着拖下马来。长矛串着胡轸，立于地上。

华雄捶胸顿足，道："胡轸已死！"

胡轸的五千兵马已经溃退，无法收拾。

"撤啊！撤啊！"

华雄权且把兵马收回汜水关，关闭所有城门，向乘势靠近的敌军抛掷石块、圆木，放射铁箭、火箭，势如雨淋。

好不容易取了敌军副将，孙坚的部下也牺牲不少。

"如此无益。"孙坚早察时机，利索退阵，率兵马来到一个叫梁东的村庄附近。

然后向袁绍大营送去当天的猎物——胡轸的首级，同时请求："请速送军粮。"

可是，大营里有人怨恨孙坚，对主帅袁绍耳语道："主公三思。"并进谗道，"孙坚此人乃江东之虎。让他当先锋，即使攻陷洛阳，杀掉董卓，也是杀狼迎虎。瞧他那副急于立功的样子，大致可以看出他的邪心。……军粮渐渐匮乏是个好机会，可以利用这个机会，不送军粮，等他兵卒士气沮丧，大乱而散。这就叫做明智。"

袁绍听后道："实在有理。"

于是采纳此言，最终没有送去军粮。将士由十八路诸侯汇集而成，虽说是友军，但各怀异心，内心各有所求，虎视眈眈，真是无奈。

二十七　关羽一杯酒

　　汜水关方面不断放出密探，侦察敌军动静。一次，有细作向李肃报告道："最近孙坚寨中似无士气。奇怪的是兵站部没有炊烟升起。不会是饿着肚子打仗吧？"

　　李肃听后，次日又从别的方面叫来两个细作，问道："最近敌军后方有何变化？敌军粮道如何？"

　　答曰："一个半月来没有粮车通过。"

　　李肃点头，转向另一个细作问道："敌军马匹可肥？"

　　"近来看上去瘦得蹊跷。"

　　"敌军都唱什么歌曲？"

　　"常唱思乡歌曲。"

　　"好了。"

　　屏退细作，李肃立即来见大将军华雄，献上一计。

　　"生擒孙坚的时机已到。今晚在下领一军抄近路绕到敌军后方，突然夜袭，以火为号，将军打开城门，从正面一举杀出。"

　　"有成功把握吗？"

　　"当然有。据在下探知，孙坚见疑，后方似已拒送粮草。孙坚首级如今唾手可得。"

　　"是吗？今晚月亮真亮！"

　　"难道不是绝好机会吗？"

　　"好，干！"

　　傍晚，定下密计。

　　是夜，李肃率一队奇兵借着月光抄近道，绕到以梁东为依托下寨的敌军背后，突然喊声大举："喔——喔——"

　　李肃奇兵趁夜黑冲入孙坚寨中，四处放火，拉弓放箭，攻杀过来。

　　华雄看到梁东上空红色火光，便依计行事，命人把汜水关城门大开八字，道："生擒孙坚！活捉孙坚，押到门前！"

说着，驱马万军之中，宛如峡谷涌出的山云，杀下城去。

梁东军如何抵挡得住，立时逃乱。

"顶住！"

"莫慌！"

孙坚手下善战，鼓动部下，但兵卒甚弱。

不知何故，后方一个多月前就开始断绝军粮运输，以致兵卒心中不平，军纪不整，兵瘦马羸。

"无奈啊！"孙坚心想，无计可施。

手下程普、黄盖等人也已走散，孙坚只带了家丁祖茂一人，策马逃离惨败的营寨。

敌将华雄策马如飞而来，大叫："孙坚，好不卑怯，哪里逃！"

"看你叫！"

孙坚回身，在马上弯弓搭箭，还以颜色，连射两箭，弓都瞄歪。他心里焦急，再搭一箭，用力过猛，弓断两截。

"糟糕！"

孙坚扔掉断弓，拍马逃入林中。

"主公，主公！"祖茂一边驱马紧随其后，一面对孙坚道："请把头盔摘掉。头盔闪亮，红得扎眼，成了敌军的目标。"

"啊，对呀。"

孙坚方悟，难怪追兵的箭如此集中射来。他迅速摘下头上被称做"帻"的朱金襴头盔，挂在尚未烧尽的民家屋椽上，慌忙躲进附近密林。

观察片刻，果然敌军射来的箭雨点般飞向头盔。

但任你再射，头盔依旧亮光闪闪，岿然不动。敌军弓箭手心生疑窦，快步近前，骚动起来：

"啊呀，孙坚不在啦！"

"只有头盔耶。"

密林上空，月光煌煌。白影黑影，像鱼群游动一样寻找孙坚下落。

其中也有华雄的身影。

孙坚的家臣祖茂原来躲在大树背后，看到华雄，怒火中烧，大叫：

193

"哼！董贼股肱！"

挺枪就刺。

华雄眼快，眼睛一瞟，雷喝一声："败军匹夫！原来在此！"

声音简直就像利刃生风，直要把大树劈开。只见寒光一闪，祖茂头颅飞落。

华雄朝血雾后面的兵卒说了句："让人把刚才的首级捡来。"

说完勒马，悠然向别处去。

"啊，真险哪。"

后来。孙坚放下一颗悬着的心，朝周围张望。他就屏住呼吸，藏在遗弃祖茂无头尸处附近的灌木丛里。

"祖茂啊……唉，惨哪！"

孙坚潸然落泪。想起祖茂平日的忠诚勤苦，他心中痛楚。

可是，尚在敌军重围之中。孙坚调整心情，想杀开一条血路。他忘记箭伤疼痛，步行两里多地。

孙坚很快召集起逃出来的兵卒，人数不足全军十分之一。此役大败，几乎全军覆没。

悲痛的黑夜逝去，天色已亮。

昨夜残月，好似败者伤魂，一片惨白。

"先锋全军覆没！"

"敌人大军正乘胜追来。"

后方大本营发生巨大动摇。

主帅袁绍、幕僚曹操，脸色大变。

先前。刚刚收到不利战报，称鲍将军胞弟鲍忠偷出营寨，人马损失颇大。现在又收到战报，说先锋孙坚遭到毁灭性大败。寨中诸将、全军兵士个个士气沮丧，不知如何是好。

只得如此吗？束手无策吗？

以袁绍、曹操为首，十七镇诸侯当天在大本营齐聚一堂，召开作战会议，试图挽回颓势。

敌军昌盛，敌将华雄有万夫不当之威名。为其震慑，会议也委靡不振。

主帅袁绍阴沉着脸。忽地，他看见座上公孙瓒背后站立一人，嗤嗤发笑，便问："公孙瓒，侍立在你身后的人是谁？"

语气不悦，溢于言表。

袁绍一问，公孙瓒约略回顾身后，道："啊，他呀。"

他借机向满堂诸将正式介绍。

"他是涿县楼桑村人，是在下少时朋友，叫刘备，字玄德。前几天还在平原当县令。请各位将军关照！"

曹操瞪大了眼睛，道："噢，就是那位黄巾之乱时，曾在广宗平原和颍川地方，率领无名义军大振武名的那位吗？"

"正是。"

"难怪似曾相识。……是的，是的，颍川会战中在旷野包围火攻贼兵时，我们曾在阵前互相打过招呼。已经很久了，都快认不出来了。"

袁绍也释了起初的疑心，为无礼的质问道了歉，道："早就听说楼桑村有名门子孙。这位玄德，就是汉室宗亲。给他让座！"

一位将军腾座，让道："请坐。"

刘备这才第一次开口，道："不不，我一个小小县令，不比各位将军，身份不同，岂能与诸公同座！站立即可。"

他坚辞不坐，还像原来一样侍立在公孙瓒身后。

袁绍摇头，道："无须客气。又不是给你的公职让座。你的祖先是前汉皇帝一脉，于国有功，所以聊表敬意。不必客气，就座就是。"

公孙瓒也一同道："好意难却，就领情吧。"

众将军也都劝座。于是玄德道："那就领受了。"

拜谢堂上众人后，这才坐下。

于是关羽、张飞挪动脚步，改在玄德身后侍立。

正在此时。早上开始的大战已经持续半日，渐战渐酣。

先前的胜利让华雄军很骄傲，纷纷道："逆军号称十八路诸侯十七镇大军，看来也是乌合之众。没啥了不起。"

他们举洛阳精兵踏平孙坚一阵，乘势出得汜水关。而且已经像风卷树叶一般杀出数十里，鼓声响彻云霄，喊声撼动山川，早已攻到这里革新军首脑所在地的近旁。

"我军第二阵已被攻破。"

"第三阵也被攻破。"

"遗憾！中军已经大乱，看来危险。"

战败的报告一个接着一个。

传令兵说：华雄敌军把孙坚的红色头盔挑在长竿上，叫骂袭来，势如洪流。

接连不断的战报说的都是革新军方面的危机，以主帅袁绍为首，满堂诸将也都失色，沉不住气。

"如何是好！"

曹操道："狼狈亦是无奈。此时更需鼓足勇气。"

他回头命侍立一旁的部下道："拿酒来！"

"是。"

各位将军的几上都放上酒杯一只。曹操举杯，咕咚咕咚一饮而尽。

"喔——"

"啊——"

喊声如百雷炸响，大地隆隆轰鸣。又有一名浑身是血的斥候来到堂前阶下，大叫："顶……顶不住了！"

言毕气绝而亡。

很快第二骑、第三骑来报：

"中军已被敌人铁骑蹂躏，兵卒四散，防备也已薄弱。"

"大本营紧急转移，否则危险，将被包围。"

"啊呀呀，那边莫不是敌军先锋……"

报来报去，此处大本营也成了立在暴风中心的一棵树，枝震叶颤。

曹操让部下斟酒，稳稳端坐，但脸色越醉越苍白。

"一旦被围……"有人已经早早地悄悄议论大本营的撤退。

哪里还能喝酒，诸将半数以上都已面如土色。

万丈黄尘，遮天蔽日，山川草木，处处喋血。

这时，突然有人从座上站起，道："我军无可再言。既如此，我愿前往，打乱敌阵，一举挽回我军颓势。"

声如咆哮，拔剑嗖嗖。

此人便是大将俞涉，乃袁绍将军宠将，骁勇之誉颇高。

"快去！"

袁绍递过酒杯，与他壮行。

俞涉一口气喝完，道："我去也。"

遂引兵直驱敌阵中央。眨眼工夫，手下兵卒大败而回，道："俞涉将军在乱军中与华雄相遇，战六七合，被斩于刀下。"

满堂诸侯众皆惊吓，起出一身鸡皮疙瘩。

这时，太守韩馥道："不必惊慌。我有一勇将潘凤，身经百战，奋勇当先。如果他去，定取华雄，易如反掌。"

袁绍大喜，道："此人何在？"

"大概在后阵右翼。"

"速传他来。"

"是。"

潘凤应召而来，手提火焰巨斧，骑黑马，飞奔来到大本营阶下。

"好一个可靠豪杰！立即杀将进去，取敌将华雄来！"

潘凤奉袁绍之命，当即杀入乱军之中。但不久有人来报，潘凤也被华雄所斩，首级在敌军的凯歌声中被敌兵当成沙袋掷玩。听到来报，满堂再次鸦雀无声，看来斗志已经丧失殆尽。

袁绍击股叹息。

"啊，惜哉！早知如此，把我的臣下颜良、文丑两员大将带来就好啰。"

他起身离席，捶胸顿足，又回到席上，继续嗟叹。

"颜良、文丑二人为了准备后续兵员，特意留在了封地。此二人但凡有一人在此，战敌将华雄真手到擒来。可……"

满座默然。只有袁绍的责备声越来越高。

"各路诸侯也都在此，可手下众臣竟无一员大将能敌华雄。岂不为天下耻笑！？难道要把耻辱留给后代吗？！"

说归说，主帅尚已悔不迭地怒叱，为焦躁所驱，满座诸侯更是无话可说，人人低头。

这时，有人打破沉默，高声道："谁说此处无人？！在下愿领命。转瞬取来华雄人头，献到诸侯几下。"

诸人惊愕，道："谁？"

朝阶下望去。此人身长好似巨松，髯长垂到剑柄，卧蚕眉，丹凤眼，疑是天上战神突然降临大地。

"此何许人也？到底是何人手下大将？"袁绍问。

公孙瓒答道："他是在座玄德的义弟关羽。"

"哦，玄德的义弟啊。官任何职啊？"

"在玄德手下，听说是马弓手。"

一听此话，袁绍非常生气，低眼瞧着关羽，大声呵斥道："退下！汝身份轻微，却在诸侯面前肆无忌惮，视若无人，大言不惭。军中大忙，还有这等狂人添乱……来人，将此丑陋骗子轰将出去！"

这时，曹操谏道："请稍候。都是自己人，不必动怒。既然在列位诸侯面前口吐狂言，我倒觉得他并非在打诳语。不妨一试，让他前去应战如何？如果打败逃回，再行惩罚。"

"不，曹操所言不无道理。但如果让卑微的马弓手出去迎敌，会被敌将华雄耻笑，送他一个绝好笑柄，一旦传到洛阳……"

"要笑且让他笑。依我曹操看，此人虽身为马弓手，但面相却世所罕见。……快，敌军已经攻到眼前，再晚大本营必遭蹂躏。必行的军法可战后再行。……关羽，关羽，一口气饮下此酒，即刻出阵，速速迎敌！"

曹操斟酒递来。关羽望着酒杯，再拜道："谢谢好意！酒且存你处。待我走一遭，提华雄首级回来再饮。"

说着，横着号称八十斤的青龙大刀，牵上一匹拴在阶下的马，刷地飞身坐上马鞍，黑髯在脸上一分为二，飘扬生风，转眼消失在战尘之中。

关羽挥舞青龙刀，所向之处血喷万丈，碧血走虹。

他把自家军队远远甩在后面，驰入敌军当中，大叫："华雄何在！敌将华雄在哪里？怕我雄姿躲起来了吗？出来接招！"

猛虎驱赶羊群，数万敌军浪打四散。

喊声惊天动地，鼓声响成一片，山川为之动摇。

"战况如何？"

此处，充满战败气氛的大本营里，大家都对关羽的挑战抱有一缕希望，以袁绍、曹操为首，各路诸侯全都站起身来，从帷幕里边望着战斗的天空。

须臾。敌方、我方尽皆忘却呼喊，安静下来。刹那间，关羽骑在蹚过血河一样的黑马上，静静地，乜斜着眼望着数万敌军，回到袁绍、曹操诸将跟前。

他滚鞍下马，道："来，请诸侯查验。"

说着拾级而上，把一颗鲜血淋漓的人头放在中央的大几上。

那是敌军大将华雄的首级。满堂诸侯、阶下兵卒看得入神，道：

"哦，是华雄！"

"斩了华雄首级！"

大家不约而同，高呼万岁。全军和着呼声，一齐发出胜利的吼声。

关羽上前几步，站到曹操面前，用沾满鲜血的双手取过暂存的酒杯，道："这酒，领受了。"

说着，挺起胸膛，一饮而尽。酒尚温热。

曹操以他多劳，亲手拿着酒坛，道："干得漂亮！我为你再斟一盏。"

"不，独独赞誉在下一人，对不住人。请用此盏为全军干杯！"

"是啊。真是……那就三呼万岁吧。"

曹操端着酒杯，站起身来。胜利吼声再度爆发，掀起狂澜。

这时，有人从玄德身后叫道："哎，哎，现在陶醉于胜利为时尚早。既然二哥斩了华雄，我也得露一手。不能错过这次机会，当全军推进！我当先锋，即刻攻陷洛阳，生擒董相国，献于诸侯阶下。"

众人扭头去看，那人正是竖着丈八蛇矛侍立在玄德身旁的张飞。

袁绍的胞弟袁术不快地瞟他一眼，叱道："少说没用的废话！诸侯高官、各国名将尚且谦逊不语，各自静处。量你一个县令手下，不知道自己的身份吗！？僭越的家伙！闭口！"

曹操劝慰一番，袁术犹然不悦，愤然道："若用此等轻贱之辈，与我等一视同仁，我且集合军队，自回领地去。"

事情愈发复杂，曹操便对公孙瓒说，让玄德、关羽、张飞退席。

当晚，曹操暗送酒肴到玄德寨中，安抚三人，劝其息怒。

199

二十八 大战虎牢关

华雄被斩。华雄军溃退。

报告战败的快马惊动洛阳。李肃大惊,急报董相国。董卓也大惊失色。

"我军溃得如何?"

"逃回了汜水关。"

"命令他们不许出关!"

"已经命令他们闭关不出,等待援军。"

"华雄那样的勇将怎么会被轻易斩杀呢?"

"不管怎么说,袁绍在地方上还是有德望的呀。"

"袁绍的叔父袁隗还在洛阳府里啊。"

"官任太傅。"

"社会动荡,若有内应,洛阳必乱。"

"在下也在担心。"

"漏掉了重要人物啊。赶紧除掉!"

丞相府兵千余骑立刻被派往袁隗宅邸。

他们放火烧宅,逃出来的不管男女用人还是武士,统统斩杀。当然,也没有放过袁隗。

当日,二十万大军从洛阳出发。

其中一路五万余骑由李傕、郭汜二位大将率领,前往援救汜水关。

另一路。兵马十五万,由董卓亲自率领,前往固守虎牢关。

保卫董卓的众将,以李儒、吕布为首,有张济、樊稠等铮铮悍将。虎牢关关口在洛阳以东五十余里,地处要害。若派十万兵马镇守此处天险,天下诸侯就会失去通路。

董卓将大营设在此地,叫来股肱吕布,拨精兵三万,道:"你到关外扎营。"

董卓亲自率兵十二万,镇守要害,用精兵三万当前卫,把号称万夫不当的吕布放在先锋位置。其壮观,真可谓铜墙铁壁,名副其实。

十州通道断绝，各诸侯与本邦联络受到威胁，革新军营寨内部现出动摇之兆。

"事态严重！如今当早为谋议，拿出对策。"袁绍对曹操耳语。

曹操也有同感，迅速召开会议，明确全军方略。

敌军兵分两路，革新军当然也兵分两路。

一路留在汜水关，其余举全军之势前往虎牢关。总兵力号称由八路诸侯组成。八路诸侯是王匡、鲍信、乔瑁、袁遗、孔融、张杨、陶谦、公孙瓒。

曹操作为游击军参战，拥有游击军一寨。一旦发现自己一方出现溃退和漏洞，随时增援，控制局面。

"来啦……"洛阳军吕布骑在那匹赤兔名马上，在虎牢关的前卫军寨中悠然眺望敌寨。

且看那天吕布装束。身穿朱红底百花织锦战袍，外套连环铠甲，头束三叉发髻，戴紫金冠，扎狮皮腰带，挎弓箭，手提方天画戟，跨赤兔马。那样子，连赤兔马都显得小了。如此装束压向敌人大军，直把敌军看得目瞪口呆，道："真乃吕布也！"

不久，河内太守王匡和部下猛将方悦一道，寨前喊道："取吕布来！"

选出强兵进攻吕布。

听着敌军战鼓擂得隆隆响，吕布控制着自己的军队，道："别动！让敌军靠近！"

他镇定自若。片刻之间，敌军就靠近到百步之间。吕布见状，一声号令："冲啊！把敌军统统杀掉！"

他自己也挥起铁鞭朝胯下赤兔马就是一鞭，冲入成群的河内军阵之中。

"嗨——"

是吕布的喊声。

方天画戟在马上左挥右舞。

"哎曜……"

每次挥动，都会有敌兵的头颅、胳膊、腿、躯干跟着喷血一起飞到天上。

"哎，大言不惭的奴辈！吕布在此！谁敢跟吕布对阵！"

口出豪言，纵横驰骋，如入无人之境。

数百杂兵浪涛一样挡住去路，却不敌他甲袖一触。

战马是举世无双的赤兔名马。速度如飞,坚韧强壮。赤兔马蹄踩踏毙命的兵卒何止成百上千。

洛阳儿童甚至在歌谣中唱道:

牧场马虽多
赤兔宝马
马中第一

洛阳人虽多
吕布奉先
勇士第一

而且,敌军也把战胜闻名遐迩的五原郡吕布,看做此役第一功,当成目标。
河内猛将方悦道:"我上!"
挺枪向吕布刺去,可战不到二三回合,就连人带马被吕布用方天戟斩劈。
太守王匡见举世无双的爱将被斩,大叫:"匹夫小儿!"
亲自挥舞半月枪,朝吕布战马杀来。"太守危险!"手下将士成群来援,一个个左右倒下,喷血身亡。王匡见状大惊失色,慌忙勒马回身。
"王匡,忘记以前的耻辱了吗?!"吕布在他身后笑道。
王匡却未听见。
原来当时。看到自己一方危急,乔瑁、袁遗两军势力从两翼向吕布军夹击。
"喔——"
"啊——"
他们擂鼓、放箭、扬起沙尘,加以牵制。
赤兔马毫不胆怯,作战神勇。眼见它忽而冲进一寨尽情踩蹦,忽而又冲进另一方军阵奋蹄踩踏。
上党太守张扬旗下有著名枪家,名叫穆顺。他挺枪与吕布战,也被砍成两截,不费吹灰之力。
北海太守孔融有一亲戚,名叫武安国,力大。他站在吕布面前也被玩弄得像个婴孩,五十斤重的铁锤被打到天上,一只手被砍掉,哎哟哎哟地败下阵来。

吕布已无敌手。

他无敌的身影恰似驱散万朵乌云的一轮太阳。

他所到之处，八州猛将无颜色。他驰骋起来，八镇太守驱马四逃。

袁绍无计可施，问计曹操，道："如何是好？"

曹操也束手无策，道："吕布这样的武将几百年也未必出一个，可谓人中鬼神。恐怕寻常战法，天下无人可当。……既然如此，唯有一计。把十八路诸侯统成一军，远远围住，边攻击边缩小包围圈，待他疲乏，一举击破，把他活捉。"

"我也这么想。"

袁绍马上确认军令，迅速向抑制汜水关方面的十路诸侯接二连三发出令骑。

于是。十个传令兵还没有发完，就已喊声四起，震耳欲聋。

"吕布！"

"吕布来啦！"

军阵像被怒涛冲来的尘土，一下子向大营溃逃而来。

"糟糕！"

部将们铁桶般地围到袁绍身边，意欲固守。有人督战：

"顶住！"

"上啊！上啊！"

"吕布何惧！"

"全部上啊！"

众将鼓动着，但却无人出阵送死。寨中极尽混乱，胡喊乱叫，马跑兵逃，唯有蒙蒙凄惨之气卷着旋涡。

这时。"我是吕布！我是吕布！我要见曹操！我要见敌将袁绍！曹操安在？！"

吕布声音清楚传来。袁绍赶紧混入杂兵群中，总算逃过吕布眼睛。吕布的赤兔马暴风般突破营寨一角，接着开始踏平下一个营寨。

那里正是刘备从军的公孙瓒营寨。

吕布立刻望着林立的旗幡道："公孙瓒，出来一战！"

叫着突进寨去。

数十旒营旗当即被赤兔马踢倒，如草伏风。戟飞枪折，铁弓铁锤，竟无用处。

"你竟……"

公孙瓒咬牙切齿，挥舞秘藏宝槊，就要迎战。

"原来在此！"

吕布驰赤兔马而来。望见冲来的吕布目光，公孙瓒魂飞魄散，无力支撑，落荒而逃。

"大言不惭的家伙！留下人头！"

号称日行千里的骏马蹄下扬尘，就要追赶。这时，横刺里杀出一人，挥舞丈八蛇矛，嗖嗖上阵，道："且慢！吕布！燕人张飞在此！先取了你的首级！"

"信口雌黄！"吕布勒住赤兔马，刚毅地回首。

但见一伟丈夫，威风凛凛，虎髯倒竖，口若牡丹，横握丈八蛇矛，冲到近前，正要对阵。好个凛凛威风！可是，看他的铁甲马装，却似乎甚为困窘，不过是敌军一步弓手。

"贱郎！退下！"吕布只喝过一声，径直前行，简直不拿张飞当对手。

张飞跃马，朝吕布前面就冲，道："吕布休走！不知刘玄德手下有我张飞吗？！"

说时迟那时快，大矛横扫，刷的一声掠过赤兔马项鬃。

吕布抬起眼角，道："这个卑贱的家伙！"

举起方天戟往下就劈。张飞敏捷地横里攻他马鞍。

"嗨——"一边咆哮，一边大矛卷风，嗖嗖劈来。

意外棘手。

吕布认真起来。本来张飞就是拼死来的。

他兴乡军，守贫穷，无官无职，遭人鄙视，却数年征战，结果仍是埋没僻壤，徒叹髀肉，实在太久。

而今，在天下诸侯大军咸集的酣畅战场，跟威名远扬的天下英雄吕布唱对手戏，对张飞而言，可以说是千载一遇的机会，是优昙花①。总之，不能不说是立下大志以来遇到的好机会。

双雄大战，火花迸溅。丈八蛇矛，方天画戟，一上一下，不假他人，极尽秘术。

---

① 优昙花：传说中的花，三千年一开。——译者注

204

张飞心里佩服："天下竟有如此豪杰！"

吕布也内心惊叹："如此好汉如何只是步弓手!？"

张飞的蛇矛几次掠过吕布的紫金冠和连环甲，吕布的方天戟不时掠过张飞的眉前和护手。险象环生，两雄却你吼我喝。倒是胯下坐骑大汗淋漓，咬着嚼子。战马当然已经疲惫，可马背上的战斗却疲而不止。

太过惹眼，两军将士不时让开场地，看得入神。

"就是他，张飞啊！"

"就是他，吕布哦！"

吕布愈战愈勇，而张飞的蛇矛看上去却有点乱的意思。就连远远观望的曹操、袁绍等十八路诸侯，脸上也已现出内心害怕当下出险的神色。就在这时，有两人拍马出阵，势如疾风。

一位是关羽，前来增援，道："三弟，休怕！"

另一位是刘备，从侧面跃马冲来，自报姓名，道："我乃刘玄德！吕布，敌军勇士！休走！"

刘备左右手掣大小双股剑，关羽把气运到八十斤青龙刀上，三个结拜兄弟从三个方向把吕布团团围住，卷起一阵拼死的旋风。

就算是吕布，现在也逃身乏术，马上就要被斩于马下。

看来如此。可是。"什么!？"吕布猛吼一声，道："三个绑在一起上啊！"

吕布甚至尚有余力发出嘲笑，没把关羽、张飞、玄德三人放在眼里。他右挡左扫，寒光闪闪，刀声锵锵。十州战场，全部耳目，现在都集中于此。

两军寨中，各国诸侯如痴如醉地远远观望。就在吕布的一击马上就要刺中玄德门面的一刹那。

"嚯——"

"哈——"

有如双龙夺珠，张飞、关羽二人夹住吕布战马。

吕布和关羽马鞍相撞。

哒哒哒哒，赤兔马蹄后退几步。刹那间，吕布突然感到："我不敌也。"便向三人撂下一句："来日再战！"拨马便走，一溜烟撤回自家寨中。

"岂可让他逃脱……"

玄德、关羽、张飞三骑并辔齐追。

"武士不知来日！战场遭遇，岂有来日！回来！吕布！"玄德叫道。

突然，"嗖"的一声，吕布那边飞来一箭。

吕布一边驰马，一边回头，拔出狮皮腰带里的箭，道："你若不悦，送我回寨！"

说完，再放一箭。射到第三箭。然后一眨眼逃进虎牢关里去。

"遗憾！"

张飞、关羽个个咬牙切齿，但却毫无办法。

也是当然。那是日行千里的赤兔马，跑起来跟张飞、关羽骑的凡马不可同日而语。

但是。吕布逃跑，一度惨败的革新军果然士气大变。各路诸侯号令总攻，喊声大振。

敌军跟着吕布，朝虎牢关撤退。大半还没有逃进城门，就被斩杀。

进攻一方像潮水一样逼近关城。城门铁扉紧闭，败北的喊叫声消失在门里。

关羽、张飞来到城门下，心中焦急，想要踏破城门。可是，号称天下险要的铁壁，根本无从下手。

这时，突然。仰望关上天空，锦绣大旆和无数旗帜哗啦啦地飘扬。那里，青罗华盖随风扶摇，像云彩，又像彩虹。

张飞惊愕地张开大嘴，不禁大声叫道："喔！喔！那人正是敌军主帅董卓！看见那家伙就在眼前，岂可空等！接着攻啊！"

说着率先撑住城墙，就往上爬。可巨木岩石马上就从望楼上雨点般落下。张飞捶胸顿足，心有不甘，被关羽劝住，才算从城下退出百步。

当天激战如此结束。世间传此为虎牢关三英战吕布。

二十九　洛阳落日赋

革新军大捷。曹操等十八路诸侯云集大营，欢呼雀跃。

很快，检点斩获的首级数万，埋入大坑。

"这数万首级里没有一个是吕布的，遗憾哪！"曹操道。

"不不，被张飞、关羽这样的杂兵打得落荒而逃，吕布的首级也不像以前那样值钱啦！"袁绍大笑。

胜利了，大家都觉得是自己一个人打的；失败了，大家都想把打败的原因推给别人。

各路诸侯和着凯歌，举杯庆贺，然后各回各寨。这时，有一位将军叫住袁术："袁术且等！"

袁术是袁绍胞弟，一手掌管粮草。他以为是谁，扭头一看，却是长沙太守孙坚。孙坚日前在汜水关一战吃了惨败，在大营中经常不受待见，夹着尾巴做人。

"哦，是孙坚啊。足下也正往回撤啊。"

"不是。我是专程到你寨中寻你的。"

"何事？"

"不为别的。上次我当先锋攻打汜水关时，你为何故意停止运送军粮？有话就回。"孙坚手握剑柄质问。

袁术脸色变得苍白，道："噢，是那事啊。那事，我本想与足下好好聊聊的。可身在寨中，最后也没得空……"

"我没问这个。为什么没有送军粮？！只要听你回答这个问题。我也有我的打算。我孙坚跟董卓原本无仇无怨。之所以只凭檄文就来参战，是因希望上为国家，下救百姓之苦。可是你们却听信杂人鼠辈的谗言，故意让我孙坚遭受败军之苦。虽同在一军，也不可饶恕。我今来此，欲砍汝头。就看你怎么回答我了……快，有甚辩解，速速道来！"

袁术早知孙坚为人，没有耐心，又是生猛的南方人。现在还铁青着脸张眦相逼。袁术感到颤抖从脚踝往上爬。

"别……别……别动怒！……后来我也觉得太对不住你了。都是可恶之人进足下谗言。我这就砍下他的首级高悬寨中，为足下申冤。请足下息怒。"

袁术自己惜命，低三下四地道歉，把先前向自己进谗的军中部将唤来，不由分说，绑将起来，道："就是他。这家伙一个劲地进足下的谗言，我终于上了他的当……就请斩了他，一解心中郁愤吧。"

说完，袁术命家臣当场砍掉部将首级。

孙坚也许感到跟如此小人动怒无聊之极，苦笑一下，自回寨中。

然后，垂帐长睡。长久以来，难得如此。夜里，传来哨兵争论声。

"出什么事了？"孙坚刚刚起身，平常一直跟随左右担任警卫的程普、黄盖二位大将，便从帐幔缝隙中小声道："太守。起来啦？"

"大半夜的，怎么回事？"孙坚撩开卧榻帐幔，问心腹程普。

程普把脸凑近他的耳朵，道："深更半夜，有人来叩营门。当是谁呢，原来是敌军的两骑密使，说要偷偷拜见太守。"

"什么？董卓派来的？"孙坚意外地道，"先见了再说。"

于是放使者进室内。

敌使豁命而来，一见孙坚，就拼命摇动三寸不烂之舌，道：

"我乃董相国帐下一员，叫李傕。丞相平素深慕将军，特命我为使，欲结长久友好。这可不只是言辞上、形式上的友谊。董相国幸有一妙龄女儿，欲迎将军一子为婿。将军一门子弟，尽封郡守刺史。如此良缘和荣达的机会，可不会再有第二次啊……"

"住口！"话没听完，孙坚就大喝一声，"不知顺逆之道，弑君苦民，只有私欲的鬼畜，如何能把我儿与他为婿？！我的愿望只有讨伐逆贼董卓，斩其九族头颅，悬于洛阳城头。趁未被斩速速回去，好好转告董卓。"

孙坚严厉拒绝。

使者厚颜，并不胆怯，道："说到要害上了。将军……"

孙坚看他又要絮叨下去，便充耳不闻，劈头吼道："我可砍下尔等头颅，不过先留一留。尔等速回，向董卓复命去吧。"

使者李傕和另一个敌使仓皇鼠窜，逃回洛阳。

他们把事情经过细细地如实报告丞相。

董卓自虎牢关大败以来，心情消沉。

"李儒，如何是好？"丞相照例向亲信李儒问计。

李儒道："很遗憾，事到如今，不得不立未来之大计，谋求重大转机。"

"什么是重大转机？"

"就是下决心放弃洛阳之地，迁都长安。"

"迁都？"

"是的。日前虎牢关一战连吕布都败下阵来，我军斗志一蹶不振。不如暂且收兵，奉天子去长安，待时而战。……最近，听洛阳孩童在唱：

西头一个汉，
东头一个汉。
鹿走入长安，
方可无斯难。

按照歌词，西头一个汉是指高祖，说的是长安十二代的安泰。同时暗示去曾经的长安富饶之地乃丞相的吉方。东头一个汉说的是光武帝定都洛阳至今的十二代。天数如此。如果迁到长安，丞相的运势定将越发大开。"

听了李儒的解释，董卓突然觉得前途敞亮。这个天象之说立刻成了大政方针，提交朝议。不，董卓独裁，直接告知了百官。

说是朝议，只要董卓一开口，那就是绝对的。

可是这时，百官的脸色也真的骚然。就连皇帝也都吃了一惊，道："迁都？"

事关重大，没有立即涌现出赞同的声音，却也无人反对。

寂静持续片刻。

司徒杨彪首先开口，道："丞相，现在不是迁都的时候。关中人民自新帝登基以来，并未过上几天安生日子。此时如果公布舍弃历史悠久的洛阳，迁都长安，百姓必将骚动，只会助长天下之乱。"

太尉黄琬接着发言："是啊。正如刚才杨彪所说，迁都之议窃以为不可。理由很明白。朝上的百官众卿心里明知不可，也怕逆了丞相之意，不吱声罢了。"

接着荀彧也反对道:"如果现在举朝迁出此地,商贾就会丢了买卖,工匠就会失去职业,百姓就会流离怨天。请丞相可怜草民!"

看来继续下去,异议愈烈,董卓作色喝道:"区区百姓算什么!？要成天下大计,怎能一一考虑百姓?!"

荀彧又道:"百姓乃国家之本啊。没有百姓,哪有国家。"

"休得再言!剥夺他们的官职,夺去他们的爵位!"

董卓甩出一句,走到廊下,当场命令准备车马千乘,自己先从宫门乘辇赶回宅邸。

这时,半路上有两个年轻武士在林荫树下等着董卓,道:

"丞相稍候!"

"请稍等!"

他们追上来,跪在辇前。一看,原来是城门校尉伍琼和尚书周毖。

"汝等为何拦我去路?"

"我等特来申诉,知丞相必责我等无礼,故心中有备而来。"

"心中有备？尔等有何申诉?"

"闻今日朝廷内定迁都……"

"不是内定,是决议。"

"消息透出,我等末辈闻讯惊倒。有传统的都府非一朝一夕所能建成。何况舍弃的是具有汉室十二代辉煌的这片土地……"

"苍蝇之辈,何出此言!一介书生,对朝廷决议大发异议,实在过分!而且还在这路边……"

"无论您怎样怒叱,为了天下,我等不能坐视。"

"不能坐视?!尔等莫不是敌军细作吧?!留着尔等,必为日后之害。把这两个家伙脑袋砍咯!"

董卓说完,乘辇前行。二人仍喊叫着进忠谏,紧抱辇轮。

这时,董卓的家臣们从背上刺,从头上砍,鲜血一直迸溅上车盖,车轴沾满肉酱,看上去像一根红绳绞在里面,嘎吱嘎吱地转着前行。

看到这一幕的洛阳市民尽皆哭泣。迁都的传言半日间就传遍洛阳,闻者茫然。

入夜,地黑天怪,妖星跳跃,闪烁着光芒。

"迁都啦！迁都的告示出来啦！"

"要舍弃这里到长安去……"

"以后会咋样呢？"

晴天霹雳，打得洛阳人民不知所措。

加上大白天两位忠臣跪在董相国的车辇前直谏，触怒相国。相国大吼一声"砍咯"，两位忠臣就在武士们的刀下被剁成肉酱，惨遭屠戮。百姓全都生生地看在眼里。

"别吱声！"

"什么都别说！"

"要被杀头的！"

百姓一味恐惧，连不平都鸣不出。

危哉。董卓天不怕地不怕，也不在乎民心怨声载道。他熟睡一宿，醒来立刻唤道：

"李儒！李儒！"

"在。我在这里。"

"迁都的命令都发了吗？"

"万事俱备。"

"朝廷上公卿百官也都领会了吗？"

"正在为准备搬家而奔走。城门口已经立榜，又让官差挨家挨户通告，洛阳人民恐怕大部分也会跟着车驾流向长安。"

"不，那只是穷人。富贵的有钱人会迅速藏匿家财，散往悠闲之地。丞相府、朝廷都缺钱吧。"

"是的。打算在发迁都令的同时发军费征收令。"

"怎么合适怎么干吧。来不及——发文告。"

"就请交给我办。"

李儒选了五千人，放进城里，号称传令迁都和征收军费，把全洛阳的大户富豪袭击个遍。搜抢来的金银财宝堆成山，马驮车拉，边抢边往长安运。

洛阳陷入混乱状态。官纪、警制、所有秩序，一日之间丧失殆尽，市街陷入一片混乱。

没收富家财宝的办法实在令人发指。

暴兵如狂风席卷，一旦确定哪家是富豪，马上就盯上他家宅邸，包围起来，突然乱闯而入，把家财金银用担子挑走，有反抗的当场斩杀。这期间，年轻女子的悲鸣从僻静处阴森森地传来，甚至公然被劫掳，令人不忍目睹。

命令发出的第二天。御林军的将校们为了防止流民转移到其他郡国，使用兵力强制分片，把老百姓家庭五千一团、七千一群地集中起来，押往长安。

怀抱吃奶孩子的妻子、身背老人和病人的汉子、肩挑破烂家当手牵孩子的父亲……流民被驱赶着走向明天未知的命运。他们像羊群一样，被军队驱赶，走在黑暗当中。实在可怜。

魔鬼畜生一样的暴兵手执刀枪，像鞭子一样挥舞不停，威胁道：

"快走！快走！谁不走就斩了！"

"把病人扔了，快走！"

他们在光天化日之下调戏人妻，刺死她们的丈夫，肆意暴虐。

流民的哭号声回响在野山，苍天为之黯淡。

同一天。董卓也从私邸、官邸撤出，私藏财物装满八十辆马车，成队成行。他乘上车辇，道："好了！走！"

他对这个都城毫不惋惜。本来就是半年一年抢夺而来的都府。

可是，公卿百官中却有人恋恋不舍这块历史悠久的祖宗之地，潸然落泪。

"啊，终于得离去了！"

"不想再活啦！"还有一些老官恸哭。

迁都行动因此迟缓。董卓督促李儒，发布强制令。命令说：限今晨寅时，宫门、离宫、城楼、城门、各衙、市街统统放火，火葬洛阳。

用意之一乃是对即将杀来的袁绍、曹操等人的北上军队采取焦土政策。

万事紧急！混乱无法名状。转眼即到寅时。

宫门首先起火。紫金殿的勾栏、琉璃楼的瓦顶、八十八门的金壁、鸳鸯池的珠桥、其他后宫院舍、亲王府、议政朝庙等宏大建筑，一切有形的传统，都被抛弃在炎炎热风之中。

"要烧多少天啊！"董卓一边想，一边动身，把大火甩在身后。

皇帝、嫔妃、皇族的车驾跟在董卓一族后面，哭声震天，车队混乱，逃遁而去。

还有公卿百官的车马、后宫女子的轿子、内官诸人的马和装满财产的车，所有人等个个争前恐后，无人落后，势如雪崩，匆匆涌出洛阳城。

再说吕布。得董卓密令，他朝完全相反的方面出动。动员了万余百姓和脚夫，督兵数千，自前一天起，奔赴皇室宗庙所在的丘陵，从历代帝王的陵墓到后妃大臣的墓冢，统统掘开，一个不留。帝王陵墓中陪葬了多少当时时代的珍宝珠玉，数都数不清。数数从后妃皇族到列位大臣的墓冢，数字庞大。墓中从稀有的宝剑、名镜到大量朱泥金银，应有尽有。陶俑、土器不屑一顾。

宝物装满数千辆马车。土中重宝价值不知几百亿。

"夜以继日，统统送到长安！"

吕布让兵卒押车，陆续把财宝运往长安。同时，差人命令仍留守虎牢关的殿军道："放弃关城！"

"为何要去长安？"

殿军大将赵岑甚觉奇怪，但还是率全军弃关逃出洛阳。一看，洛阳只剩熊熊大火和浓烟，人影全无。

如早通知，害怕守军动摇，迁都未完敌军就会像洪水般涌来，所以特意到最后一刻才通知他们。可这迁都，何其急也。

当然，吕布也撂下无数挖得狼藉的帝王墓坑，一窝蜂地飞奔长安而去。

当时，进攻的军队也对这两三天敌方动静感到莫名的奇怪。

这时，谍报传来。

"不好！"各路诸侯大惊失色。

"一举占领关城！"诸侯们争先恐后出动军队。

孙坚军为了雪耻，一马当先冲进汜水关。虎牢关方面，玄德、关羽、张飞兄弟混在公孙瓒军中，率先登关，站在城头。

"啊！烧了！"

"洛阳已是火海！"

站在那里，关中尽收眼底。渺茫三百余里，唯有黑烟盖地，火柱冲天。

"这还是人间天地吗？"人们瞬间被这凄怆所打动。十八路军队势如迅潮，飞奔前行，争先入城，先后涌入洛阳。

孙坚驰马入城，率先开始城内巡逻。面对惨状，他不禁落泪。尽管如此，仍在热风中高声喊道："灭火！大家灭火！不许私藏财物！保护尚未逃脱的老幼百姓！向宫门废墟派遣哨兵！"

他命令属下，没有丝毫懈怠。

各路诸侯军队也分别择地下寨。曹操却立即拜见袁绍，提出忠告，道："您还未下令哪。良机不可坐失，必须追击前去长安的董卓。怎可优哉游哉地坐拥无人废墟！"

"不。连战月余，兵马劳顿。既已占领洛阳，可在此休养二三日。"

"夺得焦土，有何夸耀！如此下去，不用多久就会兵骄气堕。请在松懈下来之前，迅速追击！"

"你侍奉于我。追讨时当军令行事。你尽弄一己之言，我很为难。"

袁绍扭脸不睬。

"呔……"

天生秉性让曹操心中愤懑。他冲袁绍侧脸喝骂道："竖子，不足与谋！"

骂完，回到自己寨中，叫道："曹洪！追击董卓！"

他的手下以夏侯渊、曹仁、曹洪等幕将为首，共一万余骑。

迁往西边长安的敌军带着满载财宝的车辆、驮马，还有妇孺累赘，肯定狼狈迷乱，拥挤不堪，不成队列，斗志丧失。

"追啊！追啊！敌军还没走远！"

曹操急追猛赶。

另一方面。皇帝御辇和众多逃离洛阳的人，途中苦于行路之难，来到荥阳，刚喘一口气，就有谍报早早传来："曹操的军队追来啦！"

众人大惊失色，皇帝身边的女人，甚至在车辇上发出悲哀的呜咽。

"不必惊慌！相国，此处天险隐蔽伏兵极妙。"李儒指着荥阳城后的山岳道。

他是董卓智囊，只要一开口，董卓总会显得安心。

吕布把暴掘帝陵获得的财宝先行运到长安，完成任务后，也率军随后来到荥阳之地。

这时，突然一阵矢石从城内雨点般泄向吕布一军。吕布大怒，道："听说太守徐荣为相国开道，迎皇帝御驾，在此当殿军，我才放心而来。难道他叛变了吗？！果若如此，当踏平此地！"

他准备会战。

"哎呀，原来是吕布啊。"

城墙上有人说话。抬头一看，却是李儒。

"听说敌军追来，错把你们看成了曹操的军队。不要动怒！这就打开城门。"

李儒赶紧打开城门，迎吕布进城，告以详情，并行道歉。

"原来如此。这么说相国已经走了？"

"站在这里的城楼还能看见。喏，朝那边走的就是。看！"

李儒邀吕布登上城楼，指着远处山岳道。

只见车驾驮马和大军队伍像蚂蚁一样，在山谷里的羊肠小道上缓慢挪动。

不久掩入云中。

吕布把眼光转移到附近，道："这个小城不足守。李儒，你打算在这里防御曹操的追兵吗？"

李儒摇头道："不。这座城是特地送与敌军，以骄其气的。殿军大军都隐蔽在后面山谷里当伏兵。足下也在这里，敌军知道吕布在此，反而难以引诱。你也可去那边山里隐蔽起来。"

吕布听从李儒之计，道："知道了。"然后利落地去山中隐蔽。

曹操领手下万余，专程杀到此地。转眼攻陷荥阳城，追赶逃敌，进入山谷。

被引进不熟悉的山道，曹操还说："如此，追上董卓和皇帝御驾也立马可待，并不费事。打掉敌人殿军草芥，速速追赶！"气势愈发高昂。

不知怎的，逐鹿太急，连曹操这样的人也没有注意到脚下。

突然。四面山谷里和悬崖上喊声大举。

"有埋伏？"

醒过神来，不光是曹操，就连他那一万余骑兵马也已全然成了袋中之鼠。

找条路拥上去打吧，悬崖上便巨石落下掩埋道路；蹚过溪流躲避吧，对面沼泽和森林里箭矢便雨点般飞来。

曹操兵马大败于此，遭到毁灭性打击。

"又倒下一个？喔，这个也死了。"

曹操看着自己的幕将在眼前赶着去死，犹在战斗。

看时机已到，吕布骑在马上，从一方山谷腹地悠然而出，向曹操喊道："喂——骄慢小儿曹操！野心的梦现在也该醒啦！你背主忘恩，可知天罚！"

吕布任由杂兵围着发狂的曹操，自己则在高处观望。

三十　生死一河

曹操发现吕布，大叫："那人，确是吕布！"说着杀开前来阻挡的杂兵，试图靠近吕布站立的高地。董卓爱将李傕率领一簇兵马从沼泽斜刺里蜂拥驰来，纷纷喊道：

"生擒曹操！"

"别让曹操跑啦！"

"曹操才是乱贼魁首！"

伏兵大军一齐席卷而来，目标只有一个，就是他。

从四面八方的沼泽和悬崖飞来的箭矢，在他眼前刺来刺去的剑戟，都冲他一人而来。

曹操现在完全陷于危险之中，生杀全然操控在敌军计策之中。

"你是乱世奸雄。"曾几何时，这个骄慢儿认为这个预言正是自己所望，还自我庆幸。现如今却已身陷绝境。

他才华横溢，就凭着一张白脸，一双空拳，靠着善辩之舌和气魄，竟调动了十八路诸侯，逼得董卓最终不得不放弃洛阳。他的计谋已经实现。但是，他的梦想只是一个白脸青年的梦想。现实无常，他即将走完自己最后的路程吗？

看来如此。他准备好了。

这时，他的手下夏侯渊杀开一条血路，驰来寻主。

看到此地情形，他大喝一声："休杀我主！"打乱一角，冲入猛兵，直追李傕，终于救出曹操。

"无奈。既然已经如此，性命要紧。先撤回荥阳为上。"

夏侯渊只领两千残兵留在原地，拿出五百骑给曹操当护兵，催促道："快！快！"

回头看看，一万兵马战败，跑出来不过三千。

曹操朝山麓奔去。

他们一路不断受到伏兵奇袭的威胁。跟随而来的兵马大量减少,他身边只能见到十余骑。

就这人数,还算上了坐骑受伤或身负重伤不能同行的人。

曹操在生死线上体味了落魄武士悲惨的境遇。

带着苦涩的心情,迷茫前行,边跑边找路,只为下山。回过神来,太阳也已落山。成群的寒鸦在疏林里啼叫,林边已经开始露出宵月的身影。

"啊,真像故乡的山!"

曹操心中突然浮现出父母的身影。望着大大的月亮爬上来,骄慢儿的眼里也闪烁着真情的泪花:"不孝啊!"

他变回了一个脆弱的人,突然感到五体倦怠,喉咙干渴。

"有清水涌出……"

他下得马来,把脸凑近清水,咕咚一口喝了。就在这时,附近森林又传来敌军执拗的喊声。

"啊呀……"

曹操大惊,飞身上马。片刻之间,所剩无几的随从又有人中箭倒毙,还有人无力再逃,死在草丛之中。

紧追不舍的是荥阳城太守徐荣的生力军。徐荣看到正在逃跑的一骑正是曹操,便满拉铁弓,"嘭"的一声,放出一箭。

飞矢扎进曹操的肩膀。

"坏了!"

曹操叫着倒伏在马的项鬃上。徐荣放的第二箭又嗖的一声从他耳边掠过。连把箭从肩膀上拔出来的工夫都没有。

马鬃和马鞍都被箭伤流出的鲜血浸染。战马浴血狂奔。

这时,一片树林里有人影晃动。

"啊,是曹操!"有人出声道。

是徐荣的兵。是隐蔽在那里的步卒。一个人突然挺枪直刺曹操坐骑腹部。

战马嘶鸣,笔直立起,曹操被摔倒在地。

四五个步卒一下子拥过来。

"活捉曹操!"他们叫喊着,把曹操团团围住。

217

曹操仰面躺卧在地，拔出剑来，只砍杀二人，力气便已用尽。

因为落马的一刹那，他的肋骨又被马蹄狠狠踩了一下。

这时。曹操的从弟曹洪从乱军中杀出，一个人在这一带徘徊，听见异样的马嘶声，忖道："哎呀……这不是吾兄爱马的嘶鸣声吗？"

便拍马而来，透过月光，看到兄长曹操正被几个杂兵随意折腾，眼看就要被反剪绑上。

"龟孙子！"

曹洪一跃冲到跟前，从后边砍倒一人，横劈一人。受惊逃跑的敌军他并不追赶，立即抱起兄长的身体，道："哥哥，哥哥！挺住！我是曹洪！"

"哦，是你呀。"

"醒过来了吗？快快抓住我的肩膀站起来。刚才逃走的兵卒肯定去叫徐荣的军队了。"

"我不……不行了……曹洪！"

"说什么呢?！"

"遗憾啊，我受了箭伤，胸口也被马踩了，很痛。扔下我赶紧走！快走！"

"别说没骨气的话！一点箭伤没啥大不了的。当今天下大乱，可无曹洪，不可无曹操。哪怕多活一天，都是天授予你的使命！"

曹洪鼓励着，解开兄长穿的铠甲，让他轻装，然后把他抱在腋下，让他抓紧敌人丢弃的马背。

果然。

"喔——"徐荣的部下从后边追来。

曹洪心里也是一片空白，一只手搂着兄长，一只手握着缰绳，眼睛一闭，在心中祈祷道："我无妨，现在我兄曹操性命要紧。诸佛佑我！"

他一边祈祷，一边拼命奔逃。

他觉得已经从山上跑到山下旷野。

"啊，已到山下了吧。"他想着。

忽然，他看到一条涨满水的大河横亘在前方。曹操见状，痛苦地扭脸看着胞弟，道："啊，看来我的命数已尽。曹洪，把我放下，我可在此自杀，利利索索。趁敌军还没有到……"

曹洪抱着兄长从马上下来，但抱着兄长的手却决不松开。

"什么？要自杀？这跟你平时的性情可不相称啊！"他有意叱责道，"前面是这条大河，后面是敌军追击，我们的命运看来就要在此了结。但还有一句话，叫做物穷则通。把命运交给上天，让我们渡过这条大河吧。"

站在河边，白浪的飞沫冲刷着岸边的泥沙，水流湍急。这里的水，连飞鸿都不来靠近。

曹洪扔掉身上全部重物，一口剑衔在嘴里，把受伤的兄长实实地扛在肩上，扑通一声跳进浊流，向河中间游去。

与河水相连的雨云低垂着散开，一线天空鲜艳如染。黑夜不知不觉过去，天空开始泛出鱼肚白。满满的河水升起彩虹，两人的身影像怪鱼一样游动，在水中漂荡。

水流又急，还背着受伤的兄长，曹洪的四肢无法自由划水。眼见得被不断地冲向下游。

终于，彼岸近在眼前。

"再加把劲儿……"曹洪拼命游着。

对岸的草近在咫尺，但靠上去却非易事。因为每一次激浪打来都会形成旋涡，把水流卷回来。

离河边稍远的山丘上，徐荣的一股部队扎下一个小寨。两个哨兵站在那里监视河道。拂晓的美景让他们看得入神……

"咦，那是什么？"一个哨兵用手指着道。

"怪鱼吧。"

"不，是人！"

慌忙跑去向守将报告。

守将也走过来，向弓弩手发号施令道："是曹操军的败将！放箭！"

他们何尝注意到，那真的就是曹操兄弟。所以弓弩手们慢慢列队，比赛射术。

"嗖——"

"嗖——"

弦鸣箭响，飞向对面水上，溅起雨滴一样的水花。

曹洪已经爬上岸，在前后左右飞来的敌箭中装死。

此时，他在琢磨"如何逃走"。

可这时，他反倒看见一簇兵马从遥远的上游沿河而下。清晨天晴云清，望着远处飘扬的旗帜，就是荥阳城太守徐荣的精锐没错。

"要是被他们发现可就……"曹洪慌得连出气都在发抖。就算在箭雨之下，现在也不能害怕。他舞着剑，一边挡开射来的箭，一边飞奔。

曹操也撩开飞箭。他们相拥着飞奔。在远处，几乎分辨不清是两个人还是一个人。

山丘上的敌兵，沿河而来的兵马一看曹操兄弟在箭雨中奔逃，便喊道："定是有名的敌将。别让他跑了！"

他们立即从东西两个方向追逼而来，扬起一片沙尘。其中一小簇人马很快跑在前面，拦住二人去路。

从山丘上射出的箭纷纷飞来。

停下也是死，前进也是死。

一难接着一难。看来，死神不抓住曹操不会罢休。

"敌人尸体马上就要堆成山。我们曹家兄弟就是死，最后也得有个像样的死法，不能被人笑话。请兄长也做好准备！"

曹洪最后也下定决心。

然后跟兄长曹操一道，挺剑杀入敌群。

敌人一阵骚乱，道："哦，他们说是曹家呢。看来是曹操和曹洪兄弟啊。"

"想不到是大将啊！岂可不取了他们的首级！"

敌兵像熊狼争食一样把二人团团围住。

这时。远处原野一阵黄风乍起，有十骑武士朝这边飞驰而来。

是夏侯惇、夏侯渊二将手下，昨晚开始就一直在奔走寻找主将曹操的下落。

"啊，主公原来在此！"

十杆枪尖齐刷刷地斜里猛刺。

"快！快！"

夏侯惇让曹家兄弟上马，道："来吧！走！"

一马当先，奔逃而去。

箭似骤雨急追而来，但徐荣的军兵最终还是没能追上。曹操等人看到一丛绿树林，总算放下心来，喘上口气。四下一看，不远处有五百来兵马。

"是敌人？还是自己人？"

派人打探，很侥幸，是曹操的家臣曹仁、李典、乐进等人。

"啊，主公可安好？"

乐进、曹仁等人迎到主君，拜天拜地，人皆欢喜。

仗败得实在太惨。在如此惨境中，他们得到了最大的欣慰。曹操见臣下狂喜的样子，痛感到："啊，我错矣。为将者不当轻生。如果昨夜到今晨我自杀而亡，那会让这些部下多么悲伤啊！"

"受益匪浅！受益匪浅！"他在心里一遍遍重复着。

从败仗里受益很大。他觉得是难得的体验。

"打仗，也该败败。败方有悟。"他想着，却不是不服败。

一万兵马，仅剩五百骑。但绝没丧失东山再起的希望。

"先去河内郡，以图日后之计。"曹操道。

夏侯惇、曹仁等人也道："如此甚好。"

遂令兵马开拔。

一簇队伍落寞地向河内落荒而去。山河萧萧，给败将心中送进悲歌。

生来率性成长，长大后也不把别人当人看的曹操，这次也有彻骨之痛的感受。

一路上，他常常自言自语："曾经有预言家对我说过：你是乱世奸雄。我满足了，起事了。好！苍天啊，降百难于我吧。即使当不成奸雄，我也必当天下之一雄！"

三十一　玉玺

另一方面。话说留在洛阳焦土的诸侯们动静又是如何？

这里仍旧充满余烬，烟尘濛濛。

连烧七天七夜，大地却依然冰冷。

虽说诸侯军兵各自下寨，努力扑火，但主帅袁绍大本营还是把旧朝廷的建章殿一带当做大寨，着人铲去大内灰烬，很快在被挖得支离破碎的宗庙上建起临时宫殿。日夜忙于战后重建。

"临时宫殿已经建成，该供太牢，祭宗庙啦。"

袁绍差人到各路诸侯寨中，要求参加祭典。

尽管甚为粗陋，祭祀形式初具。祭祀过后，袁绍带领诸侯四下视察一遍如今已经面目全非的禁门，感慨万千。

这时有人来报："曹操一军在荥阳山地败北，遭敌歼灭。曹操本人在极少几个手下的保护下，向河内落荒而去。"

诸侯面面相觑："那曹操竟……"再也无话。

袁绍道："都看到了吧！"故意大声说给大家听。接着，他嘲笑曹操的愚拙，道："董卓之弃洛阳，乃因听从李儒所献之计，坐拥余力，主动抢先放弃都府。……靠少得可怜的万余兵马前去追讨，曹操幼稚甚矣！"

在一半烧毁的大内鸳鸯殿，大家小酌而别。

时近黄昏，池泉边上，芙蓉花开得雪白一片，在多恨的晚风中摇曳。

诸侯纷纷回寨，孙坚带二三随从不舍离去，逍遥苑中。

"哎……那边花下泉边好像有后宫美女在啜泣。兵马的使命在于兴起新世纪，但创造前总要伴随着破坏。……啊，不可，多情善感起来了……"

独坐建章殿前台阶之上，仰望星空，沉思默想。

倏地，一道白光在群星的光芒中一掠而逝。孙坚占卜天文："帝星不明，星座星环皆乱……啊，乱世延续。焦土不止于此地。"

他不禁吐出叹息之声。

这时，他的一个手下在阶下用手指着，奇怪地道："殿下……那是什么？"
"什么？"
孙坚也凝目望去。
"刚才我就一直在看，大殿南面井里不时放出五色光来，一闪一灭，一闪一灭，好像黑暗中看见宝石一样。……不像是看错了啊……"
"嗯，果然。……如此说来，我也有同感。点上火把，把井里搜一下。"
"是。"手下跑过去。
须臾之间，火把就在那边影动，把井边照亮。很快，手下们就大声骚动起来。于是孙坚也走近观看。一具浸泡水中的年轻女官尸体被打捞出来。……好像时日已久，但装束不像寻常女性，容貌美如白玕，宛如活人一般。

不，还不止这些。
美人的尸体上还带着一件美妙绝伦的物件。那是一只挂在脖子上抱在怀里的紫金襕锦囊。
比蜡还白的纤指紧紧地抱着那只锦囊。可以看出死者死也不放手的执念。
孙坚走到死者身旁，近近观察，命手下道："那是什么？来呀，取下锦囊看看。"说完撤出身去。
他的手下迅速从死者脖子上取下锦囊，捧到孙坚手上。
"喂，拿火把来。"
"是。"
随从在孙坚左右打着火把。
"……"
孙坚的眼睛莫名地闪出非常惊讶的光芒。紫金襕锦囊上用金丝银线绣着瑞凤彩云。打开带结一看，里面出现一只朱红匣子。那朱红色从未见过。大概是珊瑚或堆朱一类。
匣子上挂着一只可爱的金锁。但找不到钥匙。孙坚用牙咬着把锁拧断。里面出来的是一方印章。石头温润而名贵，方圆四寸许，上部雕有五龙，下部边角略有缺损，已用黄金缮补。
"哎，把程普叫来。快去，不要声张。"孙坚慌忙道。
然后恍惚地凝视着掌中的名贵印石。

"这？……反正这不是一颗寻常之印……"

程普来了。屏住呼吸，跟着去叫他的人一起朝这边走来。

"有什么吩咐？"程普刚到就问。

孙坚把印拿给他看，让他鉴定，道："程普，你看这是什么？"

程普乃博学之人。他把印拿到手上一看，当即大惊，几乎绝倒。

"太守！这印到底是怎么回事啊？"

"没怎么回事啊。刚才路过这口井，井里放出怪异光芒，让人一搜，捞起这具美人尸体。印就是从这个死美人脖子上挂着的锦囊里翻出来的。"

"啊，诚惶诚恐啊……"程普对着自己的手掌礼拜，"此乃传国玉玺。不会有误，正是朝廷玉玺。"

"什么？你说是玉玺？！"

"请看。仔细地……"

程普把玉玺拿到火把边上，把刻在玉玺上的印文读给他听：

受命于天
既寿永昌

"这就是印文……"

"噢……"

"古时候，荆山脚下有人看见凤凰栖身石上，便剖开石头取出石心，献给楚文王。文王见是稀世璞玉，便当成宝贝。后来，秦始皇二十六年，选良工加以琢磨，做成方圆四寸的玉玺，命李斯刻此八字。"

"噢，噢……原来如此。"

"二十八年，秦始皇渡洞庭湖，遭遇风暴，玉玺一度沉到湖底。不可思议的是，捡到玉玺的人一生无恙，荣华富贵。玉玺也不知何时现身于世，被历代朝廷当做传国之宝。自大汉高祖时起，此物便代代相传，直至今日……主公如何会在今日兵火之中，安获此印呢？想来，玉玺实在是奇瑞多多啊。"

孙坚手捧玉玺，茫茫然听程普讲述玉玺由来，听得入神。

他心中暗忖："为何如此宝物授于我手？"

他甚至感到恐惧。

程普继续讲述道："现在想起来，前一年十常侍作乱时，幼帝逃到北邙山。当时，玉玺遗失的传言一时间突然甚嚣尘上。现在，玉玺意外在井底拾得，授于太守之手，非同小可啊。"

"嗯。我也这么想。……此事的确非同小可。"孙坚沉吟道。

程普把嘴凑到孙坚耳畔，低声耳语道："此乃天授，祥瑞之兆也。天让你登九五之位，命你世代承继传国大统。……当速速回国，谋长远之计。"

孙坚深深颔首，道："然也。"

他两眼放光，深深期待，交代在场手下道："今晚之事断不可与他人相语。如有泄露他人者，定斩不饶。"

很快，夜入阑珊。

孙坚悄然回寨歇息。程普对手下人道："主公突发疾病，明日拔寨，速回封地。"

诈称孙坚有恙，当夜突然让手下着手准备回江东。

可是，慌乱中，孙坚左右一手下竟至袁绍寨中告密，把事情经过告诉袁绍，获些微赏赐，销声匿迹。因此，袁绍早知玉玺秘密。

天一亮，孙坚一副若无其事的样子前来告假。他佯装憔悴，道："这两天健康状况实在不佳，寨中事务亦颇倦怠。事出突然，我欲暂且回长沙，静养一阵……以风月为友……"

不待他把话说完，袁绍便把脸扭向一边，大笑道："啊哈哈哈哈……"

孙坚心中愤怒，以手扶剑道："我来好好道别，主帅却为何无礼大笑？"

袁绍露骨地道："你装病很高明，装怒也很高明啊。看来是个表里不一之人哪。……你所谓的静养，就是把传国玉玺揣在怀里焐着，很快孵出小凤凰吧。"

"什……什么？！"

"慌什么！孙坚！你该知道自己的身份。把昨晚从建章殿井中拾得的物件交出来！"

"什么？我不知道啊！"

"无礼之徒！你想篡夺天下吗？！"

"不知道！你凭什么说我谋反？！"

"住口！各路诸侯兴义军，共患难，就是为了匡扶大汉天下，安抚社稷。玉玺当返还朝廷，匹夫不可私藏！"

"何出此言？信口雌黄！"

"何谓信口雌黄?!"袁绍也要对他拔剑。

"哟嚯，你要伸手拔剑哪。……你要斩了我孙坚不成？！"孙坚道。

"喔……"袁绍兀地站起身来，道："黄口乳儿，怎敢欺我！刻意编造谎言，谋反之心昭然若揭。我要与你决一胜负，把你暴尸寨门！"

"狂言！"

说时迟那时快，孙坚拔剑出鞘。袁绍也挥舞大剑。两人蹬地跃起。

"不得了！"当堂充满杀气。

袁绍身后站着颜良、文丑等凶猛武士。程普、黄盖、韩当等人则站在孙坚身后，个个剑环锵锵，一片嘈杂，担心"主公的大事"。

进入洛阳以后一直未曾打仗。此时一战，血雨腥风，可解久不出战的郁闷。

可令人惊讶的是，满堂诸侯一齐起身，拉开双方。平日里歃血为盟，行义天下，如此分道扬镳的丑态一旦暴露于世，在民众中的威信定然一落千丈。如果义军遭到怀疑，逃到长安的董卓一军，定会大看笑话，拍手称快。

"好啦，好啦，算了吧。"

"孙坚坚称自己清白，料他不装病。"

"主帅碍于身份，也请自重。不然如何是好啊？"

由于诸侯拉劝，袁绍总算说了句："好吧，拜托各位。孙坚果真未窃玉玺吗？证据何在啊？"

于是，孙坚喊冤道："我亦汉室旧臣，缘何要夺传国玉玺，企图谋反呢？我向天地神明起誓，绝无此事！"

看那神情，谁都会觉得"既然如是说"，深信不疑。于是，大家为两人和好举杯而别。可是，谁会料到，事后没过一刻，孙坚的营寨已不见一兵一卒的影子。

"这，可就怪了。"

袁绍也焦虑起来。各路诸侯大寨也莫名地现出动摇迹象。正在此时，先前追讨董卓，大败于荥阳的曹操，率仅有残兵败将回到洛阳。

袁绍欲问计曹操，趁机设宴，唤来诸侯，安慰曹操。曹操却愤然道："嘴上叫喊大义，心中却无共识，非志同道合者也。如此下去，徒使人民受苦，白丢性命，空耗财宝，无益甚矣。小生且回山野，好生思想。亦请诸位熟虑再三才好。"

说完，当天离开洛阳，向扬州方面去了。

那时，孙坚已经一路狂奔，逃向长沙。

途中，因袁绍下追讨令而受到追兵追击，遭到各城太守阻击，吃尽苦头。但终于跑到黄河边上，拾得一舟，仓皇渡河，逃到江东。

在舟中环顾身边，只剩帐下将士数人而已。但怀里的传国玉玺，却不曾遗失。

破坏一蹴而就，但文化的建设却非朝夕可成。

再看。要达到破坏的目标，一股狼烟便告结束，还可以勇往直前。但进入以后的建设阶段，人心必起分裂。

原先的同道不再成其为同道。人们重又表现个性，意见冲突，纷乱频发。热情冷却，产生分解作用。事态向第二阶段推移，眼睛哪里还看得见。

曹操、袁绍等人的举兵，此时也到了这种时刻。

当初理想现已不知去向何处。最初点起狼烟，纠集十八路诸侯的曹操自己，对袁绍的优柔寡断感到恼火，首先决意"我自己干"。尽管这里人多势众，颇为优越，但他还是带着自己所剩无几的手下，怀着一腔郁闷不满和一颗惨淡之心，速速奔扬州而去。

而且。在变成废墟的禁门井中意外拾得玉玺的孙坚，也有自己的想法。他怀揣珠玉当即变心，跟袁绍大吵而别，也于当天急回长沙。路上遭到荆州刘表阻击，部队受到重创，逃过黄河时，一叶扁舟上活着的人只有程普、黄盖等旗下六七人而已。此乃日后所闻。

就在这时。又有一事发生。东郡太守乔瑁和兖州太守刘岱，在洛阳大寨中为借军粮之类的无聊琐事发生争执。刘岱半夜突然杀入对方寨中，斩了乔瑁。

诸侯之间尚且如此，下边将校、卒伍，混乱可推而知。

掠夺从未稍停。偷酒。因为赌博和女人大打出手。……虽有军纪，没有严令。洛阳饥民，夜夜悲伤，仰望废墟星空，喃喃自语："这样子，还不如以前董相国的暴政来得好些。"

一到晚上，街上空无一人，偶尔传来的，不是吃了人肉野性发作的野狗叫声，就是女人的哀号。

"太守叫我？"

一天晚上，刘备悄悄来到公孙瓒面前。

公孙瓒告诉他："不为他事。最近，我细察诸侯心思和主帅袁绍内心，尽是不妙之事。袁绍无力善后。就是说他无能。我估摸着很快会出乱子，无法收拾。"

"呃……"

"你也是这么想的吧。你，还有关羽、张飞，让你们的付出超乎他人，却没有任何回报给你们，过意不去。你也先离洛阳，回平原去如何？我也打算拔寨离去。"

"是这样啊……好吧，后会有期，就此别过。"

玄德告别。

他如此这般地把情况告诉关羽、张飞二人，然后向平原去了。

虽然进了洛阳，但却一无所获。兵马装备，一仍其旧，还是原来那副穷酸相。

但是，关羽、张飞依旧爽朗，在马背上谈笑风生。每到一村，动辄沽酒而饮，劝刘备道："喂，不来喝上一口吗？不知道猴年马月才能喝上咱的庆功酒。不过，能踏踏实实地活着回来，倒是可以小小庆贺一番。马背饮酒走天下，别有趣味啊！"

张飞打诨搞笑，天天都是好日子。

三十二　白马将军

话说后来。

留在焦土洛阳并无用处，诸侯的军队便陆续回国。

袁绍也集合兵马，暂时转移到河内郡（治所在今河南武陟西南）。但因拥兵甚众，军粮迅速告罄。

"连兵卒口粮供应也已经厉行节约了。长此以往，恐怕撑不了多久就会生乱，跑到民家抢掠。真要是这样，将军的兵马转眼就会变成土匪。昨天的义军主帅，也会被人民当成土匪头目。"

管军粮的部将忧心忡忡，屡次催促袁绍拿出对策。

袁绍如今也撑不下去，便要修书，道："既然如此，就把情况告诉冀州（今河北中南部）牧韩馥，派人去借军粮之资。"

这时，一个名叫逢纪的侍将悄然进言，道："大鹏当纵横天地。怎能告以区区穷策，仰仗他人之资。"

"是逢纪啊。哦，如另有他策，我也不想向韩馥借米。你有何良策？"

"当然。冀州乃富饶之地，且不说粮米，就是金银五谷都很丰富。当夺其国土，以为未来之地盘。"

"此我所望也。但何计夺之？"

"遣密使往北平太守公孙瓒处，就说请他攻打冀州，然后瓜分之。"

"噢。"

"公孙瓒肯定也会起贪心。这样，将军再暗通韩馥，说助他一臂之力。韩馥是个胆小鬼，一定会依靠将军。以后的事情便在掌握之中了。"

袁绍大喜，立即依逢纪所献之计行事。

冀州牧韩馥接到袁绍的信，不知何事，展开一看，却是忠言，道：

北平公孙瓒秘密召集大军，企图攻打冀州。备战不可懈怠。

韩馥当然不知道袁绍还在唆使公孙瓒，所以大惊，与群臣共商如何应付。

"忠言相告的袁绍正是先前十八路军队的主帅，而且是智勇双全、威望很高的人物。应赖此人之力，将他殷勤迎入冀州。听到袁绍来助，量他公孙瓒也不敢轻易动手。"群臣中的重臣都持此意见。

韩馥也就同意道："可也。"

一个叫耿武的长史列举其非，愤然进谏。

但他的直言未被采用。商议陷入争议，认为耿武说法正确而离席的竟达三十人。

耿武得知自己的主张最终未被采纳，撂下一句"罢了"，当天弃官，销声匿迹。

可他是位忠烈之士，不忍眼睁睁看着主公灭亡，一直在等待时日，瞄着迎袁绍进冀州的机会。

很快，袁绍在韩馥的迎接之下，堂而皇之地引兵行进在冀州城内的街道上……当天，忠臣耿武在路旁树后握剑以待。

耿武已经做好准备，要挺身而出，在路上刺杀袁绍，解救主公与冀州的危难。

袁绍的队伍已经来到眼前。

耿武挥剑，一跃而出，大叫："尔曹莫入吾境！"突然跳到袁绍马前。

"暴徒！"侍臣们一哄而上，进行拦阻。

大将颜良绕到耿武身后，大喝一声："无礼之徒！"手起刀落，砍向耿武。

耿武怒视天空，道："实在遗憾！"说着，把剑掷向袁绍。

剑没有刺穿袁绍，扎进对面的杨柳树干。

袁绍顺利进入冀州。太守韩馥及手下群臣、军队在城头插上旌旗，把他当做贵宾迎接。

袁绍刚刚坐进城府便道："首先要行仁政，这是强国第一步。"

他封太守韩馥为奋武将军，自己则体面执掌藩政，实行赚取人气的政治，把自己的心腹田丰、沮授、逢纪等分别放在重要位置上。韩馥的存在完全被淡化。

韩馥追悔莫及，道："啊，我错矣！现在才想到耿武的忠谏。"

但为时已晚。他日夜懊恼烦闷，终于出走陈留，投陈留太守张邈而去。

另一方面。北平公孙瓒因"曾有密约"，相信袁绍先前所言，引兵而来。但冀州已然落入袁绍之手。于是派弟弟公孙越为使，请求道："愿如所约，将冀州领土一分为二，一半让于我方。"

袁绍答道："可以。不过，瓜分冀州事关重大，公孙瓒亲自前来才好。我一定履行约定。"

公孙越满意而归，却在途中遭遇树林里射出的箭雨攻击，进退不得，中箭而亡，呜呼哀哉。

闻听此事，公孙瓒的愤怒自不待言。全族歃血，攻到磐河桥畔，摆出一副不砍下袁绍头颅决不再见家乡父老的架势。

冀州大军也夹桥防守。军中幡旗飘扬，历历在目，像是袁绍大寨。

公孙瓒骑马来到桥上，大叫："不仁不义、不知廉耻的畜类袁绍何在?!若知羞耻，快快出来！"

"竟放何言?!"袁绍也拍马而出，立于桥上，"韩馥以自己不才，让贤于我袁绍，隐退到闲散之地去了。不知羞耻的是你！引狂兵入境，想掠夺吗？"

"住口，袁绍！昔日同进洛阳，奉你为忠义盟主。如今想来，天下人人感到羞耻。狼心狗肺的老狐狸！你有何面目立于太阳之下，老脸皮厚地口吐人言！?"

"一派胡言！有谁将他生擒，连根拔掉他的舌头？"

文丑号称袁绍旗下第一豪勇。他身高七尺，面孔赤黑如蟹。

听到大将袁绍之命，应声而出，纵马来到桥上，直奔公孙瓒挑战："贱郎无礼！"

枪对枪，公孙瓒也毫无怯色，你争我斗，但终究不是文丑对手。

"我不敌也。"公孙瓒暗忖，随即拨马逃进桥东自家阵中。

"卑贱！"文丑冲入敌军阵中，紧追不舍。

"挡住他！"

"住手！"

见大将危急，公孙瓒旗下几员侍将上前抵挡，又把文丑重重包围，但都被踩踏而倒。尸体累累，一片惨状。

"可怕的家伙！"

公孙瓒吓破肝胆，跟着溃逃出来的手下尽皆跑散，剩他孤身一骑，奔逃在山间小道上。

这时，文丑的声音又在身后响起："惜命者下马投降！现在尚能保你一命。"

公孙瓒胡乱扔掉手中弓箭，死马当成活马医，猛抽马屁股。马跑得太狠，绊在岩石上，折了前腿。

他当然跌下马来。

文丑转眼来到眼前。

"完了！"公孙瓒万念俱灰，闭上双眼，拔出宝剑，就要站起。

就在此时，悬崖上飞快下来一个壮汉，直取文丑，挡住去路，一言不发，挺枪猛战七八十合。公孙瓒暗道："天助我也！"趁隙爬到山上，总算捡回危命一条。

听说文丑最后也断念撤走的消息，公孙瓒集合兵马，问部将道："今日意外于险境之中救我一命者竟是何人？"并让他们在各自队伍中查找。

很快，此人出现在公孙瓒面前。他本非公孙瓒军中之人，只是行旅一个。

"足下这是打算回哪里？"公孙瓒问道。

"在下乃常山真定（今河北正定附近）人氏，叫赵云，字子龙，正要回故乡去。"

浓眉大眼，看上去就是一个大丈夫。

赵子龙补充道：原在袁绍幕下，但见袁绍所作所为，渐渐觉得他并非自己将来可以长期侍奉的主君。便想索性回老家去，故来此地。

"原来如此。我公孙瓒并非智仁兼备之人，但足下如有意来投，则可协力一处，共救百姓涂炭之苦。意下如何？"

赵子龙听公孙瓒这番话，相约道："权且留下，聊尽微薄之力。"

公孙瓒因此精神百倍，翌日再次来到磐河桥畔，用北国产的白马两千匹列阵，摆开巨大阵势。

公孙瓒之所以拥有大量白马，是因为前些年与匈奴作战时，曾用雪白一色的白马编成骑兵队，打败了北方胡族，之后提到他的"白马阵"，便天下闻名。

"嚯，相当壮观哪！"袁绍隔河立于对岸，把护手搭在额上，眺望敌阵道："颜良、文丑！"

"在！"

"你二人分成左右两路，形成两翼保护。再以鞠义为大将，领强壮射手千余骑，布下射阵。"

"领命！"

下过命令，袁绍令旗下千余骑、弓弩手五百、枪戟步兵八百余，把幡、旗、大旆等插成正圆，巩固中军。

隔河对阵，战机渐次成熟。东岸公孙瓒看到敌军动向，以手下大将严纲为先锋，打一面大红圈金线绣"帅"字旗，来势汹汹，直逼河边，高喊："谁敢出战？！"

公孙瓒虽然觉得昨天救自己一命的赵子龙是个非凡人杰，但对他的内心深处还不能充分信任，所以才以严纲为先锋，只让子龙带兵五百，去守后寨。

两军对阵，从辰时直到巳时，只听得河水泛波，水声汩汩，却是战端未开。

公孙瓒回头看着自己的军队，一声号令，道："僵持无休无止，想来敌军布阵也是虚张声势。一口气射垮敌军，踏过磐河桥去！"

一时间飞矢向敌阵倾泻而去。

看到时机合适，严纲在阵前率领东岸的军队越过桥去，一下子冲到敌军先锋鞠义的阵中。

鞠义不事声张，点起狼烟为号，与颜良、文丑两翼力合一处，迅速将来军包围，把大将严纲斩落马下，夺得"帅"字大旗，投入河中。

公孙瓒内心焦急，道："不许退！"

尽管他跃马苦战，却不敌鞠义凶猛之势。且颜良、文丑二将又瞅准他，道："那正是公孙瓒！"和严纲一样，封住口袋，直取他来。公孙瓒咬碎钢牙，混在溃不成军的兵卒当中大败而逃。

"仗，打赢啦！"

袁绍得意忘形，在颜良、文丑、鞠义诸将冲出去之后，自己也跟着越过磐河桥，在敌军中乱冲乱杀。

233

公孙瓒的军队败得很惨。第一阵被破，第二阵溃败，中军被冲得支离破碎，四散而逃。可是，殿后的部队却不可思议，宛如森林，岿然不动，悄然无声。

他们约有五百兵力，主将正是昨日来投的客将赵云。

鞠义率兵前来冲阵，根本没有留意，道："踏平此阵！"突然，五百精兵宛若莲花开放一般刷地展开阵形，说时迟那时快，就像手握物件一样包住敌人，从四面八方射箭刺杀。赵子龙见鞠义仓皇拨马，正欲回撤，便立即拍马奔来，一枪将他刺死马上。

白马毛皮染血，宛如红梅落英。这是公孙瓒昨日作为谢礼赠与他的骏马。

子龙继续前进，去冲文丑、颜良二军。二将想迅速撤到对岸，可只有磐河桥一条退路，士卒坠河而死者不计其数。

袁绍还不知道深入敌军的部队已经被赵子龙粉碎。

他拔寨前进，越过磐河桥，布置旗下三百余骑和射手百人左右守备，与大将田丰并辔而立，道："怎样，田丰？公孙瓒也不像嘴上叫喊得那样厉害吧。"

"是啊。"

"白马两千匹列阵，确是天下奇观，可真的一冲，也不堪一击。大旗扔到河里，大将严纲被斩，多无能的将军啊！我以前有点高看他啦。"

正说话间，敌军的飞箭阵雨般朝他身边射来。

"呀……呀……呀……"袁绍慌张道，"哪里射来的敌箭？"他急忙后撤，想要跑进盾墙。

"斩杀袁绍！"

这时，赵云手下五百人像从地下涌出的一样，前后夹攻而来。

田丰猝不及防，害怕敌军神速的迫力，道："太守太守！留在此地不是被流矢射中，就是被活捉，逃不过灭亡。退到那边磐河桥悬崖下面，暂时躲避为好。"

袁绍回头看看身后。身后也是敌军。而且敌军的箭矢纵横交错。

"现在，"他准备决一死战，奋然脱去身上铠甲，丢弃在地，叫道，"大丈夫战死疆场乃是所愿。躲在物后被流矢射中，岂不为人耻笑？！最后关头，不求生还。"

一身轻装的袁绍，率先跃起决死的战马，冲入敌军之中，大叫："去死吧！去死吧！"奋力拼杀。田丰跟随其后，其他士卒也都狮子奋起般拼杀。

这时，溃逃而来的颜良、文丑二将跟袁绍兵合一处，危急关头，激战拼杀，再次挽回混乱之势，追击四周敌军，进而乘势迫近公孙瓒大寨。

这天。两军交战，激烈拼杀，真个是胜负参半。一会儿进攻，一会儿被攻，尸横遍野，鲜血染红大河。从黎明到午后，一片混战，难分胜负。

现在由于赵云的作战，公孙瓒的部队似乎占有优势。他在大寨里刚刚喘上一口气，袁绍便领头率军，跟田丰、颜良、文丑诸将一齐怒涛般冲来。公孙瓒拍马便逃，别无他策。

这时，一股狼烟轰然而起，震天动地。

只见一抹狼烟掠过碧空，磐河边上满是袁绍大军旗帜，击鼓声声，喊声大振，从四面八方挡住公孙瓒逃路。

他愤不欲生。

二里……三里……拼命奔逃。

袁绍乘势转入急速追击。追了五里来地，突然山峡间杀出一彪人马。

"袁绍！我在此恭候你多时啦。我乃平原刘玄德！"刘备通报姓名。

"速速投降！"

"取死还是投降？"

从平原日夜兼程赶来的关羽、张飞等人一齐大吼。

袁绍大惊，道："啊呀呀，又是那个玄德吗？"众人争先恐后，往回就逃，人马相踏，身后刀鞘、铠甲、枪戟等物，散落一路。

战斗结束。

公孙瓒把刘玄德迎进大寨，深深谢道："今日之危，得捡一命，全仰足下。"接着又道："此前我也身陷危急，适有一大丈夫救我一命。他与足下当两心相契。"说完差人去请赵子龙。

子龙片刻即到，道："有何贵干？"

公孙瓒把子龙介绍给玄德，道："就是他！"并极口称赞子龙的人品和在今日激战中表现突出、用兵高明。

子龙十分害臊，谦逊道："太守，您把在下召来，却在生人面前如此调侃在下。在下恨不能地上有个洞钻进去。"

他星眸阔面，看上去威容堂堂，俨然一个大丈夫，却也有童心般的羞涩。看着他，玄德不禁微笑起来。

看见玄德微笑，赵子龙也赧然笑道："啊呀！"

玄德柔和的眼眸。子龙清澄的目光。两人初次见面，相视而笑。

公孙瓒指着玄德道："此乃刘备，字玄德。今日从平原驰来救我，恩人哪。以前我们就有交情，是互帮互助的朋友啊。"

公孙瓒告诉赵子龙此人姓名。赵子龙非常惊讶，道："这么说，你就叫刘玄德，与关羽、张飞二位豪杰是结义兄弟咯……这可没想到，机缘巧合啊。"

他为有此缘分而高兴。

"我乃常山真定人氏，名赵云，字子龙。因故留在公孙太守寨中，虽立微功，却还只是个年轻的武人而已。将来请多多指教！"言辞低调，招呼周到。

玄德也道："不不，你客气了，不敢当！我也是时势风云中的一介武夫，是一个除了一片丹心，没有半寸封地的年轻人。我才该仰你的高谊啊！"

二人相见的一刹那，就有十年知己的感觉。

玄德心中信赖，暗忖："此人定是优秀人物，绝非寻常武夫。"

赵子龙亦然，心里满怀尊敬："此人年纪尚轻，却远胜传闻所言。这位刘玄德才是人杰，前途无量……要奉主公，非此种人莫属……"

玄德、子龙两人都是客将身份，公孙瓒心里感到空落落的。但既然把二人拉到一起，他在一旁也感到高兴。

他约定日后必赏玄德，又把自己银毛雪白的爱马赠予子龙，勉励他协力再战。然后各自别去。

子龙跨上受赠的白马回到寨中。然而，心里留下深刻印象的，不是公孙瓒的恩赏，而是玄德的风貌。

三十三　溯江

迁都之后，随着日子一天天过去，长安都城也逐渐呈现出皇城市街的繁华，秩序也有所改观。

董卓的豪壮之势迁到此地以来仍是一如既往。

他拥立天子，以天子之辅自任，位极人臣，自称太政相国，出入宫门，撑金花车盖①，垂万珠车帘，辘声摇摇，行装之绮罗与威势矜夸海内外。

一天。他的谋士李儒告诉他："相国。"

"何事？"

"最近袁绍和公孙瓒夹磐河而战……"

"嗯。好像是啊。形势如何？"

"袁绍一方略显败相，从磐河退却甚远。不过两军仍在对峙，已经一月有余。"

"打才好呢。两军都背叛了我。"

"非也。朝廷定在此处已久，但迁都后忙于内政，天下事已经抛掷一边了。如此，帝室的威光就不能普照。"

"有何良策？"

"窃以为，相国当奏得天子诏书，派敕使去磐河，劝两军休战，让他们修好。"

"说得有理。"

"双方伤亡都很惨重，正是疲于战事的时候。所以派敕使下去讲和，双方都会乐于接受。而且，这个恩德自然会变成对相国的顺服。"

"实乃高见！"

董卓迅速上奏皇帝，请求下诏，派太傅马日䃅、赵岐二人为敕使下关东。

敕使马太傅首先来到袁绍寨中，传达圣旨。然后再到公孙瓒处，带去董

---

① 金花车盖：汉代天子车辇的车盖四周饰有金花。——译者注

237

相国的和解仲裁之意。

"如果袁绍也没有异议的话……"一方如是说。另一方也说："如果他退兵的话……"双方都是顺水推舟，遵从敕命。

于是，马太傅在磐河桥畔的一座亭子里，叫来两军大将，让他们握手换盏，然后回都城去了。

袁绍、公孙瓒也都于当天集合兵马，各回封地。后来公孙瓒向长安上表感谢，顺便上奏请封刘备为平原侯。

朝廷的批复很快送达。公孙瓒以此回报玄德，道："这是我向你表示的微薄之意。"

玄德谢恩，将去平原。行前公孙瓒设宴饯别。散席后，有一个人悄然来玄德住处拜访。此人便是赵云子龙。

子龙一见玄德的面就道："只有今晚啦，要分别了。"眼睛里噙着泪水，依依不舍。

子龙也没打算长久深谈，旋即下定决心，道："刘兄……明天出发时也带我去平原吧。这样说很是强人所难，但我不忍跟你分别……我心里已经是如此仰慕于你了。"

叱咤鬼神的英雄豪杰，却像少女一般低下头去。

玄德也早已为赵子龙这个人物所倾倒，现在他既然来诉说离别之情，便道："寨中得好友，实属不易。转眼要回平原，我心里也感到不忍离别。"

子龙面色沉郁，叹道："其实，足下也知道，在下原在袁绍旗下。但看到袁绍自洛阳以来的所作所为，多有不德，便转而认为公孙瓒才是安民的英明之君，这才来投……可他却接受长安董卓派来的讲和使者，立马就跟袁绍讲和，安于小功。由此可知其不成大器，终不能成为拯救天下穷民的英雄。总之与袁绍一路货色。"接着他向玄德吐露真心。"刘大哥。拜托你啦！让我陪伴您到平原去吧。我看你才是将来有所作为的大器。拜托了！……就把我当做家臣，永远……"

子龙跪在地上，表情真诚，苦苦哀求。

玄德闭上双眼，陷入沉思，道："不。我没有如此宏才。不过，将来如果有缘重逢，再重温今日情谊吧……现在还不是时候。我走之后，你帮助公孙瓒当更加尽力。时机到来之前，权且就在公孙瓒身边吧。这是玄德拜托于你的。"

被开导一番，子龙也很无奈，流着泪道："那就等待时机吧。"便留了下来。

翌日。张飞、关羽等人率领兵马出发，玄德走在前头，回平原去……就是说，从这时起，他终于挂上了一颗地方相印。

却说有个人叫袁术，是南阳太守。此人是袁绍的弟弟，曾在袁绍旗下总管粮草。

回到南阳以后，哥哥仍然无意赏他恩禄。这使他满腹牢骚，觉得"岂有此理！"

他给哥哥修书，请求道："希望得到冀北名马千匹，作为先前追随的赏赐。如若不给，另有想法。"

袁绍大概对弟弟强要赏赐很恼火，不但一匹马都没有送来，连个回话也没有。

袁术大怨，自此兄弟不和。可是，兵马资财全都仰仗哥哥，袁术旋即陷入经济困境。于是差人去荆州刘表处，请求借用军粮米两万斛，又被刘表体面回绝。

"这家伙也受吾兄指使。"袁术大怒，终于现出自暴自弃的征兆。

他派密使趁黑夜偷偷渡江到得吴地，给东吴孙坚送去一封书信。

信中写道：

> 前者为夺印而于洛阳归途拦截公等，使公苦不堪言者，乃袁绍之谋也。今又与刘表议袭江东，图掠公之地也。惟公速起兵夺取荆州，吾亦以兵相助。公得荆州，吾取冀州，同时可报二仇。且勿误也！

这里是长江支流流域，城市濒临海一样的大湖。孙坚所在的长沙城得水之利，文化活跃，军备充足。

程普这日旅途归来，不经意看到大江岸边四五百艘战船列队停泊，船上装着数量巨大的粮食、兵器和马匹，大吃一惊。

"究竟哪里要打如此大仗啊？"

他差人向水手打听，回答说：不太清楚，好像孙坚将军下令，就要去荆州方向打仗。

239

"不得了!"

程普推迟回家,中途进城,并向同僚幕将打听缘由,愈加惊讶。

他马上谒见太守孙坚,谏其切勿鲁莽,道:"据了解,船上都是与袁术合谋攻打刘表、袁绍的军备。可是,您相信一纸密信,就与袁术命运与共,太危险了!"

孙坚笑道:"不,程普。那点危险我也知道。袁术本来就是多诈小人……不过,我兴兵不是仰仗他的力量,而是依靠自己的力量。"

"可是,举兵得有名分啊!"

"袁绍在洛阳那般羞辱于我,刘表受他指使于途中阻截我军,让我孙坚大败而归。如今,我要雪耻报怨。"

程普也无可再谏,主动亲自督促备战。

五百余艘兵船在大江上只待择吉日起航。这情况早早传到荆州刘表的耳朵里。他召开军事会议,向众将问计,道:"如何是好?"

此时,一个叫蒯良的谋臣出班,发表意见,道:"这点敌人不必大惊小怪。可使江夏城黄祖把守要害,举荆州襄阳大军为后军坚守,料他孙坚隔着大江也不能行动自如。"

所有人都同意道:"此说然也。"于是集合荆州之兵,各行完备防守。

湖南水、湖北岸,长江流域终于现出惊涛骇浪之兆。

话说此时。孙坚就要出征,却因为家中女人和子女先起波澜。

他的正室吴氏嫡出四子:长子孙策,字伯符;次子孙权,字仲谋;三子孙翊;四子孙匡。

吴氏的妹妹是孙坚的宠妃,庶出一子一女:子孙朗;女孙仁。

此外,宠妾俞氏庶出一子:子孙韶,字公礼。

事情发生在"明日出战"之令传来的前一天晚上。孙坚的弟弟孙静领着这一大群子女一本正经地来到哥哥孙坚的阁中。

"是弟弟啊……呀,这一大群都来啦。明天就要出战。大家都是来庆祝我出门的吗?"孙坚心情很好。

"不,兄长。"弟弟孙静郑重其事地道,"我领着你的孩子们到这里来是进谏不要出战的,不是来庆祝的。"

"什么,进谏?"

"是的。你性命要紧，一旦有所差池，这么多少爷、小姐怎么办？孩子们的母亲吴夫人、吴姬、俞美人都托我求你打消这个主意。"

"胡说！都这时候了……"

"总比打了败仗再收戟强吧。"

"少说不吉利的话！"

"抱歉！不过兄长，若是面对天下之乱，为救亿万人民奋起而战，我绝不阻拦。哪怕三位夫人七个子女都叹息，我孙静也定会率先庆祝出战。可是，此次征战是私怨，是一己之小欲、小义。为此让卒兵死伤、百姓痛苦，这等举兵，窃以为绝对应该取消才好。"

"住嘴！你与小女子如何能够理解？！"

"不，就算你这么说，我也……"

"还不住口！你说师出无名，可又有谁了解我孙坚的胸怀呢！？我也有救世济民的远大理想。等着瞧吧，如今我当纵横天下，扬孙家之名。"

"呜呼！"孙静终于沉默下来。

于是，吴夫人的长子孙策，一个十七岁的粉面美少年，快步上前，道："如若父亲执意上阵，一定要把我带上。七个兄弟姐妹中，数我最大。"

一筹莫展的孙坚听到长子勇气可嘉的话语，好像得救了一般，心情转好，道："说得好！你从小就在众兄弟中英气出众，也很中用。不枉我如此看你！我明日出发，你可回去准备！"

孙坚再次扫视这群孩子和弟弟，交代道："次子孙权，你要跟叔父孙静齐心合力，守好家。"

次子孙权道："是。"回答得明了，眼睛盯着父亲的脸告别。

孙策的母亲吴夫人听说跟叔父一同去进谏的长子反倒要跟父亲一起出征作战，道："岂有此理！把那孩子叫来！"便差侍女去接孙策。可是天还没亮，长子孙策就已经不在城里。

孙策事先早已料到，母亲一旦得知，定来阻拦。他是一个年轻武士，性急敏捷如雏鹰一般。一心只想"我得争先……"不等父亲出征时分，天不亮就来到大江岸边，早早登上一艘战船，率先起航，向敌军邓城（今河南邓州）攻去。

黎明时分，出征战鼓擂响。长沙大军从城门涌向江岸。战船五百余艘，舳舻相接，向长江进发。

孙坚听说长子孙策天不亮就已经率领十艘战船先行出发，嘴上大夸"真行"，赞他勇气可嘉，心里却担心初次上阵的爱子身陷万一之不虞，暗忖："不可使敌军威胁孙策。"于是十万火急向敌军邓城进发。

刘表的第一道防线以黄祖为大将，在沿岸布下坚固的防御阵地。

孙策比父亲的主力先到，用仅有的战船一口气攻了一阵。但陆地上弓箭齐射，战船甚至不能靠近。

这时，吴军五百余艘战船把孙坚的龙头船围在中间，在江上布开船阵。孙坚派小舟飞来传令，道："孙策，莫急！"于是孙策后退，加入父亲的船阵当中。

孙坚准备充分，在各条船上排好盾牌和弓弩手，满拉弓弩之弦。只听"冲啊"一声，战船便扬起白色浪花，扑向江岸。

然后，射击时各船放下小舟，把配带戟、剑精锐送上陆地。那阵势，真是要一口气突破沿岸防御。

然而，敌军也不可小觑。

防御阵中的大将黄祖也早已严阵以待，道："怨敌来吧！"静待兵船靠近，一箭不发。

瞅准时机，黄祖一声号令："打！"顿时，岸上筑起的众多箭楼上面，绵延数百米的盾墙土垒后面，飞箭如暴风雨般一齐袭来。

两军对射，飞矢鸣响，陆地和江面之间箭矢往来，遮天蔽日。黄浊的长江水激烈地冲向江岸，溅起凄怆的飞沫。小舟上的精兵成群地试图登陆，都被一一射杀。尸体很快被冲到浊流的尽头，像草芥一样消失。

"撤啊！撤啊！"

孙坚看箭战不利，立刻把船阵退到箭矢射程之外。

他改变战法。入夜后，他把附近的渔船统统搜罗来，把它们和无数小舟连接起来，让人点上红红的篝火，做出就要夜袭的样子。

江上一片漆黑，只有那火看得十分真切。陆上敌军惊道："这可了得！"弓弩、火矢，能射击的尽量射击，比白天更甚。

然而，小船上并未乘载一兵一卒，只有划船的水夫。遵孙坚之令，水夫为使敌军徒劳地用尽所有箭矢，只在黑暗的江上发出"喔——喔——"的喊声。

天亮了,小舟、渔船趁敌人尚未看清真正面目,就四散而去。然后一到晚上,又重复同样的策略。

如此七天七夜,夜夜都用空船篝火蒙骗敌军。就在敌军疲惫不堪时,一天夜里,战船真的满载强兵,大举登陆,把黄祖阵营冲得七零八落。

船上水军悉数登陆旷野,变成如云的陆军。

翌日,逃进邓城的敌将黄祖以张虎、陈生二将为两翼,再次展开猛烈攻击,意图打退孙坚军。

于是,两军方乱,张虎、陈生诸将就血红着眼睛驰骋疆场,下定"不让孙坚等人生还一个"的决心,冲入孙坚主阵,大声骂道:"尔等江东鼠辈!犯我城池,意欲何求?"

闻听此言,孙坚顾左右道:"夸大口的草贼!谁与我拿下此二人?"

幕下韩当道:"我去!"说罢挥刀直取张虎,大战三十余合,火花锵锵,两雄双目喷火。

陈生见状,一边大叫"我来助也",一边帮助张虎夹击韩当,使其苦不堪言。

就在韩当身处险境之时,在父亲身旁的孙策拿过从者所持的弓,把弦拉满,抵住眼角,一声"看箭",松弦放箭。

陈生尖叫一声,从鞍上栽将下来。

"啊呀……"张虎畏惧,拨马便逃。韩当紧追不舍,照着张虎的头盔劈将下去。

"二将已被斩杀!"

闻听此言,全军开始笼罩在失败的阴影之中。黄祖狼狈不堪,混在自家蜘蛛般逃散的败军之中,拍马而逃。

"生擒黄祖!"

"活捉了他!"

年轻的武者孙策提枪急追。好几回,孙策的枪已经逼近他的后背。

黄祖丢弃头盔,最后竟至下马,混在徒步杂兵之中,险中渡河,逃进邓城。

此一战,荆州军势大乱,孙坚的旗帜插遍四方原野。孙坚迅速进兵汉水,屯水军于汉江。

"黄祖大败！"

快马接踵来报战败，刘表失色。

蒯良道："既然如此，可坚守城池，并派遣急使向袁绍求救。"

"此计拙矣！"这时，蔡瑁反对，并口出豪言，道："敌军已经攻到城下。岂可拱手将生死寄托于他人援救。我虽不才，愿出城一战。"

刘表允准。

蔡瑁引一万余骑，出襄阳城，到岘山（今湖北襄阳东）扎寨。

孙坚席卷各处敌军，屡获战果，挟着威势，很快击破岘山之敌。

眼高手低的蔡瑁，跟着惨败的残兵，逃回襄阳城。

看到蔡瑁损失重兵，厚着脸皮逃回来，起初在刘表面前被说成胆小鬼的蒯良当面怒骂道："看到下场了吧？"

尽管蔡瑁觍着脸道歉，蒯良还是要求太守照军法斩首，道："不用我之计策，招致如此大败，当然要负责任。"

刘表一筹莫展，安慰道："不可，如今是一个人的性命都不能白费的时候……"最后没有允许斩杀蔡瑁。

因为蔡瑁的妹妹是绝世美人，最近刘表非常宠爱其妹。

蒯良无奈，不再吱声。大义与后宫，总是相克，纠缠不清。但现在不是争论的时候。

"可依赖者唯有天险和袁绍的救援。"蒯良抱着悲壮的决心，投入城池的防务。

这座襄阳城，背靠大山，三面环水。

这里号称荆州之险，是举世无双的要害之地。就连孙坚大军来到城下，也都攻得心烦气躁，兵马现出远征的疲劳之相和厌倦之色。

于是有一天。狂风猛刮。野外扎寨的孙坚大军苦于沙尘和狂风达半日之久。不知怎的，竖在中军的"帅"字大旗的旗杆"咔嚓"一声折断。

"帅"字大旗是全军主帅的大旗，兵卒们全都被不祥之感攫住。尤其是幕僚们眉头阴云密布，围着孙坚，纷纷说道："此事非同小可！近来战事不顺，兵马渐已倦怠，而且远离家乡，战场树木已见冬天迹象。如今朔风骤起，中军帅旗旗杆折断。大家都有不祥的预感。不若就此暂且退兵如何？"

孙坚嘲笑道:"啊哈哈哈……连你们都那么迷信啊?!"

孙坚毫不在意。但事关士气,他也认真地补充道:"风乃天地之呼吸。冬天前刮朔风是报告冬天将要来临,不是为了折断旗杆才刮的。大家觉得奇怪,不过是人的迷惑。这座城池再攻一把就能攻陷。怎么能舍弃已在掌握之中的敌城而撤兵呢?!"

如此一说,也有道理。诸将便无二话,听从孙坚之说,又回去努力重振士气。

翌日,孙坚大军又大呼高叫地攻城。填水壕,放火箭炮,派轻兵乘筏攀爬城墙。但襄阳城岿然不动。

下霜了。雨夹雪夜夜下个不停。萧萧战场,只有死尸引得寒鸦欢心。

三十四　岩石

狂风过后第二天。

在襄阳城内，蒯良来到刘表面前悄悄进言道："昨天的变天绝非寻常。您注意到了吗？"

"噢，是那阵狂风吗？"

"白天刮了狂风，入夜后，平常看不见的彗星朝西面原野陨落了。在下认为那是将星坠地之象，一定是上苍在启示我们什么。"

"别说不吉利的话啦！"

"非也。对我们而言无须多虑。更确切地说，此事可设坛祭祀。我测了方位，凶兆在敌军孙坚的国土上。主公不可坐失良机，当趁此机会差人往袁绍处，请求援助。如此一来，敌军不是四处逃散，就是被切断后路，成为口袋里的老鼠。他们只能选择其一。"

刘表点头，对家臣道："谁能突破城外包围，去袁绍处？"

"愿往。"吕公主动受命。

蒯良觉得此人可以，便支开别人，授吕公一计，道："你可领强悍之马和精猛之兵五百骑，杂以射手，一旦突破敌军包围，即上岘山。敌军必定来追。我方可诱其深入，在山上要害处置岩石和巨木，见敌军上来便一下子让他们尝尝如雨巨石的滋味。射手则趁敌军狼狈之际，从四面林中射箭。如此敌军胆怯，道路为岩石、巨木所阻，汝等可轻易到得袁绍处。"

"果然高明啊！"

吕公自告奋勇，当夜悄然率领铁骑五百脱出城外。

他们隐匿马蹄之声，在肃杀疏林中静静行进。万树枯叶摇落，一派冬天景象，树梢白花花一片，宛如种植的一排排白骨。

细细的月亮高悬天际。这时，敌军哨兵来到疏林尽头，大声喝道："谁？"

前面的十来骑一下子冲上去，立斩哨兵五人。

紧挨着那边就是孙坚的营寨，孙坚马上飞奔出来，大声问道："刚才跑过去的马蹄声是敌人的还是我军的?"

没有人回答。五个哨兵在一弯晓月下碧血浸身。

孙坚见状立刻直觉到:"不好!出事了!"他飞身上马,冲大寨高喊一声:"城里有人逃出,跟我追啊!"便一马当先,去追吕公的五百骑。

事出突然,孙坚后面好不容易跟上的才三四十骑。

吕公回头望去,道:"来啦,追兵!"由于早在算计之内,他并不惊慌,把射手藏进疏林后面,自己则胡乱朝山上爬去。然后在敌军可能爬上来的崖上,堆好岩石,等着追兵。

不多时。十骑,二十骑,四五十骑,敌人的影子从林中朝山下"哇哇"杀来,口中还在叫骂着什么。

追兵中响起孙坚的声音:"敌军一定是逃到了山上……什么呀,就这么个悬崖,连人带马爬上去!"

猛将手下无弱兵。孙坚拍马上山,紧随其后飞奔而来的部下也都纷纷开始攀登岘山。

可是,脚下黑暗,杂草藤蔓和极易崩溃的沙土很是恼人,孙坚的马也只是一个劲儿地嘶鸣而已。

守候崖顶的吕公见时机已到,一声锣响,给出信号:"打呀!扔石头!放箭!"

大小岩石一齐从崖上落下,直要把孙坚和他手下三四十人活埋。慌忙逃避一下吧,四面八方树后射出的飞矢像呼啸的疾风一样包围着他们。

"完了!"

孙坚仰望新月。正在此时,一块巨大的岩石从他头顶上方落下。

"轰隆……"

就在孙坚感到地动山摇的一刹那,他的身影和坐骑都被砸在下面。可怜只有口吐鲜血的脑袋,从岩石下隐约露出。

孙坚时年三十七岁。

初平三年辛未,十一月七日夜。巨星果然陨落。万木彻夜在霜风中悲切颤抖。天空在浓浓的血腥味伴随下泛出鱼肚白。

看见朝阳后,双方都发现此事,开始骚动。

吕公做梦也不曾想,在自己杀死的三十余骑追兵中,竟然有敌军大将。

其实，留在疏林里的一队射手天一亮就发现了，"这就是孙坚！"欢天喜地地把尸体抢进城去。吕公则打响连珠炮，把变化告诉城里。

追兵因为发生巨变，狼狈和动摇压都压不住。有人号啕大哭，有人茫然自失，有人热血沸腾，刀啊枪啊地骚动不已。兵卒混乱，战马嘶鸣，阵营早已崩溃。

刘表、蒯良等城里的人拍手道："孙坚在洛阳盗走玉玺，不到两年就早早地遭到天罚，死得不像个大将死法……来呀，乘虚击之！"

黄祖、蔡瑁、蒯良诸人打开城门，一窝蜂冲向敌军。

江东军兵既失大将，无力再战，被斩者不计其数。

在汉江岸边停泊战船的黄盖，从溃逃回来的兵卒嘴里得知大将已死，大怒道："出战啊！为主公而战！"说完举全船兵力抵挡恰好追来的黄祖敌军，两军混战。黄盖震怒，像狮子般奋起，于乱军之中生擒敌将黄祖，稍泄郁闷。

再看。程普帮助孙坚之子孙策从襄阳城外拼命逃到汉江。吕公看见，忖道："好猎物！"瞄着孙策追击而来。

程普道："仇人同伙，怎可舍弃而去！"说罢回身来战。孙策也挺枪来助。吕公转眼被斩于马下，献出首级。

两军交战的喊声，直到拂晓方歇。

一夜激战，双方都没有任何部署和指挥。一波激起千重浪，混乱又招混乱至，真是入夜弥乱的乱军之战。天亮一看，双方伤亡都达到惊人的程度。

刘表军队撤回城里，吴军退至汉水。

孙坚长子孙策在汉水集合兵马，这才确认父亲已死。

从昨晚起就一直未见父亲身影，孙策很是担心，却又总觉得父亲会突然冒出来，回到战场。可是现在他知道，这些都是空想，于是放声号泣。

孙策想："起码找到父亲的遗体厚葬吧。"便差人到孙坚遇难的地方寻找。可是孙坚的遗骸已经落入敌人之手。

孙策道："率此残兵败将，父亲尸体又被敌人抢走，我有何面目活着回去！"声音悲痛，恸哭不止。

黄盖慰藉道："不。昨晚有一敌将黄祖被我生擒在手，可把黄祖活着交还敌方，换回太守尸体。"

于是派以前与刘表有交谊的军吏桓阶为使。

桓阶只身来到襄阳城,见刘表,告以使命,道:"愿以黄祖换回主公尸体。"

刘表大喜,爽快允诺,道:"孙坚尸体,已移入城中。如果归还黄祖,随时可交回尸体。"又道:"可以值此机会,相约停战,缔结盟约,使两方长期不再发生战乱。"

使者桓阶再拜,道:"那在下立即回去,早速准备。"

说完正要起身,一直站在刘表身旁的蒯良突然叫道:"不可!不可!"向主子刘表谏言。"尽破江东吴军正当此时。怎可交还孙坚尸体,安于一时和平?吴军必定会将今日耻辱蓄积于心,养兵蓄锐,他日再寻我报仇。此事明于观火。愿请斩杀使者桓阶首级,当场下令追击汉水。"

刘表沉思片刻,摇头道:"不不,我与黄祖乃心腹之交的君臣。眼睁睁看着他被杀,关乎我刘表的面子。"他驳回蒯良谏言,遂交还尸体,把黄祖接回城里。

蒯良在此事进展过程中多次苦口婆心地谏道:"舍无用一将,得万里疆土,任何志向随后都能实现!"嘴都讲酸了,但终不为所用。于是独自长叹:"呜呼,大事去矣!"

另一方面,吴国战船悬挂悼旗,开回吴地。孙策流着泪,奉父亲灵柩到长沙城,未久便在曲阿之地举行庄严葬礼。

孙策年方十七,初次出战就饱尝如此体验。他继承父业,广招贤才,专养国力,心中深深期待着有朝一日东山再起。

三十五　牡丹亭

"江东孙坚战死。"

口传耳闻。不久，报告就像旋风一样传到都城长安。

董卓击掌道："我的一块心病就此除掉了。他的嫡子孙策还年幼……"兀自无限喜悦。

当时，他的奢华日渐登峰造极。虽然位极人臣，却仍贪得无厌，既称太政太师，近日又自号尚父。

与尚父出入朝廷的荣耀相比，天子的仪仗相形见绌。他让弟弟董旻统领御林军兵权，封侄董璜为侍中，掌宫中枢机。

朝廷内外全是他的手足、耳目。

此外，跟他沾亲带故的一族长幼亲缘，无不享受荣华富贵，陶醉于自家的春天。

郿坞。这里是距长安百余里的郊外，乃山清水秀之地。董卓占卜风水，在此营造凌驾皇宫的宏伟建筑。百门之内，金玉砌成的宫殿楼台鳞次栉比，囤有二十年的军粮，选十五到二十岁的美女八百余人入后宫，收集而来的贵重宝物堆积如山。

他还毫无忌惮，常常挂在嘴边的是："我事如成，可取天下；我事不成，则在此郿坞悠然养老。"分明是大逆之语。

但面对这种威势，谁都不敢对他说三道四。公卿百官，拜伏在地，唯命是从。

就这样，他把自家一族搬到郿坞，每半个月或一个月到长安公出一次。

于是，沿途百余里，净扫沙尘，车挂幕帘，唯恐飞尘。民家断掉炊烟，唯祈他的车盖珠帘和众多兵马铁枪快快通过，不要生事。

一日，朝廷就要在宴乐台举行酒宴，董卓叫来天文官。

"太师，您叫我吗？"天文官跪在地上问道。

"有什么变化没有啊？"董卓问道。

"昨夜一股黑气升起，穿过月空。看来诸公中间有人凶气上身。"

"是吗？"

"您心里有何线索？"

董卓猛地瞪起双眼，道："这是你该问的吗？！我问，你回答。怠慢之极！天文官，就要不断研究天文，在凶事到来之前告诉我，否则又有何用？！"

"是。惶恐之极！"

天文官趁自己脖根儿尚未冒出黑气之前，苍白着脸，仓皇退下。

不久时辰便到。公卿百官猬集于宴。酒酣之际，吕布不知从哪里慌里慌张地回来，一声"失礼"，便走到董卓身旁，在他的耳畔嘀咕一阵。

满座都对他俩绷紧神经，竟至忘却酒杯。

董卓点头，低声命令吕布道："别让他跑咯！"

吕布行礼，离开董卓身边，闪着可怖的眼光，一步步走向百官。

"喂，站起来！"

吕布突然伸出手，抓住酒宴上席就座的司空张温的发髻。

"啊！干……干什么？！"张温在座上叫道。

满座文武无不色变，看着事态发展。

"啰唆！"

吕布发力，像抓小鸟般把他的身体提溜到宴会厅外，毫不费力。

不一会儿，一个厨师用一个大盘端上来一道异样的菜肴，放在正中桌上。

定睛一看，盘子里盛的是刚才被吕布提溜出去的张温首级。朝廷诸臣尽皆颤抖不已。

董卓笑叫道："吕布，怎么啦？"

吕布从后面悠然现身，侍立董卓身旁，道："何事？"

"啊呀，你这道菜太新鲜了点，众卿都停下了酒杯。你跟大家说说，让大家放心饮酒。"

吕布面对满座苍白的面孔傲然开腔，道："诸公。今日余兴已经结束。请举起酒杯。除了张温，大概在座各位中间不会有人讨厌我这道菜了。我相信没有！"

251

他刚讲完，董卓也晃动着肥胖的躯体站起来，道："诛杀张温，并非没有理由。他背叛我，暗通南阳袁术，该遭天罚。袁术差人误将密信投到吕布家中。所以，他的三族刚才已经一个不剩地处刑完毕。此乃好例，尔等朝臣也可好好借鉴。"

宴会提前结束。长夜饮宴尚不能满足的百官，这天也都匆匆回家，未见一张喝醉的面孔。

其中，司徒王允在回家的车里，对董卓的恶行和朝庙的紊乱深恶痛绝，一个劲儿地叹息："咳……唉……"

回到馆中，淤滞的愤恨与不快的懊恼挥之不去。

赶上夜月已经出来，他想换换心情，便拖着拐杖在后园走走。可胸中郁结仍旧无法驱除，便蹲在棣棠花盛开的池畔，把今天喝的酒全部吐掉。然后把手放在冰冷的额头上，仰望月亮片刻，又闭上眼睛。

这时，不知何处传来春雨呜咽般的抽泣声。

"谁啊？"王允环视周围。

池子对面临水有座牡丹亭。月亮映照在房檐上，窗户里灯光隐约摇曳。

"这不是貂蝉吗？……为何独自哭泣？"他走到近前，轻声招呼道。

貂蝉芳龄十八，天生丽质，后园里的芙蓉花，桃李的色香，都无法与她争艳。

她自尚未断奶时起，就不知道生身父母。跟襁褓摇篮一起被卖到市场上去。王允见她幼小，便买来养在家中，教她学艺，像研珍珠一般，把她调教成乐女。

薄命的貂蝉非常知恩。王允就像宠自己的孩子一样钟爱她。她也生性聪明，感于深情。

乐女，是指被高官豢养在宅邸里，每有宾客就歌舞吹弹，出来陪宴的卑贱女子。

可是，王允与貂蝉却比主仆、比养父养女的感情更加深厚。

"貂蝉，不可着凉啊……来，莫哭，擦擦泪。你也到了妙龄，看见月亮看见花儿，都会想哭的。如此妙龄，真让人羡慕啊。"

"您说啥呢……貂蝉才不会为那种轻浮心思悲伤呢。"

"那你为何哭泣啊？"

"怜惜大人，受不了了，最后才哭的。"

"怜惜我……"

"您真的很可怜。"

"你……你这样的女子也懂这些？"

"怎能不懂？……瞧您憔悴的样子。头发也……变白了。"

"噢。"

王允扑簌簌落下泪来。他去安慰别人不要哭，自己反倒眼泪滂沱，止都止不住，连他自己都感迷惑起来。

"说什么呢？！没……没有的事！是你杞人忧天啦。"

"不，别再装了。自婴儿时起我就被养在大人家里了。最近看大人早晚的样子，脸上没有了以往的笑容……而且常常叹息……如果……"貂蝉把眼睑贴在王允的老手上道，"我是卑贱的乐女，您怀疑我也是理所当然的。不过，就请您一吐心中烦恼……不，事情颠倒了。在听大人心里话之前，我要先表明心迹……我从未一刻忘记大人的恩情。十八年了，您对我的爱连亲生父母都比不上。吹拉弹唱歌舞技艺之外，从常人的学问到女子的诸般手艺，没有一样没有学到。这些都是您用一片深情播撒到我身上的珍宝……所有这些，这片恩情，我如何报答呀。貂蝉已经无法用嘴唇和眼泪来表白。"

"……"

"大人……您说吧。恐怕您的心中在为国家大事而烦恼，在为现在长安世道而忧患。"

"貂蝉。"王允突然甩掉眼泪，忍不住握住她的手，都把她握痛了，"真高兴！貂蝉说得真好！……有这句话，王允已经很高兴了。"

"就凭我这几句话，怎么能驱除大人深深的烦恼呢？……话虽如此，可我貂蝉一个女儿身，又帮不上什么忙……如果我是男儿，就可以舍弃生命报答您了。可是……"

"不，你行！"王允不禁使出全身的力气道。

他用拐杖敲打着地面道："啊——不知道啊！谁又会知道呢？！镶嵌着力挽狂澜的明珠的诛恶利剑，竟然就藏在花园里啊！"

说完，王允拉着貂蝉的手，相伴来到画阁一室，让她端坐正堂，对着她顿首再拜。

貂蝉惊道："大人，为何如此？小女承受不起！"

说着慌忙就要下来。王允摁住她的衣裳，道："貂蝉。我不是给你施礼。我是在膜拜拯救天下的神人……貂蝉啊，为了普天之下，你愿意舍弃生命吗？"

貂蝉毫无惊恐之色，立刻答道："可以。如果大人相托，我随时献出生命。"

王允正襟危坐，道："那我就看好你的真心，有件事拜托于你。"

"什么事？"

"杀掉董卓！"

"……"

"董卓不除，汉室天子形同虚设！"

"……"

"百姓子民的涂炭之苦也永远得不到拯救……貂蝉。"

"哎。"

"你多少也听说了当今朝廷危如累卵、万民嗟怨的情况吧。"

"是的。"

貂蝉眼睛一眨不眨，入神地听着王允吐出的热烈话语。

"可是，能够诛杀董卓的人，现在已经一个都没有了。相反，都被他斩尽杀绝了。"

"……"

"他很小心。重重警卫，非常周到。还有各种密探像网目一样瞪着贼亮的眼睛。更有足智多谋的李儒在他身边，骁勇无双的吕布保护着他。"

"……"

"要杀他……动用全天下的精兵都不够啊……貂蝉，只有你的双手能够做到。"

"为什么我能……"

"先把你诈许给吕布，然后再故意献给董卓。"

"……"

貂蝉听到此言，脸变得像梨花般苍白。

"据我观察，吕布、董卓都是沉溺于酒色的荒淫之徒。看到你不会不动心。吕布上头有董卓，董卓身边有吕布。在这种情况下要想让他们灭亡是很难的。所以，首先要挑拨二人，让他们相争。这是把他们引向灭亡的第一计策……貂蝉，你能牺牲你的身体吗？"

貂蝉微微低下头去。泪滴如珠，落到地上。片刻之后，她抬起脸，斩钉截铁道："我愿意！"

接着她又说出了自己的想法："如果败露，我将笑着死于白刃之中。世世代代决不再投生为人。"

几天后。王允着人用七色宝石把秘藏的黄金冠装饰起来，作为礼物，派使者送到吕布私邸。

吕布惊喜，道："向来听说他家有许多古代名剑和珠宝之类的传家之宝。从洛阳迁都到此后，竟还有如此佳品！"

他骁勇绝伦，却是个思维简单的人。高兴之余，他骑上那匹赤兔马，赶紧来到王家。

王允事先就预料到他必来答谢，所以毫无怠慢地做好了款待吕布的准备。

"哦，稀客稀客啊，欢迎欢迎！"他亲自到中门迎候吕布，待如上宾，把他请到堂上敬拜。

三十六　倾国

王允全家招待吕布。

面对尽善尽美的佳肴，吕布手举玉杯，对主人道："我不过是侍奉董太师的一将而已。你是朝廷大臣，而且是有名望的一家之主。为何对我如此郑重？"

"这个问题问得怪异。"王允一边劝酒一边道，"我招待将军并非敬重你的官爵。我平日暗暗尊敬将军的才德和骁勇，敬爱其人。"

"啊呀，多谢！"吕布兴致勃勃的脸上渐渐泛出微红，"真没想到如此大官会这般宠爱我这样的粗人。这是给我面子啊！"

"不不，没想到你会来访。单把赤兔马往我家门口一拴，就是给我王允全家面子啊！"

"大人，你如此钟爱我吕布的话，就请他日上奏天子，提拔我到更高的官位，当更大的官。"

"自不必说啊！不过，王允认为董太师贤德，经常起誓一辈子不忘太师之德。将军也请为了董太师好生自重啊！"

"那是自然。"

"荣爵自然降临的那一天，不久就会到来的……过来，给将军把盏敬酒。"他话锋一转，朝着环立房中的侍女们道。

然后用眼神叫来其中一位，小声道："将军难得来访，让貂蝉来这里，打个招呼才好。"

"是。"

侍女退出去。不久，室外现出一个楚楚动人的身影。侍立的女子撩开帐幔。客人吕布放下酒杯，转过眼去，看有谁进来。

在左右两个丫鬟的搀扶下，一位丽人步履款款地走进来，仿佛大朵牡丹，经不住细风吹拂。

是乐女貂蝉。

"欢迎……"

貂蝉抬眼轻瞟客人，优雅地招呼。她云鬓重垂，羞于看见吕布的眼光，走到王允身边，像要躲到王允身后一般。

"……"

吕布恍恍惚惚地望着。

王允让貂蝉拿起自己面前的酒杯，道："是你的荣幸啊！把酒杯给将军，喝上一杯酒才好。"

貂蝉点头，走到吕布面前，与他的目光轻轻交会，眼角盛满鲜艳的红晕，远远地把翡翠酒杯轻轻放到雪白的纤手上，用几乎听不见的声音道："请……"

"啊，这……"吕布端着酒杯愣神儿，"多么令人怜爱啊！"

貂蝉很快退下，消失在帐外。吕布迟迟没有把手上的酒杯送到嘴唇上……他的眼睛一刻也离不开她，好像恋恋不舍她就这样离去。看那眼神，连喝酒的工夫都没有。

"貂蝉，等等！"王允叫住她，平起平坐地看着客人吕布道，"在座的吕布将军是我平素敬爱之人，也是我一家的恩人。你可请他恩准，坐在他的身旁，好生招待。"

"好……"貂蝉老老实实地侍奉客人左右。但她一直低着头，一言不发。

吕布率先开口道："主人家，这位丽人是你家女儿吗？"

"是啊。小女貂蝉。"

"真不知道贵千金如此美丽！"

"还不懂事呢。而且，也很少出来见家里的客人。"

"如此深闺女子，今天为了我吕布……"

"你能来访，我们全家人都很高兴。能请你酌酒，真是我们的荣幸！"

"不啦，已经受到足够的款待啦。酒不能再喝了。大人，吕布醉了。"

"还可以吧。貂蝉，再敬敬酒。"

貂蝉恰到好处地敬酒，吕布也渐渐地醉眼蒙眬起来。夜已阑珊，吕布说要回去，站起身来，反复夸赞貂蝉的美丽。

王允悄悄凑到他肩膀上耳语道："如果你愿意，我可以把貂蝉送给将军。"

"什么？！把你的女儿……大人，真的吗？"

"干吗说假话。"

"如果把貂蝉赐给我吕布，我发誓为你家效犬马之劳。"

"就约定近期内择吉日，送到将军府上……看貂蝉今天晚上的样子，好像也喜欢上了将军。"

"大人……吕布酩酊大醉了。感到已经走不动了。"

"没事的。今晚在此留宿也可以，但被董太师知道，会怪罪的。卜个吉日，定将貂蝉送到府上。今晚就请回吧。"

"不会有错吧。"吕布谢恩，又多次啰里啰唆地确认，总算回去了。

王允后来对貂蝉道："啊……总算搞定了一头。貂蝉，你就当一切为了天下，忍了吧。"

貂蝉虽感悲哀，但却决心已定，冷冷的面孔摇了摇，道："别对我这样体贴入微。您说得温柔，反倒让我心碎，忍不住流泪。"

"不再说了……那就按说好的，近期再请董卓来家里。那天，你可要涂脂抹粉，吹拉弹唱，歌舞献艺，讨董卓欢心啊。"

"嗯。"貂蝉点头道。

翌日王允上朝，瞅准吕布看不见的当儿，悄悄来到董卓阁中，首先拜跪座下，勾起他的游兴，道："太师每天忙于政务，想必一定疲累。回郿坞的日子，举城都要前来慰劳。不过，偶尔光临茅舍粗宴，变换一下心情，窃以为倒可得到慰藉。我已经在寒舍备下酒宴。如蒙屈驾，在下全家不胜荣幸。"

董卓一听，道："什么？请我去贵府吗？真乃近来开心之事。卿乃国家元老，特邀董卓，盛情难却啊！"他喜形于色，承诺道，"明日定往。"

"恭候恭候！"

王允回到家中，悄悄对貂蝉说过此事，又督促家丁道："明日已时，董太师光临。他乃一代贵客，是我全家的荣耀。不得有失！"

他用青砂铺地，拿锦绣盖榻，正堂内外，挂帐张幔，摆出家宝珍品，讲究珍馔美食。

翌日。已时转眼即到。

"已可见到贵宾车舆。"家仆来报。

王允身着朝服，立即出门迎迓。

一眼望去，太师董卓的车舆被数百名持戟卫兵围在中央，行装之绚烂，不逊天子仪仗。出得车帘，马上就有侍臣、幕僚、卫士各色人等前呼后拥，佩环叮咚，玉履声声，簇拥着进得门内。

"欢迎赐访。今日我王家屋上紫云降临，甚感荣幸！"

王允把董太师迎上高座，行最高的大礼。

看上去，董卓对王允全家的款待亦甚满意，赐座道："主人家，可坐我侧。"

旋即，音乐奏起，高亢嘹亮。盛宴同时拉开帷幕。宾客频举琉璃杯，觥筹交错。夜光薰薰，穿透满堂欢声笑语。席上渐渐杯盘狼藉。乐人怀抱乐器，现出身影。骚客举杯歌舞，满眼绫罗衣裳，歌声震耳欲聋。

"太师，请来此稍歇。"王允邀道。

"嗯……"董卓听从主人安排，把卫兵留在席上，只身一人随王允走开。

王允迎董卓进后堂，打开家藏宝樽，斟满夜光杯，一边献上，一边悄悄低声道："今夜，连星辰的颜色看上去都变得美丽灿烂。此乃我家秘藏的长寿酒。第一次开缸，谨祝太师万代永寿！"

"哦，谢谢啦！"董卓喝下，"受到如此款待，不知道以何回报司徒好意才是啊。"

"能遂在下之愿，在下已经满足啦。在下幼时喜好天文，学过一点。在下夜观天象，料汉室气运已尽，天下即当新立。现如今，太师德望巍巍。如太师像古时舜继尧、禹承舜那样'立'起来，窃以为天下人心将自然归顺。"

"不，不。我不曾想过此事啊。"

"天下非一人之天下，乃天下人之天下。无德让有德，此乃我朝规矩。只要天下大定，谁会说这是叛逆呢？！"

"哈哈哈哈……如果天运青睐董卓，司徒，我定重用你啊。"

"在下且等时机到来。"王允再拜。

突然，满堂烛灯一齐点亮，宛如白昼。正面帘子卷起，教坊乐女歌声响起，美音齐整。和着丝竹管弦的曼妙之音，乐女貂蝉甩起水袖，翩翩起舞。

貂蝉专心舞蹈，双眸清澄，流盼生辉，眼中并无主人宾客，亦无天下任何人。

舞……舞……貂蝉翻甩水袖，翩翩舞蹈。伴奏的教坊乐曲，精于丝竹管弦的技艺，无不叫人陶醉。

"嗯,相当好!"董卓沉吟道。

一曲终了,董卓要求道:"再来一曲。"

教坊乐手弹奏起来,争奇斗妍。貂蝉再次起身,边舞边唱,歌声哀婉。

红牙催拍燕飞忙,
一片行云到画堂。
眉黛促成游子恨,
脸容初断故人肠。
榆钱不买千金笑,
柳带何须百宝妆。
舞罢隔帘偷目送,
不知谁是楚襄王。

董卓两眼目不转睛地看着貂蝉的舞姿,两耳细听歌词,歌舞既毕,感慨万千,对王允道:"主人家,此女竟是何人之女?实在不像教坊伎女。"

"中意吧。此乃我家乐女,名叫貂蝉。"

"是吗?唤她前来。"董卓心情大好。

"貂蝉,过来。"王允召唤。

貂蝉过来,一味含羞。

董卓递过酒杯,问道:"几岁啦?"

"……"

貂蝉不答,躲在王允身后,低着头,小指挡在唇边美人痣上。

"哈哈哈哈,害羞啦?"

"她生性羞怯,不大见人。"

"好声音啊。身段、舞姿也好……主人家,再让她唱一曲如何?"

"貂蝉,今晚贵客如此相求,可再唱一曲……请大人欣赏。"

"嗯。"

貂蝉顺从地点头,手拿檀板,放低调子,在客人面前唱将起来。

一点樱桃启绛唇,
两行碎玉喷阳春。

丁香舌吐衔钢剑，

要斩奸邪乱国臣。

"啊呀，有趣！"董卓鼓掌。

前一曲歌词赞美董卓，他便不曾注意到这一曲在暗指他奸邪乱国。

"神仙仙女，实指貂蝉。郿坞城里，虽有佳丽，莫如貂蝉。貂蝉一笑，长安粉黛，尽失颜色啊。"

"太师果然如此中意貂蝉？"

"嗯……我觉得真正的美人今晚才得一见。"

"献给太师吧。如若貂蝉也能承蒙太师钟爱，幸甚矣。"

"哦，要把这位美人送给我吗？"

"就请载上车辇，带回府吧。说来夜已阑珊，特送太师到相府门前。"

"谢啦！谢啦！王司徒，那我就把这位美女载上毡车带回去啦。"

董卓大喜，几乎不知如何表达这种满足。他拥着貂蝉移步车辇。

王允一直把貂蝉和董卓的车辇送到丞相府，心中暗想大功告成。

"在此……"来到门前，王允向董卓告辞，忽地注意到貂蝉从毡车里用双眸凝视自己，无言地告别。

"那就在此……"王允再次重复道，有意无意地应答着貂蝉。

貂蝉眼中饱含泪水。王允胸中郁结亦甚，无法久留。

他慌忙撤回家中。这时，远处黑暗之中，一队人马，两行松明，火影晃动，马蹄声声，飞奔而来。

走近一看，原来是吕布骑在赤兔马上，一马当先。吕布一见王允，不待他惊魂稍定，便从马上伸出猿臂，一把抓住王允衣襟，怒目圆睁，劈头喝道："老儿回府啦！你先前相约把貂蝉许配与我吕布，如何今晚又献给董太师？！可憎老儿！竟敢把我当小儿耍弄！"

王允面色不惊，安慰道："将军如何已知此事？来来，听我慢慢道来。"

吕布愤恚依旧，道："刚才有人来我宅邸报告，说董太师载美女回到相府。你以为我还不知吗？你这个两面派！小心我把你大卸八块！"

说着吩咐随从武士，就要拿下。

王允高举双手，道："将军莫急！王允相约如此坚定，为何起疑？"

"哼，还敢大言不惭！"

"闲话少说，请再来寒舍。此处不便说话。"

"岂能屡次被你摇舌诓骗?!"

"且听我言。如将军听后仍不肯见谅，就请当场取走王允首级。"

"好，且去你家。"

吕布跟王允进宅门。

王允带吕布入密室，巧言道："听我详细道来。今夜酒宴结束后，董太师乘兴道，你最近跟吕布相约把貂蝉许配与他，可先将该女交于我手。我卜吉日，大办盛宴，出其不意将她嫁与吕布，以为酒宴之兴，大笑相贺，岂不乐哉？太师就是这样说的。"

"什么?!……这么说，董太师带走貂蝉，是想拿我的艳福调侃咯？"

"是啊。太师说，想在酒宴上看到将军羞臊的样子，然后鼓掌取乐……既然如此，好意之命亦不可违，遂将貂蝉交与太师。"

"哦，那就谢啦！"吕布搔首道，"怀疑司徒，实为轻率，抱歉抱歉！今夜之罪，虽值万死，还请原谅！"

"不不，只要疑虑得解便好。将军艳福不浅，近日必有盛宴。想必貂蝉也在静候佳音。我即着人把她的歌舞衣裳、化妆用品，一应送到将军手上。"

吕布闻言，三拜而归。

三十七　痴蝶镜

春天，丈夫胸中也沸腾着烦恼的血液。

当夜，吕布听信王允之言，天真回府，却难以入眠，彻夜未得熟睡。

"……貂蝉现在怎样啊？"他心里只想着貂蝉。

貂蝉被带进董太师府邸，如何度过今宵？吕布疯狂妄想，结果无法静卧榻上。

他撩开帐幔，目光投向窗外，仰望貂蝉所在的相府上空。

鸿雁鸣叫飞过。月亮朦胧，夜已阑珊，天色未明。云中地上，微光蒙蒙。看院前，海棠已含夜露，棠棣低垂夜霭。

"啊……"吕布独自沉吟，复又横卧榻上。"如此方寸大乱，有生以来，尚为首次。貂蝉啊貂蝉，你的眼睛为何生得如此诱人，抓住了我的心呢？！"

他煎熬着等待天明。

早晨来临，他又是一位铮铮武将。他也在宅邸里豢养了许多武士。他沐着朝阳，英姿飒爽，骑上赤兔马，去丞相府公干。

并无急事，他却早早来到董卓阁中，问当值家将道："太师醒了吗？"

值班家将慵懒地扭头，指着后堂秘园，面无表情地道："还垂着帐子哪。"

"噢。"

一种不安向吕布袭来，令他焦躁不已。他却佯装悠闲地仰望日头，道："已是近午时刻，还睡着呢？"

"后堂的长廊还关着呢。"

静静地，春园里的小禽鸣叫着。

寝殿帐幔低垂，一片寂静，不知日头已高。

吕布脸上透着焦躁，前言不搭后语地又问："看来太师昨晚睡得很晚咯。"

"是啊，应邀去王允府邸赴宴，很晚才回，兴致很高咧。"

"听说带回来一位非同凡响的美姬？"

"哦，将军也知道此事啦？"

263

"嗯，说起王允家的貂蝉，那可是有名的美人哪。"

"太师醒得晚，就因为这个啊。昨夜宠幸这位美人，一定慨叹春宵太短啊……反正今天是个艳阳天啊！"

"我在那边等候，太师醒来就通知我。"

吕布不禁愤然作色，动身离去。

他在相府一阁之中，神情恍惚，双手抱胸，心中牵挂，不时凝望对面暖阁。后堂寝殿晌午时分才打开窗扇。

"太师刚醒。"方才的番将前来通报。

吕布迫不及待地进入董卓的后堂，站在廊下，朝阁内张望。卧房深处，芙蓉帐依旧下垂，美人背影若隐若现。不知她昨夜做了怎样的梦，现在正对着镜子涂脂抹粉。

吕布看得出神，走近卧房门口。

"哦……是貂蝉！"

他心中一阵发紧，好像要哭。七尺大丈夫，失魂落魄，沉吟踟蹰，窥视着镜中映出的美女，不肯离去。

他从如沸的心底发出哀鸣："貂蝉昨夜已失处女之身！……卧房里仿佛回响着她的啜泣声……啊——董太师也太过分了。貂蝉也是……或许是王允欺骗了我？不不，董太师索要，柔弱的貂蝉又能奈何?！"

他苍白的脸不经意间映入室内镜中。

"咦？"貂蝉惊讶地回首。

"……"

吕布瞪着怨恨的双眼，死死盯着她的脸庞。

貂蝉突然像含雨的梨花颤抖起来。

"原谅我吧！这不是我的本心。我……抚膺长叹……忍耐煎熬……这种痛苦之心，你能理解吧！"

她用眼神和身姿，无声地向吕布诉说满腔的思绪，如泣如诉，宛如哀求一般。

这时，墙影下响起董卓的声音："貂蝉！谁来啦？……"

吕布一惊，蹑手蹑脚走出几步，离开暖阁，又故意大步流星，径直走进屋来，假装跟往常一样，施礼道："是我吕布。太师今天睡醒啦？"

春宵梦魂。董卓一副半睡半醒的表情，巨大的身躯横在鸳鸯榻上，听到吕布唐突的脚步声，惊得起身，道："我想是谁呢，原来是吕布啊……你怎么不打招呼就进卧房来啦？"

"哦，刚才值班家将告诉我，说您已经醒了……"

"到底有何急事啊？"

"呃……"

董卓问起公事，吕布吞吞吐吐。并无甚事需进卧房听命。

"其实啊……是这样。昨夜难眠，梦见太师患病，很是担心，不等天亮，就来到相府……看到您贵体如常，一颗心也就放下了。"

"何来此言？！"董卓见吕布前言不搭后语，心中奇怪，嘟囔道，"刚起床就跟我说不吉利的事。那样的噩梦不告诉我也罢。"

"抱歉！平常总是惦念您的健康……"

"胡扯！"董卓叱道，"你的样子古怪，眼睛发暗，鬼鬼祟祟的。下去！"

"啊……"

吕布低着头，行了一礼，悄然消失了。

当天他提前回家，妻子忧虑地询问丈夫为何脸色不佳，道："是不是惹太师不高兴啦？"

于是吕布大声呵斥妻子："别吵啦！董太师算什么！？我吕布，是他太师能压得住的吗？！你觉得他做得到吗？！"

吕布明显变了。

到相府公干也是想不来就不来，想迟到就迟到。夜夜醉酒，日日狂躁怒骂。有时终日茫然郁闷，缄口不语。

妻子问："你怎么啦？"

他只答："别烦我！"

他经常把地踏得山响，像笼中猛兽，独自在屋内徘徊，脸上浸着泪水。

不知不觉过去一月有余。令人烦恼的后园春色已然褪去，初夏的太阳日胜一日地把暑热洒向浅绿色的树木。

"公事不去说它。这一阵子你也不去看望太师，别人会怀疑你要背叛有大恩于你的太师啊。"吕妻频频谏言。

听说近来董太师患病，虽不太重，却也卧床，所以妻子屡屡劝他去丞相

265

府探望。

吕布也道:"是啊。也不去公干,也不去探望,说不过去啊。"

他突然改变心态,久违之后前往相府。

吕布来到董卓病榻前探望。董卓本来就爱吕布骁勇,几乎视作养子,早已忘却曾经叱责他、把他赶走的事情,道:"哦,是吕布啊。你不是最近也身体不佳,在休息吗?情况如何?"

吕布反过来被病人安慰一番,寂然一笑,道:"没什么大不了的。就是今春饮酒过度了。"

忽地,吕布瞥见一旁的貂蝉。半个多月来,她在董卓枕边衣不解带一心一意地伺候,脸上现出憔悴之色。吕布见状,妒火中烧,全身血液燃烧起来。

"女人啊,就是起初不爱之人,与之共度日月,也会身心委囚于他。"想到这里,他烦闷起来,无法止住。

董卓咳嗽起来。

这时,吕布也退到床榻一角,免得脸色被董卓察觉。貂蝉为董卓抚背。吕布像鬼神附体一样目不转睛地凝视貂蝉粉白的纤手。

这时,貂蝉把脸靠近董卓的耳畔,耳语道:"请静静歇息……"然后拉上隔扇,也遮住自己的胸。

吕布的眼睛冒出火焰。他全身有如磐石,忘却归去。貂蝉挡住病人视线,扭脸看着吕布身影,一只手拿起袖子,揩拭眼睛,潸然落泪。

"苦啊!……我真命苦!跟心里思念的人,连句话都不能说。却不得不跟自己不爱的人如此长久厮守一室。你真无情啊!这么久也不让我见到你!谁能知道,只是看到你的身影,我也能得到慰藉。可你……"

这是不能说出声来的。可她用一滴滴的眼泪,用濡湿的睫毛,用无言而颤抖的嘴唇,把心中的思念向吕布哀婉道来,胜似言语。

"……那……那,你……"

一直肝肠寸断的吕布,全身血液沸腾,按捺不住狂喜。他不顾一切地向貂蝉身后靠去,正待抱住貂蝉雪白的脖子,不料宝剑佩环碰挂在屏风角上,便下意识地收住脚步。

"吕布!你要干什么!?"病榻上的董卓大喝一声,抬起身子。

吕布狼狈不堪，道："没有啊，没干什么……"说着退回病榻一角。

"等等！"董卓忘记病痛，额头青筋暴突。"刚才你躲着我，想要调戏貂蝉啊……你想对我的宠姬干出淫秽之事吗？"

"我不会干这等事。"

"那你为什么要躲到屏风后面？你究竟要在这里磨蹭多久，想要什么？"

"……"

吕布词穷，低着头，面色苍白。

他不是善辩之人，缺少机智，遭此叱责，便进退维谷，只会惨淡地咬着嘴唇。

"无礼之徒！我对你恩宠有加，你却猥亵恩宠，不知天高地厚，尾巴翘上天去！从今往后，如若跨进我的卧房一步，决不饶你！哼，在家思过，没有叫你，不许再来！还不退下！……喂，有人吗？把吕布轰出去！"董卓暴怒，极口骂道。

室外武将和警卫力士蜂拥而至。

吕布不等他们动手，撂下一句："我再也不来了！"说完自己刷地转身，朝室外走去。

李儒几乎与吕布擦肩而过，进得卧房，问道："什么事？发生了什么事？"

董卓怒气未消，性情火暴，啐着唾沫，备言吕布在病室之中意欲调戏自己宠姬之罪。

"此事麻烦啦。"李儒很冷静，脸上露出苦笑，听董卓说完。"真是，吕布果然无礼……不过太师，为了君临天下之愿望，您该宽宏大量，对如此小人之小罪，一笑饶过。"

"胡说！"董卓不肯，"饶过这等事，就会士气大乱，主仆之间如何是好？"

"但如吕布变心，逃奔别处，可就大事难成啦。"

"……"

听李儒一劝，董卓激越的怒气略有消散。跟一个宠姬相比，当然天下为大。不管他怎样溺爱貂蝉，都无法尽弃野心。

"可是李儒，吕布那家伙反倒傲然而归，如何是好？"

"既然您已经注意到，就不用担心。吕布是个简单之人。只要明日召唤他来，赠以金银，好言相劝，因他单纯，必会感激，以后定将谨慎行事。"

董卓听从李儒忠言，翌日着人去传吕布。

吕布心想，不知要被如何问罪。可一见面，恰好相反，董卓赐他黄金十斤，织锦二十匹，嘴上还安慰他道："昨日因病，大发雷霆，谩骂于你。但我依你之力，甚于他人。切莫坏处着想，还要一如既往，不离左右，日日来此相见可也。"

吕布内心痛苦反倒有增无减。但面对主公温言温语，他只能跪拜谢恩。当日无语，默默退出。

三十八　绝缨会

此后有日，董卓病已痊愈。

他又与貂蝉日夜游乐，对帐内痴梦不知厌倦，好像在夸耀自己肥大健壮的身躯。

吕布有些沉默寡言，不似从前，但也日日勤勉，不误相府公干。

董卓上朝，吕布必跨在赤兔马上，走在卫队前锋；董卓上殿，吕布必手持方天画戟，立于台阶之下。

董卓升殿，向天子上奏政事。吕布一如平日，执戟立于内门。

精壮之人，血气旺盛，同样也会慵懒困倦。这日，蝴蝶满天飞舞，睡魔袭击吕布。他抬眼望着树木的新翠和鲜红的花朵在夏天来临前的太阳下熠熠生辉，再次被烦恼所困："不知貂蝉现在怎么样了……"

他忽然想到："今日董卓大概很晚退朝……对啊，趁此时……"

思慕的火焰驱着他，让他焦躁不安，不能自已。他突然狂奔而去，不知去向。

原来，吕布寻思趁董卓不在，独自回到了相府，从后门悄悄进入后堂，一只手拿着画戟，压低声音叫道："貂蝉……貂蝉……"边叫边进入宠姬房内，向帐中窥视。

"谁呀？"貂蝉依在窗边，独自一人望着后园出神，一回头，看见吕布的身影，"哦……"地叫了一声，跑过来，依偎在吕布怀中。

"太师还没有退朝，你怎么就一个人回来啦？"

"貂蝉，我太苦了！"吕布呻吟般道，"这痛苦的心情，你难道不懂吗？其实，今天太师可能很晚才退朝，我就想，哪怕见你一会儿也好，就一个人跑回来了。"

"这么说……你是如此思念貂蝉……真高兴！"貂蝉看着他火一样的眸子，好像一下子害怕起来。"这里不行，会被人看到。你到园子深处的凤仪亭等我，我这就去。"

"一定来啊！"

"为什么要骗你？"

"那好，我这就去凤仪亭等你。"

吕布一个人移身庭院，从树木中间走过，来到后园深处一个亭子里，等待貂蝉。

貂蝉等他离去，兴冲冲地化好妆，一个人悄悄朝凤仪亭方向走去。

柳绿花红、寂无人迹的秘园，充满晚春的芬芳。

貂蝉从柳丝中悄悄张望凤仪亭周围。吕布竖好画戟，伫立在曲栏旁边。

曲栏下面是莲池。

貂蝉的身影离通往凤仪亭的朱桥越来越近。她装束美丽，直让人以为是月宫仙女拨开花朵、分开柳枝来到人间。

"吕布！"

"哎……"

两人倚在亭子壁下，久久无语。吕布觉得周身热血燃烧，怀疑此身是真身还是梦幻。

"啊……貂蝉，怎么啦？"

"……"

"哎，貂蝉！"

吕布晃动她的肩膀。貂蝉依偎在他怀里，潸然哭泣。

"如此与我会面，你不觉得高兴吗？到底哭什么啊？"

"不。貂蝉太高兴了，心里激动。听我说，吕布。我本不是王司徒的亲生女，而是一个孤独的孤儿。但王司徒把我当亲生女儿一样疼爱，总是说将来一定要找一个威风凛凛的豪杰让我嫁。许是为此，王司徒请将军来的那天晚上，让我与将军见了面。我一见将军的面，就想这下平生的愿望就要实现了。从那天晚上起，我一直很快乐，就像做梦一样。"

"嗯……嗯……"

"可是后来，藏在心里的思念之花被董太师蹂躏。慑于太师的权力，我夜夜身心煎熬，哭泣到天明。我的身子，已不再是以前那干净的身子……就算有一颗不变的心，被玷污的身子也不能再做将军的妻室服侍将军了。每当想起，我就害怕、懊悔……"

貂蝉呜咽起来，哭声传到四周。她在吕布的怀里无限苦闷，哭泣不止。突然，她大叫道："吕布啊，千万别忘了貂蝉这颗心啊，多么可怜啊！"说着，跑向曲栏，就要纵身投入莲池。

吕布大惊，紧紧抱住她，道："这是干吗？"

貂蝉挣扎着甩开吕布的手，力量大得惊人。

"不，不！让我死吧。活着，今世也与你无缘，唯有内心一天比一天痛苦，身子还要变成不仁太师的供品，夜夜受人凌辱。还是结好来世缘，去冥界等你吧。"

"别说傻话！与其祈祷来世，不如享受今生。貂蝉，如今我一定与你一心，千万别再自寻短见，想着去死！"

"哦……真的吗？刚才说的可是将军的心里话？"

"今生不能娶得思念的女人为妻，还有资格被世人称为英雄吗！？"

"吕布，你说的如果是真话，就请救救貂蝉吧。现在我是度日如年啊！"

"等待时机吧。不需几日了。今日随老贼上殿，瞅了短暂空隙，来到这里。如老贼退朝，就会当场露馅。不日巧作安排，再来相见。"

貂蝉抓住吕布袖子不放，道："听说将军英雄，举世无双，如何惧怕一老人而甘拜下风呢？"

"并非如此……"

"我听到太师的脚步声，就会全身发抖……啊，真希望永远这样跟你在一起……"

貂蝉依偎仍旧，珠泪如雨……

这时，刚刚退朝回府的董卓，面目狰狞，迎面闯来。

"咦，貂蝉也不见，吕布也不知去向……"董卓眼中闪着狐疑的光芒。

他刚刚退朝。吕布的赤兔马还拴在原处，却不见吕布的身影。他心中奇怪，乘车回到相府，只见貂蝉衣裳挂在衣架上，却不见貂蝉踪影。

"怪哉……"

他问过侍女，自己便向后园搜来，寻找男女行踪。

两人蹲在凤仪亭曲栏下哭得泪人一般。

突然，貂蝉看到对面董卓的身影，慌忙从吕布怀中跳开，道："啊……他来了！"

吕布大惊，道："糟糕！如何是好……"

正彳亍间，董卓已经走到近旁，怒叱道："匹夫！光天化日你也不惧，却在此做甚!?"

吕布一声不吭，跳过凤仪亭朱桥，朝岸上奔去。两人相错，董卓吼道："小儿！哪里去?!"刹那间夺过吕布的画戟。

吕布朝董卓臂肘一撞，董卓夺下的画戟掉落在地。董卓体肥，弯腰拾戟也很迟缓。这当口，吕布已逃出五十步外。

"无礼之徒！"董卓肥大的身躯朝前倾着，大叫道，"站住！嗨，还不站住!? 匹夫！"

这时，从对面跑来的李儒误与董卓撞个满怀。

董卓像木桶一样跌倒在地，愈加生气，怒吼道："李儒！你也要拦着我，帮那个无礼匹夫吗?! 还不快去抓住那个不义之徒!?"

李儒急忙扶董卓起来，道："不义之徒是谁？刚才在下听到后园有人说话，来看发生何事。吕布说，他本无罪，可太师发狂，追着打他，请我救他。我吃了一惊，赶紧跑来……"

"什么？胡说！我董卓没疯！他背着我，光天化日之下调戏貂蝉，被我撞见，狼狈不堪，大叫而逃。"

"难怪他面无血色，形容狼狈，不似平常。"

"快快将吕布抓来！将他斩首！"

"呃……请息怒。请太师冷静一点！"李儒拾起董卓的鞋子，整齐地摆在他脚下。

然后李儒陪他到书阁，走到座下，再拜，道歉道："刚才误撞太师龙体，死罪死罪！"

董卓怒气未消，摇头道："此事无妨。速速将吕布捉来，提他脑袋来见我。"

李儒一直很冷静，苦笑着听完董卓痴儿呓语般的发怒，谏道："恕我冒昧，不可。砍吕布的头，就等于把刀架在您自己的脖子上。"

"有何不可？为何不可惩罚不义之徒？"董卓越说火越大，命令无论如何也要斩掉吕布。

李儒却道："此非良策。不可！"他的想法坚定不移。"太师之怒不过是一己之怒。在下进谏，乃为社稷。古时有则故事。"

李儒引经据典，侃侃而谈。

故事发生在楚国庄王时。一次，庄王在楚城中举行盛宴，犒劳有功诸将。

宴会至半，突然一阵凉风刮过，吹灭满堂灯火。

庄王催促身边的人，道："快把烛灯点亮。"在座诸将，兴味盎然，骚动起来，道："凉爽！"

庄王宠姬陪酒招待诸将。一名武将调戏她，在她唇上亲吻一口。宠姬想要喊叫，却又忍下来，突然将这名武将的冠缨揪下，逃到庄王身旁。

宠姬趴在庄王膝上哭泣，声音发颤，道："刚才，您的家臣中有人趁黑淫荡地调戏了贱妾。快快点上烛灯，把那武将绑了。冠上缨子被揪掉的人就是那个坏蛋。"

她夸大其词，夸耀自己的贞操。

"且慢！"庄王道。不知他此时作何感想，慌忙阻止就要点亮烛灯的侍臣。"刚才宠姬为无聊琐事向我告状。今晚本打算犒劳有功诸将，诸将愉快就是我的愉快。酒兴之时极易发生刚才之事。不如就让诸公放松，尽情享受今晚的宴会吧。我也跟大家一同开心。"

庄王又命令道："从现在起无须拘礼，通宵痛饮。都把冠缨摘掉吧。"

等所有人摘下冠缨后，他才让人重新点亮烛灯。这样，宠姬的机智也就派不上用场，无法找出亲吻她嘴唇的人。

后来，庄王与秦国大战，被秦国大军包围，眼看就要战死重围之中。这时，一位勇士冲破乱军，飞奔来到庄王身边，宛如守护之神从天而降，拼死抵抗敌军，浑身被血染红，仍然身背庄王，终于杀开一条血路，保全了庄王性命。

庄王见勇士身负重伤，便问道："安心养伤吧。我命已得无忧。你究竟是何人？为何竟如此拼命保护我？"

受伤的勇士莞尔一笑，答道："……是这样。我就是去年在楚城夜宴上被大王的宠姬摘掉冠缨的痴汉。"说完便死去。

李儒讲完故事，道："不用说，他是在报庄王的大恩。这段佳话被世间传为绝缨会……太师亦可品味一番庄王的大度。"

董卓垂头听完，须臾翻然悔悟，道："哦，我改主意了。留吕布一命。我不再生气了。"

"棘手啊!"

李儒早就看出,吕布近来心有不平,怀恨董卓,所以,正为沉溺于貂蝉的董卓和对此怒火中烧的吕布大伤脑筋。所以,他才引"绝缨会"的典故谆谆进谏。

董卓也非暗愚之人,道:"忘了此事吧!我原谅吕布了。"

见董卓悔悟,一副释然的样子,李儒放下心来,想道:此乃太师之贤明,万年霸业之基础,应该即刻将此告知吕布。

董卓命李儒退下,随即进入后堂,见貂蝉独自一人,依帐而泣。

"哭什么?!女人也有毛病,男人才来调戏。你也有一半罪过啊。"董卓训斥,非同往常。

貂蝉愈加悲伤,道:"太师总说吕布就跟自己的孩子一样,我也就把他当做太师的养子来尊敬。可他今天却脸色狰狞,拿着画戟威胁我,硬把我带到凤仪亭……"

"不不,细细想来,不是你不好,也不是吕布不好,而是我董卓愚蠢……貂蝉,我做媒,把你嫁给吕布为妻吧。他对你是那么难以忘怀,那样依恋。你也去爱他吧。"董卓闭眼道。

貂蝉扑过去,抱着董卓的膝,道:"您在说什么呀?太师抛弃我,还要我给那么野蛮的奴仆做妻子吗?我不愿意。我死也不受这份侮辱!"

说着,她突然拔出董卓的宝剑就往喉咙上戳。董卓大惊,从她手中夺下宝剑。

貂蝉恸哭,伏在地上,扭动身躯,道:"我,我明白了。这肯定是李儒受吕布之托向太师进言的。那两个人总是趁太师不在的时候窃窃私语……是的。太师已经更爱李儒和吕布,不爱我了。我这样的人……"

董卓突然抱起她的双膝,把她哭成泪人的面颊贴在自己的嘴唇上,道:"别哭了!别哭了!貂蝉,刚才的话都是玩笑!我为什么要把你送给吕布?明日回郿坞城去。郿坞积蓄了二十年军粮和百万雄兵。如果事成,就立你为贵妃;如果事不成,就让你当富贵人家之妻,享受终身……不喜欢吗?嗯?不会不喜欢吧。"

翌日。李儒毕恭毕敬地侍立在董卓面前,报告说自己昨晚到吕布私邸转达了恩命,吕布也深自悔罪。李儒接着道:"碰巧今天是个吉日。把貂蝉送往吕布家如何?……吕布为人单纯,只知感恩。他一定会感激涕零,发誓为太师而死。"

董卓脸色一变，道："说什么傻话！李儒。你会把自己的妻子送给吕布吗?！"

李儒感到意外，哑然无语。

董卓早早命令车驾出发。他把貂蝉抱上珠帘宝台，让一万兵马扈从前护后卫，车马摇摇，直奔郿坞仙境。

三十九　天飙

董太师要回郿坞。

消息传来，长安大街上挤满了跪拜的市民和前来送行的朝野贵人。

"咦，这是?"吕布在家，打开窗户，望着街道上边的天空道，"今天是个好日子，李儒不是说送貂蝉过来吗?"

大街上传来车驾的辚音和马蹄的声响。街头传言不像是空穴来风。

"喂，把马牵来！马！"吕布一边跑向马厩，一边叫道。

他飞身上马，也不带武士，只身一人，快马加鞭，来到长安城边。这里已经靠近郊外，但听说太师要路过，菜园的老媪、田里的农民、路上的小贩和行旅卖艺的人，尽皆跪伏路旁，形同茅草。

吕布在小山脚下勒住马，躲在树后，伫立不动。不久，车驾的行列蜿蜒通过。

眼看着，一辆金花车盖、珠帘摇响的车辇通过。透过四面的翠纱笼屏，看得见里面坐着一位如画美人。那人正是貂蝉。她看上去失魂落魄，容貌呆滞。

忽然，她的双眸朝小山脚下望来。吕布就站在山脚下。他不顾一切，"哦"的一声，就要飞奔过去。

貂蝉摇头，脸上闪着泪花。前后兵马的马蹄扬起田间的尘土，很快掩住貂蝉的身影。

"……"

吕布茫然目送。他终于明白，李儒的话竟是谎言。不，李儒并未说谎，是董卓紧抓貂蝉不放。他想。

"哭了……貂蝉也哭了。她是怀着怎样的心情去郿坞的啊！"

他双眼血红，简直要发疯。沿途的农民、小贩、旅客走过，都会回头盯着他看。

"哦，将军！……在这里发什么呆啊?"有人下得白马，从后边拍他肩膀。

吕布两眼空虚，回头望去，看见来人面孔，这才回过神来，道："哦，是王司徒啊？"

王允微微一笑，道："为何一副意外的表情？这里可是我家别馆竹里馆门前啊。"

"哦，原来如此啊。"

"听说董太师回郿坞，站在门前送送，顺便过来绕一圈。将军呢？你来做甚？"

"王允，'做甚'这话可太无情啦。你不该不知我的苦闷啊。"

"啊呀，你的意思是……"

"你不会忘记吧。你可是曾经约定要把貂蝉给我的呀。"

"当然。"

"貂蝉被老贼抢去，至今让我深深烦恼。"

"原来是为这件事啊……"王允突然垂下头去，像病人一样叹息道，"太师所为禽兽不如。近几天来，太师每次看到我，总说要把貂蝉送到吕布那里，都快成口头禅了。可是，至今也没做到。"

"岂有此理！貂蝉现在还在车上哭泣呢。"

"总之，这里是路边……对了，请到附近我家别馆来吧。我有事要跟你好好商量商量。"

王允安慰一番，骑马先行。

这是长安郊外一处幽邃的别馆。

吕布应王允之邀，被让进竹里馆一室。酒杯摆出，他却垂头沉郁，愤恚难解。

"怎么样，来一杯？"

"不了，今天。"

"是吗？那我不劝你。心情不好时饮酒，真是苦在口中，烧在心中。"

"王司徒。"

"哎。"

"你一定要理解我……吕布有生以来还是第一次如此万念俱灰。"

"真是绝望啊。可是，我的苦衷也不亚于将军。"

"主人家也有烦恼？"

277

"岂止是'有'啊！难得许配给将军的养女被董太师玷污，对你欠下了'义'。而且，世人指着将军，在背后议论说将军老婆被人抢走，这可比我自己身受诽谤更加痛苦。"

"你是说世人嘲笑我?!"

"董太师也会成为笑柄。但失去守约之义的我，还有将军，更会成为天下人嘲笑羞辱的对象……可是，人们会想啊，我一个糟老头子，已经无可救药。而将军却英雄一世，又值壮年，肯定会被世人说成一个没有出息的武人……请恕我之罪！"王允道。

"不，不是足下之罪。"吕布愤然起身，把地踏得山响，"王司徒，等着瞧！我发誓杀死老贼，一雪耻辱。"

王允故作惊讶，道："将军，不可出言冒失！一旦外泄，不光有杀身之祸，更有灭三族之灾。"

"不！我已经忍无可忍。大丈夫岂能一生郁郁屈于老贼膝下。"

"哦，将军，请恕我刚才僭越谏言。将军真乃稀世英雄。在下常常窃睹将军风采，觉得胜古之韩信百倍，甚为仰慕。就是韩信，也被封王，怎会一直屈居区区丞相府一旗之下……"

"嗯，可……"吕布咬牙切齿沉吟道，"事到如今，我真后悔听信老贼花言巧语，与董卓相约成为养父养子。设若无此约定，即刻就能举事。但因有养父之名，我才压着怒火。"

"哦……将军原来是害怕遭此非难啊。世人对此可是一无所知啊……"

"此话怎讲?"

"你看你看。将军姓吕，老贼姓董。听说在凤仪亭，老贼夺戟投刺。可见并无父子恩义。尤其是老贼至今不让你随了他的姓氏，就是因为他只是想以养父养子之名束缚骁勇的将军而已。"

"噢，原来如此！我是多么缺少智慧啊。"

"不，那是因为将军被义字束缚的缘故。如今，若能斩杀天下共憎的老贼，匡扶汉室，施善政于万民，将军不仅能够名垂青史，还能成为不朽忠臣。"

"好！一言为定！我必斩老贼之首！"吕布拔剑，刺破自己小臂，用淋漓的鲜血向王允起誓。

吕布要回，王允送出门外，悄悄耳语道："将军，今日之事可是两个人的秘密啊。不可向任何人泄露！"

"当然。可仅靠你我二人，难成大事……"

"可向心腹之人透露。不过，今后我会悄悄见你，再行商量。"

吕布跨上赤兔马，打道回府。

"正中下怀！"王允目送他的背影，暗自窃笑。

当晚，王允立即叫来平日里志同道合的司隶校尉黄琬、仆射士孙瑞二人，挑明自己的想法，并问计道："我的计谋是通过吕布之手杀死董卓。有什么好办法没有？"

"我有一个好主意。"士孙瑞道，"可矫诏遣使前往郿坞城，就说天子日前龙体欠安，近日终于痊愈。"

"哦，派假敕使？"

"为了天子，当无责怪。"

"那如何说法？"

"以天子的语气，就说'朕病弱，欲禅让帝位于董太师'。矫诏召他。他必大喜，即刻觐见。"

"这就似让饿虎见活食。他必立即扑将上去。"

"事先在禁门多多埋伏大力武士，把他的车辇团团围住，不容他言语，即行诛戮。如让吕布执行，绝无万一之忧。"

"派谁当假敕使？"

"李肃当可胜任。他与吕布同出一郡，我亦知他秉性，即使挑明大事，亦可不必担心。"

"是骑都尉李肃吗？"

"正是。"

"他以前可侍奉过董卓呀。"

"不过，他最近遭到贬斥，离开董卓，不再扶持，寄身在我家里，且对董卓似有不满，每日快快不乐。所以，他定会欣然前往。董卓也会因为以前见过他，听说他当上敕使，必定放松警惕，听信他的说法。"

"如此甚好。快快通知吕布，让他与李肃见面。"

王允第二天晚上叫来吕布，详述计策。吕布听完，道："李肃我也很熟。当初把赤兔马牵到寨中赠给我，使我斩杀养父丁建阳的，也是这个李肃。如若李肃敢说不愿前往，看我一刀斩了他。"

深夜，王允和吕布避开人们耳目，来到士孙瑞宅邸，与寄身在那里的李肃相见。

"啊，好久没见！"吕布先开口道。

李肃见到不速之客，惊讶之余，哑然无语。

"李肃，你不会忘记吧。很久以前，我与养父丁原一道大战董卓时，就是你送我赤兔马和金钱，叫我背叛丁原，杀死养父的。"

"啊，已成往事啦。可究竟为了何事，今夜突然光临？"

"想请足下再次受托，充当使者。不过，此次是我派你为使前往董卓处。"

吕布凑到李肃跟前，然后让王允细述计策。自己则悄悄紧握宝剑，只要李肃表现出不情愿的样子，当场斩杀。

听了二人的密谋，李肃拍手，道："承蒙明说计谋，太好啦！我想杀董卓久矣，只恨无人可以诉说心声。善哉善哉！此乃天助也！"

李肃欣喜，当即起誓，承担下来。

三人当下密商诸事。两天后，李肃领二十骑赴郿坞城，向城门报道："天子命李肃为敕使前来。"

董卓不知何事，即刻放他相见。

李肃恭恭敬敬，拜道："天子常常龙体欠佳，终于决意要将帝位禅让于太师。愿太师为天下计，速领大统，登九五之位。今日敕使，特传皇帝内诏。"

李肃说着，凝视董卓。

董卓喜色难掩，老脸飞红，道："哦……此诏令人意外。可朝臣的意向……"

"此乃百官咸集未央殿，商议已毕，异口同声，三呼万岁，形成决议的结果。"

听完此话，董卓终于眯缝起双眼，道："司徒王允如何说来？"

"王司徒不胜喜悦，筑起受禅台，早早地就在等待太师即位啦。"

"事情如此之速，让我吃惊。哈哈哈哈……难怪我心想事成。"

"心想事成？此话怎讲？"

"方才做了一梦。"

"做梦？"

"嗯。梦见巨龙腾云下凡，缠绕我身，方才醒来。"

"此乃吉瑞！窃以为，您当尽快备车，上朝领诏。"

"此身若即帝位，当提拔你为执金吾。"

"我发誓效忠！"李肃再拜。

董卓命侍臣准备车骑行装，然后朝貂蝉居住的闺阁飞也似的奔去。

"我对你讲过，我若即帝位，立你为贵妃，让你享尽世间荣华富贵。这一天终于来了！"董卓快言快语道。

貂蝉眼睛一下子放出光芒，旋即现出天真的表情，作狂喜状道："啊，真的吗！？"

董卓又从后堂叫出母亲，备述事由。董母年已九旬有余，耳背眼昏，道："什么……冷不丁地要上哪儿去啊？"

"进宫去，接受天子之位。"

"谁啊？"

"你的儿子！"

"是你吗？"

"老娘啊！你也有一个好儿子，所以您马上就要被尊为皇太后啦！您不觉得高兴吗！？"

"啊呀呀，让人烦恼啊。"

九十多岁的老媪，嘴唇颤抖，仰望天井，毋宁说形容悲伤。

"啊哈哈哈……真是提不起劲啊。"

董卓一边嘲笑，一边大步走进房间，很快换上讲究的盛装，坐上车辇，在数千精兵簇拥下，下了郿坞。

四十　人灯

队列延绵蜿蜒。

幡旗掩映之下，车盖、白马金鞍的卫队、数千兵马的戟光……一路威风，华丽夺目。

行至十里，哐当一声，车辇剧烈晃动，董卓在车中责道："怎么回事?!"

"车轮折了。"侍臣恐惧道。

"什么?! 车轮折了!?"他心情有些阴郁，"一定是沿途百姓清扫道路有所怠慢，留下了小石子的缘故。把村长斩首示众！"

他下得车辇，换乘另一辆叫做逍遥玉面的马车。

又行了六七里，马惊狂嘶，扯断嚼辔。

"李肃，李肃！"董卓心生疑云，在金帘之后叫人问道，"车轮折断，马辔咬断，究竟是怎么回事啊？"

"不用担心。此乃太师将即帝位，弃旧换新之吉兆。"

"原来如此。解释得很明了。"董卓心情转好。

途中小住一宿，翌日抵达都城长安。可是，当日浓雾罕见，队伍出发时狂风大作，天地昏暗。

"李肃。如此天象，是何祥瑞？"

每遇一事，他都会忧心忡忡。

李肃指着太阳笑道："此乃红光紫雾之贺瑞。"

从帘后仰首望云，那天的太阳果然套着彩虹般的光环。

队伍很快通过长安外城，进入市街。只见民众尽皆走出室外，俯首立于路边，无人抬头。

皇宫门外，百官列队出迎。

王允、淳于琼、黄琬、皇甫嵩等人伏拜于路旁，口中称庆，执臣下之礼，道："恭贺！"

董卓大为得意，命车辇驭官道："去相府。"

一进丞相府，董卓便道："有些疲惫，明日进宫。"当日歇下，并不见人，只见王允，接受恭贺。

王允告诉他："今夜即请慢慢修养身心，明日斋戒沐浴，受让万尊之位。"贺毕离去。

"心情如何？"有人从董卓身后窥视帐幔。

是吕布。

董卓见到他，心中就有底。

"哦，你要随时守护在我身边啊。"

"您身体重要啊。"

"我若即位，何以报你？对了，任命你为大将军吧。"

"多谢！"

吕布一如往常，抱戟立于室外，通宵忠实守护董卓。

那天夜里，董卓也未在卧室里放女人，守了一宿清净。但一想到明天就要即九五之位，他就情绪高昂，难以入眠。

这时，室外。咔嚓咔嚓。响起脚步声。

他一骨碌爬起来，喝道："什么人？"

帐幔外面尚未睡下的李肃答道："是吕布在巡逻。"

"是吕布啊……"

董卓闻言，完全放下心来，开始微微打鼾。不过，他还未睡死，频频竖起耳朵。

深夜街道，远远传来孩童们唱的童谣：

  千里草

  何青青

  十日卜

  不得生

歌声随风飘来，在深夜里流淌，调子悲切。

董卓听到歌声，又叫："李肃！"

"在。您还没睡啊？"

"这童谣是何意思？此歌好像不吉利啊。"

"是啊。"李肃为了让董卓放下心来，胡乱解释道，"暗示着汉室命运的终结。这里乃是帝都长安，明天开始，皇帝就更迭了。童谣无心，也不会不出现预兆。"

"原来如此。这样啊……"

可怜董卓，点头称是，不久便昏昏沉沉，陷入深深鼾声之中。

童谣中"千里草"，就是"董"字，"十日卜"就是"卓"字。街头歌声暗示，已经有人在嘲笑董卓命运。可是，被李肃的话一糊弄，如此奸雄竟也没有意识到童谣说的就是他自己，还以为说的是汉室。

早上晨曦透下，映照在董卓枕边。

他斋戒沐浴。之后整列仪仗，行装讲究，更甚昨日。然后向朝露细流的宫门进发。这时，一个道士肩扛一旒白旗，身着青袍，在街上一拐，不见身影。

那白旗上并排书写两个"口"字。

"那是什么？"董卓问李肃。

"一个疯道士。"李肃答道。

两个口字一摞，就是"吕"字。董卓忽然担心起吕布来。想起吕布在凤仪亭与貂蝉密会的身影，董卓心生厌恶。

这时，仪仗的前队已经抵达宫中的北掖门……

禁门有规定，董卓也只得把所有仪仗兵士留在北掖门，留二十名武士推车，继续朝禁廷进发。

"咦？！"董卓在车里叫道。

董卓看见王允、黄琬二人执剑站立殿门两侧。

他大概感到气氛异样，突然喝道："李肃，李肃！他们拔剑站立，是何意？"

李肃在车后大声回道："既如此，便是按阎王意旨要送太师去冥府，早早来迎的！"

董卓大惊失色，道："你说什……什么？！"

他刚要起身的一刹那，李肃"嗨"的一声大叫，咣当咣当地把车向前推去。

王允大声吼道："郿坞的逆臣来啦！出来吧，武士们！"

这声音就是信号。

"喔——"

"啊——"

御林军兵勇百余人跑上来，推翻车辇，把董卓从车里拖出，道：

"贼首！"

"大奸！"

"哼！"

"天罚！"

"知罪吗?！"

无数的戟冲董卓一人刺来，在他胸脯、肩膀、脑袋上一阵乱刺乱砍。但一向小心谨慎的董卓贴身穿着刀枪不入的铠甲和内衣，尽管浑身是血，却没有致命伤。

他在地上翻滚着巨大身躯，大声喊道："吕布，吕布！吕布何在?！来救义父危难！"

这时，吕布一声"领命"，挥舞方天画戟，一跃来到董卓眼前，叫道："奉敕命诛杀逆贼董卓！"喊声未落，就从正面劈将下来。

污血喷射如雾，连太阳都为之黯淡。

"呜……嗯……你……"

大戟砍斜，只将董卓右臂连根剁下。

董卓被血染红，瞪大眼睛，怒视吕布，口中还想喊叫什么。

吕布抓住董卓胸口，骂道："恶有恶报！"一下刺穿他的喉咙。

禁廷内外被波涛汹涌的气氛所包围。很快，消息传开，有人高呼："万岁！"于是，从文武百官到马夫杂人和卫士，无不山呼万岁。喊声、欢呼声经久不息，持续了小半个时辰。

李肃跑来，割下董卓首级，高高挑在剑尖。吕布打开王允事先交给他的诏书，站在高台之上，大声诵读：

"奉圣天子之诏，诛杀逆臣董卓既毕……其余无罪，悉皆原宥。"

董卓是年五十四岁。

此年此日，当留千古。时在汉献帝初平三年壬申，四月二十二日昼间。

大奸既诛，从禁门内到长安市街，万岁呼声四起，响成一片。可是，人

285

们战战兢兢，内心不安，依旧难消。

"不会就这样完事吧。"

"还会有所变化吧。"

吕布道："时至今日，一步不离董卓，经常辅助董卓作恶的就是他的军师李儒。不能让他活着！"

"说得对。谁去丞相府把李儒绑来？"王允命道。

"我去！"李肃答道。话音未落，便引兵奔向丞相府。

未及进门，就有一人被一群武士团团围住，拖出相府大门，口中发出哀嚎。定睛一看，正是李儒。

丞相府下层武士们纷纷诉说道："平日里最恨此贼，一听董太师被诛，我们就亲手绑了此贼，正要押到禁门去。请不要问我等之罪。"

李肃不费吹灰之力，生擒李儒，旋即押走，献于禁门。

王允立斩李儒首级，拎给刑吏，道："挂到街头示众！"

王允又道："郿坞城里住着董卓家族，平日还豢养着大军。谁愿前去讨伐荡平？"

于是有人应声而出，道："我愿前往。"

此人正是吕布。

"吕布若往……"人人放心，但王允还是拨兵三万许给李肃、皇甫嵩，即时开拔，直指郿坞。

郿坞有郭汜、张济、李傕等大将和万余兵马留守。

飞报传来："董太师于禁廷惨遭杀戮。"

众将闻报愕然，骚动起来，趁都城的讨伐军尚未到达，便全军向凉州方向奔逃而去。

吕布率先冲进郿坞城中。他眼中并无任何人。径直向郿坞城深处奔去。

然后在秘园帐内窥视一圈，叫道："貂蝉，貂蝉……"

他血红着双眼寻找貂蝉身影。

貂蝉在后堂一室，默默伫立。吕布跑过去，道："哦，可喜可贺！"

说着，紧紧拥抱貂蝉，摇晃着她一言不发的身子。

"你不高兴吗？还是高兴得说不出话了？我终于干了一场呢！我杀死董卓啦！从今往后，我们二人也可开心享乐啦。来吧，受伤了可不得了。我把你送到长安去吧。"

吕布突然抱起貂蝉的身体，跑出后堂。皇甫嵩、李肃的兵马已经涌入城中，杀戮、放火、掠夺……他们向毫无抵抗的人们实施种种暴力，四处狼藉一片。

这些人只看见金银珠宝、粮仓财物。在他们眼中，吕布就像傻瓜一样。

吕布紧抱貂蝉，狂奔在乱军之中，跨上自己的金鞍，鞭子一甩，回到长安。

郿坞城后园，除了貂蝉，还蓄有良家美女八百余人。

缭乱的百花，被暴风般冲入的乱兵暴虐，凋零破败，极尽惨状。

皇甫嵩任凭手下兵卒争抢，还严厉命令道："董卓一家，无论老幼，统统斩杀！"

董卓老母今年已是九旬老媪。她踉跄而出，来到皇甫嵩面前，匍匐在地，悲鸣道："救救我！"一个兵卒扑上前去，手起刀落，眼看着人头落地。

仅半日之间，董氏一族男女被诛杀者竟达一千五百余人。

后来打开金库一看，十库之内藏黄金二十三万斤，白银八十九万斤。其他库中也陆续搬出锦绣绫罗、珠翠珍宝无数，宛如移山，堆积城外。

王允在长安下令道："统统搬到长安！"

他还命令处理粮仓，道："一半施舍百姓，一半纳入官仓。"米粟数量之巨，亦达八百万石。

长安百姓沸腾。

董卓被诛后，不知是天降奇瑞还是自然暗合，数日黑雾渐渐散去，狂风停歇，朗朗乾坤，和煦光明。人们终于可以仰望久违的昭昭朗日。

"以后世道越来越好啦。"人们天真地欢欣鼓舞。

城内城外，农民百姓，男女老幼，打开酒坛，制作年糕，张贴对联，点亮神灯，来到街上，昼夜歌舞。

"和平终于来临啦！"

"就要实施善政啦！"

"以后夜能安睡啦！"

他们口中念唱，敲锣打鼓，走街串巷。

他们来到暴尸街头的董卓尸体旁聚集围观，愤然道：

"董卓！董卓！"

"让我们吃苦到今天的罪魁祸首!"

"啊呀,可恨的家伙!"

人们脚踢董卓首级,在他无头尸体的肚脐眼里插上点燃的蜡烛,拍手称快。

董卓生前胖人一倍,也许是脂肪助燃,肚脐上的灯烛通宵燃烧,天亮都不曾熄灭。

董卓之弟董旻、兄长之子董璜二人也被砍去手脚,弃尸于市。

李儒是董卓的亲信,平素倍遭人恨,死得比谁都惨。

诛杀之事告一段落。一日,王允召集百官,在都堂举行欢庆宴会。

这时,有小吏来报:"有人在街头抱着董卓腐烂的尸体叹息。"

王允命立即抓来。不久绑来一人,竟是侍中蔡邕,众人皆惊。

蔡邕乃忠孝两全之士,又是被誉为旷世奇才的学者,但他却犯有大错。那就是把董卓当成主子。

众人惜他才华,王允却不赦其罪,将他下狱,不久被人缢死狱中。岂止是他,如此可惜之人,不知牺牲多少。

都堂庆宴只有一个大将不曾露面。那就是吕布。

虽然他事先说是"略染微恙",但谁都不信他会生病。

长安市民,七天七夜,狂舞狂饮,庆祝董卓之死时,吕布却闭门不出,独自恸哭。

"貂蝉,貂蝉……"

这是吕布在自家后园发疯徘徊时发出的声音。

一进小阁,他就会搂着貂蝉横卧的冰冷尸体,面颊厮磨,道:"你为什么要死啊?!"

貂蝉不答。

她是吕布用双手抱出郿坞城大火,送到长安,藏在府邸的。但在吕布重上战场之后,她便一个人在后园小阁中利利索索地自刎而死。

"貂蝉已是我的人了。已经心情爽快地成了我的妻子!"

吕布很快回来,美梦已经打破。

"为什么要死?!"他不解貂蝉为何要自杀。

"貂蝉是那样地思念于我,一直盼着做我的妻子,可……"他越想越糊涂。

貂蝉什么也不说。可是，她死去的面容竟未留下任何遗憾。该做之事已经完成。看上去，她的唇边还留存着微笑。

她的肉体一度成为兽王的牺牲品，但现在是她自己的了。天生丽质，死后更如珠玉般灿烂，毫无死尸之感，宛若活着一般美丽。

吕布无休无止地烦恼，一刻也缓不过来。直性子使他的烦恼都变得单纯。

从昨天到今晚，他茶饭不思，夜里就睡在后园小阁里。

月色晦暗。晚春的花朵也黯然失色。

他懊恼不已，把脸贴在貂蝉胸前，进入梦乡。俄尔乍醒，夜已阑珊，周遭静谧。月光从窗户照射进来。

"咦，这是什么？"

他发现貂蝉贴身藏着一个锦囊，便若无其事地解开。里面装着貂蝉自幼一直带在身边的护身符和麝香等物。还有一枚桃花笺，叠得很小，上面写着一首诗。

诗笺浸透麝香，发出名花绽蕊的熏香。字形优雅，是貂蝉的笔迹。吕布不懂诗，但诵读数遍，意思还是明白的。

> 人道女儿肌肤弱，
> 我却抱剑不着妆。
> 宝剑能强正义心，
> 我自从容入荆芒。
> 为报再造父母恩，
> 又闻此举为国邦。
> 纤手舞蹈弃乐器，
> 秘藏匕首近兽王。
> 终献毒杯在左右，
> 最后一杯竟自亡。
> 如今既死耳犹闻，
> 长安人民和平唱。
> 伽陵频伽声美妙，
> 呼我就在彼天堂。

"啊……啊！原来……"

吕布终于觉悟，知道了貂蝉真实目的。

他突然抱起貂蝉的尸体，跑出小阁，投入后园古井之中，自此再也不想貂蝉。看上去他改变了想法，觉得只要掌握天下大权，貂蝉这等美人还会有的。

四十一　大权轮转

残兵败将大量涌入西凉地方。是从郿坞城败逃而来的大军。

董卓的旧臣，号称四大将的李傕、张济、郭汜、樊稠，联名遣使长安，表示恭顺，道："伏降祈赦。"

王允道："断然不赦！"驱回来使，即日发出讨伐令。

西凉败兵大为惊恐。

素有谋士之名的贾诩道："我等不能动摇，必须团结。如诸君分离，各自为战，就凭乡下小吏之力都能抓捕我等。固宜集结，在此基础上纠合陕西地方民众，杀到长安去。如果顺利，可报董卓之仇，将朝廷奉于我等之手。如果失败，那时再逃不迟。"

"说得有理！"四位将军悉从其说。

于是，西凉一带谣言四起，州民恐慌。有谣言道："长安王允派来大军，号令杀尽地方小民。"

四位将军乘人心动摇之隙，煽动道："与其坐以待毙，不如与我军共同抗战！"

加上纠集而来的杂牌军，他们形成十四万大军。

大军扬起气势，向前挺进。途中，董卓女婿中郎将牛辅也率残兵五千前来加入。于是士气越发高昂。

可是，很快接近敌军，形成对峙，四将之军立即士气沮丧，道："如此不可。"

因为他们得知，来者乃是名将吕布。

"打不过吕布的。"仗还没打，就先认输。

于是一度退兵。但谋士贾诩命令夜袭，所以半夜又突然回头，直捣敌寨。

敌寨意外脆弱。寨中大将并非吕布，而是诛杀董卓时伪装敕使前往郿坞城的李肃。

李肃大意，兵马折损大半，败走三十里，丑态毕露。

"成何体统！第一战就挫了全军锐气，其罪不小！"后寨吕布暴怒，斩杀李肃。

他把李肃首级悬于军门，亲自立于阵头，眨眼之间击破牛辅之军。

牛辅退逃，面色惨白，对心腹胡赤儿耳语道："吕布出战，我等绝无胜算。索性掠了金银逃命去吧。"

"说得是啊，正合我意。趁天亮干吧。"

于是，牛辅只带从者四五人，黎明时分，临阵脱逃。

有其主必有其仆。途中来到河边，牛辅刚开始渡河，胡赤儿突然从背后砍去，割下他的头颅。然后跑到吕布寨中投降，道："我来献牛辅首级，请予擢用。"

可是，一个同伙已经暗中告发，说胡赤儿杀牛辅是眼红金银，想要夺到手。所以吕布道："只凭牛辅首级尚不足擢用。交出你的脑袋！"

吕布呵斥胡赤儿，当场砍下他的首级。

牛辅之死传开。又听传言说杀死牛辅的胡赤儿也被吕布斩首。

"既然如此，是死是生，只有决战而已！"敌军四将似乎也下定决心。

四将之一李傕道："正面攻打吕布，绝无胜算。"他看准吕布有勇无谋，故意一战就败，一败就逃，把吕布大军诱至群山之中，久战不决，使其陷入进退两难之境。

在此期间。张济、樊稠二将已经绕道，迂回向长安进发。

"长安危急。速速撤兵回防。"王允几次紧急派使前来，吕布却都动弹不得。

吕布欲出山峡隘地，撤回军队，李傕、郭汜就会派兵从沼泽、山峰、溪谷，不择场所，出来挑战。

无聊之战，不应则溃，应则无已。结果空费时日，无所进退。

另一方面。杀奔长安的张济、樊稠之军势力越发强大。

"为董卓报仇！"

"我们要侍奉朝廷！"

他们势如潮水决堤，逼近城下。

长安有铁壁一般的外城。人们只想，任何军队都将被阻止于城外。岂料这时，无数潜伏在长安城里保住一命的董卓派残党见"时机已到"，光天化日之下跳将出来，从城里打开所有城门。

"天助我也！"西凉军队欢呼雀跃，涌入城内，宛如浊流决堤。

暴兵多为杂兵。一旦进城，丑态毕露，把长安街巷蹧蹋得一片狼藉。

百姓人家刚刚还在敲击酒壶，讴歌和平，家家户户，舞蹈庆贺，转瞬复遭暴兵洪水淹浸，在刀光剑影的旋涡里惨叫逃窜。

民众究竟遭到多少诅咒？！

无情的上天，在城中升起的黑烟中，掩藏了太阳，隐蔽了月亮，任凭大地昏暗冥冥，惨不忍睹。

吕布闻变，深感事态严重，总算放弃了山间小战，撤回大军。

然而，为时已晚。当他赶到城外数十里处，长安方向已是夜空通红。冲天火焰告诉人们，充斥火焰之下的敌军已经占据绝对优势。

"糟糕……"吕布呻吟道。

他眺望着充满火光的天空，一时间茫然自失。

无奈无奈啊！就连吕布，如今也束手无策。形势已经无可救药。

"对了，权且去投袁术，以图后计。"他想。

于是解散大军，只留百余骑，突然改道，趁夜悄然落荒而去。

失去爱恋的貂蝉，又失去争霸的地盘，吕布的背影也没有了往日的凛凛雄姿。

可惜好汉，思虑不足，多欠道德……上天要把这稀世勇儿的末路，指向何处？

骚乱的声音越来越远。

黑夜阴森森。白昼声隆隆。

宫中深处，献帝一直面色苍白。

他的心里，好像看到长安街头跃动的火魔、血魔一般。

"皇宫危急！"侍从来报。

片刻，侍臣奏道："西凉军队攻到禁门之下，势如潮水。"

这下该进攻朝廷了。献帝当即万念俱灰，闭上眼睛，只是点头，道："嗯……嗯……"

事实上，所有侍臣都不知道这时该干什么才好。

一个侍臣奏请献帝道："他们也该知道帝位之重。如果陛下亲自登上宣平门城楼，制止暴乱，当可平息。"

献帝迈开御步，登上宣平门。陶醉于血战，在城下鼎沸的狂军，很快注意到装饰华丽的天子黄盖遥遥出现在禁门城楼之上。

"天子！"

"御驾！"

乱军闹哄哄地朝城楼之下汇聚。

"安静！住手！"李傕、郭汜二将突然压制手下，拼命镇压暴兵，自己也来到宣平门下。

献帝从门楼上大声诘问，道："尔等缘何不等朕允准，肆意乱入长安？"

于是李傕指天叫道："陛下！已故董太师乃陛下股肱，社稷功臣。却被王允一伙无故谋杀，暴尸街头，受尽侮辱。故此，我等受董卓恩顾的旧臣图谋报仇，绝非谋反。现在，如陛下将藏于您衣袖下面的可憎王允交给我等，我等立即从禁门撤兵！"

全军闻声喊声雷动，示以颜色，强硬要求，就看献帝如何回答。

献帝回顾身边。

王允侍立一旁，一直紧咬惨白嘴唇，瞪视眼下大军。他感到献帝的目光注视着自己，突然跃起，道："何惜一己之身！"说着，从门楼上纵身跳下。

他的身体向密密匝匝的戟枪之林落下。

如何堪忍！？

"哦，就是这个家伙！"

"罪魁祸首！"

"最大仇人！"

剑、枪汇集而来，当即将王允的身体捅成马蜂窝。

凶暴的军队，要求被满足仍不退兵。看上去，他们这时正在那里进行各种计议，企图弑杀天子，一举谋取大事。

"可是，就算勉强行事，也恐民众不服。慢慢削弱天子势力，然后行事，是为明智。"

看样子全军终于同意樊稠、张济等人的意见，情绪稳定下来，但仍不退兵。于是献帝在此下圣谕道："速撤兵马！"

这时，城墙下边的暴乱将士索要官职，道："不。我等臣下有功于王室，却未获封赏，故此等候。"

暴臣陈兵宫门，高声强要官职。皇帝亦觉此举冒昧，此时却也无可奈何，只得接受他们的要求。

于是，任李傕为车骑将军，郭汜为后将军，樊稠为右将军。张济也当上骠骑将军。

匹夫尽皆衣冠，一跃并立庙堂。天下大权，实际上却从董卓一人之手，在骚乱中轮转，很快落入四人掌中。

猜疑心是暴发户的天性。他们在献帝身边安插密探。如此政治，不可能给人民带来长久和平和秩序。

果然。后来不久，西凉太守马腾和并州刺史韩遂二人，纠合十余万大军，以"讨伐朝贼"为号，向长安压来。

贾诩献上一计，推行消极战术。

他们加固长安周围外城，垒上筑垒，深挖护城河，不管攻来的军队如何叫阵，只是坚守，"决不应战"。

历经百日，进攻而来的军队士气沮丧。粮草匮乏，长期滞阵造成士气倦怠。结果雨季过后，出现大量患病者。

一直伺机的长安兵，大开四门，一齐冲杀敌军。西凉军大败，四散而逃。

乱军之中，并州韩遂被右将军赶上，一命危矣。

韩遂痛苦非常，想起往日友谊，大叫道："樊稠，樊稠！你与我不是同乡吗？"

"这里是战场。为了平息国乱，岂能讲个人情谊！"

"话虽如此，我来这里打仗，也是为了国家！你若是国士，应该理解国士的心吧。我可以被你杀掉，但请稍缓全军追击。"

樊稠听到韩遂喊叫，终于为人情所困，撤回大军。

翌日，长安城内胜军盛宴。席间，四将之一李傕绕到樊稠背后，突然喝道："叛徒！"手起刀落，砍下樊稠头颅。

同僚张济大惊，跌坐在地，浑身颤抖。李傕扶起，道："汝却无罪。樊稠昨日在战场上故意放走敌将韩遂，故诛之。"

李傕之侄叫李别，正是他向叔叔秘密告发的樊稠。

"诸位，事情是这样的。"李别代替叔叔向在座将士讲述樊稠之罪。

最后，李傕又拍拍张济的肩膀，道："正因刚才我侄所说的原因，才将樊稠处以极刑。你乃是我的心腹，我对你没有丝毫怀疑啊。放心吧。"

遂将樊稠统帅的兵马全部交到张济手中。

四十二　秋雨时节

各州的漂泊人士对曹操的评价颇好："近来兖州曹操频频招贤募士，优待有能之士。"

一传十，十传百，多有勇士学者立志前去兖州。

山东地界暂且还算清净，但自去年起，帝都长安的骚乱屡屡有所传闻。

"听说这回李傕、郭汜左右了兵权、政权啦。"

"西凉军一败涂地，不会东山再起啦。"

"李傕也要操纵朝廷，看来是个不亚于以前董卓的家伙。"

惟其大国，连谈论都城的动乱也都是具体事件。

不久，青州地方黄巾贼再次蜂起。中央一乱，草贼马上就会骚然而起，像是回应。

朝廷给曹操下令："予以讨伐！"

最近以来，曹操对身在朝廷肆意调兵弄权的新朝臣们，心里并不买账。

但看在是朝廷的名分上，他服从此命。而且他想，不管利用什么机会调动自己的兵马，都等于向前迈进一步，所以欣然奉命。

他的精兵不日扫灭地方鼠贼。朝廷嘉奖其功，封其为"镇东将军"。

但是，与此次封爵的恩典相比，他获得的实利要大得多。

讨伐作战百日，得贼军降兵三十万，又选领地内强壮青年，总共新增军队近百万。当然，济北济南乃肥沃之地，养兵的粮草财货绰绰有余。

时为初平三年十一月。

就这样，各地贤才勇士不断云集到他门下。

荀彧就是此时来投靠曹操的。曹操见此人物，赞许道："你便是我的张子房[①]！"

荀彧年仅二十九岁。他的侄子荀攸也一同来投，兵学之才得以施展，被

[①] 张子房：张良。——译者注

任为行军教授。此外，从中山招来的程昱、隐居山野的大贤人郭嘉等，皆为笃礼之士。曹操周围人才济济，宛若灿烂星汉。

尤其是，陈留的典韦率豢养武士数百人来投，愿为官以仕。此人身高近丈，眼若百炼明镜，常双手各使重八十斤的铁戟出战，杀人如同薅草，却为人忌惮，不出豪言。

"虚言耳。"曹操不信道。

"既如此，可请观之。"典韦跃马施展，一如所言。碰巧这时大风骤起，刮倒营寨大旗，数十兵卒一齐去撑旗杆，仍不敌强风之力，众人骚然。典韦见状，道："全部躲开！"说着跑上前去，一只手握住旗杆，任凭烈风劲吹，撕裂大旗，却始终未再使用另一只手。

"噢，真不逊于古时恶来。"

曹操惊叹不已，当场将他召入帐下，赠白金襕战袍和名马。

恶来，乃古殷纣王臣下，以力大无双著称。曹操称赞典韦胜过恶来。恶来便成为典韦绰号。

一日，曹操忽然道："时至今日，我不曾孝敬双亲。"

当时，老父已不在故乡陈留，曹操只是听说他隐居在一个叫琅琊的偏僻乡下。

曹操在山东一带打下地盘，安下身来，便想，不让老父前来共享，有悖孝道。

"把我严父接来。"

他遣泰山太守应劭为使，即赴琅琊。

有人来迎，曹操的父亲曹嵩欢天喜地，以为是梦。同时，他又向左邻右舍炫耀儿子，道："看到了吧！曹操少时，叔父和亲戚们都说他不好，说是不良少年，前途堪忧。只有我原谅他，说他也有他的好处。还是我没看走眼啊。"

遣散闲杂人等，曹嵩一家尚有四十余口，用人也有一百来人。他们把家财用品装满百余辆车，急急忙忙朝兖州进发。

当时正值仲秋。他们的旅行一如南画作品《枫林停车》①画题所表现的那样。老父时常让车停在红叶之下，感兴一番："我作了一首诗，怎样啊？

---

①《枫林停车》：明人周臣作品。——译者注

见到曹操，就让他看。"

一行在途中来到徐州，州牧陶谦特意亲自来到郡界迎接，道："今晚务必进城过夜……"

他把一行迎进徐州城中，一连两日热情款待，视为上宾。

"一州州牧，不当如此款待老朽。这是因为曹操伟大。想起来，我真是有个好儿子啊！"

曹嵩在城里也是每天炫耀儿子。

事实上，此地州牧陶谦仰慕曹操盛名已久，一直希望有机会结交，却没有合适的机会。此次听说曹操的父亲举家迁往兖州，路过自己领地，道："天赐良机！"便亲自出迎，让一行宿于城内，倾力接待。

"陶谦好人啊！"曹操的老父对陶谦人品深有感慨。

陶谦乃温厚君子。对此，不仅曹嵩，世人亦皆认可。

第三天早晨，老父一行谢恩，从徐州出发。陶谦特拨五百兵马给部下张闿，吩咐道："沿途相送，不得有误！"

来到华费山中，易变的天气突然阴沉，暗云满天。

白色电光闪过，大雨哗哗骤降。树叶被山风卷起，峰谷被浓雾掩藏，天气变得格外恐怖。

"有座庙。山寺的门……"

"到寺庙里躲躲！"

马、车、人统统在雨淋之下遁入山门。

不久夜幕降临。张闿命兵卒道："今晚留宿寺中，去和寺僧谈谈，把大殿借下。"

看上去他平时不受部下拥戴，淋成落汤鸡的兵卒个个表情不平。

秋雨冰冷萧条，一直下到半夜。

睡在阴暗廊下的张闿心生一计，把兵卒小队长叫到无人处耳语，道："晚上兵士们个个面带不平啊。"

"没办法。平日军饷少得可怜，又被派上这种烂差。谁都知道，就算把那个糟老头子送到兖州，也立不了什么功。"

小队长叹道，以为要挨训斥。不料张闿道："嗯，说得是啊，难怪的。"

接着他又煽动道："反正我们原来都是黄巾贼一伙的，活得自由自在，想干啥干啥。被陶谦讨伐，没办法才跟他干的。当个小小官差，饷钱少得可怜，日子穷得叮当响，兵士们报怨不平，也是无奈……你看，干脆把以前的黄巾扎在头上，再次暴动，到自由天地里去如何？"

"话虽如此，都这个时候了，为时太晚了吧。"

"哪里哪里，只要有钱就行。走运的是，我们护送的糟老头子一家好像有很多钱，家财装了一百多辆车。我们抢了他，自立山寨去！"

曹嵩不知毒计已经商定，跟肥硕的爱妾在寺庙房里呼呼大睡。

夜半三更时分。突然寺庙周围喊声四起。

"咦，怎么回事？"曹操的弟弟曹德睡在老父隔壁，穿着睡衣，跑到廊下，没等开口，就被张闿一剑劈下，当场斩杀。

"哇——"哀鸣遍地。

"呀，杀人啦！"曹嵩的爱妾绝望大叫，试图翻过围墙逃命。可是肥胖的身体跌落下来，被张闿的手下用枪刺死。

卫士变成悍匪，杀戮随心所欲。

老父躲进茅厕，被人发现，剁成肉酱，一命呜呼。其他家人和仆人共百余口，尽皆葬身血泊之中。

曹操派来接人的使者应劭，闻此凶变惊慌失措，只带随从数人逃脱危难。但因只有自己活命，恐有后难，便未回主公曹操处，投靠袁绍去了。

令人酸鼻的一夜过去。

蒙蒙秋雨之中，山寺被放火烧掉。张闿一伙凶兵，跟百余辆装满财物的车辆，连个影子也没有留下。

兖州的曹操闻变震怒，裂眦吼道："陶谦杀我老父和全家，是我不共戴天的仇人！"

他把杀父之罪算在陶谦头上，怨恨不已。

曹操年轻时因谬判误杀吕伯奢一家却不以为然。而今天，类似的灾难降临到自己身上，他却不能不痛恨其残暴。听到惨状，他痛哭不已。

"讨伐徐州！"

大军动员令即日发出。全军上空，飘荡着书有"报仇雪恨"的大旗。

曹操动员复仇大军进攻徐州的消息传遍各州。这时，寨门前有人来访曹操,道:"我要见曹操。"

来人是陈宫。

陈宫乃曹操旧知,曾在曹操从都城落荒而来的途中,共吐心声,盟誓未来。后来,在旅途中了解到曹操德行,识破其人,暗忖:"此人不是真正守王道忧国家的英雄,却是扰乱国家,最终陷国家于祸乱的奸雄。"便怖其为人,后弃他而去,不知踪迹。

"你现在做什么?"曹操问道。

陈宫羞怯,答道:"在东郡做小役。"

曹操露出讥讽的笑容,早已读懂他的来意。

"如此说来,你与徐州陶谦关系亲密咯。你大概是来为这位知己劝我的吧。我觉得,你的恳请大概不能解我曹操的怨恨与愤怒。呃……你游玩一番就可以回去了。"

"我来的目的如你所知。小生所知的陶谦乃稀世之仁人君子。令尊遭此惨难,完全不是陶谦之罪,而是张闿所为。小生眼见无端战乱将使仁人君子遭受痛苦,同时有损将军声望,不能不悲。"

"休得胡言!"曹操把刚才的微笑变成了怒叱道,"为父亲和弟弟报仇,怎么会有失声望!你不就是在逆境中弃我而去的人吗?!你觉得你有资格游说别人吗?!"

陈宫赧颜辞别。他没有勇气向陶谦复命游说失败,就此径投陈留太守张邈而去。

就这样,"报仇雪恨"的大旗,卷着曹操的愤怒,向徐州城下进发,大有不挖陶谦之胆、不食其肉决不罢休的气势。

这支凶猛的军队,所到之处挖掘百姓坟墓,无情斩杀疑似通敌之人,弄得民心极端恐惧。

徐州老州牧陶谦,集合诸将,道:"曹操大军不可战胜。受他怨恨,皆因我无德所致……我想自缚,甘愿将头颅献于其愤怒的刀下,以乞百姓和城中将士之命。"

但大部分将军道:"不可。岂能看着州牧被杀,自己活命!"大家商议计策,紧急遣使,前往北海,向孔子二十世孙泰山都尉孔宙之子孔融求援。

碰巧黄巾残党再次集结,在各处闹事。北平公孙瓒也向边境讨伐而来。他旗下刘备忽然听说徐州兵变,出于义字,向公孙瓒提出想前去救援颇有仁人君子之名的陶谦。

公孙瓒不赞成，阻止道："作罢如何？你与曹操并无怨恨，陶谦又于你无恩。"

但玄德认为，当今义字衰微，现在正是示义之时。于是硬请下假来，借得幕僚赵云，共率五千人马，突破曹操包围，终于进入徐州城。

州牧陶谦迎接玄德，手拉着手，热泪盈眶，道："当今之世，再无玄德这样的大义之人了！"

四十三　死里逃生

守城之兵重振士气。他们孤立无援，正在苦战，想不到刘玄德意外来援，几度欢呼，振奋不已。

老州牧陶谦大喜过望，颤颤巍巍地道："听那声音！"他把玄德让到上座，当即解下州牧佩印，道："从今日起，请你取我陶谦而代之，领徐州州牧，就领主之位。"

玄德大惊，极力推辞，道："不可不可！"

"不必推辞。听说你祖乃大汉宗室，你即皇族正宗血统。你才有资格靖天下之乱，正紊乱朝纲，匡扶社稷，君临万民。似我之老者，才能已枯。一味贪恋州牧之位，只能推迟新时代黎明的到来。我打算从现在的位置退下来，而值得放心让位的人，非你莫属。请纳微忠，勉为应允。"

陶谦的话语充满真情。一如传闻所言，他是一位毫无私心的好州牧，是忧世爱民的仁人。

可是刘备仍然坚辞不受，道："我为助你一臂之力而来。虽有年轻人的力气，却无老州牧那样的德望。拜德薄之人为州牧，是人民的不幸，是动乱的根源。"

"无聊的客气。大哥太死板，不似现世里的人啊……回上一句'好的'，受了便了……"张飞、关羽二人侍立于玄德背后的墙边，相互对视，似不耐烦。

老州牧的热望和玄德的谦虚，相互把对方架了起来，收不了场。于是家臣麋竺从旁道："此事日后再议如何？眼下城下挤满了敌人大军……"

"所言极是。"

二人点头，即刻商议军情，询问军备，初步达成共识，决定诉诸外交，谋求解决。于是刘玄德遣使曹操，送去文书，劝其停战。

曹操读过玄德文书，道："什么！？……让我把私仇往后放，先救国难……就是不接受刘备的说教，我曹操也自有大志。不自量力的家伙！"他将文书撕碎，喝退使者。"把来使斩了！"

说来也巧，正当此时，曹操的根据地兖州不断有快马来报："不得了啦！吕布趁将军不在之际，突然攻入兖州。"

吕布为何要冲着曹操的空巢进攻他的根据地呢？他也是落荒逃出都城之人。

李傕、郭汜一伙把持中央大权，他被迫离开长安，曾一度寄身袁术之处。后漂泊各州，最后又投靠陈留张邈，逗留已久。

一日，他走出阁外，从院前牵出马来，正要去城外一游。这时有人凑到他的脸旁故意小声讽刺道："啊，近来天下名马也肥而无用啊！"

这家伙出言怪异。

吕布凝视那人，一脸狐疑，一言不发。

那人便是陈宫。

此前陈宫受陶谦之托，去当说客，试图谏言曹操停止侵略，反被曹操一口拒绝，终告失败，引为耻辱，遂未回徐州，径直去张邈处藏身。

"为何叹息我的马肥而无用？勿得多嘴！"吕布道。

"不。我是说可惜啦。"陈宫改口道，"马是天下名骏赤兔马，主人是三岁稚童都知晓的英杰。但现在却碌碌无为，寄人篱下。当此天下分崩、群雄竞立之时，把玩马鞭，空度日月，窃以为实在可惜。"

"你是何人，竟出此言？"

"我叫陈宫，浪人一个，无名之辈。"

"陈宫？……莫非是以前把守中牟县城，曹操落荒逃离都城时，为助他而弃官出走的县令？"

"正是。"

"啊呀，相见恨晚啊！不过，你刚才对我说的话像谜一样，真意何在？"

"将军打算一辈子甘于牵名马，当食客，添游历吗？先请说来。"

"不会。我亦有志，未得天时……"

"天时岂不就在眼前？！……如今，曹操出征进攻徐州，兖州只留极少的人把守。此时如闪电般袭击兖州，大片土地便一举可为将军所有，若坐收无人之野一般。"

吕布脸上泛出血潮，道："啊呀，对呀。说得好！听君一言，我的懒惰全被驱散了。说干就干！"

303

此后。兖州变成兵乱之巷。吕布手下乘虚攻进城里，占领曹操根据地，之后又乘势把兵乱扩大到濮阳（今河南濮阳）方面。

"失策！"曹操紧咬嘴唇道。

他后悔自己失策，但为时已晚。他在进攻徐州的大寨之中接到快报，心想："怎么回事？"进退维谷，一时间茫然自失。

不过，他本来就头脑机敏，又有器量。摆脱一时困惑后，敏锐的机智马上发挥作用，脸色恢复如常。

"先前城内来的刘玄德的使者还没有处斩吧……不能斩！速速带来！"然后，他对玄德的使者道："深思起来，来书有一定道理。听其劝言，我曹操干脆利落地断然撤兵。请回去转达此意。"

他反复如反掌地告诉使者后，郑重其事地把使者送进城，同时像洪水退去一样，当即向兖州撤去。

虽属偶然，但玄德一纸文书竟收到如此奇效，守城兵士欢天喜地自不必说，老州牧陶谦又来逼玄德，要让州牧之权于他，道："你一定要取代我接受徐州牧的封印。我虽有子，但为人柔弱，不堪州牧重任。"

可是玄德无论如何不肯接受，只要了临近乡里一个叫小沛的村子，出得城来，在此养兵，从旁守卫徐州之地。

快鞭一打。曹操率领大军，撤回兖州。

越是身临险境，越是因壮烈之气而愈加坚韧。这就是曹操的禀性。

"吕布，什么东西！"曹操的气势已经压倒对手。他摩拳擦掌，杀奔兖州，觉得夺回被抢走的兖州，何须多费时日。

他兵分两路，让旗下曹仁包围兖州，自己突击濮阳。他认为，敌人吕布占领濮阳，会留在濮阳州城。

迫近濮阳，他命道："原地休息！"让兵马喘口气，直到血红的夕阳西斜，一直没有行动。

他心里忽然想起此前旗下曹仁提醒他的话。

曹仁的话是这样说的："吕布骁勇，附近诸侯无人可挡。而且最近陈宫一直跟随在他身边。听说他手下还有文远、宣高、郝萌等猛将。如不小心面对，也许会出意外，追悔莫及……"

曹操现在心里重复着这些话，并未感到特别恐怖。他想，吕布也许骁勇，但却没有智慧。策士陈宫之流，不过是一个浪人，而且还是背叛自己而出逃的胆小鬼，正好让他见识见识。

另一方面。吕布知道曹操来袭，越过泰山艰难路途，从藤县折回濮阳。他也不用陈宫之谏，意气豪迈，以五百余骑与曹操对峙，好像在说："曹操，有何惧哉！"

在曹操的炯炯眼中看来，"吕布西寨薄弱"。

他率李典、曹洪、于禁、典韦等人，趁着黑夜，翻越山路，突然袭击。

吕布那天在正面野战中大破曹军，骄于胜仗。陈宫提醒道："西寨危险！"他也不以为意，呼呼大睡。

濮阳城内一片混乱。西寨当即陷落，曹军竖起旗帜。可是一骨碌跳起来的吕布，临阵指挥，道："寨子由我一个人夺回来给你们看。你们不能让一个敌兵活着回去！"

转眼间他的麾下恢复秩序，击着战鼓包围过来。

越过山险深入敌阵发起奇袭的曹兵，本来就不是大军，对地理也不熟悉。一度占领的营寨，反倒变成曹操等人的危险之地。

混战中，天已泛出鱼肚白。曹操看看身边，可以依靠的将士几乎全部被打散或战死。他自知身陷死地，叫了声"糟糕"，便弃寨而逃。

他向南逃，南面原野尽是敌兵；他往东逃，东面森林里满是敌兵。

"越来越不行了！"

他的马迷失了前进的方向，只好朝着昨天翻过来的背面山地飞驰而去。

"啊呀呀，曹操朝那边落荒而逃啦。"吕布的军队追来。当然吕布也在其中。

逃来逃去，曹操在城内街上一个十字路口迷了路。他一直抽打马腹，鞭子都要打断。这时，前方出现一群敌人的影子。"梆梆梆梆"，敌群里传来高亢的梆子声。说时迟那时快，西面八方以曹操为靶子，箭像疾风一样射来。

"死期到了！谁来救我！？"

曹操也不禁发出哀鸣，挡开射向自己的箭。

这时，远处不知何人"嚯——"的一声吼叫，其声若吠。

一眼望去，那人左右两手各提一把大戟，看上去每把都有八十斤重。他在敌群之中，劈砍开道，飞驰而来，人马浴血，宛如火焰。

"主公！主公！快快下马，卧倒在地，躲躲敌箭！"他跑近正受箭攻、进退维谷的曹操，大声提醒道。

道是何人？原来是最近刚刚招到麾下的恶来，那个典韦！

"噢，是恶来啊！"

曹操听到提醒，急忙跳下马来，匍匐在地。

恶来也滚鞍下马，如转风车一般挥舞双戟，挡开箭矢。然后大步走向敌军，口出豪言："尔等歪箭，怎能射中我恶来！"

"狂妄之人！杀了他！"五十余骑敌兵拥作一团冲杀过来。

恶来善战，夺得敌军短剑十支。他把已成锯齿的大戟掷向敌军，随身带着十支短剑，转向曹操，道："敌军已经逃散。趁现在，赶紧走！"

他徒步为曹操执辔，奔跑起来。两三个随从紧跟其后。

但箭雨仍以他们主仆为目标倾泻而来。恶来把头盔护颈斜立起来，把头藏在下面，一马当先，向前奔跑。"喂，士卒们！"见又有一群敌兵越追越近，他向身后大声命道。"我一直这样跑。如果敌兵追到十步距离时，招呼我一声。"

在呼啸而过的箭雨中，他一直用护颈遮住脸，就像睡着的野鸭。

"十步了！"后面的随从告诉他。

"来啦?！"刹那间，恶来从紧握在手的短剑中抽出一支，"嗖"地掷出。

争先恐后追赶而来的一骑敌兵咕咚一声，一个倒栽葱从马鞍上跌落到地上。

"十步啦！"后面又传来声音。

"噢！"

短剑在空中划过，飞将出去。

敌兵骑马武士干净落马。

"十步！"

短剑像飞鱼一样闪着寒光，呼啸而去。

就这样，十把短剑刺死十骑敌兵。敌兵恐惧，在尘烟中掉转马头，逃散而去。

"这帮可怜虫！"

恶来重又拉住曹操坐骑的缰绳，冲入落荒而逃的敌军之中，用敌人的武器横扫敌人，终于杀开一条血路。

来到山麓下，遇到旗下夏侯惇。他只带了十数骑逃到此地。全军死伤过半，惨然战败。曹操能保住一条性命，简直就是奇迹。

"没有你，我纵有一千条命，也保不住啦。"曹操对恶来道。

入夜大雨倾盆，要翻越的山中险要山洪湍急。

回来后，恶来典韦因当日之功，被晋升为领军都尉。

近来吕布连战连胜。

一直失意四处漂泊的一介浪人，转眼变成濮阳城的主人。刚刚又酣畅淋漓地痛击曹操，士气正旺。

"当地有一田氏大户，主公可知？"谋士陈宫的话说得唐突。

吕布近来也大大看重他的智谋，以为他又有什么计策，便道："田氏吗？他是个有名的富豪吧。听说使唤的僮仆就有数百人之多……"

"正是。请把他叫来，悄悄地。"

"命他出军费吗？"

"不是这等不足挂齿的小事。从治下富豪那里榨取钱财，就好比快速吃尽自己的积蓄。只要成就了大事，他们就会抢着把金银财宝运进城来。"

"那叫田氏来做什么？"

"取曹操一命。"陈宫放低声音，悄悄向吕布说出计谋。

几天之后。一个农民，把蒸熟的鸡包好绑在竹竿尖上，用肩扛着，在曹操寨门附近徘徊。

"此人形迹可疑。"曹兵将他抓来。

那农民伏拜，道："愿将此献给大将。"

"你是探子吧。"

曹兵不问青红皂白，把他押到曹操面前。于是那农民态度一变，道："请让人退下。我乃密使，并非是你寨中碌碌无为的用人。"

曹操屏退士卒，留下近臣。农民剖开挑鸡的竹节，从中取出一片密信，献到曹操手中。

曹操展开一看，是城中第一大户，颇有富豪之名的田氏所书信函。信中写道：吕布暴虐，城中百姓对此愤恨不已。如果此等人物来当城主，我等只有逃散他乡。

接着，是密信的要点："如今，濮阳只有留守之兵。吕布已去黎阳。请阁下即刻进军。我等相机内应，扰乱城中。在城墙上竖起白旗一面，上书一个大字——'义'。谨祈以此为号，一举歼灭濮阳之兵。时机就在眼下。"

曹操转怒为喜，道："上天使我一雪前耻！濮阳已然是我手中之物啦！"

他犒赏来使，让他带着允诺之词回去复命。

"危险啊。"谋士刘晔道，"为慎重起见，请军分三路，先试进一路。吕布无才，但陈宫不可大意。"

曹操采纳这条意见，把大军分成三段，徐徐逼近城下。

"啊，看到啦！"曹操微笑道。

果然，城墙上敌军大小旗帜飘扬。在城墙一角，西门之上，一旒白色大旗翻卷。曹操手搭凉棚望去，那面旗上大书一个"义"字，清晰入目。

"事已成就一半。"曹操向左右告诫道，"不过，夜幕降临前，全军歇息，只许进行小规模战斗，敌军来诱，也不许深入。"

城下商户门窗紧闭，百姓尽皆逃离，尽管是白昼，街市却像半夜一样。曹操的兵马屯集在各处，到处寻找食物和水，为夜间总攻做准备。

城里兵马果然来袭，街头巷尾有人数较少的冲突。进退反复之间，太阳很快落山，天色昏暗下来。

薄暮之中，一个当地小民慌里慌张，跑进曹操所在的大寨。抓住一问，来人拿出密信道："我是田氏派来的。"

曹操闻言，即刻叫人拿来，展开阅读。正是田氏笔迹，分毫不差。

　　初更星光灿烂时分
　　城上将有铜锣鸣响
　　机不可失即请进兵
　　民众期待贵军已久
　　城门铁扉即向内开
　　欲将全城献于阁下

"好！时机已经成熟。"

曹操依密信所示之计，立即着手部署总攻。

他留夏侯惇和曹仁两路人马于城下门外，推夏侯渊、李典、乐进为先锋，以典韦等四将围守中军，自己则在正中竖起大将军旗，坐镇指挥，形成厚重阵形，徐徐逼近内城大门。

但李典感到城内空气寂静得诡异，便进忠言道："我等先去进攻城门，小股作战，探探军情。请大将军且慢进军。"

曹操一脸不屑，道："所谓战机，一旦错过，瞬间就会失去胜算。如果在田氏的信号上犯了错，就会扰乱全局。"他不但没有采纳，反而自己一马当先。

月亮尚未升起，漫天星辰已然灿烂。哒哒哒哒……军马跟在曹操身后，接近城门，来到西门一带。这时，响起一阵海螺声，尾音拖得长长的，阴森森的。

"呀？什么声音？！"

诸将犹疑不前，曹操却骑着马，一边跑过护城河吊桥，一边道："是田氏的暗号！你们犹豫什么！？还不趁机冲锋！"

刹那间，正面城门从里面八字大开。诸将以为田氏密信并无虚言，也气势汹汹涌入城内。

然而，突然。

"喔——"

黑暗中喊声大振，不知是敌是友。人马势如怒涛，已经向城内冲锋，突然想勒马回望，已无法做到。

这时，漫天石雨骤降。石墙、州府建筑后面，一齐燃起无数火把。

"呀，呀呀？……"

疑惑之间，火把投来。火雨朝军马、头盔、衣袖上倾泻而下。曹操大惊，突然朝身后竭力大喊道："不好！中了敌人的计谋啦！撤退！"

曹操悟到中计，心想糟糕，拨马便回。在此瞬间，"轰隆隆"传来一声炮响。

跟着他冲进城的全军顿时陷入一片混乱。奔马与奔马，兵士与兵士，尽皆迷失方向，卷成旋涡。

"怎么回事？"

"赶快出城!"

后续兵马还在源源不断向前蜂拥。

"撤!"

"撤退!"

混乱局面无法收拾。

石块、火把的阵雨方歇,城内四门一齐关闭,吕布的人马从东西夹击而来,道:"不要让一个敌军活着回去!"

曹兵惊慌失措,就像网中之鱼,尽数被歼,狼狈不堪,被斩被俘者不计其数。

不可一世的曹操也很狼狈,紧咬嘴唇,愤愤然道:"失策失策!"

他朝北门退逃,北门充满敌军;他想冲出南门,南门已成火海;他要朝西门跑,西门两侧响起喊声,疑有伏兵。

"主公!主公!这里杀开了一条血路,快,快!"

叫他的是恶来典韦。典韦紧咬牙关,怒瞪双目,冲开成群的敌军,为曹操杀开通向吊桥的血路。

曹操朝城下飞奔,快如飞矢。殿后的恶来也紧随其后,却不见了曹操的人影。

"喂——主公!"

恶来正在搜索,有一骑自己人飞驰而来。

"哦,是典韦啊。看到主公了吗?"

"我也在担心主公,正在寻找。"

"上哪儿去了呢?"

两人分兵,四下搜寻,却不见曹操踪影。

举目四望,哪里都是大火、黑烟和敌兵。曹操自己也不知道是在向东跑还是在向西跑。眼前只是一片无边无际的乱军重围和火焰迷宫。他晕头转向,简直不知道如何才能逃出去。

这时,对面昏暗的十字路口上,有一簇火把,红红的,透过夜雾,蜿蜒而来。

走到近处,不消看,正是敌军无疑。曹操暗忖:"我的天!"但慌忙回撤反而可疑。于是拿定主意,打算径直走过去。

孰料在随从火把的簇拥下咔嚓咔嚓走来的竟是敌将吕布!他横握那把令

人恐怖的大戟，左手牵着赤兔马的缰绳，悠然而来。他的身影一下子映在曹操眼中，十分高大。

曹操大吃一惊，但为时晚矣！曹操侧过脸去，用手遮住，故作若无其事状，擦肩而过。

正在此时，吕布忽然想起什么，伸出戟尖，"当当"地轻轻叩响曹操的头盔，误以为是自己一方的将军，问道："喂，你知道曹操，敌将曹操往哪里逃了吗？"

"啊！"曹操假声道，"我也在追曹操。听说他骑着一匹黄毛骏马，朝那边跑了。"说着，用手指了指，便朝那个方向一溜烟奔逃而去。

"咦，怪呀……"目送着曹操的背影，吕布回过神来。但此时曹操的身影已经消失在充斥满街的烟雾之中。

"啊，好险！"曹操拼命逃出，勒住马，喘口气，喃喃道。他想，这就是所谓逃出虎口吧。

可是，这里究竟是哪里？是东？是西？前面究竟如何，仍在五里雾中。

正彷徨间，好容易遇到前来寻找自己的恶来。然后在恶来的保护下，杀开一条血路，逃到东街通往城外的城门。

"啊呀，这里出不去！"曹操不禁叹息。连战马都一个劲地用蹄子敲打地面，止步不前。

也难怪。街道尽头的城门，现在大火正旺。长长的城墙变成一条燃烧的火龙，大火的灼热，直要把天地烤焦。

"呼——呼——"

热风扑来，战马恐惧，惊了，狂了。火星啪啦啪啦地落在鞍座、头盔上。

曹操朝后面望去，用绝望声音道："恶来。只能原路返回了。"

恶来的脸比火还红，裂眦瞪眼，道："已经没有退路！这座门就是生死之门。我先穿过去，请主公随后就来。"

门楼被火焰包裹。城墙上堆着许多薪柴。简直就是一座地狱之门。从这座门下穿过，险过九死一生。

然而，活路只此一条。

"啪"的一声，恶来猛抽坐骑臀部。他的身影和战马一齐冲出火焰之门。

说时迟那时快，曹操也用戟挡开火尘，突入火焰之中。一瞬间呼气停止。眉毛，连耳朵眼里的毛都已烧焦。这时，曹操的胸脯再有一步就要穿出城门。

就在这一刹那。门楼一角烧得掉落下来。何其惨也！被火焰包裹的大梁从上面落下，宛如电光，正巧砸到曹操坐骑的臀部上。马腿一崴，扑倒在地，把曹操甩出去。那根大梁朝着曹操的身体翻滚而来。

"啊……"

他仰面朝天，用手顶住火梁。当然，手掌、臂肘严重烧伤，周身冒出烟来，充满着焦煳味。

"呜……嗯……"

他抻着手脚，在火焰之下昏死过去。

有人不断叫着自己……不知过了多久，他多少恢复一些知觉，被人抱上马。

"恶来吗？恶来吗？"

"是我。放心吧。终于远离敌军地盘啦。"

"我得救啦？"

"看得见满天星辰吧。"

"看得见……"

"性命还在。伤，也就是点烧伤，一定会好的。"

"啊……星空飞快地向后流逝。"

"后面跟来的是自己人夏侯渊，不用担心！"

"是吗……"

曹操点头，突然感到剧痛。一颗心是放了下来，剧烈的疼痛同时也向严重烧伤的半个身体袭来。

天色大亮。将军、兵士稀稀拉拉地回到己方营垒。每张脸，每个身影，无不满是惨败的鲜血和灰土。而且，活着回来的还不足全军的一半。

曹操被恶来和夏侯渊救出，又被抱在马鞍上送回。全军士气消沉得像墓场，阵营败色深深，就连旗帜都沾满朝露，低低下垂，沉重无力。

"什么!？将军负伤了？"

"是重伤吗？"

"情况如何？"

听到传闻的将校们成群结队，纷纷朝曹操被抱进去的大帐汇集而来。

"嘘——"

"安静！"帐中的人制止道。

将校们心中油然生出一种不祥之感，迅速严肃起来，缄默不语。

前来抢救的典医悄悄回去，脸上也充满忧虑之色。只消看上一眼这个表情，幕僚们的心就提起来了。

"哇哈哈哈……啊哈哈哈……"

这时，帐内突然传来曹操的笑声。而且比平常的声音还要快活。

大家一惊，向横卧着的他围拢过来，观察他的伤势。

从右臂到肩膀和大腿，半边身子严重烧伤，血肉模糊，用绷带紧紧绑着。半个脸也涂着药，脸被白布盖着，只留一只眼睛。头发已经烧焦，像玉米须一般。

"好啦，不用担心！"曹操用一只眼睛环视幕僚，强作笑颜道，"细想起来，根本不是敌人厉害。我只是输给大火而已。人斗不过火啊……啊，诸君！"曹操接着又道，"这次有点轻率啦。再失策，也不能中匹夫吕布的计。我真没面子啊。不过，我也想再设计谋报复他。啊，等着瞧吧。"

曹操想扭扭身子，但身体动不了，勉强动了动头，道："夏侯渊。"

"在。"

"我命你为我举行葬礼，担任葬礼指挥官。"

"别说不吉利的话。"

"不。这是计策。今晚可发丧，就说曹操已死。闻听此言，吕布必会趁此机会出城来攻。通知举行假葬，把我的假棺埋到马陵山去。"

"这……"

"在马陵山东西埋下伏兵，诱敌前来，将其关在圆阵之中，任我们歼灭。清楚了吗？"

"清楚了。"

"诸君，如何？"

"妙计！"

幕僚当场戴孝。在将军大旗的杆头也挂上挽带。

"曹操已死。"

这个声音传开去，传到濮阳，有鼻子有眼。吕布闻听，拍着大腿道："太好啦！我的强敌就此除掉啦。"

为了慎重起见，吕布放出探子打探此事。探子回报，说敌阵治丧，寂然无声，如同枯野。吕布瞅准马陵山出殡的日子，出得濮阳城，企图一举把敌人全部埋葬。

　　可谁能料到，这竟是要拉着吕布把他送往冥途的假葬队伍。

　　战鼓金锣之声自起伏的丘陵背后响起，完全吞没了吕布兵马。

　　吕布侥幸逃脱，牺牲近万，面子也扔在了马陵山。之后，他心有余悸，坚守濮阳，再不出城。

四十四　牛与"蝗虫"

不出穴的老虎无法打。

曹操设尽计谋挑战吕布，吕布就是不出濮阳城，道："不中你的计。"

因此，前线与前线的摩擦、侦察兵跟小股部队的小规模战斗每天都有，不分昼夜。但却没有像样的仗，地方也得不到安稳。

不，世间动乱的凶相不独出现在这一个地方。凡有土地的地方和有人住的地方，血雨腥风都已刮遍。

在如此大地之上，又发生了比战争更让百姓悲伤的事件。

一日，天空晴朗，万里无云。遥远的西方飘来一片黑色棉花样的东西。不久，便似疾风卷云一般，眼看着布满天空。

"是蝗虫！是蝗虫！"百姓突然骚动起来。

传闻蝗虫来袭，农民们茫然失措，悲伤哭泣，扔掉锄头锹铲，逃进蜂巢一样的土屋，万念俱灰，绝望呻吟，只能颤抖着叹息："啊，没法子。"

大群蝗虫飞来，数量比蒙古风暴带来的黄沙粒还多。妖虫的影子犹如遮天的云层，让白昼瞬间晦暗。

再看地上，地上也是蝗虫的汪洋。蝗虫瞬间就把稻穗蚕食殆尽，颗粒不剩。然后，妖虫的狂风一个接一个地向其他地方转移。

后来的蝗虫无稻可吃，最后饿虫相互啃食，在一支青稻穗也不留的地里，铺满蝗虫空骸，不知其几万几亿。

然而，这副惨景不仅仅存在于蝗虫社会。很快，人类也开始相互啃食。

"没有吃的！"

"活不下去了！"

悲痛的流民追逐食物，东奔西走。

失去粮食和种粮食的农民，军队也就不能发挥军队的作用。

军队也得为"食"奔命。而且在山东各国，当年由于蝗虫闹灾，物价暴涨不止。一斛米的价格出到一百贯钱，都还弄不到手。

"罢了罢了!"

曹操对此也是无计可施,无从下手。

兵都养不活,何谈战争。不得已,他撤出阵地,权且藏身他州,下令节衣缩食,度过大饥馑,以待他日,别无他法。

同样,濮阳的吕布,也不可能不遭到这场灾害。

"曹操的军队,终于解开包围,撤走了。"

"嗯,是吗?"听到报告,吕布支应一声,仍是眉头不展。

他也严令粮草官道:"细水长流!"

自然地,双方停战。蝗虫使人类停止战争。

话虽如此。春天还来。夏天再至。大地还会生机勃勃地养育嫩绿的谷物和稻穗。蝗虫则不会年年来袭。但只要土地能使万物结出果实,人类的战争就会永劫不绝。

徐州州牧陶谦,每天都在病床上琢磨,自己应在死前将徐州让给别人。

"舍刘玄德,别无他人。"

他已年届七十。此次还身患重病。自己已感命数将尽,却看不到未来徐州令人放心的征兆,心中烦恼不已。

"你们怎么想啊?"他抬起迟钝的老眼,问立在枕边的重臣糜竺、陈登,"今年因蝗虫之灾曹操撤走了大军,但到了来春,他又会卷土重来。如果老天保佑,到时吕布再次袭击他的背后,那就有救了。可是,奇迹不会总有。我的命数,就这样子,还不知能活到几时。所以,想趁现在确定好接班人。"

"说得是啊。"糜竺了解老州牧内心想法,亲自推荐道,"州牧再次去请刘玄德来此,恳诉衷肠如何?"

陶谦得到重臣同意,好像来了一点精神,道:"速速遣使前去。"

刘备见过来使,来不及携带任何物品,便从小沛飞也似的奔来探视州牧的病。

陶谦伸出枯木般的手,握着刘备的手,道:"你不痛快答应,我就死不瞑目。为了徐州,为了守住汉朝疆土,无论如何请你领徐州之地,担任州牧。"

"不可。谢谢你的好意……"玄德依然拒绝。

"你还有两个儿子……"玄德刚要叙述理由,又怕提到这个话题,使病入膏肓的病人又会情绪激动，数落自己不成器的不肖之子，便固执地摇头，道："我不是那块料！"

谦让之间，陶谦终于断气。

徐州发丧。城下百姓、城中士人，个个身着孝服，笼罩在一片哀悼的气氛之中。葬礼结束后，玄德回到小沛。糜竺、陈登等人立即作为代表前来拜访，再三再四恳请道："州牧生前属意于您，就请勉为其难，立为州牧。"

翌日，小沛衙门外汇集了大批百姓。玄德不知出了什么事，便偕关羽、张飞出门来看。

"啊，刘备大人！"数百民众见他身影，一齐跪在地上，异口同声请愿道，"我等百姓连年遭受战争之祸，今年又遇蝗虫之灾。要说还有什么愿望，那就是想立一位好州牧，施行仁政。如果不是您，而是别人当了州牧，我等就得彻夜彷徨，说不定还会有很多人上吊而死。"

人群中还有人号啕大哭。

看到这些可怜的饥饿民众，刘备终于下定决心，领受州牧印绶，从小沛迁到徐州。

至此，刘玄德首次获得一州州牧之位。

他这一州，并非使用师出无名的暴戾军队和毒辣计谋，违抗天命，巧取豪夺而来。可以说，是极其自然，顺应天命，受授而来。

刘备起身于涿县一寒村，至今一直持守节义，观风云却不急功，毫无恶名。关羽和张飞等人总是不屑地说"大哥有点跟不上形势"。但现在看来，这样看上去好像迂回绕道，实际上却是捷径。

他当上徐州牧之后，第一件事就是去祭拜前州牧陶谦的灵位，在黄河平原上举行盛大葬礼。

然后呈表，上奏朝廷，彰显陶谦的德行和遗业。又起用糜竺、孙乾、陈登等旧臣，大布善政。

就这样，他在"蝗虫饥馑"和战争之中，君临草芽枯萎之土地，谋求恢复民力。在百姓眼中，希望在人们心中复苏。

可是，听到百姓讴歌传颂刘备的名声，曹操颇感意外，语气轻蔑地道："什么!?刘备领了徐州？那个玄德居然坐上徐州州牧的宝座？"

曹操得知这个事实之后不仅感到意外，而且非常愤怒，道："死掉的陶谦是我亡父的仇人，玄德也该知道的。仇还没有报呢。而玄德匹夫没有半箭之功，却坐上徐州州牧宝座，真是岂有此理！"

曹操以为徐州之地迟早是自己的，早已算在将来的计划之中。不料突然有人广布善政，立为州牧，使他的如意算盘落空，心情很不爽。

"既然明知我跟徐州的过节，还敢出任徐州牧，那就跟我曹操成了宿仇。他是做好了准备才上任的吧。既然如此，我要先杀刘玄德，再鞭陶谦之尸，为亡父报仇！"

曹操当即命令整顿军备。

于是荀彧进谏。这个人物，曹操召他来时曾经说过："你就是我的张子房。"

荀彧道："现在所在之地，乃天下要冲，对你而言是重要的根据地。兖州之地已经被吕布夺去。如围兖州，派往徐州的兵力就将不足。如总攻徐州，只会使兖州之敌巩固地盘。一旦徐州也无法攻陷，兖州又无法夺回，你将何往？"

"可是，一直待在连粮食都没有的饥馑之地，也非良策啊……"

"正是。为今之计，当在东面地方汝南（治所在今河南平舆县北）至颍川一带休养兵马。那里还有很多黄巾残党。此去可以讨伐草贼，夺其粮食，肥我兵马。且朝廷愿闻，百姓欢迎。可谓一石二鸟。"

"好，进军汝南！"

曹操是个爽快人。听人善言，即刻采用，是他的长处。他的兵马开始向东移动。

这年十二月，曹操的远征军首先进攻陈地，席卷汝南颍川地方。

"曹操来啦！"

"曹操来啦！"

他的名字如同冬天的风，响彻山野。这里盘踞着黄巾残党何仪、黄邵两个头目，以羊山为中心，多年以来搜刮民膏民脂。

"什么，曹操攻来了？曹操的地盘在兖州。假曹操吧。打垮他们！"

二人来到羊山山麓，埋伏等待。

曹操战前吩咐恶来道："恶来，去探探情况。"

恶来典韦一声"遵命"，飞驰而去，很快回来复命，道："大概有十万人吧。但都是乌合之众，没有纪律，不成队形。请把强弓排在正面，让他们尝尝矢风箭雨。我见机从右翼冲散他们。"

战斗的结果正如恶来所说。敌军扔下无数尸体，四散而逃。还有人成群结队前来投降。敌军支离破碎。

"再怎么山中无老虎的地方，也有猴子称大王。十万之众总有个把人可以过招吧。"围在曹操身边的猛将们站在羊山上笑道。

第二天，有一个巨汉率领一队豹卒来到阵前。

这个汉子也不骑马，身高七尺有余，夹着铁棒，吊着双眼，漆黑的胡须被山风倒吹在脸上，大叫道："啊呀呀，当我是谁!？在此地方无人不知的截天夜叉何曼就是我！曹操何在？要是真的曹操，就出来与我一战！"

曹操觉得可笑，笑着命令下面道："有谁前去一战？"

"好！在下……"旗下李典欲往。曹洪出列说"让于我吧"，特意下马，提刀走近何曼，道："真的曹将军不与尔等野猪妖怪争胜负。看刀！"

说罢一刀劈下。何曼大怒，挥舞大棒劈将下来。

这条汉子煞是勇猛，看上去连曹洪都有危险。曹洪做逃跑状，猛地撑住膝盖，朝后横扫一刀。漂亮！拦腰斩杀。

李典这时跃马而出，生擒贼兵大将黄邵于马上。另一个贼将何仪，带着二三百个手下，一溜烟逃上葛陂堤去。

就在这时，突然一边的山间兀地涌出一支奇怪的军队，也未打任何旗帜。队伍前头站着一位壮士，突然堵住道路，将何仪踹下马来。何仪一个倒栽葱跌下马来，重又拿起枪，道："哼，什么人？"

壮士迅速压上，把何仪绑了起来。

跟随何仪的贼兵吓得发抖，全在壮士面前发誓投降。

壮士带着自己的手下和降兵，意气风发，准备撤回原来的山间。

追赶何仪而来的恶来典韦不知道这里发生的事，见状朝壮士喊道："且慢且慢！你们要把贼将何仪带到哪里去?！交出来！"

壮士不肯。两雄之间立即变成一对一的龙争虎斗。

这位壮士究竟何人？恶来典韦打着打着忽然想到。

从他生擒贼将押走的样子看，他不是贼人。

但既然他对自己刀兵相向，绝对更不是自己人。

"等等，壮士！"恶来收回戟，叫道，"不要再无益打斗了。你好像不是黄巾贼残党。把贼将何仪献给我们大将曹操吧。这样可免你一死。"

壮士闻言，大笑道："曹操何许人也？对你们来说，他也许是大将，但对我们来说，他却是没有任何恩惠的人。我没有理由把好不容易生擒到手的何仪，无缘无故献给曹操。"

"你究竟是何人？"

"我乃谯县许褚。"

"是贼人，还是流浪汉？"

"是天下的农民。"

"哼，一介草民……"

"你那么想要我活捉的何仪，就来抢我手中的宝刀。你若抢得宝刀，我就把何仪交给你。"

恶来典韦反倒被许褚愚弄，怒如烈火。

恶来双手各持一戟，呼呼舞起，再次砍来。许褚独剑，却防守甚好，反有余裕和锐气，竟使恶来步步退却。

恶来自以为从未遇到过让自己害怕的强劲敌手，所以刚开始交手时小觑了许褚，只道是"给他点颜色看看"。

可是，形势分分秒秒都变得对恶来不利。恶来看上去开始疲惫，许褚却突然攻势大增。

"来呀！"恶来动起真格，有生以来第一次拿出吃奶的劲头拼杀。但许褚丝毫不乱，喊声越发勇猛，电闪雷鸣，剑光几度掠过恶来的鬓发。

就这样，两雄搏斗，从辰时打到午刻，胜负难分。因为坐骑俱已疲惫，且太阳也已下山，两人这才分手，还是不分胜负。

曹操后来才到，一直站在高处观望两雄争斗，待恶来回来，嘱咐道："明日诈败，落荒而逃。"

翌日之战，遵曹操嘱咐，恶来挥戟斗三十合，突然回身便逃。曹操也故意退军五里，以骄敌手之气。易日再战，把恶来推到阵前。

许褚一见恶来身影，跃马便来，道："会逃跑的胆小鬼！还有胆子再来！"

恶来作惊慌失措状，一边命令部下"上啊！上啊！"自己却率先逃跑。

"今日不让你逃脱！"

许褚正中曹操之计，跳进圈套。看上去追了一里地的光景，一下子连人带马坠入曹操事先着人挖好的巨大陷阱。

顿时四面八方伏兵冲出，争相跑到大坑四周，用耙子、钩棒对准许褚的身体，一通乱捅。

中了圈套的许褚，很快被拖到曹操面前。

兵卒们喧哗着，用耙子、钩棒把许褚的身体摁在地上，像拖圆木或野猪一样把他带到曹操跟前。

"混账！押送一个用绳子绑住的人，要如此喧闹吗？"曹操叱道。然后又对将士们道："你们没有观人的眼光，也没有遇士的情分啊……快快松绑！"

这话说得出乎预料，却也自有道理。因为前天，这个许褚和恶来星火四溅地打斗到黄昏的情景，曹操是亲眼所见，心想："这回发现了一个好壮士啊！"于是早有想法，要让许褚归到自己帐下。

一旦被曹操视为敌人，谁都救不了。相反，一旦被曹操看中，宠遇绝不亚于任何地方的将军。

他也懂得爱士，但一旦恨起来，那份憎恶也强于别人一倍。

而许褚呢，曹操第一眼看到他，就觉得他是个令人愉快的人，很是喜欢，认为"杀了可惜。要设法让他成为臣下"。

"给他让座！"曹操命押送许褚的部下道。他亲自走上前去，为许褚松绑。

许褚感到意外，被这份意外之恩所打动。他凝视着曹操的脸。曹操再次询问了他的生平。

"我生于谯县，名许褚，字仲康。至今没有什么经历可在人前夸耀。要问为何住在山寨，那是因为被这个地方的贼人祸害，我们不但无法安心种地，而且食物被抢，还常有生命危险。所以最后带着全村老小和全族，在山上筑垒抗贼。"

许褚告诉原委，举出实例，讲述自己的一片苦心：

"我的部下都是善良土民，遭到贼军袭击，也没有贼军那样的武器，只好经常在堡垒里储存石块。贼兵来袭，就抛掷石块抵御。不是吹的，我投掷石块百发百中，近来连贼军都害怕，不太敢来袭击。

"有一次，堡垒里没有米了，我想设法搞点米来。很走运，正好有两头牛，就向贼军要求交易。贼兵很快答应，送来了米，于是当场把牛交了出去。贼人手下要拉牛回去，牛却不走，半道上发狂，跑回我们的堡垒。

"于是我用双手拽着两头巨牛的尾巴，让牛倒着走到贼人兵营附近，把牛送回去。贼人见状魂飞魄散，不敢收牛，第二天连山下的寨子都拔掉，不知退到哪里去了。

"啊哈哈哈……有点自吹自擂啦。就这样，总算保全了一村人的性命啦，直到今天都没再受贼人骚扰。不过，如果能借贵军之力扫荡贼人，就是失去我这个看门的，村里老小也能拿锄头回到地里，没有什么遗憾了。将军，请动手开斩吧。"

许褚毫不畏惧，侃侃而谈，脸上始终带着笑容。曹操没有让他死，反而施以恩惠。许褚当然高兴，当天就成为曹操的臣下。

四十五　愚兄与贤弟

出门寻找活路的远征军随风漂泊，像蝗虫一样移动。

最近风闻，曹操的老巢兖州由吕布属下薛兰、李封二将盘踞驻守。队伍军纪涣散，兵卒在城里抢掠，干尽坏事。而且，城里的将军横征暴敛，只顾自己享乐，骄奢淫逸。

"现在可讨！"曹操凭直觉命令大军掉转方向，挥剑直指兖州。

"打回老家去！"

狂飙一样的军队眨眼工夫杀到目的地兖州。

"难道……"李封、薛兰二将正疑惑间，亲眼看到曹操出现在眼前，惊慌不已，驱马迎战。

新来的许褚来到曹操面前，道："初次上阵，看我亲手绑了二将，献于君前。"

言罢冲出阵来，眼看着他奔薛兰、李封二人挑战而去。大概是嫌碍事，许褚一口气斩掉李封。薛兰恐惧，落荒而逃。这时吕虔从曹操阵后"嗖"地射出一箭，刺穿薛兰颈项，不消许褚动手，薛兰便跌落马下。

兖州城回到曹操之手。曹操道："趁势收复濮阳！"向濮阳逼近。

吕布的谋臣陈宫劝吕布闭城不出，道："出则不利。"

"休得胡言！"吕布不听。

吕布还是那副脾气，而且知道曹操的打法。他想，如果不能马上夺回兖州，便将误掉百年大计。于是出动全城之兵，森严对阵。

吕布宝刀不老，骁勇依旧。确切地说，随着年龄增加，他骑乘奋战之技更加出神入化，万夫不当，名副其实，完全是神为了战争而创造出来的不死之身。

"噢，可找到适合我的好敌手啦！"许褚一见完美的敌将吕布，连自己都觉得英雄气概高昂起来。

"来啊，敌将！"他扑向吕布。

可是吕布根本不让他靠近。许褚紧咬牙关，执拗地围着吕布转，越靠越近。两戟相交，胜负难分。

这时，恶来典韦冲来助战，大叫："我来助你！"

尽管受到两雄夹击，吕布的大戟却仍有余裕。

这时，夏侯惇等六个曹操帐下的勇将朝这里汇集过来。"此次决不让吕布跑掉！"吕布大概意识到危险，突破一角，鞭策赤兔马，落荒而逃。

吕布撤回城下，"啊"的一声勒马呆立，瞪大眼睛："这是怎么回事？"

城门吊桥高悬。谁下的命令？！吕布大怒，高声向护城河对面大叫："开门！放下吊桥！混蛋！"

这时，城墙上出现一个小个男子。他就是当地富豪田氏，曾经为吕布送反间假信给曹操，使曹操遭到致命打击。

"不可，吕大将。"田氏站在城墙上，露齿嘲弄道，"昨日的朋友也会变成今天的敌人啊。我一开始就说清楚了，我跟着有利的一方。我本来就不是武士，所以决定从今天起跟着曹将军。因为他们的旗帜颜色挺好。嘿嘿嘿嘿……"

吕布咬牙切齿，极口大骂道："喂！开门！还不打开城门？！哼，可恶贱民！看我如何办你！"

可是，他不仅毫无办法，还越发被城墙上的田氏无情嘲弄："此城已经不是你的啦，已经献给曹操啦。不要作出那样下贱的面孔。趁天还亮，落荒去吧。啊呀，真是可怜……"

嗅利而来的朋友，又嗅利跑到敌人一边。利用小人而得到的功绩，又因为小人的背叛而一举成空。吕布大吼大骂，结果却在原地进退维谷，等着曹军来包围。无奈，只好暂且投定陶（今山东定陶）而去。

闻听此事，陈宫道："用田氏，对他麻痹大意，是我的过错。"他也许出于自责，急忙跑到东门，与城内的田氏交涉，接出吕布家小，随后追随吕布而去。

失去城池，追随他的兵卒也一下子明显减少。

"跟着这个大将，结果……"大家看透前途，四散而去。田氏也不是田氏一人。世上有无数的田氏聚散离合。

不过，吃一次败仗，沦落成漂泊流浪之军，大将、幕僚心里倒也感到轻松。因为养不起几十万大军。即使一路掠夺，一个村子最多涌进一两千军队,村里的粮仓马上就会像蝗虫飞过一样颗粒不剩。

吕布权且落脚定陶,却也不能久留,便与陈宫商量,道:"既如此,去冀州投靠袁绍如何?"

"这个,好么?"陈宫歪着脑袋,没有立即赞成。因为他知道,吕布在当地的人缘并不太好。

于是,先差人试探袁绍心中想法。袁绍闻听,向谋士审配征求意见。

审配坦率答道:"不可。吕布虽有天下之勇,却有豺狼一样的性情。如果他重新蓄足势力,夺回兖州,说不定接着就会来攻冀州。毋宁结盟曹操,杀掉吕布之辈乱贼,主公方可安泰。"

"所言甚是。"

袁绍当即命部下颜良提兵五万,配合曹军,并给曹操送去充满亲善之意的信函。

吕布仓皇无措。流浪之军身处逆境,漫无目的地飘零。

"对了,最近刘玄德新封徐州,接替陶谦,立为州牧。我们投他去吧……如何,陈宫?"

"是啊。徐州的新州牧口碑很好。将来如果能容我等,投靠徐州最好不过啦。"

于是吕布差人去玄德处。

刘备听说吕布一族来到自己的领地乞求宽仁,道:"可怜!他也是当世英雄啊……"于是亲自带着关羽、张飞,出城相迎。

"岂有此理!"家臣糜竺拦住去路,极力阻止。

糜竺道:"主公当知吕布为人。袁绍不是都不肯容他吗?徐州自州牧镇守以来,上下一心,平安稳定,正在蓄养力量。何必迎来饿狼之将?!"

一旁的关羽、张飞也都点头,现出同意的表情,好像在说"这个意见正确"。

"说得是。吕布其人绝非善类。但如果他先前不捅曹操背后,进攻兖州,徐州当时就被曹操击破了。这并不是吕布有意施恩徐州,但我要感谢天佑。今天,吕布成了穷鸟,向我乞求仁爱,也是上天的安排。拒绝这只穷鸟,我于心不忍。"

"呃……您如此说,也只好这样了,不过……"糜竺也不再言语。

他回头看着张飞和关羽,道:"实在不好办哪。我们的大哥太爱别人啦。狡猾之人一定会利用这个弱点……还说要出去迎接吕布……"说着,不情愿地跟着玄德。

玄德上车,专程出城三十里,迎接吕布。

这对流亡将士委实是郑重礼节,吕布惶恐,见玄德下车,慌忙下马,道:"像我这样的人,怎么能承受如此盛情的迎接。您的好意我无法回报。"

刘备道:"不。我一向尊重将军骁勇。听说将军空有大志,四处流亡,不胜同情。"

吕布面对刘备的谦虚,立时心情大好,昂然挺胸道:"啊呀,请您明鉴。灭掉天下无人能敌的朝庙大奸董卓以来,又遭李傕一派作乱,我为汉朝所尽忠诚也化为泡影。我两手空空逃到地方,想在各州养兵。但诸侯气宇太小,不能相容。我至今还是如此,四处奔走,寻找男儿有为的天地。"他一边自嘲,一边伸出手来,握住玄德的手,接着道,"怎么样?我想将来成为您的力量,也形成自己的力量,共同做出一番大事……"

吕布表示亲近,刘备没有回答,而是从袖里取出前州牧陶谦传让的"徐州牌印",递到他面前,道:"将军,我把这个传让给你吧。陶州牧去世后,无人领管此地,迫不得已我才代为治理。如蒙阁下传继下去,最好不过。"

"啊?!这牌印,要给我……"吕布表情意外,同时下意识地伸出大手,看样子接下去马上就要说"那就不客气啦",接受过去。这时,他忽然看到玄德身后站着两人,圆睁双眼瞪着自己。

"哈哈哈哈……"吕布若无其事地大笑,摆了摆手,道,"我还以为是什么呢,原来是要把徐州之地让于我,太意外了,如何回答都犹豫了。我原本就是一介武夫,并无才能执掌一州啊。罢了,罢了!"

他一圆场,一旁的谋臣陈宫也发话推辞。

此后,刘玄德一直走在前面,把吕布一行当做国宾从城外迎入城内,晚上举行盛宴,热情招待。

吕布第二天差人前来,表示说要"答谢",想在自己的客舍中宴请玄德。

关羽、张飞二人轮番道:"大哥打算去吗?"

"想去。一番好意,不好无视。"

"什么好意?看不见吗?吕布的肚子里有企图,想要夺走徐州。应该拒绝才好。"

"不，我自始至终都要以诚待人。"

"您的诚实在对方行得通才行啊。"

"无奈，人有形形色色，对有的人行得通，对有些人行不通。我只是奉上自己的真心而已。"

玄德命人备车。关羽、张飞无奈陪着，来到吕布的客舍。当然，吕布非常高兴，款待有加。

"身在旅途，准备得很不充分。"

吕布招呼一句，便移身后堂宴席。在平素质朴的玄德眼中，宴会奢豪惊人。

"陪陪客人吧。"宴会进行中，吕布叫来一个女人，说是自己的夫人，让玄德认识。

夫人是个美女，绰约多姿。她再拜客人，楚楚地回到丈夫身边。

吕布又乘兴道："我不幸流寓山东，身处逆境，此次饱尝世间轻薄。昨天和今天，实在愉快。对尊公的情谊深有感触啊。这也是因为当初徐州被曹操大军包围，濒临危险时，我在他背后进攻了兖州，把徐州从敌军的包围中解救了出来。如果当时我吕布不去攻打兖州，就没有徐州的今天啦。从自己的嘴里说出来，好像要你们感恩戴德似的，而你没有忘记这些，真让我高兴。是要积德啊。"

玄德面含微笑，只是点头。吕布握着玄德的手，道："谁能料到，我又栖身徐州，让贤弟照应啦。这也是一种缘分吧。"

随着酒兴发作，吕布说话也越发不客气。

张飞从始至终只是喝酒，一脸不屑，一言不发，闻言突然把酒杯掷在地上，握着宝剑站起身来，道："什么？你说什么？你再说一遍！"

吕夫人浑不知张飞究竟为何发火，被他那一脸怒气吓得一声尖叫，躲到丈夫身后。

"喂，吕布！你刚才称我家大哥和主公为贤弟，太没礼貌啦。他可是上承大汉天子血脉的金枝玉叶。你一个匹夫，不过是人家奴仆。无礼的家伙！到外面去，外面！"

张飞喝醉酒说这些话，就像唱歌一样。但他的手同时拔出宝剑，不熟悉他的人个个大惊失色。

"你，要干什么?"刘备大喝一声，训斥张飞。

关羽也急忙抱住张飞，把他往墙边按，道："还不住手。也不看看场合。"

但张飞止不住，道："不要胡说！不能因为场合就原谅他！哪里来的鼠辈，竟敢随便把我们主公和大哥当做弟弟，叫他贤弟。谁受这个！"

"知道了，知道了！"

"不止这些。我刚才就默默在听。吕布这家伙，是自己有野心才去攻打兖州的，却要让我们承他的恩情。我们谦虚，他就不知天高地厚。"

"叫你住口！就因为你这样，你真心做事，人家也会经常说你是酒后行事。"

"不是酒后。"

"那你就住嘴！"

"哼，真可恶！"张飞怒气未消，勉强回到席上。看上去他内心不能平复，独自拿着大杯，不断自斟自饮。

刘备一脸困惑，笑着圆场道："难得蒙你招待，却献丑态，还请原谅。舍弟张飞，性格率直如破竹，一喝酒就来劲……哈哈哈哈……"

吕布脸色苍白，刘备的笑脸给他解了围，假装快活，道："不不，我没啥想法。都是酒闹的嘛。"

张飞一听，又把目光投向吕布，好像想说："什么!?"但看到刘备的脸，咂咂舌头，不再吱声。

宴会冷场，热闹不起来。不知何时，吕夫人也吓得不知去向。

"夜已深啦。"刘备得体称谢，告辞出门。

吕布也到门外送客。这时，先一步到门外的张飞，骑马横矛，突然出现在吕布面前。吼道："来吧，你我在星光下斗上三百合，一决胜负！如果矛戟相交三百合还不能定输赢，我就饶你一命。"

刘备大惊，呵斥他粗暴。关羽也跟刘备一道，抓住狂马的嚼子，拼命阻止，道："算啦！"他一边说，一边不由分说地把马拉到回府的路上。

第二天，吕布有点消沉，进城来访刘备，道："您的深情厚谊我领了。但您的义弟们好像待我微妙。说到底就是无缘吧。所以，我想投别处去。今日特来告辞。"

"要是那样，我心中痛苦……如此分别，很是不爽。舍弟无礼，我来道歉。呃，请暂住几日，养养兵马。小沛土地虽然狭小，但水好，又蓄有粮食……"

玄德强留，又把自己以前住的小沛宅邸提供给他，殷勤相劝。吕布反正也是一无所有，急切没有目标，结果率一簇兵马，承玄德好意，住到小沛去。

四十六　以毒攻毒

偷盗一钱叫做贼，夺得一国称为英雄。

当时，长安中央政府肯定也是不济，但世间的毁誉褒贬也很奇怪。

曹操丧失自己的城池，又遭蝗虫饥馑，无奈只能远征汝南、颍川，以地方草贼为对手，讨抢横行，聊度苦境。可是，事情传到长安，朝廷却嘉奖赏赐，道："平定乱贼，对地方安定有功，封建德将军费亭侯。"

曹操借此在地方恢复势力，重振声威，越发名扬内外。而这个中央朝廷，却一成不变，执行着过一天算一天的政策。

长安大都，前年被革命的兵火烧毁大半。当年的残暴宰相董卓被诛，人们都以为会面貌一新。可是后来，李傕、郭汜之流封官，照旧私揽政事，中饱私囊，滥施恶政，毫不自律。因此，民众怨声载道，道："一个董卓死了，朝廷又出了两个董卓。"

但却没有人大声报怨。大司马李傕、大将军郭汜的权力至高无上，压服百官。

朝中有一个太尉叫杨彪。一次，他跟朱儁一起悄然接近献帝，上奏道："长此以往，国家未来堪忧。闻说曹操如今在地方拥兵十余万，帐下良将谋臣多如繁星。用他剿灭盘踞庙堂的奸党，如何？……我等满怀忧虑的朝臣自不必说，万民也都在哀叹当下恶政……"

他们暗劝献帝诛戮二奸。

献帝落泪道："你们自不必说。朕为他们二贼所苦，实在久矣。朕每天都忍辱度日……如能诛此二贼，朕跟天下人民一样，心中将会多么舒畅啊！然而可悲啊。无计可施啊。"

"不，不是无计。只要陛下下定决心……"

"如何诛杀二贼？"

"臣心里早有一计。郭汜与李傕并立，可施计谋让二贼互相撕咬，互相背叛，然后给曹操下密诏，让他诛戮二贼。"

"可行吗?"

"臣有自信。这个计策是这样的:郭汜之妻是有名的妒妇,所以臣打算利用她的嫉妒心理,先在郭汜家中施反间计。臣想大概不会失败。"

得知皇帝内心想法之后,杨彪回家,一路琢磨秘计。一到家,他便来到妻子房中,双手放在妻子肩上,变成一个和平时迥然不同的温柔丈夫,道:"怎么样,最近你还和郭汜夫人常见面吗?……你们这些夫人们不是有各种聚会嘛。"

杨彪妻子觉得奇怪,揶揄丈夫道:"你今天究竟怎么了?"

"什么怎么了?"

"你平时可不会这样讨好我的。"

"哈哈哈哈……"

"反倒让人起鸡皮疙瘩。"

"是吗?"

"肯定有什么事要求我吧。"

"不愧是我的妻子。其实你说对了。我有事要借助于你。"

"什么事?"

"听说郭汜夫人是个妒妇,不亚于你……"

"啊呀,我什么时候嫉妒过!?"

"所以嘛,没说你啊。说的是郭汜夫人嘛。"

"让你跟那么会嫉妒的老婆一起过,你受不了吧。"

"你是个好妻子。我常常心存感激。"

"净骗人!"

"不开玩笑了。找个机会去访访郭汜夫人,用你的嘴燃起她旺盛的妒火。"

"为什么要这么做,让别人家的妻子嫉妒?"

"为了国家。"

"又开玩笑!"

"是真的……往大里说是为了汉室,往小里说是为了你的丈夫杨彪。"

"不明白。这么下作的事情,怎么会是为了朝廷和我的丈夫?"

"借耳一用……"

杨彪放低声音,向妻子说明君前密议和心中秘计。

杨彪妻子双眼圆瞪,起初还犹豫,但仰望丈夫的眼睛,"刷"的一下,表示出令人恐怖的决心,道:"好吧,我试试!"

杨彪要让妻子有所担当,便叮嘱道:"什么试试?!温吞吞的决心可不成。一旦失败,会灭九族的。你要变成毒妇,巧妙搞定!"

翌日。杨彪妻子穿上讲究的盛装,坐着华美的轿子出门,去探访大将军郭汜的夫人。

"啊呀,总是送我这么珍贵的礼物……"郭汜夫人首先感谢珍贵礼物,然后赞美客人的服装和化妆,道,"你的衣裳太漂亮了!"

"哪里哪里!我丈夫从来不关心我的衣裳。倒是夫人的头发梳理得很好,看上去真美。不是我拍马屁,任何时候见面都让人觉得漂亮的人,不多啊……可是,这男人啊……"

"啊呀,你怎么看着我的脸流泪啊?"

"不不,没啥……"

"可是,很怪啊。一定有什么事。别瞒我,说出来。不能告诉我吗?"

"忍不住流出泪来,请夫人原谅……"

"怎么啦,究竟?!"

"那我就说吧,真的,对谁都要保密啊。"

"好吧。谁都不说。"

"呃,其实……我看着夫人的脸庞,觉得夫人很可怜,什么都还不知道……"

"哦?你是说我很可怜?……可怜,究竟是怎么回事?……啊?啊?"郭夫人已经发急,逼着杨彪妻子往下说。

杨彪妻子故作同情状,道:"真的,夫人,你什么都不知道吗?"

声音放得很低,好像在说什么可怕的事一样。

郭汜夫人已上她的巧言圈套。

"什么都不知道……不知道什么啊?莫非与我家主人有关?"

"哎,是啊……夫人,请埋在你的心里。你知道李大司马出了名的年轻貌美的妻子吧?"

"李傕和我丈夫是刎颈之交,我跟他的夫人也很亲近啊。"

"所以说,夫人你真是太好了,大家都为你可惜呢。那位李夫人跟你家郭将军早就那个……特别……啦。"

"什么？我丈夫和李夫人？"郭汜妻子的脸骤然色变，颤抖着道，"是……是真的吗？"

杨彪妻子凑过去，搂着她安慰道："夫人。男人，都那样，千万别怨您的丈夫。我只恨李夫人。知道有你，为什么还要那样……"

郭夫人潸然而泣，道："怪不得我觉得丈夫最近有点怪。经常夜里很晚才回来，对我也不悦……"

杨彪妻子回去后，郭夫人像病人一样，把自己关在屋里。不巧，当天晚上夜已很深，她丈夫才带着微醉回家。

"怎么啦？哎，你的脸色苍白啊。"

"不知道！你打我吧。"

"又犯病啦？哈哈哈哈……"

"……"

夫人背过去，一个劲儿地抽泣。

过了四五天，李傕大司马邸发来邀请。郭夫人挡住丈夫的去路，脸色大变，阻止道："别去！别去那种地方！"

"好啦。去好友的酒宴，有何不好？"

"可李大司马一定在心里怨恨你。"

"为什么？"

"不为什么。"

"不可理喻的家伙！"

"现在就让你明白。古人说，二雄不两立。而且，在个人方面，他也没安好心……如果你在酒宴上遭到毒害，我们怎么办？"

"哈哈哈哈……你搞错了吧。"

"随你怎么说都可以。今晚不要去。啊，求你了。"

最后，夫人扑在郭汜的怀里哭起来，郭汜甩也甩不开，终于未去赴宴。

第二天，李傕邸专门差人送来菜肴和点心。郭汜妻子把来人让到厨房，接下东西，故意在一道菜中下了毒，端到丈夫跟前。

"味道不错吧。"郭汜毫不介意，拿起筷子。夫人立刻挡开，道："你身体金贵，别人家送来的食物，你也不验一下有毒没有就吃，岂有此理！"说着，拿过郭汜的筷子，夹了这道菜，扔到庭院中。院子里的狗扑上去就吃。

"啊呀？……"

333

郭汜大惊，眼看着那狗转得像只陀螺，大叫一声，吐血而亡。

"哦，真可怕！"郭夫人紧紧靠在丈夫身上，夸张地颤抖着身体道，"看到了吧，贱妾不是没有告诉你，李司马送来的菜肴里面就是有毒。"

"噢，嗯……"郭汜沉吟了一声，再也无话，只是茫然地面对着眼前的事实。

此事发生之后，郭汜终于对李傕心生疑窦。

"啊呀，这家伙？"郭汜看李傕的眼神也与从前不同，凡事总是斜着眼看他。

此后一个多月，有一次退朝，郭汜打算回家，李傕硬要请他，郭汜无奈，顺道去他家。

"今天有个小小祝贺，要一醉方休啊。"

李司马照例摆上一桌奢豪佳肴，让美女陪酒，招待郭汜。

郭汜终于宽衣解带，烂醉而归。

可是中途醉酒微醒。倒不是因为酒醉人不醉，而是突然警觉，道："今晚的菜肴不会真的下了毒吧？"

不知不觉，他想起中毒而亡的那条狗临死前的叫声。

"不会有事吧……"一紧张，胸口就莫名地恶心起来，突然一下就冲到心口上。

"啊，不行了！"他用手指擦拭额头上的汗水，命车夫道，"快！快！"

一回到宅邸，他就慌忙叫醒妻子，仰面朝天，倒在榻上，道："有什么解毒药没有？"

夫人问明情况，趁机以粪汁代药让丈夫喝下，并轻抚他的背。没有中毒却神经紧张的郭汜，慌忙之中灌下异样东西，便突然把腹中之物全部吐到榻下。

"哦，赶得正好，药效立竿见影。这样爽多了吧。"

"啊，刚才痛苦极啦！"

"性命已经保住啦。"

"真倒霉……"

"夫君，你也是的。贱妾一再提醒你，你还是相信李大司马，所以才有这事。"

"我已经明白了。我太任性愚直。好了,既然李大司马这样想,我也有我的考虑。"

郭汜用拳头在自己苍白的额头上捶了两三下,突然窜出房间,连夜集合兵马,夜袭李大司马宅邸。

有人迅速将此事报告李傕。李傕道:"那就除掉此人,我要独掌大权啦。既然如此,那就来吧!"

由于李傕也有充分准备,两军展开巷战,第二天、第三天,来回拉锯,血流成河,街巷变成修罗场。

两军天天增兵,长安城下大乱再起。

"对了!把天子弄到手……"

混乱之中,李大司马的侄子李暹注意到天子,于是迅速逼到龙座前,不由分说,硬将天子和皇后拖上龙辇,派谋臣贾诩和武将左灵二人监视,完全不顾哭着喊着追随而来的内侍和内官,拉着车辇从后宰门出得皇宫,来到乱箭横飞的街巷。

"天子被李大司马的外甥逼上御辇劫走了。"

听完部下急报,郭汜非常狼狈,道:"啊,疏忽啦!天子被劫,事关重大。那可不行!"

他急忙派兵赶到后宰门,但为时已晚。

龙辇被奔马和狂兵拖着,掀起黄尘,朝郿坞街道疾驰而去。

郭汜的兵卒骚动着,啪啦啪啦地射箭追击。但是,敌人殿后的部队射回来的箭,反倒伤了他许多人。

"跑掉了?蠢蛋!可恶!"

郭汜为发泄自己失策带来的郁愤,领兵侵入禁阙,斩杀素不相合的朝臣,搜捕后宫美姬女官,拉到自己寨中。

不仅如此,他还在没有皇帝,无政事可办的宫殿放起火来,看着火焰,直喊快哉,道:"反正要打仗啦。"

另一方面。皇帝和皇后的御辇被李暹胡乱拖到李大司马寨中。但安置在那里总不放心,于是李傕、李暹叔侄二人一商量,决定让皇帝和皇后移驾郿坞城内。那里有以前董相国的别馆,城池坚固。

从此,献帝和皇后就被监禁在郿坞城的幽室之中,度过十数日。皇帝圣意自不必谈，连出门一步的自由都没有。

御膳食物实在差劲，上的饭菜都发出腐臭之味。

皇帝不动筷子。侍臣勉强入口，尽皆强忍呕吐，只是相视流泪。

"侍从们瘦得像饿鬼一样，朕见了心中难受。愿以施德之心待朕，怜悯他们吧。"

献帝说着，遣使前往李大司马处，要求送来一袋米，一块牛肉。于是李傕跑来，对皇帝就像对待臣下一样，恶语相向，道："现在是天下大乱的非常时期。早晚膳食都是从兵卒口粮中省出来供给的。事已至此，你还提什么奢侈要求？"

说完，李傕责打从旁插嘴的侍从，然后扬长而去。后来，李傕好像一早醒来心情就一直不好似的，当天提供晚餐时，只在盘子里盛了若干粒米和几片馊牛肉。

"啊，这就是他的良心吗？"侍从们扭过脸去，不去看腐败的食物。

皇帝痛心疾首，道："竖子！竟敢如此蔑视朕吗？"说着，用衮龙袖捂住眼睛，浑身颤抖，叹息不已。

杨彪也在侍臣之中。他感到肝肠寸断。

指使自己的妻子施反间之计，造成今日之乱的，不是别人，正是他杨彪。

计谋达到意图，引起郭汜和李傕相互猜忌，上演了一场血腥的角逐，正中下怀。但他做梦也没有想到，竟会让皇帝和皇后龙体饱尝如此辛酸。

"陛下。敬请原谅！对李傕的残忍，再忍一时。不久肯定……"

刚说到这里，一阵兵马急速奔跑的声音从幽室外流过。接着，不知何事，城内喊声大振。

说巧也巧。献帝颜色大变，回顾左右道："发生了什么事？"

"我去看看。"

一个侍臣慌忙跑出去。接着马上回来，复道："不得了啦！郭汜大军涌向城门，擂鼓呐喊，要求交出陛下，骚动不已。"

皇帝大惊，心脏都要跳出胸腔，恸哭道："前门有虎，后门有狼。二贼把朕身当做赌注，正在磨尖爪牙。走也是修罗场，留也是活地狱，朕置身何处方好啊？！"

侍中杨琦跟着一起抹泪，安慰献帝道："李傕原来就是边疆土著出身，就像刚才一样，不懂礼仪，言语粗暴。但后来他也不是没有表现出悔色。可能不久他就会为不忠之罪感到惭愧，设法保护御座安泰。总之，在此静观事态发展吧。"

不久，城门外的会战好像结束，箭啸和喊声停止，一个大将骑马走出攻城大军，大声叱道："逆贼李傕听着！天子乃天下之天子，汝为何威胁皇帝，肆意迁御座到此？郭汜代表万民，问汝之罪。倒是回答！"

于是，李傕从城内阴影中跃马而出，道："可笑呓语！为避尔等乱贼之难，皇帝自己御驾来此。李傕在此守护御座。尔等要追逐御驾，向天子射箭吗？"

"住口！汝乃大逆，非为守护御座，而是扣押天子，用心昭然若揭。若不速速交出陛下，当场枭汝之首，扔到百尺空中！"

"什么！？信口雌黄！"

"交出陛下，还是丢掉性命？"

"无须回答！"

李傕刷刷地舞枪刺来。

郭汜挥舞大剑，咬唇裂眦道："看剑！"

双方坐骑口吐白沫，嘶鸣阵阵，一上一下，刀光剑影，八只马蹄，扬沙起尘，鞍上主人，雷喝声声，难分胜负。

"且慢！二位将军且慢！"

这时。有人从城中飞驰而出，前来劝架。此人便是刚刚从皇帝身边消失的太尉杨彪。

杨彪挺身而出，面对二人，口若悬河，雄辩道："到此休战，请双方暂且退阵。陛下御命在此。违御命者，可谓逆贼，再无可辩。"

一言既出，双方收兵，终于退去。

杨彪次日邀请朝廷大臣百官六十余人，来到郭汜寨中，劝他早日与李傕讲和。

谁都没有注意到，这场战乱的魁首原来正是杨彪。大概是药效太好，连他也都仓皇无措了。要么就是故意扮演仲裁角色，在假面之上再戴一层假面。他也是个复杂之人。

汉末十三州与黄巾起义示意图

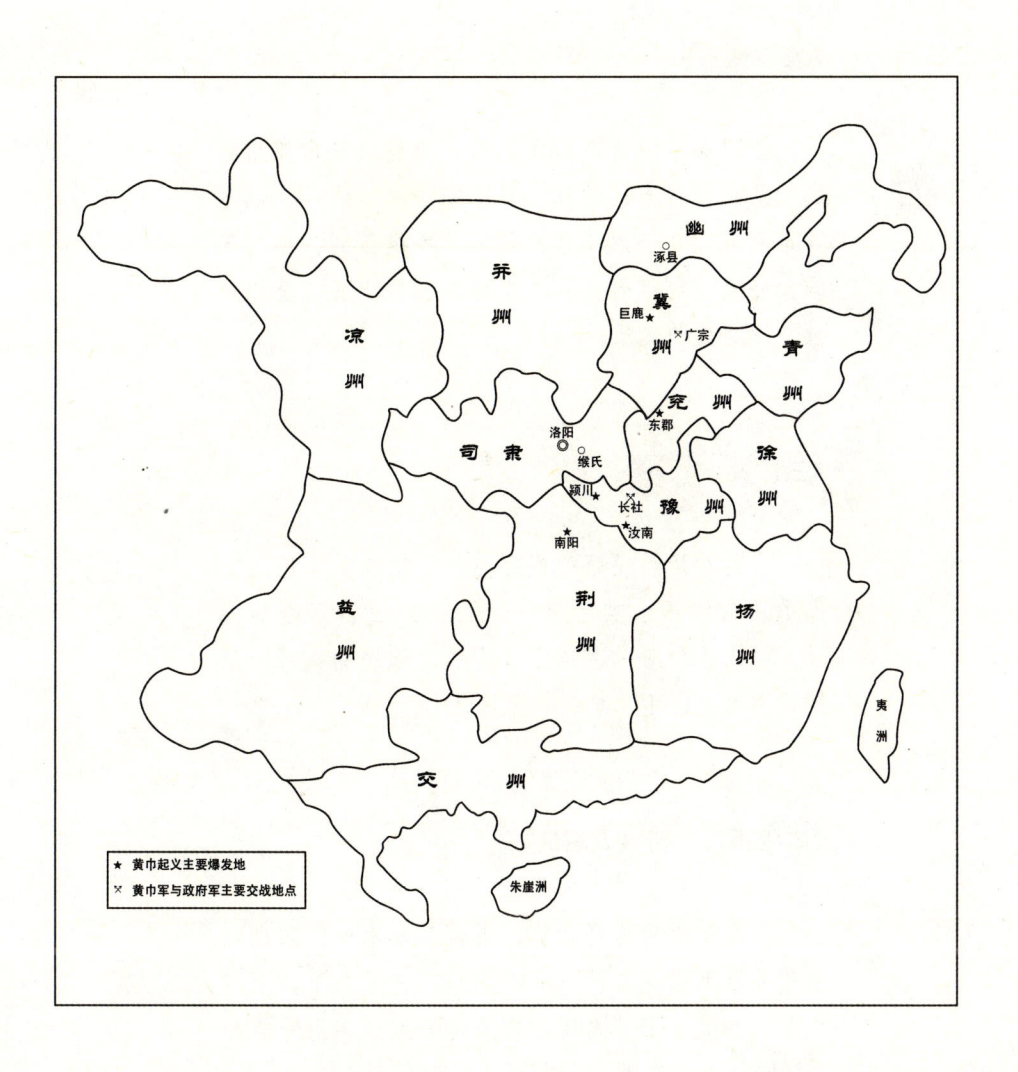

吉川英治作品

《宫本武藏》

吉川英治最著名的代表作。小说以日本德川初期的历史为背景，描述了日本家喻户晓的一代剑圣宫本武藏凭着坚忍不拔的毅志，手提孤剑，漂泊天涯，寻求"剑禅合一"之真谛的曲折历程。全球销量总计超过两亿册。

《三国》

吉川英治最耀眼的巅峰杰作。用颇具个性的现代手法对中国古典名著《三国演义》进行了全新演绎，在忠于原著的基础上极大成功地脱胎换骨。畅销日本七十余年，总销量高达2100万册。

《丰臣秀吉：新书太阁记》

以文学化的传奇之笔，再现了日本战国末期的传奇英雄丰臣秀吉从一介平民到"一人之下，万人之上"的摄政王"太阁"的传奇一生。丰臣秀吉乐观坚毅的人生态度，令人振奋不已。

《新平家物语》

吉川英治举世无双的杰作中的杰作,构思长达三年,以华丽的笔触,对日本古典文学双璧之一的《平家物语》进行了改写,讲述了平氏和源氏两大武士集团为夺取天下权力而展开的政治、军事斗争。在《周刊朝日》上连载长达七年,使其发行量陡涨五倍,突破百万册。

《源赖朝》

本书起笔于源义朝的败落和子嗣的流放,详细描写了源赖朝的成长、羽翼丰满,进而击败平氏,建立镰仓政权的过程。书中的主人公充满了年轻人特有的智慧与忍耐。

《私本太平记》

吉川英治最后的长篇巨作。以冷静的现代笔触,精妙地改写了日本古代战争题材小说的集大成之作《太平记》,讲述了日本南北朝五十年的动乱历史。